A Question of Power

•

권력의 문제

창 비 세 계 문 학

65

·

권력의 문제

·

베시 헤드

정소영 옮김

창비

차례

•

제1부 쎌로
11

제2부 댄
145

작품해설/영혼의 싸움, 생존의 싸움
302

작가연보
315

발간사
319

일러두기
1. 본문 중의 각주는 옮긴이의 것이다.
2. 외국어는 가급적 현지 발음에 준하여 표기하되, 일부 우리말로 표기가 굳어진 것은
   관용을 따랐다.

사랑하는 랜돌프 비녜와 크리스틴 호우즈,
켄 매켄지와 미르나 매켄지,
그리고 보즐 싸이애나나에게

인간만이 하나님의 곁에서 떨어져 추락할 수 있다.
인간만이.
서서히 타락시키는
해체하는 지식의 단계들을 거치며
끔찍하게, 멀미가 나도록 한없이 가라앉고 가라앉으며…
심연으로의 끔찍한 이화작용!

— D. H. 로렌스의 시 「하나님」 중에서

제1부

·

쎌로

그가 아프리카 사람이었던 건 거의 부차적인 일인 듯했다. 지난 수년간 내면의 지각이 얼마나 엄청나게 자라났던지 이제는 하나의 특정한 환경보다는 전 인류와 동일시하는 편이 더 좋았다. 그럼에도 어쨌든 아프리카 사람으로서 가장 완벽하다 할 만한 진술 역시 해낸 바 있다. "난 그냥 보통사람이야." 그건 마치 그의 영혼이 퍼즐의 그림조각이라도 되어서 한조각을 더 제자리에 맞춰 넣기라도 한 것 같았다. 배움의 여정에 있는 자가 영혼의 진화를 위해 자신의 사회에 의존해야 했던 경우가 얼마나 자주 있었던가? 그런데 잘못된 건 사회라서 각 생애를 끝낼 때마다 사회적 경향과 대립되는 결론에 이르고야 말았던 경우는 또 얼마나 많았던가? 그의 사회 역시 악하기는 매한가지라는 사실을 부정하는 게 아니라 그로 하여금 자신만의 독毒이라 할 자부심과 자만, 영혼의 자기중심주의에서 완전히 벗어나 스스로가 하잘것없는 존재임을 내적으로 절감하게 할 그런 종류의 겸허함을 그외의 다른 어디서도 구할 수 없을 것이기 때문이었다. 그는 항상 이런 식이었다. 영혼의 일에 대한 갈구가 엄청나서 다른 관심사들은 그 아래 묻히고 말았다. 영혼의 일이란 주로 무엇이 옳은 것인가에 대한 직관이었는데, 이번엔 얼마나 강렬한 확신이 그를 사로잡았는지 고요하면서도 한없는 환희가 마음을 가득 채웠다. 통렬하기 그지없는 고통을 비웃을 수 있는 경우란 오직 자신을 괴롭히는 악의 존재가 터무니없이 생뚱맞게 되거나 자신의 또다른 악이기도 한 강박적 사랑마저 터무니없이 생뚱맞게 되어버릴 때밖에 없을 것이다. 그렇게 되어버린 걸까? 다시금 그로서는 직관을 동원할 수 있을 뿐이었다. 그로서는 모든 게 딱 들어맞는 듯했다. 고독의 장벽과 영혼의 황량하고 메마른 척박함은 산산이 부서져버렸다. 이제 주변의 흙 한톨 한톨을 사랑했고, 매일같이 뜨는 해와 모타벵 마을의 사람과 동물 모두를 사랑했다. 어쩌면 그의 사랑은 우주 전체를 감싸 안았을지도 몰랐다. 그날 저녁 그가 혼잣말을 했다. "이러한 마음의 자유를 얻기도 전에 죽을 수도 있었지 않은가." 그로서는 그 말 역시 완벽한 진술이었다. 사랑은 마음의 자유였으니까.

　그의 이름은 쎌로였다. 그의 내적인 발전과정이 모타벵 마을의 한 여성에게 병행되었다. 쎌로에게 해당되는 건 대부분 그녀에게도 해당됐다. 그들의 영혼은 쌍둥이처럼 운명으로 서로 단단히 묶여 있었고, 영혼의 일을 추구하느라 다른 관심사는 다 묻어버리는 능력을 똑같이 지니고 있었기 때문이다. 그것이 이번에는 광적인 수준으로 치달았다. 인류의 위대한 스승들의 고귀한 말씀들과는 비교할 바가 못되었다. 그 스승들의 깨달음 깊숙이에는 악에 대한 불분명한 발언들이 숨겨져 있었다. 그들은 내면에서 아주 생생하고도 상세하게 악을 스스로 구현한 적이 없었다. 막연하게나마 한 얘기라고는, 열정은 모든 악의 근원이므로 열정을 극복하는 것이 바람직하다는 것이었다. 사람들 사이에 존재하는 권력의 미묘한 균형관계를 드러내는 일은 그보다 더 어려웠다. 물렁하고 허청거리는, 헐겁게 짜인 인격을 지닌 사람들이 압도적이고 강력한 인물의 희생양이 되기란 얼마나 쉬운가. 그 여성은 처음에는 결백함에 대한 교만함을 지니고 있었고, 4년이라는 세월이 흐르는 동안 쎌로라는 남성을 경멸하게 되었다. 그가 자기 내면생활의 불쾌하면서도 끔찍한 부분들을 거리낌없이 세세히 드러내는 바람에 그녀의 시각에서 그는 극악한 죄인이라는 낙인이 찍히게 된 것이다. 그러나 댄 몰로모라는 남자와의 관계를 냉철하고 가차없는 시선으로 바라볼 수 있게 되면서 그녀는 다시 쎌로에게 도움을 청하며 손을 내밀었고, 이렇게 말했다. "고마워요! 세상에, 나를 이 지옥에서 꺼내줘서 정말 고마워요!" 이에 대해 그는 이런 식의 말을 했을 것이다. "봐, 당신은 예전 그대로잖아." 그녀는 이제 자신을 댄과 묶어주었던 끈을 모두 끊어내느라 수많은 시간을 보내고 있는 것만 같았다. 한때는 그것이 멋진 음악과 환상적인 흥분과 황홀감으로 가득한, 영원히 계속될 것 같은 격렬한 관계였는데 말이다. 댄이 그렇게 지독하게 침을 뱉어대는 인간이 아니었으면 (그는 누군가를 좌지우지하게 되면 상대에게 기세등등한 경멸을 담아 침을 뱉어댔다) 그가 부르는 노래의 다른 면에 대해 계속해서 변명거리를 지어 냈을 수도 있다. 하지만 사실 그녀가 한 말은 이랬다. "죽는 순간까지 그를 사랑한다는 환상에서 벗어나지 못했을 수도 있었어."

그녀의 이름은 엘리자베스였다. 쎌로나 엘리자베스와 달리 댄이라는 남자는 죽음과 얘기를 나누는 경우가 없었다. 다만 요즘 들어

별로 잘생겨 보이지 않았는데, 사실 그는 말도 못하게 잘생긴 남자였다. 그가 엘리자베스와 쎌로 중 어느쪽을 더 파멸시키고 싶었는지는 논란의 여지가 있었다. 그 세사람은 지옥으로의 기이한 여정에 함께했고, 서로의 감정적인 면을 면밀히 주시했다. 내적인 지옥을 탐사하는 일이 모든 지옥을 영영 끝장내는 일이 될 거라는 암묵적인 동의가 그들 각자에게 처음부터 있었던 듯했다. 그 탐사의 주축은 엘리자베스였다. 두 남자는 지치지도 않는 맹렬한 기세로 온갖 불쾌한 것들을 낱낱이 그녀의 면전에 내던졌다. 그녀는 자신의 지옥이 무엇인지 조사해볼 시간이 없었다. 그러다 한달음에 풀려나며 그것을 댄이라 명명했다. 그는 방심하다 허를 찔린 셈이었다. 그는 평소 하던 대로 바지를 내린 채 그녀의 앞에 서서 강력한 성기를 공중에 흔들며 떠들어대던 중이었다. "잘 봐, B와 어떤 식으로 잠자리를 같이하는지 보여줄 테니까…… 그 자궁은 절대로 잊을 수가 없다니까. 난 여자들이랑 일단 시작했다 하면 기본 한시간은 가야 해. 넌 그게 안되잖아. 너한테는 그런 질이 없으니까……" 그가 이런 식으로 연거푸 쏟아붓는 중에, 그녀는 4년 동안 시달린 끝에 화산이 더이상 분출하지 않는 어떤 지점에 홀연히 내려앉을 수 있었다. 신경쇠약에 처방된 약을 하도 먹어서 정신이 혼미한 상태로 천천히 고개를 젓고 있었는데 갑자기 쎌로가 입을 연 것이다. "사랑은 그런 게 아니야. 사랑은 서로에게 자양분을 주는 것이지, 시체 뜯어먹는 악귀처럼 한쪽이 다른쪽의 영혼을 빨아먹는 게 아니라고." 그것이 오랫동안 쎌로를 향한 경멸과 증오로 인해 고통으로 갈기갈기 찢긴 그녀의 의식에 처음으로 명료하게 박힌 말이었다. 처음에는 그 말을 몇번이고 되뇌어보았다. 그다음, 알약을 창밖으로 던져버렸다. 다음날 아침 일찍 그녀는 흙먼지 날리는 길을 횡하니 뛰어내려가 만나는 사람마다 환희 넘치는 인사를 건넸다. 그 행복감의 전파력이 어찌나 강하던지 그들도 자연스럽게 미소를 지으며 인사를 했다. 공포에 사로잡힌 댄은 황급히 바지를 끌어올렸지만 이미 늦었다. 그가 말했다. "봐, 난 더 나은 인간이 되었어. 이제 변했다고." 그녀는 들은 척도 하지 않았다.

이제 와서 돌이켜보면, 그 모든 것이 쎌로와 함께 시작되었음을 엘리자베스는 알 수 있었다. 어떤 길을 거칠 건지, 어느 방향으로 갈 건지, 그런 것을 쎌로가 좌우했던 시간은 그리 길지 않았다. 댄이 곧 주도권을 잡았으니까. 처음에는 뒤편에서 눈에 잘 띄지도 않는 미묘한 그림자 같더니 나중에는 마구잡이로 부수고 파괴했다. 정말이지 꼬박 1년을 느릿느릿 고통스럽게 생각한 끝에야 그녀는 말할 수 있었다. "휴! 이게 웬 쓰레기더미람!" 댄은 권력관계의 역학을 잘 알았다. 하는 행동을 보건대 그는 분명 힘없이 늘어진 꼭두각시 인형을 손에 넣었다고 생각했을 것이다. 그 점을 확신하게 되자 그다음부터는 생각하는 거며 행동거지며 손톱만큼도 신경 쓰지 않았다. 그건 스스로 정체를 완전히 까발리도록 댄을 부추기려는 교묘한 계책이었을까? 그녀가 정신병원에서 돌아오자 예전에 짐짓 꾸며댔던 위대한 낭만적 연인이자 보호자의 모습을 벗어던진 채 그가 이렇게 말했으니 말이다. "넌 앞으로 여덟번의 연애를 하게 될 거야. 너무나 헤픈 여자가 되어서 네 가랑이 사이는 이렇게 될걸." 그러면서 커다란 손을 그녀의 얼굴 앞에 바짝 들이대고 음란하게 쫙쫙 벌려댔다. 하지만 그런 일은 벌어지지 않았다. 그러자 또다른 예언을 했다. "넌 내일 12시 45분에 자살하게 될 거야." 그녀는 거의 그럴 뻔했다. 아들 녀석이 축구공을 사달라고 했고 그다음에는 신이 난 친구들과 떼 지어 길 아래편으로 뛰어내려갔으니 망정이지. 집 바깥에 축구장을 만들었는데, 아이는 멋지게 보이고 싶은 마음에 공을 하늘 높이 차올리다가 발랑 나자빠지기 일쑤였다. 그래서 그녀는 오후 내내 창문 앞에 붙어 서서 아들의 모습을 지켜봤다. 볼수록 너무 웃겼다. 그래서 댄은 다른 예언을 해보았다. "난 네 아들의 목숨을 앗아갈 수도 있어. 이틀이 지나면 죽을 거다." 다음날 아침 그녀의 아들이 잠에서 깨어났을 때 몸이 열로 펄펄 끓었다. 겁에 질려 아이를 들쳐 업고 병원으로 달려갔다. 의사가 말했다. "아, 며칠 지나면 괜찮을 겁니다. 앞으로는 애가 넘어져서 상처가 나면 좀더 신경 써서 치료해줘요. 무릎에 난 상처가 심하게 곪아서 열이 난 거예요." 그가 내뱉는 예언들은 점점 더 흉측해졌다. 벌거벗은 여자들이 그녀 앞을 마구 활보하며 다니고, 거기에서 댄은 끔찍한 그 성기를 미친 듯이 빙빙 돌렸다. 어떻게든 깜깜한 잠 속으로 빠져들어보려고 맥주 여섯병을 들이붓고 수면제 여섯 알을 털어넣었다. 악취가 진동하는 변기 한가운데에 들어앉아 있는 느낌이 생생했다. 그녀는 너무나 망가지고 산산이 부서져버렸다. 손가락 하나 까딱할 힘조차 남아 있지 않았다. 어쩌다 이 지경이 되었을까? 어쩌다 이렇게 끝 모를 바닥까지 떨어져버린 걸까? 동물보다도 못한 상태요, 차마 살아 있다고도 할 수 없었고, 암울한 고립무원의 상태라 어떤 외로움이나 비참함과도 비할 수 없었다. 그녀가 차를 끓일 요량으로 침대에서 몸을 반쯤 일으켰을 때 쏼로가 우렁우렁한 목소리로 말했다. "저렇게 흉포한 잔인성은 지금껏 한번도 본 적이 없어." 그가 항상 앉아 있던 의자 쪽으로 그녀가 고개를 돌렸다. 3년인가 4년인가, 그는 그 자리에 내내 유령처럼 앉아 그녀의 생각이며 지각, 경험 하나하나에 집요하게 토를 달았더랬다. 그가 다시 덧붙였다. "사랑은 저런 게 아니야. 사랑은 두 사람이 서로에게 자양분을 주는 것이지……"

악몽은 끝났다. 댄은 아직 끝내지 않았다. 히틀러나 나뿔레옹처럼 세상을 지배하겠다는 야망을 아직 세상 사람들 모두에게 드러내지 않았다. 엘리자베스에게 한 얘기는 그 얘기의 반도 되지 않았다. 하지만 그녀가 도대체 뭐길래? 그에 대한 대답을 들으려 그녀가 다시 쎌로 쪽으로 고개를 돌렸다. 댄 같은 남자는 그녀에게 한번 이상 눈길을 주는 일도 절대 없었을 텐데. 그녀는 그가 좋아하는 타입이 아니었으니까. 미스 글래머, 미스 최고미인, 미스 늘씬다리, 미스 탐스런엉덩이 등등 일흔하고도 한명이나 더 있다고 떠벌린 모든 여성이 그의 타입이었지. 그녀로서 관심이 가는 문제는 쎌로, 그리고 댄과 쎌로의 관계였다. 쎌로, 그리고 그가 사람들에게서 무엇을 보는가 하는 문제였다. 처음에 그가 했던 일은 자신의 영혼을 보여준 것이었는데, 완전하고 완벽한 천국이라도 되는 양 아주 부드럽게 보여주었다. 엘리자베스는 자신이 제정신인지를 다른 사람들에 견주어 알아볼 셈으로 여러 이들에게 시험 삼아 이런 질문을 던져보았다.

"어느날 신처럼 보이는 사람을 만나게 되면 어쩌겠어요?" 그렇게 물었다.

"아." 그녀의 질문을 받은 사람들이 대답했다. "당연히 그 사람을 사랑하겠죠. 하지만 그 사랑은 좀 특별한 종류의 것이겠죠."

"그럼 신의 존재부터 따지고 들기 시작해도 괜찮다고 보나요?"

"그럼요, 당연하죠." 상대방이 웃으면서 말했다.

그럼요, 당연하죠,라고 그가 말했다. 그는 국제자원봉사단 소속의 영국인 자원봉사자였다. 아프리카 사람이 아니었는데도, 엘리자베스 생각에 그 논증은 완전히 아프리카식으로 이루어졌다. 어쩌면 인도에서는 초인과 그가 지니는 예언들의 진위부터 따지고 들 수도 있었다. 그밖의 다른 얘기는 할 필요가 없으니까. 사실은 자신들의 신과 초인을 두고 조금이라도 비판하려는 낌새가 보이면 적대적인 태도까지 보일 수 있었다. 인도에 쎌로 같은 인물이 있었 다면 그곳에 사는 가난한 자들은 그에게 대들 용기가 과연 있을까? 쎌로 같은 인물은 인도에서라면 당연히 브라만이나 라마였을 것 이다.

온전한 정신이 지니는 정상적이고 관습적인 것들의 장벽이 모 두 무너져내린 상황에서 따지고 들겠다고 나서는 건 그래서 거친 바닷속으로 뛰어들어 힘겨운 길을 헤엄쳐가겠다는 심사와 같았다. 정신적으로, 엘리자베스의 머릿속에서 정상적인 것과 비정상적인 것이 완전히 뒤죽박죽이 된 일은 보츠와나에서 벌어졌다. 그나마 어느 시점까지 그것을 붙들어 단속할 수 있었던 것은 그녀의 개인 적 배경과 자라면서 스스로 몸에 익힌 자유와 유연성 덕분이었다. 그녀 모친의 사정은 순전히 우연이었을까, 계획적인 것이었을까? 그것이 그녀의 기질이나 극심한 고통을 견디어내는 능력을 배가시 킨 듯했으니 말이다. 열세살이 되도록 사람들은 그녀의 친모에 대 한 이야기를 쉬쉬하며 덮어놓았더랬다. 엘리자베스가 엄마라고 여 기며 사랑을 쏟은 사람은 그녀처럼 아프리카인과 영국인의 피가 섞인 다른 여자였다. 그녀는 돈을 받고 엘리자베스를 돌봐주고 있 었는데, 남편이 죽자 먹고살 방편으로 술장사를 시작했다. 당시는 전쟁 중이었고, 술집은 주로 휴가를 나온 군인들을 상대로 장사를 했다. 그들은 창녀를 하나씩 끼고 왔고, 하루 종일 지독한 야단법석 이 끊이지 않았다. 엘리자베스는 그 여자를 사랑하기는 했지만, 술 집에서 나와 선교사들이 운영하는 학교에 보내졌을 때 속으로 안

도했다. 다들 술에 취해 집에 먹을 것도 없고 아무도 아이들 생각은 하지 않았기 때문에 어린 시절의 수많은 나날을 집 근처의 가로등 아래 주저앉아 울면서 보내야 했기 때문이다.

선교학교의 교장은 키가 크고 비쩍 마른데다 믿기 힘들 정도로 잔인한 여자였다. 어쩌면 예수님에게서 '소명'을 받고 이교도를 구원하겠다고 나선 부류 중 마지막 주자였을 수도 있다. 그 '소명'이란 것이 종국에는 그들 스스로를 원한에 차게 만들었고, 그래서 아무리 예수님에 대한 사랑을 공언해봐야 가슴속에 사랑과 연민이 생겨나는 일은 전혀 없었다. 엘리자베스가 학교에 도착하자마자 교장은 그녀를 한쪽으로 불러서는 경악할 만한 소식을 전해주었다. 그녀의 말은 이랬다.

"너에 대한 기록은 빠짐없이 다 가지고 있어. 아주 조심해야 할 거야. 네 엄마가 정신이 나갔었잖아. 조심하지 않으면 너도 엄마처럼 미쳐버릴 수 있어. 네 엄마는 백인이었다. 원주민인 마구간 흑인 녀석의 애를 낳았으니 사람들이 그녀를 가둬버린 거지."

신경줄이 끊어져나가는 극도의 충격으로 엘리자베스는 울음을 터뜨렸다. 남아프리카공화국의 삶의 모습이나 억압적 상황이 마음속에 상세히 자리 잡기 전이었다. 때문에 그런 소식은 아무런 의미도 없었다. 자신은 항상 돈을 받고 자신을 돌봐주던 여자의 자식이었다. 엘리자베스가 울음을 터뜨리는 것을 본 교장은 마음이 살짝 약해져서 자기 딴에는 다정한 모습을 보인답시고 이렇게 말했다.

"자, 자." 그녀가 말했다. "울지 마라. 네 엄마는 네 생각을 많이 했던 좋은 분이셨어." 그러더니 말을 멈추고 서류 뭉치를 뒤져서 뭔가를 끄집어냈다. 그러고는 엘리자베스에게 읽어주었다. "제발 우리 딸의 교육을 위한 돈은 따로 남겨두시고……"

엘리자베스의 엄마가 남아프리카공화국의 정신병원에서 쓴 편지였다. 여전히 그녀는 그게 자신과 무슨 상관이 있다는 건지 알 수 없었다. 엘리자베스는 정서적으로 양어머니의 딸이었으므로 그런 이야기는 자신의 삶에 억지로 우겨넣는 것에 불과했다. 하지만 그 선교사가 보기에는 그렇지 않았다. 그녀는 엘리자베스가 정신이상 증세를 보이지는 않나 항상 주시했다. 한번은 엘리자베스가 말싸움 끝에 어떤 아이를 때린 적이 있는데, 선교사는 바로 이렇게 지시했다.

"그애를 일주일 동안 다른 아이들과 격리시켜요."

아이들은 엘리자베스가 격리되는 데는 뭔가 특별한 이유가 있다는 사실을 곧 알아차렸다. 자기들은 싸우면서 할퀴기도 하고 물어뜯어도 상관없었지만 엘리자베스가 그렇게 하는 날에는 바로 독방에 갇히는 것이었다. 그러자 엘리자베스가 구석에 앉아 책을 읽고 있으면 일부러 그녀를 발로 차는 데 재미를 붙였다. 그녀의 얘기를 들어주는 반장은 한명도 없었다.

"해볼 테면 해봐." 그들이 말했다. "교장선생님이 넌 독방에 가둬야 한다고 하셨어."

그 당시 그녀는 걷잡을 수 없이 솟구치는 맹렬한 분노로 교장선생님을 증오했을 따름이었다. 하지만 사랑을 나누고 싶다는, 고통을 나누고 싶다는 잠재의식적인 호소를 나중에 알게 되면서, 그 박해가 삶에 대한 교장의 뒤틀린 인식만큼이나 돌아가신 엄마의 말없는 호소가 아니었을까 하는 의구심이 들었다.

"이제 깨달았구나. 정신이상이라는 그 오명을 나 혼자 견딜 수 있을 거라고 생각했니? 나랑 함께 나누자꾸나."

7년 후, 초등학교 선생님이 되었을 때 그녀는 양어머니가 사는 작은 마을로 돌아가 이렇게 말했다. "엄마 얘기를 해주세요."

양어머니는 잠시 엘리자베스를 바라보더니 벌컥 눈물을 쏟았다. "얼마나 가슴 아픈 얘기인지." 그녀가 말했다. "그 때문에 많은 분란이 생겼고 네 할머니의 행동에 가족들은 겁을 잔뜩 집어먹었어. 내 남편이 아동복지 위원회 일을 하고 있었는데 네 문제가 거듭 등장하는 거야. 처음에는 정신병원에서 너를 받아 탁아시설로 보냈어. 하루 지나서 그쪽에서 다시 돌려보내며 하는 말이 네가 백인처럼 보이지 않는다고 했지. 그래서 이번에는 보어인 위탁가족에게 보냈어. 이번에는 일주일 뒤에 널 다시 돌려보냈지. 위원회에 있는 여성이 이렇게 말하면서 말이야. '이 아이를 어떻게 하라는 겁니까? 애 엄마는 백인이잖아요.' 그날 밤 남편이 집에 와서 나보고 애를 맡아 키우면 안되겠냐고 하더구나. 그러마고 했지. 그러더니 다음에는 요하네스버그에 사는 네 외갓집 식구들이 차를 몰고 더반에 있는 경마장에 가는 길에 들르지 않았겠니. 네 외삼촌이 들어와서는 역정을 내며 이렇게 말하더구나. '우리는 이 문제에서 깨끗이 손을 떼고 싶어요. 아주 없던 일로 하고 싶은데 노인네가 자꾸 아이를 보겠다고 고집을 피우는 바람에 어쩔 수 없이 그걸 들어주려고 온 거예요. 어머니를 여기 내려드리고 조금 있다가 다시 모시러 오겠습니다.' 그래서 그들이 경마장에 갈 때마다 그 어르신이 여기에 오셨던 거란다. 너와 네 엄마를 보고 싶어 했던 사람은 그분이 유일했어. 네가 여섯살이 되었을 때 네 엄마가 정신병원에서 갑자기 자살했다는 소식을 들었다. 네 할머니가 거기 있던 인형과 장난감을 다 가져다 너에게 주었지."

정말이지 아름다운 이야기였다. 사람이 사람으로 취급되지 않는 나라에서 그에 맞서며 혈육의 끈을 끝까지 고집했던 할머니의 이야기. 자신이 태어난 그 작은 마을에서 엘리자베스가 마지막으로 한 일은 정신병원 앞까지 걸어가 그것을 빤히 쳐다본 것이었다. 높은 벽이 건물 주위를 둘러싸고 있는데다 안쪽의 분위기가 얼마나 적막한지 안에 사람이 살고 있다는 느낌이 거의 들지 않았다. 지붕을 빨간색으로 칠해놓았기 때문에 사람들은 그 건물을 빨간 집이라고 불렀다. 어렸을 때 엘리자베스도 그 앞을 자주 걸어서 지나다녔더랬다. 그 마을의 아이라면 누구나 좋아하는 놀이터인 조류보호구역으로 가는 길목에 있기 때문이었다. '자 이제 빨간 집 앞을 지나가는 거야'라고 얘기했던 기억까지 나는데, 자신의 삶이 그것과 이렇게 밀접한 관련이 있으리라고는 꿈에도 생각지 못했다. 불현듯 나타나는 깜짝 놀랄 만한 어떤 폭발적 요소가 자신의 운명에 있고, 그에 수반하는 유머감각도 오랫동안 넘치도록 존재한 듯했다.

몇년 동안은 남아프리카공화국의 변두리에서 조용히 지냈다. 흥미롭기도 했다. 한동안 아시아 가족과 지내면서 인도와 인도철학에 대해 배웠다. 그다음에는 독일 여성과 지내며 히틀러와 유태인과 제2차 세계대전을 알게 되었다. 결혼하기 1년 전에는 시험 삼아 정당에 가입해보았다. 이틀 후 그 당에 활동금지 조치가 내려졌고 비상사태가 선포되면서 그녀 역시 수천명의 다른 사람들과 수색을 당했다. 가방 안에 활동 금지된 당과 관련된 문서를 소지했다는 이유로 잠깐 체포되어 재판정에 서게 되었는데, 판사는 영문을 모르겠다는 투로 말했다. "이 편지를 법정에 제출한 이유가 도대체 뭡니까?" 그가 사건을 담당한 경찰에게 매섭게 쏘아붙였다. "영어 몰라요? 이 편지의 작성에 가담한 두 인물은 활동이 금지된 그 당의 당원들에 대해 극히 비판적이잖아요. 공산주의의 목표를 고취하는 게 아니라고요." 궁극적으로 그녀가 나라 없는 사람으로 보츠와나에서 살게 된 것은 그 판결 때문이었을지도 모른다.

그녀는 감옥에서 막 풀려난 깡패와 결혼했다. 수감되어 있는 동안 인생에 대해 진지하게 생각해왔노라 했다. 사실 그와 말을 트게된 것은 그가 불교에 관심이 있다고 했기 때문이었다. 불교라면 아시아 사람들과 친하게 지내면서 좀 알게 된 바가 있었다. 일주일이 지났을 때, 철학에, 그것도 인도 철학에 관심이 있는 사람과 결혼을 해도 전혀 문제될 게 없어 보였다. 한달 뒤 옆집 사람이 그녀에게 와서 말했다. "당신 남편 이상한 거 알아요? 수지가 현관 앞에 나와 당신 남편을 부르는 거예요. 그러면 그가 집 안으로 들어가고 함께 침실로 들어가요. 거의 매일 수지와 이 짓을 하고 있다니까요. 한번은 지나가면서 그에게 인사를 건넸더니 글쎄, 뽀뽀할래요? 이러는 거예요. 그래서 '저리 꺼져' 그랬죠. 어쩌다가 그런 화상과 결혼을 했대요?"

그녀의 남편이 자신에게 지근덕거린다는 이웃 여자들의 불평이 끊이지 않았다. 그러더니 다음에는 백인 남자를 애인으로 두기까지 했다. 1년 뒤 그녀는 어린 아들을 데리고 집을 나왔고, 다시는 돌아가지 않았다. 보츠와나에서 선생님을 구한다는 광고를 신문에서 보았다. 그녀는 출국허가서를 받아야만 했고, 거기에는 결혼과 마찬가지로 '귀환 금지'라는 문구가 적혀 있었다. 상관없었다. 그 나라라면 지긋지긋했으니까. 원래 정치적 이념을 잘 이해하지도 못했고 좋아할 수도 없었지만, 모든 흑인들과 마찬가지로 그녀역시 남아프리카공화국에서 등골 빠지게 힘든 삶을 살아야 했다. 그건 마치 신경을 항상 팽팽하게 긴장시킨 채로 살아야 하는 것과 같았다. 그곳의 백인들이 왜 필요 이상으로 흑인을 증오하고 혐오하는 건지 도대체 이해할 수가 없었으니까. 그들은 그냥 처음부터 사람을 증오하는 존재로 태어났고, 흑인들은 그냥 처음부터 증오의 대상으로 태어난 것만 같았다. 그것을 넘어서는 어떤 종류의 사회적 진화도 없고 인간의 마음으로 고양되는 일도 없이, 단지 생김새가 서로 다른 두 집단 구성원 사이에 존재하는 악의에 찬 격렬한 싸움만이 있을 뿐이었다. 그리고 댄 특유의 고문방식처럼 그것은 언제까지고 끝없이 계속될 수 있는 종류의 것이었다. 그 얼굴에서 대단하신 권력광의 모습을 똑똑히 마주하게 되고 나면, 그의 눈에는 사람이나 인간성, 동정심이나 다정함 같은 건 전혀 들어오지 않는다는 사실을 알 수 있었다. 마치 시야에 완벽한 사각지대가 있어서, 보이는 것이라고는 단지 자신의 권력, 자신의 영향력, 자신의 자아밖에 없는 듯했다. 그건 창조적 기능이 아니라 죽음이었다. 죽은 고기를 파먹는 매처럼 다른 사람의 영혼을 파먹고 살면서 이 권력광들이 얻는 건 뭘까? 자기들 눈에는 스스로가 신이라도 되는 양 최고의 존재이자 사람들이 가장 아끼는 훌륭한 존재로 보이기라도 하는 건가? 엘리자베스는 그에 대한 답을 얼마간은 자신이 보츠와나에서 겪은 일에서 찾을 수 있었다는 생각이었다. 그것이 두 남자 사이의 비정상적인 관계를 통해 밝혀지게 된 것은 그녀의 정신상태가 약간 온전치 못해서라기보다는 그 두 남자가 기괴한 존재였기 때문이었을 것이다.

모타뱅 부락의 이름은 모래의 장소를 뜻했다. 칼라하리 사막 가장자리의 높은 곳에 자리 잡은, 내륙 깊숙한 외딴 부락이었다. 보아하니 사람들이 거기에 정착하는 이유는 오직 지하수가 풍부하다는 사실뿐이었다. 이방인이 그 거친 모양새와 황량한 검은 나무에 정이 들기까지는 시간이 꽤 걸렸다. 보츠와나로 가는 기차에 같이 타고 있던 어떤 이는 웃으면서 이렇게 말했다. "모타뱅에 간다고요? 진흙 움막들만 잔뜩 있는 커다란 부락인데!" 풀로 엮은 옅은 회색 지붕을 얹힌 진흙 움막이 대부분이었으므로 건기 중에는 마을 전체가 잿빛으로 보였다. 우기에는 일종의 사막비가 내렸다. 하늘에서는 주룩주룩 비가 쏟아지는 게 보이는데 땅에 닿기도 전에 공중에서 말라버리는 것이다. 바람이 불어오는 쪽으로 얼굴을 돌리면 비의 냄새가 콧속으로 스며들어왔지만 모타벵에만은 비가 내리지 않는 경우가 많았다. 엘리자베스는 혼자 그 부락에 새로 이름을 붙였다. 비-바람 부락. 어디선가 읽은 적이 있는 시 구절이었다. 새 날이 밝으면 소들이 가만히 몸을 뒤척여 별 생각없는 진득한 눈길을 돌리듯이 그곳의 삶의 리듬은 느릿느릿 흘러갔다. 엘리자베스가 봤을 때 마을 사람들은 매일같이 하는 인사를 나누는 데만도 30분은 걸리는 것 같았다. 그들 얘기가 모타벵은 친척끼리 결혼을 하는 친족 마을이어서 거의 모든 사람에게 친척이 한 육백명 정도 되기 때문에 오래 걸리는 거라고 했다. 엘리자베스가 도착했을 때 사람들이 하는 전형적인 인사를 그녀에게 통역해주었는데 대충 이런 식이었다.

"안녕하세요, 어머니."

"안녕하세요, 어머니."

"몸은 어떠세요?"

"괜찮아요. 당신은요?"

"저도 괜찮아요."

(여기서 숨을 고르기 위해 잠깐 대화가 끊긴다. 하지만 여기서 끝나는 게 아니라는 건 다들 안다)

"할머니 셋째 딸이 아파서 병원에 있다던데요."

"저런, 그래서 거기 가는 길이에요?"

"네. 이모부 넷째 조카가 삼촌 다섯째 딸이랑 결혼하잖아요."

"어머나. 그럼 곧 국수 먹을 수 있겠네요?"

"그게 좀 문제예요. 삼촌 다섯째 딸이 하는 말이 그 집 애 결혼할 때 자기를 초대하지 않았다면서 당신은 국수 먹을 생각은 하지도 말라던데. 하여튼 걔 말본새는 맘에 안 든다니까……"

이런 식으로 한없이 이어지는 것이었다. 엘리자베스와 얘기할 때 사람들은 뭔가 속았다는 분위기로 그녀를 바라보곤 했다. 그녀가 쎄츠와나어로 할 수 있는 인사로 배운 게 고작 다섯마디까지였으므로 군침 도는 여담이라고는 해줄 게 없었다. 아예 대놓고 그녀를 붙잡아 세우는 사람도 있었다. "잠깐만요. 어디 급하게 갈 데 있어요?" 그러니 정말이지 생전 처음 겪는, 상상도 할 수 없는 상황이었다. 남아프리카공화국에서 보통 들을 수 있는, '이봐, 카피르, 저리 비키라고'식의 인사와는 완전히 반대되는 종류의 것이었다. 여기서는 분명 사람과 사람 사이에 감정이 흘러다니는 것일까? 처음에 그녀는 부락의 한구역 중심지에 거처를 마련했다. 그 동네 사람들은 모두 친척이었고, 아이들이나 할 만한 놀이를 어른들이 여전히 하고 있다는 사실을 알고는 아연했다. '내가 네게 주문을 걸면 너도 내게 주문을 걸겠지.' 이게 어떤 건지 선생님 한명이 그녀에게 설명해주었다. 누군가 당신을 미워한다고 해보자. 그러면 당신은 밤에 그의 마당에 몰래 들어가 주술사가 주문을 건 마른 나뭇잎 한뭉치를 문간에 놓고 나올 것이다. 그걸 봤을 때 교육받은 사람이라면 그냥 나뭇잎 뭉치를 집어서 던져버리겠지. 하지만 이 마을의 보통 사람들은 그 길로 당장 주술사를 찾아가 그 주문을 막을 주문을 지어달라고 할 것이다. 이 사회에 비밀이란 거의 없어서, 애초에 그 짓을 시작한 사람도 여기저기 떠들고 다니게 마련이니까 복수도 신속하게 이루어진다. 그런데 그렇게 문간마다 나뭇잎이 아무리 쌓여도 사람들은 별 탈 없이 잘 사는데, 오히려 영양실조나 병은 잘 넘기지 못한다. 그런 일이 생기자마자 사람들은 바로 예전의 주문을 기억해낸다. 엘리자베스에게 이는 그것만 아니라면 아름답기만 할 사회에 유일하게 존재하는 무자비하게 잔인한 면모로 보였다. 그것은 사람들이 서로에게 행사하는 공포 전술이었다. 나중에 보츠와나에서의 초기 시절을 되돌아보며 죽음의 손아귀로 자신의 인생을 휘감던 이가 주술의 탈을 쓰고 사람의 심리를 쥐락펴락하는 인물이었음에 틀림없다는 생각이 들 때면 그러한 공포가 그녀의 마음을 사로잡게 될 것이었다.

그녀의 삶이 가만히 있는 멀쩡한 뱃전에서 고꾸라지며 곤두박질치기 시작한 것은 모타벵 부락에 도착한 지 겨우 석달이 지났을 때였고, 그때부터 줄곧 아래로 곤두박질쳤다. 그녀는 처음에 한치 앞도 볼 수 없는 모타벵의 밤이 너무나 무서웠다. 여태껏 가로등이 창밖을 환하게 밝히는 도시에서만 살아왔기 때문에, 가장 먼저 뛰어나가 사들인 것이 침대 옆에 촛불을 놓을 수 있는 의자였다. 촛불을 켜두다가 눈꺼풀이 감기기 직전에서야 촛불을 불어 껐다. 촛불을 켜둔 채 잠이 들어버릴 때도 많았다. 오두막에 있는 가구라고는 의자와 침대와 작은 탁자가 전부였다. 얼마 지나자 암흑에 차차 익숙해졌고, 촛불을 끄자마자 어둠이 사방에서 밀려들어와 자신을 삼켜버리는 순간을 꽤 즐길 수도 있게 되었다. 어느날 밤 촛불을 막 불어 껐을 때 불현듯 누군가 방으로 들어왔다는 느낌이 들었다. 그 느낌은 지붕에서 한꺼번에 쏟아져내리는 것처럼 강렬했기 때문에 그녀는 침대에서 벌떡 일어나 앉았다. 어떤 기운이 빠르게 방을 가로질러 흐르더니, 그게 뭔지는 모르지만 그렇게 움직여 의자에 앉았다. 의자에서 살짝 삐거덕거리는 소리가 났다. 너무 놀라서 그녀는 몸을 휙 돌려 촛불을 켰다. 의자에는 아무도 없었다. 그녀는 귀신이라고는 생전 본 적이 없었다. 온갖 것이 '보이는' 그런 부류가 아니었다. 그녀에게 세상은 자신이 볼 수 있고 느낄 수 있는 것들만 존재하는 평평하고 곧은 이차원적 공간이었다.

이런 일이 며칠밤 동안 지속되었지만, 그게 무엇이든 생명을 위협하는 존재는 아니구나, 그냥 그렇게 생각하고 말았다. 여기 앉아 있고 싶으면 그렇게 하라지. 천만에! 그게 무엇이든 그것은 얼마 지난 후 스스로를 알리고 싶어 했던 것이다. 어느날 밤, 그녀가 누워서 천장을 뚫어지게 보고 있는데, 자기 머리가 점점 퍼져나가서 커다란 지평선을 이루는 것만 같았으니 말이다. 그렇게 되자 모든 것이 바로 거기 그녀 안에 있으면서 동시에 저 멀리로 투사되는 듯한 기이한 느낌이 들었다. 도대체 잠을 자고 있는 건지 깨어 있는 건지 알 수가 없었고, 그 이후로 그렇게 꿈속의 지각과 깨어 있을 때의 현실을 구분하는 선이 엉망이 될 때가 많았다.

그 커다란 지평선을 완전히 채우며 남자의 형태가 나타났다. 옆으로 비스듬히 앉아 있었다. 아주 평온하고 확신에 차 있는 게 전능함의 분위기가 풍겼다. 승려들이 입는, 아래까지 늘어지는 부드러운 하얀색 옷을 입었는데, 어깨 쪽이 약간 앞으로 쏠린 게 좀 특이한 방식이라서 죄수복 같기도 했다. 그가 상냥한 눈길로 엘리자베스를 똑바로 바라보더니 속 깊은 애정이 담긴 목소리로 말했다. "친구여."

그녀는 대답할 말을 찾지 못한 채 마찬가지로 뚫어지게 바라보기만 했다. 그가 다시 말했다. "한동안 여기 살 건가?"

갑작스러운 공포가 그녀의 가슴을 조여왔다. 생각지도 못한 말이 툭 튀어나왔다. "아니요." 그녀가 말했다. "곧 죽을 목숨이에요."
상냥하던 그의 표정이 심각한 표정으로 바뀌었을 뿐 달리 대꾸가
없었다. 본능적으로 어떤 승려의 이름이 문득 머릿속에서 떠오르
는 듯했다. 저 사람이…… 저 사람이…… 하지만 도저히 감당할 수
없었다. 극심한 공포에 떠밀려 그녀는 팔을 정신없이 내저으며 침
대에서 튕겨나왔다. 격한 흥분 상태에서 잠시 방 안을 마구 서성댔
다. 이 돌연한 마주침, 그리고 그의 기이한 질문과 마찬가지로 기이
한, 생각지도 못하게 튀어나온 그녀의 대답이 머릿속을 온통 헤집
어놓았다. 그는 모타뱅 부락 근처에서 본 적이 있는, 녹색 트럭을
몰고 다니는 남자처럼 보였다. 하지만 그녀가 마음속으로 승려처
럼 차려입은 그 남자와 연결 지었던 이름은 사람들이 보편적으로
숭상하는 신의 이름이었다. 더이상 별다른 일이 생길 것 같지 않았
으므로 마침내 그녀는 진정하고 다시 잠자리에 들었다. 어떤 일이
이런 식으로 사람을 혼비백산하게 해놓고도 겉보기에 멀쩡한 상
태로 다시 진정시킬 수 있구나 생각했는데, 나중에 보니 얼마나 얼
이 빠졌는지 완전히 부자연스러운 그런 상황을 그냥 받아들여 삶
의 흐름에 적응시킨 것이었다. 그것을 설명할 수 있는 방법은 한가
지밖에 없었다. 어떤 학교의 교사들 중에 브랜디를 무척 좋아하는
교사가 한명 있었다. 그는 몇모금만 몰래 마실 요량으로 브랜디 병
을 들고 화장실로 들어갔다. 그 몇모금이 계속되면서, 문을 배꼼이
열고 교장이 어디 있나 주변을 살펴보았다. 곧 너무 취해버린 그는
하던 행동을 거꾸로 하고 말았다. 그러니까 문을 열고, 몇모금을 마
신 후 문을 닫고는 화장실 안에서 교장이 어디 있나 찾아본 것이
다. 그녀의 지금 행동이 거의 그런 식이었다. 처음에는 침대 곁의
의자에 앉은 흰 승복을 입은 승려와 정신없이 대화를 하던 끝에 잠

에서 깨어났는데 얼마 안 가 그 대화가 일종의 전업이 되었다. 그의 얼굴과 은빛에 가까운 흰색 승복의 희미한 윤곽이 그녀에게는 내내 뚜렷이 보이게 되었고, 처음에는 그 경험이 얼마나 강렬했던지 이른 아침에 자기 잔에 차를 따른 뒤 한잔 더 따라서 아무 생각 없이 의자 쪽으로 걸어가 '여기 당신 차예요'라고 말했던 것이다. 그러곤 곧 퍼뜩 정신을 차리고 고개를 저으며 말했다. "아, 내가 미쳤나봐! 그냥 형체 없는 존재인데."

하지만 그는 얼마나 생생하게 살아 있던지! 게다가 아예 눌러앉을 것처럼 보였다. 사람들에 대한 그의 관심과 애정만큼 그녀를 매료시키는 것도 없었다. 그녀의 오두막을 찾는 사람들에 대해 빠지지 않고 한마디씩 했다. 보통은 '저이는 사랑스럽기도 하지, 그렇지?'거나 '좀 이상하긴 한데 그래서 마음에 든다니까', 이런 식인데, 아주 가끔은 '저 남자는 별로야. 생각이 좁아 터졌다니까', 이럴 때도 있었다. 그녀가 나누는 대화에 전혀 거리낌없이 끼어들어서 옆에서 토를 달았고, 특히 뭔가 마음에 들 때면 고개를 주억거렸다. 엘리자베스는 열변을 토하는 스타일이라 말을 할 때 동작이 대단했다. 어떤 얘기를 하다가 흥분하면 자리를 박차고 일어나 팔을 마구 흔들어대기도 했다. 종종 의자 쪽으로 몸을 휙 돌려 똑바로 의자를 가리키면서, 늘 거기에 눌러앉은 존재까지 싸잡아 격렬하게 말했다. 언제나 이런 말이었다. "저 의자에 앉지 말아요. 뒤로 너무 기울어서 등이 아프거든요. 침대에 앉아요." 어쩌다 불행하게도 의자에 앉은 존재를 까맣게 잊어버리고 대화에서 그를 완전히 배제하기라도 하면 의자가 크게 '댕그랑' 소리를 내며 못마땅한 표시를 했다. 그 '댕그랑' 소리는 특히 훌륭한 주장을 했을 때에도 울렸다. 따로 벌어지는 대화의 그 요란한 소리를 눈치 채는 사람은 하나도

없었는데, 딱 한번 톰이라는 이름의 젊은 미국인 평화봉사단 자원
봉사자는 예외였다. (모타벵 중학교의 거의 대부분의 교사들이 국
제 자원봉사단과 평화봉사단이었으므로 모타벵 부락은 그런 사람
들로 넘쳐났다) 처음 만났던 그날부터 톰은 그녀의 삶에 영원한 붙
박이가 되었다. 그들은 곧 자신들이 온 세계의 문제를 함께 해결이
라도 하는 듯한 상상에 빠져서, 몇시간이고 머리를 맞대고 앉아 심
오한 철학적 문제들과 씨름하는 게 일상이 되었다. 나중에 엘리자
베스는 제정신으로 돌아오기 위해 톰에게 무척 의지를 하게 될 것
이었다. 그런데 그날 밤 그가 그녀의 집을 막 나서려다가 다시 몸
을 돌리더니 웃으면서 말했다. "당신은 참 특이한 여자예요, 엘리
자베스. 어쩌면 남자들이 이런 일을 하게 만든담? 알겠지만 남자들
이 여자들과 심오한 형이상학적 문제에 대해 진지하게 논의하는
일은 별로 없어요. 그니까 여자랑은 사랑이나 뭐 그런 얘기나 하지,
가장 깊숙한 감정은 다른 남자들과 함께하려고 아껴둔다고요."

그러자 쎌로가 말했다. "그래, 맞는 말이야." 그러고는 의자에서
요란하게 '댕그랑' 소리가 났다.

톰이 바짝 긴장하며 눈을 둥그렇게 뜨고 방 안을 이리저리 쏘아
보았다. "무슨 소리 못 들었어요?" 그가 바로 물었다. "분명히 누군
가 '그래, 맞는 말이야' 이런 소리를 하는 걸 들었는데." 그러더니
가만히 서서 신기한 듯 이 구석 저 구석으로 눈길을 주는 것이었
다. 자신의 집에서 벌어지는 말도 안되는 상황을 설명할 방도가 없
었으므로 엘리자베스도 가만히 있었다. 갑자기 톰은 "맙소사, 정말
피곤한가봐"라고 하더니 일어나서 나가버렸다. 그가 떠난 자리에
그가 한 말의 잔향이 남았다. '가장 깊숙한 감정은 다른 남자들과
함께하려고 아껴둔다고요.' 정말 그래, 그녀가 생각했다. 쎌로와 그

녀의 관계를 그나마 사리에 맞게 설명할 수 있는 방법은 그것뿐이었다. 그 기반은 남성적이었던 것이다. 처음부터 쎌로는 중간에 잠깐 연락이 끊겼던 오랜 친구를 다시 만나 관계를 이어나가는 사람처럼 보였다. 마치 이런 식이었다. "그때 우리가 만나서 같이 이런 일을 했었잖아, 기억나?" 온갖 인물이 장관을 이루며 늘어서 그녀에게 다가왔고 거기엔 과거에 대한 기억이 가득했기 때문이다. 그들 모두가 인류의 예언자로서 나름의 일을 하는 쎌로 자신이라 할 수 있었다. 그녀에게는 그녀만의 얼굴이라 할 만한 게 없는 듯했다. 자신이 숭배하는 쎌로 쪽으로 언제나 얼굴을 돌리고 있었으니까. 적어도 그것이 내면에서 새롭게 깨어난 얼마 안되는 인식에서 그녀가 차지한 자리였다. 단지 쎌로의 곁가지로 붙어 있는 것만 같았다. 가장 그럴듯하게 갖다 댈 수 있는 비유라면, 많은 종교지도자의 경우에서처럼 스승과 그가 가장 총애하는 제자 정도라고 할 수 있었다. 이렇게 종교적인 인물로서의 쎌로에게는 너무나 많은 인상이 존재했기 때문에 그가 무슨 곡예사라도 되는 것 같았고 그의 과거의 삶이 온 세계에 퍼져 있는 느낌이었다. 이런 주장을 예를 들어 설명할 수 있는 가장 좋은 방식은 이렇다. 예를 들어 아인슈타인이 그 영혼이 시작되는 까마득한 옛날에 자신에게 가장 적합한 일이 과학이라고 결정을 했다 치자. 그러면 수세기를 거쳐서 온갖 모습으로 현현하면서 그는 과학에 전념할 것이고, 결국 선택한 분야에서 전문가가 될 것이다. 그러면 쎌로에게도 같은 과정이 있었다고 할 수 있다. 그는 종교를 선택했을 따름이었다. 거기에서는 그리고 이곳에서조차 그를 따라다니는 것처럼 보이는 예언들에 대한 잠정적인 해결책도 나왔다.

나중에 댄은 그녀에게 이렇게 말했다. "그는 예언이 없이는 아예 태어나지도 않았을걸. 거기엔 너도 포함되어 있고 말이지." 어쩌면 그녀는 어떻게든 좀 안전하고 편안하려고 쎌로와 지나치게 동일시를 했는지도 몰랐다. 그는 그런 선언들에 수반되는 모든 위험에는 익숙해 있었는지도 몰랐다. 왜냐하면 우려할 만한 일은 댄이 쎌로가 아닌 바로 자신이 온 세상을 더 잘 관리할 수 있는 인물이라고 결정했다는 사실 때문이었다. 자신보다 앞선 어떤 예언도 없었다는 사실 때문에 그는 내심 애가 탔다. 그런데도 어찌어찌해서 그는 1910년에 온 세상의 관리자 자리를 꿰어찼다. 그 사실을 얘기할 때 그의 말투는 빠르면서 딱딱 끊어졌다. '1910년부터 줄곧 관리자임.' 그는 마음속에서 광적으로 예언에 집착했고, 그 의도는 주로 예언이 불발되거나 온 나라의 웃음거리가 되도록 만들고자 함이라는 것을 엘리자베스는 알 수 있었다. 문득 그에게 그것을 날려버리는 기폭제로 엘리자베스를 이용해먹자는 방안이 떠올랐고, 그녀가 쎌로를 미워하게 되었다는 사실을 확신하게 되자 계속해서 이렇게 떠들어댔다. "그는 혼란스러워 정신이 나가버렸어. 예언들이 전혀 실현되지 않고 있거든."

어느 단계에 이르자 그녀 역시 모든 예언이 공중에 산산이 흩어져버렸음을 알 수 있었지만, 예상하지 못했던 것은 댄이 교묘한 방법으로 그녀까지 날려버리려 했다는 사실이었다. 그녀는 워낙 넋을 놓고 사는 편인데다가 사람들 간의 공적인 삶을 의식하는 문제에서는 전혀 눈에 들어오지 않는 구멍 같은 부분이 있어서 파편적으로 존재하는 정보를 다 모아 어느 정도 조리가 서는 형태를 갖추어내는 데 시간이 좀 걸렸다. 보츠와나 사회와 관련된 부분에서 그녀는 두말할 나위없이 철저한 아웃사이더였고 무슨 일이 있어도 그들의 상황에서 내부자가 될 수는 없었을 것이다. 그래서 앞선 일을 돌이켜보며 이렇게 혼잣말을 하게 될 때가 많았다. "이것 보게, 근데 그 사람들이 왜 그런 말을 했지? 그런 일은 또 왜 한 거지?"

왜냐하면 돌이켜보니 어느날인가 모타벵 사람들이 전부 돌아서서 말없이, 막연한 호기심을 가지고, 거의 무심하게 그녀를 쳐다보았다는 기억이 났으니 말이다. "흠, 뭔가 들리는 얘기가 있었어. 어디 한번 요년을 잘 뜯어보자고." 마을 사람들 중 좀 대담한 사람들 몇몇은 아예 나서서 입술을 앙 다물며 대놓고 물어보기도 했다. 그런 일이 벌어진 건 대개 그녀가 우편물이 분류되기를 기다리며 하릴없이 우체국 앞에 서 있을 때였다. 이번에 그녀에게 말을 건 것은 젊은 여성이었다. "이곳 사람들은 뭔가를 기다리며 살아요." 미소를 띠고 그렇게 말하더니 고개를 약간 숙이며 덧붙여 물었다. "대단한 사람이 되고 싶어요?"

뒤의 질문에 대답하기는 쉬웠다. "아, 전혀 아니에요. 지금 제 모습에 만족해요." '대단한'이라는 그 표현에 머리칼이 곤두서는 듯했다. 다른 데서는 어떤지 모르겠지만, 그녀는 기본적으로 남아프리카공화국 슬럼의 돼지우리 같은 곳에서 자랐다. 그곳 사람들에게는 일종의 불문율이 있었다. 그중 누구라도 '대단한' 흑인이 있으면 사람들이 그를 아주 미워했다. 그 사람 등 뒤에 대고 지독한 경멸을 담아 '지가 아주 대단한 줄 아나보지'하고 내뱉었다. 자기가 대단한 줄 알았다가 엄청난 모멸을 겪어야 했던 사람을 너무나 많이 보았기 때문에, 다음과 같은 생각이 그녀에게 인이 되어 박혔다. 핵심에서는 다른 사람과 똑같은 존재가 되자. 그냥 사람이 되자.

앞의 말은 막연하게 그녀를 심란하게 했는데, 그다음에 어떤 노파가 아예 박살을 내버렸다. 어쨌든 그녀의 집 안에서 온갖 괴상한 일들이 벌어지고 있기는 했으니까. 그 노파 역시 좀 혐오스럽다는 표정을 지었다. 입술을 꼭 다물고 딴 데를 바라보더니 협박조로 물었다. "내 궁금하니까 어디 말 좀 해보게나. 첼로하고는 언제 결혼할 셈인데?"

"뭐라고요?" 못 들은 척하며 엘리자베스가 큰 소리로 물었다. "뭐라고 하셨어요?"

첼로는 기이할 정도로 맹한 눈을 가진 몸집 큰 모츠와나 여자와 결혼했다. 그녀는 좋은 옷을 입고 잘 먹고, 너무 먹어서 걷기도 힘들다는 듯이 육중한 걸음걸이로 걸어 다닐 수만 있다면 아쉬울 게 하나 없어 보였다.

바로 그때쯤에 또 어떤 남자가 쭈뼛거리며 다가오더니 가장 난감한 질문을 했다. "첼로에 대해 해줄 수 있는 얘기가 있어요?" 그렇게 물었다. "그는 자기 나라를 전혀 좋아하지 않아요. 당신 나라 같은 걸 좋아하지요.'당신 나라 같은 것'이라는 그의 말에서 극도의 경멸이 배어나왔다. 그녀는 첼로라는 사람은 알지도 못한다는 듯 아무 말도 하지 않았다. 뭔 소리인지 모르겠다는 표정으로 얼굴을 찡그리자 그는 가버렸다.

사람들이 뭔가 알고 있다는 것이, 그들도 자신처럼 논리적인 틀에 맞춰 이야기의 진행을 따라가고 있다는 것이 엘리자베스에게 분명해졌다. 이 이야기는 첼로의 기분이 내키는 대로 찔끔찔끔 연이어 등장했지만 한가지만은 확신할 수 있었다. 물을 와인으로 바꾸는 일 같은 건 아직 시작하지 않았다는 것이다. 그랬다면 상당한 히스테리적 반응들이 있었을 것이다. 그러나 사실 사람들도 그녀와 마찬가지로 정신이 나갈 만큼 식겁하는 경우가 가끔 있기는 하지만 그냥 상황에 맞춰 따라가고 있을 뿐이었다. 실제 예언이 무엇이었는지, 그녀는 전혀 아는 바가 없었다. 쎌로는 다른 문제라면 온갖 얘기를 엄청나게 해댔지만, 그에 대해서는 입을 꾹 다물었다. 댄이 그것에 광적으로 집착하지 않았다면 그녀는 있는지도 몰랐을 것이다.

그녀는 처음에는 쎌로라는 실제인물에 대해서 참을 수 없이 궁금했다. 자신의 집 의자에 앉아 있는 흰 승복을 입은 승려와 어떤 면에서는 짝을 이루리라는 생각이 들었다. 놀랍게도 그는 일부러 애써 그녀와의 사이에 건널 수 없는 장벽을 세웠다. 한번은 어떤 건물 모퉁이를 돌자마자, 키 작은 남자와 대화를 나누고 있는 쎌로와 딱 마주친 적이 있다. 그녀는 걸음을 멈추고 그를 똑바로 쳐다보았다. 그가 천천히 고개를 돌려 외면했다. 그녀는 그와 얘기를 나누던 사람을 슬쩍 보았다. 눈이 예뻤는데, 커다란 까만 눈동자가 반짝반짝했고 속눈썹이 무성했다. 그런 눈매 때문에 그의 얼굴은 놀랍도록 순진하고 다정해 보였다. 그는 곧바로 엘리자베스에게 말없이 고개를 숙여 인사했다. 그 사람이 바로 댄이었다. 그녀는 딴데 정신이 팔려서 인사를 제대로 받아주지도 못했다. 쎌로를 향해 '왜 남의 집에 와서 앉아 있는 거예요?'라는 말이 거의 입 밖으로 튀어나올 뻔했던 것이다.

그것이, 그 외면하는 얼굴이 처음부터 정해놓은 그의 방식이었다. 모든 사람이 인사를 나누는 게 의무적이다시피 한 사회에서는 두드러진 의도적 행동일 수밖에 없었다. 그녀로서는 오히려 다행스러웠을 수도 있다. 쎌로가 여성들에 관해 괴상한 얘기를 늘어놓았으니 말이다. 자기가 그들을 '죽였다'고 했다. 그게 순전히 우연이었을까? 그 마을에는 틈만 나면 그녀를 붙잡아 세운 뒤 의미심장한 눈길로 말을 거는 불편한 남자가 하나 있었다. 언제나 이런 식으로 운을 뗐다. "쎌로에 대해서 해줄 얘기가 있어요." 그러고는 어깨너머로 뒤쪽을 살펴본 뒤 말했다. "나도 당신과 같은 나라 출신인데, 이 나라 사람들은 우리가 자기네들하고는 싸울 엄두도 못 낸다는 얘기를 그렇게 하고 싶어 하죠. 상관없어요. 어떤 자식이 내 아내랑 침대에서 뒹구는 꼴을 보면 당연히 싸울 테니까. 여기 사람들에 대해 알고 싶은 게 있으면 내가 다 말해줄게요." 그의 눈에 가득한 그 은근한 암시가 그녀는 맘에 들지 않았다. 그런데 나중에 쎌로가 직접 그 일을 언급하는 바람에 얼마나 놀랐는지 모른다. "그건 사실이야. 내가 그의 아내랑 침대에서 뒹구는 걸 그가 봤거든. 그 남자에게는 유감이었지만 부인을 죽일 수밖에 없었지. 마구 날뛰는 야수 같았거든. 지금은 전혀 해롭지 않지."

그 여자를 볼 기회가 있었다. 끔찍한 속물에 친한 척하는 걸 어찌나 좋아하는지 같이 있으면 불쾌해지는 그런 사람이었다. 모타벵은 다른 사람이 옷을 어떻게 입든 별로 상관하지 않는 그런 곳이었는데, 그런 데서 그녀는 가게에 비누 하나를 사러 나갈 때도 있는 대로 차려입었다. 정신을 바짝 차리고 있을 때는 어떤 상황이든 야무지게 간수하는 영락없는 마님이었다. 그런데 방심하고 있을 때 엘리자베스와 눈이 마주친 적이 있었다. 그 눈은 생기도 총기도 없는 것이 지쳐 보였다. 그녀가 피곤한 듯이 한손을 들어올리며 말했다. "이 나라는 지독히도 살기 힘든 곳이야. 속이 바짝 말라서 죽어버린다고. 난 이미 죽어버린 지 한참 된 것 같아."

쎌로는 '죽인다'는 이 문제에 대해 명확히 한 적이 없었다. 그냥 여자 여럿을 '죽였노라'고만 했다. 그것도 자신이 맡은 어떤 일의 일부라도 되는 듯 감정 없이 무심하게 말이다.

모타벵 마을에서 녹색 트럭을 몰고 다니는 실제인물인 쎌로에 관한 자세한 사항은 거의 그녀에게 들어오지 않았다. 사람들이 툭 하면 이런 식으로 얘기할 뿐이었다. "가축과 농작물에 대해서 알고 싶어요? 쎌로한테 가봐요. 그런 문제라면 모르는 게 없다니까." 쎌로는 농작물을 기르는 농사꾼이자 가축 사육사였다.

평소에 대화를 나누는 중에 이따금 그의 이름이 튀어나올 때가 있었다. 그의 집에서 열리는 파티에 꼭꼭 참석하는 국제자원봉사단 중의 하나가 한번은 엘리자베스를 향해 열정적으로 이렇게 말했다. "쎌로한테는 정말 멋진 뭔가가 있다니까요. 정확히 뭔지는 모르겠지만요."

또 한번은 모타벵 병원에서 일하는 모츠와나 출신의 젊은 간호사와 골목길에 서서 얘기를 나누고 있는데 쎌로가 그 녹색 트럭을 몰고 지나갔다. 간호사가 이렇게 말했다. "저 사람 정말 좋아요."

"어째서요?" 엘리자베스가 관심을 보이며 물었다.

"굉장히 가족적인 남자거든요." 그녀는 그저 이렇게 말했다. "그의 집에는 모든 게 자리가 잘 잡혀 있어요."

실제인물 쎌로에 대해 그녀가 아는 거라고는 그게 전부였다. 느리게 진행되는 내면의 드라마가 모타벵 마을에서 마주치는 어떤 드라마보다 여러 면에서 훨씬 흥미진진하면서 동시에 힘이 많이 드는 일이었다. 문득 꿰뚫어 알게 된 사실이나 지각하게 된 것 들, 획획 지나가는 이미지와 인상 들로 인해 지금껏 떠맡았던 다른 어떤 일에서보다 더 집중하고 되돌아보고 오래 따져봐야 했던 것이다. 그 드라마 전체를 좌우하면서 감독하는 것은 쎌로였다. 그는 함께 일하는 게 무척 흥미로운 사람이었는데, 단순히 그의 기질이 엘리자베스와 상반되었기 때문에 그랬다. 그녀의 정신은 경중경중 뛰어다니는 식이라 세세한 부분은 놓치고 지나가기 일쑤였는데,

그는 항상 세발자국쯤 뒤에서 서두르지 않고 차분하게 움직이면서 세세한 부분을 다 거두어들였다. 그가 생각을 제시하는 방식조차 그녀에게는 매력적이었다. 혼자서 명상을 할 때의 느릿느릿한 문장들로 펼쳐놓는 것이었다. 그녀를 만나기도 전에 이야기 전부를 이미 다 생각해놓은 것만 같았다. 왜냐하면 그는 얘기를 하는 도중에 자신도 모르게 고개를 주억거리는 버릇이 있었는데 그건 마치 이런 얘기처럼 들렸다. "내가 아는 게 아주 많은데, 사람들은 내가 무슨 얘기만 하면 항상 쌍지팡이를 짚고 나서지."

그가 제시한 것은 미래의 아름다운 세상이었다. 그는 전화교환대에 앉아 다른쪽 끝에서 대기하고 있는 아름다운 사람들과 전화를 연결해주었다. 엘리자베스에게 선함으로 제시된 것들이 얼마나 한결같이 그러했는지, 그녀는 쎌로가 기댈 만한 편안한 버팀목이라고 성급하게 받아들여버렸다. 한번은 쎌로가 그녀에게 자신의 정신적 독립성을 유지해야 한다고 경고했다. "넌 분석적 정신을 지니고 있잖아. 네게 보이는 모든 것을 분석해봐야 해." 그 경고를 들은 체도 하지 않았고, 그래서 그가 돌연하게 그 선함의 버팀목을 획 잡아 뺐던 날 그녀는 폭풍우가 몰아치는 위태로운 바다 한가운데에서 죽어라 하고 허우적댔던 것이다.

"넌 남아프리카공화국에서 고생을 무지하게 했지." 서론 격으로 그가 말했다. "하지만 백인을 증오하면 안돼."

"그건 왜죠?" 그녀가 물었다.

"신들은 대부분 그사이에서 태어났잖아." 그가 차분하게 대답했다. "몇몇은 이곳에 잠시 와 있기도 하지만 그러곤 다시 가버리지."

그가 모타벵 중학교 쪽으로 고개를 돌리더니 별안간 구멍 하나에 선을 연결했다. 카키색 반바지만 입고 장화를 신은 건장하고 큰 남자 하나가 길을 따라 엘리자베스의 집까지 걸어왔다. 그가 잠시 문 앞에 서 있었다. 누구지하며 고개를 돌리는 순간 그녀는 너무 놀랍고 신기해서 소리를 지르며 벌떡 일어섰다. 햇빛이 정면으로 그의 얼굴을 비추고 있었고 빛이 사방으로 눈부시게 날아다녔다. 쎌로가 말하는 소리가 들렸다. "하나님 아버지시지. 하나님 아버지."

그는 엘리자베스의 침대에 걸터앉더니, 오른쪽 다리를 들어 왼쪽 무릎 위에 획 얹고는 쎌로를 바라보았다. 아무 말이 없었고, 눈에 비친 표정은 뭐라 정의하기 힘들었다. 하지만 동시에 행복한 듯 웃고 있었다. 마치 '여기서 자넬 만날 줄은 몰랐어, 동지'라고 소리 없는 말을 건네듯이. 그는 들썽거리는 기운에 가만히 있기 힘들다는 느낌을 주었고 쎌로와 마찬가지로 무의식적인 습관이 있었다. 얼굴 가득 바람을 받으며 평원을 가로질러 이리저리 뛰어다니는 야생마처럼 머리를 뒤로 획 젖혔다. 자신의 생각이든 움직임이든 감정이든 어느 것에서도 자유를 제약하는 일은 참을 수 없다는 듯이. 그 두 사람은 아무렇지도 않게 영혼을 맞바꿀 수 있는 듯했다. 쎌로가 자리에서 일어나 곧장 그의 몸으로 걸어들어가 완전히 모습을 감췄으니 말이다. '하나님 아버지'는 잠시 앞쪽을 뚫어지게 바라보면서 뭔가를 곰곰이 생각한 후 고개를 천천히 당당하게 엘리자베스 쪽으로 돌리더니 쎌로가 붙인 직함에 두개를 덧붙였다.

"난 지하세계의 왕이다." 그가 말했다. "'저기 경이로움'이라는 호칭도 있지."

잠깐 말을 멈추고, 작고 깔끔한 글씨가 빼곡히 들어찬 종이 한무더기를 엘리자베스에게 건네주었다. 맨 위에 있는 종이 위쪽에는 '가난'이라고 적혀 있었다. 그다음에는 몸을 돌려 엘리자베스의 침대 발치에 놓인 옷가지들로 손을 뻗었다. 아프리카에서 가난한 남자들이 흔히 입는 낡아빠지고 더러운 누더기 옷이었다. 그가 일어나서 그 옷을 입었다. 그리고 다시 침대로 몸을 돌려, 하얀 빛이 강렬하게 반짝이는, 말할 수 없이 아름다운 왕관을 찾아냈다. 그것을 손에 잠깐 들고 있다가 곁눈질로 엘리자베스를 보면서 말했다. "우리가 오랫동안 함께 일을 해왔잖은가. 이것은 너와 얻은 소득이야. 우리가 다시 함께 일하게 될 텐데, 대신 그 준비를 네가 해야 해." 이제 가려는 듯이 그가 일어났다가는 문득 문 앞에 멈춰서더니 적의를 담아 차갑게 말했다. "댄이 내 이름을 사칭하며 돌아다니고 있어."

그의 마지막 말은 그녀에게는 아무런 의미도 없었다. 그녀는 아직 댄을 만나본 적이 없으니까. 적어도 그의 영혼은 만나보지 못했던 것이다.

그때 쎌로가 한꺼번에 모든 선을 연결하기라도 했는지, 갑자기 엄청난 사람의 무리가 눈앞에 그득했다. 고요하면서도 슬픈, 불에 달궈진 얼굴들을 하고 있었다. 고요함과 슬픔, 얼굴에 담긴 강렬한 표정의 의미가 그녀에게 와 닿은 것은 상당한 시간이 흐른 후 쎌로가 자신의 과거에 대해 상세히 말해주었을 때였다. 그것은 죽음이었다. 인류의 해방을 위해 차례로 생겨나는 대의로 죽임을 당하고 또 당해온 사람들의 표정이었다. 그때 그녀는 생각했다. "아니, 절대적인 직함을 다들 나누어가졌네. 신으로 불릴 만한 사람들이 수십만 명은 되겠는걸."

그녀에게 사람들이나 민족은 온갖 고초를 겪는 와중에 미래를 위한 강력한 목소리와 공유할 수 있는 공통영역을 얻은 듯했다. 왜냐하면 쎌로가 '신들'이라고 칭한 사람의 유형을 잘 살펴보니 평범하고 실질적이며 분별력 있는 이들이었기 때문이다. 보기에 그들이 다른 점이라고는 정신적인 것을 얻는 일에 의식적으로 온 힘을 다했다는 점뿐이었다. 오로지 영혼의 평등함만을 목표로 전력으로 밀어붙였는데, 그 문제가 거기서 해결되지 않으면 다른 어디에서도 가능하지 않다는 듯했다. 그리고 이 점을 가장 충격적으로 보여준 사람들에 대한 기억이 그녀에게는 가장 생생한 기억이었다.

어느날 밤, 한 아시아 남성이 무엇에도 비견할 수 없이 험악한 표정으로 그녀를 향해 걸어오는 것을 보고 그녀는 소스라치게 놀랐다. 누구나 그랬듯이 그 역시 그녀를 잘 알고 있는 것처럼 말을 걸었다. 눈동자가 칠흑같이 검은데다 표정이 너무 사나웠기 때문에 보통 인간처럼 보이지 않았다. 터질 듯 팽팽한 긴장감이 온몸에 가득해서 걸을 때마다 경련을 일으키며 덜컥거리는 듯했다. 그녀의 얼굴에 자신의 얼굴을 바짝 디밀고 긁어대는 쉰 목소리로 말했다. "넌 가난하고 보잘것없는 사람들과 정말로 공감해본 적이 한번도 없지. 어떻게 하면 되는지 이번에야말로 제대로 배우게 될 거야. 그들이 확실히 가르쳐줄 작정이니까." 그러더니 과장된 태도로 팔을 공중에 휙휙 휘둘렀다. 이 신호에 한무리의 사람들이 조용히 방안으로 걸어들어왔다. 가난한 아프리카 사람들이었다. 그들이 한명씩 맨발을 그녀의 침대 위에 올려놓았고, 피 흐르는 상처투성이의 발을 그녀가 볼 수 있도록 몸을 돌렸다. 그들은 아무 말도 하지 않았지만, 그 무리 중에서 한 노파가 엘리자베스를 돌아보더니 이렇게 말했다. "우리를 도와줄 텐가? 우린 내내 고통을 받아온 민족이야." 그녀는 알겠다는 뜻으로 말없이 고개를 끄덕였다.

모두들 고개를 돌려 쎌로를 바라봤다. 엘리자베스와 마찬가지로 그들 역시 쎌로가 이뤄놓은 눈부신 예언자 무리를 볼 수 있었다.

그들이 쎌로에게 등을 돌렸는데, 갑자기 그중에서 한 남자가 몸을 돌리더니 저 멀리를 가리키며 말했다.

"당신은 아직 준비가 안되었잖아. 우리의 왕이 저기 서 계시다. 그가 법의法衣를 벗어던졌어."

그들이 뜻밖에 쎌로에게 적개심을 드러냈기 때문에 엘리자베스는 어떤 격변이, 어쩌면 참사가 곧 다가올 것 같은 예감에 쎌로를 돌아보며 말했다. "뭔가 끔찍한 일이 일어날 거예요." 그 남자의 말과 함께 그녀의 생각이 딱 멈춰버린 것만 같았다. 인도의 가난한 사람들이 쎌로가 그들의 크리슈나이자 라마임을 알게 되었다면, 그들은 그에게 법의를 벗어버리고 다른 사람들과 똑같은 존재가 되라고 했을까? 쎌로가 가장 좋아하는 사냥터가 바로 인도였고, 천상세계에 대한 다른 이론들과 함께 그가 신분제도 역시 처음 만들어냈다는 생각에 그녀는 속으로 그를 비난했다.

그들이 이제는 엘리자베스에게 달려들어 그녀가 가졌을 수도 있을 법의를 모조리 벗겨버렸다. 그들은 이렇게 말했다. "당신과 쎌로와의 관계에는 악한 게 있어. 그는 다 알고 있지. 잘못된 방식으로 당신의 삶을 지배하는데, 그걸 그만두고 싶지 않은 거야."

자신에게는 쎌로와 구분되는 별개의 인성이 없다는 사실을 그녀는 처음부터 알고 있었다. 한동안은 자신이 엄청난 높이에 도달하기 위해서 꽤나 애를 쓰고 있음을 의식했더랬다. 올라갈 때마다 매번 반쯤 다시 굴러떨어졌다. 올라가는 길이 끝없이 이어져 있는 듯했는데, 이 사람들이 얘기하다 말고 고개를 돌려 스님의 복장을 한 남자가 천천히 내려오는 것을 지켜보았다. 그는 앞에서 양손을 움켜쥐고 곧장 엘리자베스 쪽으로 왔다. 그가 가까이 다가오는 동안 그녀는 뚫어져라 그의 얼굴을 바라보았다. 눈꺼풀이 눈을 가린 채로 내면을 향한 의식의 집중이 얼마나 강렬한지 그의 얼굴에서 빛줄기가 조그만 파장처럼 가늘게 떨리며 퍼져나왔다. 그가 말없이 그녀의 몸속으로 들어왔다. 엘리자베스는 몸을 돌려 첼로를 바라보았다. 그가 눈길을 피했다. 그는 부처였다. 첼로를 제외하고 그녀가 유일하게 차지할 수 있던 얼굴이었다. 그녀의 앞에 일련의 그림들이 펼쳐졌다.

불현듯 자신이 첼로처럼 생긴 크고 마른 아시아 남성과 대화를 나누고 있음을 알았다. 그가 부처에 대해 이렇게 말했다. "그는 다시 살아나지 않으려 했어. 그를 다시 살려내기 위해 못된 술수를 동원해야 했지. 해야 할 일이 있었는데, 당신만큼 나와 함께 잘해나갈 사람이 하나도 없었어. 우린 모든 걸 공유했어. 그에게 부인이 있었는데, 내가 거짓 약속을 했더랬지. '그를 끌어내리는 걸 도와주면 그를 영원히 차지할 수 있을 거야' 이렇게 말이야. 그래서 그녀가 그러마고 한 거야."

장면이 바뀌었다. 그녀는 자신과 살짝 비슷해 보이기도 하는 남자 곁에 서 있었다. 그는 손에 새총을 들고 있었다. 그들의 앞에는 괴물 같은 여성이 버티고 있었다. 그 모습이 앞에서 너무나 거대하게 부풀어올라 얼굴을 보려면 몸을 뒤로 한껏 젖혀야만 했다. 이빨이 15센티미터는 되어 보이는 게 생김새가 너무나 흉물스러웠다. 기형적인 이빨을 내보이며 그녀가 엘리자베스를 보고 미소를 지었다. 위대한 사랑의 푸르른 빛이 부드럽게 그녀의 눈에서 비쳐나왔다. 엘리자베스가 곁에 서 있는 남자를 돌아보며 말했다. "다윗, 저 여자를 죽여."

그가 고개를 내저으며 말했다. "그녀는 내가 사랑했던 사람이야."

느닷없이 괴물 같은 여자의 몸에서 야리야리한 몸의 여자가 걸어나왔다. 고개를 숙인 채 따로 섰다. 얼마나 집중해서 자신의 가슴 께로 시선을 내리꽂는지 눈에 흰자위밖에 보이지 않았다. 그녀가 천천히 고개를 돌려 엘리자베스를 바라보았다. 순간 공포에 질려 움찔했다.

"왜 그랬어요?" 엘리자베스가 물었다.

'아버지 하나님'과 마찬가지로 그녀 역시 찬란한 왕관을 머리 위에 얹고는 말했다. "이것이 당신과 관련해서 내가 얻어낸 거예요." 그녀가 엘리자베스의 가슴을 손가락으로 가리켰다. "그 연민의 마음을 내가 만들었죠." 이렇게 말하면서 엘리자베스의 몸속으로 걸어들어갔다.

무리지어 이 모든 것을 지켜보던 사람들이 괴물 같은 여자를 가리켰다. "당신의 손에 묻은 피에 대해 뭐라고 할 테요?"

엘리자베스가 말했다. "그래요, 내가 죽였어요. 하지만 그날부터 그녀는 주님의 추종자가 되었잖아요."

그들이 쎌로를 돌아보며 말했다. "그녀의 삶을 조종하는 걸 그만둬요."

그가 금고가 놓여 있는 벽 쪽으로 가서 금고를 열고는 안에서 작은 상자 하나를 꺼내 엘리자베스에게 건넸다. 극도의 슬픔을 담은 채 엘리자베스를 바라보며 말했다. "지금부터 당신 일은 당신이 알아서 해요." 그러더니 몸을 살짝 돌려 울먹이는 소리로 누구에게랄 것 없이 중얼거렸다. "그래도 아직은 내 보물을 세어볼 수는 있으니까."

슬퍼하는 그의 모습에 문득 가슴이 미어지는지, 모여 있던 사람들이 가만히 무릎을 꿇고 머리를 땅에 조아렸다. 엘리자베스에게는 법의가 하나도 남아 있지 않았다. 누가 악을 계획했는지는 이제 중요하지 않았다. 계획은 언제나 존재했으니까. 그러나 인간의 열정은 그보다 더 깊었다. 그것에 대한 안전장치도, 그것을 막을 수 있을 정도로 강력한 고상함도, 인간의 영혼이 한없이 가라앉지 못할 깊이도 없는 듯했다…… 다윗은 요압에게 편지를 써서 우리아의 손에 들려보냈다. 그가 편지에 쓴 내용은 이랬다. "가장 치열한 전투의 선두에 우리아를 세우고, 그가 싸우다 칼에 베어 죽도록 당신은 그에게서 물러나시오."

말없이 생각에 잠긴 채 몇시간이 흘렀다. 그에게는 심판의 날이 자신에게 닥치게 될 거라는 예감이 있었다. 발언이 갈수록 서글퍼졌다.

"날 도와주겠나?" 그가 엘리자베스에게 물었다. "우린 지금까지 서로 도와가며 성장해왔잖아. 5년이 지나면 난 죽을 거야."

그렇게 누군가의 죽는 날을 굳이 알게 된 게 별로 유쾌하진 않았지만 엘리자베스가 그러마고 했다. 하지만 다음날 밤에 그는 자신의 죽음에 대해서 좀더 찬찬히 숙고해봤는지 이렇게 말했다. "내가 그보다는 더 오래 살겠어. 아이들을 키우고 싶거든."

문득 장난기가 솟은 듯 엘리자베스를 쳐다보았다. "알다시피 내가 영혼의 차원에서는 나이가 무척 많잖아. 내 운명에 정해진 십억 번의 주기를 다 끝냈지. 넌 겨우 두살일 뿐이지만."

그가 고개를 숙였다. 머리 둘레에 흰 머리가 듬성듬성 나 있는 노인의 모습이 드러났다. 위쪽의 커다란 맨 머리가 잘 문질러 광을 낸 마호가니마냥 반짝거렸다. 그녀는 투사된 자신의 모습을 바라보았다. 새카만 머리의 자그마한 여자아이가 자세하게 그려졌다. 걷는 게 이상하게 휘뚝휘뚝했다.

"내 연령대 사람들이 한무리 있고, 네 연령대 사람들이 또 한무리 있지. 앞쪽 무리가 암흑의 시대를 가져왔어. 우리는 고결한 꿈을 꾸어야 했고 그 꿈을 꾼 사람들이 네 연령대에 속해 있지. 모든 게 다 엉망이었어. 어느 것 하나 사악하지 않은 게 없어서 난 결국 완전히 무너져 울부짖었지. 한치 앞도 보이지 않는 끝 모를 절망의 시간에 문득 선함의 원천을 마주치는 일은 그렇게 울부짖을 때 생겨나지. 우리 중 몇몇이 그렇게 울부짖었어. 그러고는 말했어. '우리에게 완벽함을 내려주소서.' 그래서 너를 내려보내준 거야. 그다음에 우리가 물었지. '완벽함이란 무엇인가요?' '사랑이다'라고 그들이 답하더군."

"그들이 누군데요?" 그녀가 바로 물었다.

"공을 쥐고 있는 사람은 항상 있게 마련이야." 그가 말했다. "어깨너머로 넘겨다보면 너보다 더 너그러운 마음을 가진 사람들을 찾을 수 있을 거야."

이런 식의 얘기라면 이해할 수 있었다. 그러니까 어느 누구도 창조의 궁극적인 핵심일 수 없고 다른 모든 생명을 배척한 채 자기 권리와 지배력을 행사했던 사람은 없었다는 그런 얘기 말이다. 그것은 지금은 눌러놓았지만 그녀가 앞으로 내내 씨름해야 할 논쟁이었다. 영혼의 차원에서 사람들은 힘이고 에너지고 별이고 행성이고 우주이며 휘몰아치는 모든 종류의 마법이자 신비라는 사실, 그리고 이런 사실이 공개적으로 인식되었을 때 그렇게 꿰뚫어보게 된 자신들의 힘으로 사람들의 정신이 나가버려서 삶의 자연적인 위엄을 마구 팽개쳐버리게 되었다는 사실 말이다. 다윈이 자연의 패턴을 보며 이렇게 인식했듯이. "생명에는 다양한 힘이 있어서 애초에 몇몇 형태, 혹은 단 하나의 형태에 스며들었다는, 그리고 정해진 중력의 법칙에 따라 지구라는 이 행성이 계속 공전을 하는 동안 그렇게 단순하게 시작해서 그로부터 가장 아름답고 놀라운 형태들이 수없이 진화되어왔고, 여전히 진행 중이라는 그런 식의 삶에 대한 견해에는 어떤 장엄함이 있다."

엘리자베스는 한창 정신없이 사는 중에는 자신의 힘을 어떻게 해보기도 바빠서 다른 이들의 힘까지 고려할 여력이 없기 때문에 작위적인 법전을 사용해 천일개의 기본 원칙을 삶의 이상으로 삼았던 스님과 얘기를 나누고 있었다. 일종의 교차로에 이르러 사람들이 자신의 힘을 새로이 깨닫게 된 것 같았는데, 그래도 이번엔 좀 제정신인 세상에서였다. 그녀는 나중에나 돼서야 좀더 제정신인 이 세상에 대해 나름대로 결론을 내릴 것이고, 한참을 전락한 상황에서 그것을 주장하게 될 것이었다. 영원한 선함에 대한 다른 탐구들은 공감이 전혀 존재하지 않는 상황은 고려한 적이 없었기 때문이다. 인류에게 주어진, 신에 방불한 명목상의 지도자들 중에 그녀가 이 악몽 같은 영혼의 여정 중에 목격한 것을 보았다고 기록한 사람은 한명도 없었던 것이다.

그녀의 힘이 깨어나면서 인류에 대한 사랑도 깨어났기 때문에 당시에는 아름다운 얘기를 많이 할 수 있었다. 그것들은 뒤에 이어진 고통 속에서 곧 사라질 것이었지만, 그녀는 자신이 얘기했던 것만은 똑똑히 기억할 수 있었다. "아, 이렇게 멋진 사랑의 세상을 창조할 수 있다니!" 의사가 알아서 잘하겠거니 하면서 환자가 살기 위해 의사에게 보이는 태도가 그러하듯, 엘리자베스는 어디로 가야 할지의 문제에서 전적으로 쎌로에게 의지하게 되면서 그만큼 무력해졌다. 그가 어느 시점에선가 그녀에게 작지만 뚜렷한 빛의 강줄기를 가리켜 보여주었기 때문이었다.

그녀에게 와 닿았을 때 그것은 엄청난 폭발력이 있는 물질에 불을 붙이는 것 같은 효과를 가져왔다. 온몸이 강력한 에너지의 흐름이 질주하는 통로가 된 것만 같았다. 그는 스위치를 끄고 흐름을 다시 맞추기를 반복했다. 한달 정도를 그런 식으로 조용히 일을 해나가고 있었을 것이다. 그러던 어느날 그녀의 머리가 폭발하면서 창백하고 푸르른 빛의 바다가 되었다. 그와 함께 생겨난 자극이 너무나 결정적이고 절대적이어서, 이게 모든 생명의 끝이구나, 하는 느낌이었다. 여기 무無가 있었다. 차를 끓인다든지 아이를 위해 요리를 한다든지, 먹고 씻고 일하는 그런 일상적인 일을 위해 필요한 에너지와는 들어맞지 않았다. 살고 움직이고 숨 쉬기 위해서도 무진장 애를 써야 했다. 단지 하루 동안만이었다. 그날 밤 자리에 누웠을 때 그녀의 마음속에서 널찍한 통로가 열렸다. 이런저런 형태들이 모습을 갖춰갈 바로 그때 쎌로가 나서서는 그 앞에 얇고 검은 커튼을 쳐서 폭발적으로 마구 생겨나는 어떤 일들을 못 보게 가려버렸다. 커튼의 끝자락을 엄지손가락으로 꼭 눌러 잡고 있었다. 말도 못하게 끔찍한 포효가 터져나왔다. 그 소리들은 거친 말발굽소리나 자갈길 위를 맹렬한 속력으로 끌려가는 듯 마구 긁히고 덜컹거리는 느낌이었다. 고막을 찢는 듯한, 피를 얼어붙게 하는 비명이 공기를 갈랐다. 밤새도록 그녀는 한잠도 못 자고 정신없는 소리들을 들었다. 수세기 동안의 삶은 오직 쎌로의 눈앞에서만 펼쳐졌다. 새벽녘이 되어서야 소란은 가라앉았다. 그가 엄지손가락을 뗐고, 검은 커튼이 잔잔한 바람에 살랑거렸다.

그는 몸을 약간 숙인 채로 깊은 생각에 빠져 있다가, 마침내 입을 열었다. "이 단계에서 당신이 이런 것들을 보게 할 수는 없었어. 어쨌든 안될 일이야. 공포에 질려서 비명만 지를 테니까. 끔찍한 상황에서 그들이 당신을 죽이고 또 죽였지."

그러고는 약간 겁이 난 목소리로 말했다. "너무 내 생각만 했던 것 같아. 내가 인간 고통의 근원이야."

미리 경고한 것도 없고 딱히 확실하게 진술을 한 것도 아니었다. 자, 여기의 나는 너로서는 정확히 가늠할 수도 없을 만큼 고결한 선함을 지니고 있다. 인류의 역사에서 까마득한 과거인 저편의 나는 네가 가늠할 수도 없을 만큼 바닥 모를 악함을 지니고 있었다. 여기의 나는 그들이 내게 요구한 대로 모든 휘황찬란한 법의를 벗어던지고 나의 심연을 그대로 너에게 보여줄 참이다. 이번에는 네가 깨달아야 할 끔찍한 교훈이 너무 많다. 절대적인 전지전능함의 모습을 한 신이라는 지위가 그 지위에 있는 자에게는 엄청난 재난이고, 만물을 꿰뚫어보는 눈이란 가장 커다란 유혹이라는 것. 그로 인해 한 인간이 걷잡을 수 없는 난봉꾼이 되어 같은 인간을 고의적으로 광분하며 학대하는 것이다. 이런 식의 얘기라고는 전혀 하지 않았다. 단지 걷잡을 수 없는 공포가 그녀의 마음을 사로잡을 때면 그가 나서서 정신적 균형을 다시 찾는 데 도움이 되는 그런 말들을 해줄 뿐이었다.

그가 조용히 가까이로 한 여자를 끌어왔다. 그녀의 옷차림은 마찬가지로 수수해서, 어깨에 둘러 몸 전체를 가리는 헐렁한 흰 천으로 된 옷을 입고 있었다. 눈을 뜨고는 있었지만, 한없는 최면상태에 빠져 사는 사람처럼 초점 없이 텅 비어 있었다. 길고 검은 생머리가 젖은 거적처럼 엉겨 어깨 주변과 등 아래까지 착 달라붙어 있었다. 그건 거의 극도의 신령함이었다. 섬뜩할 정도로 범접할 수 없는 분위기였다. 그가 차분히 말했다. "내 아내야." 그러곤 그녀에게 걸어가 검은 머리칼을 들어올리더니 가위로 싹둑 잘라버렸다. 이 신성함의 형상과는 더이상 교류는 없었다. 이제 그는 자신의 몸에서 한 남자를 끄집어냈는데, 갈색 정장을 입고 있다는 점만 빼면 그와 완전히 똑같았다. 사라져가는 그 여자에게서는 아주 건장한 체격의 여자가 걸어나왔다. 수수한 흰색의 소매 없는 원피스를 입고 있었다. 가슴은 평평하고 허리는 잘록하고 엉덩이는 펑퍼짐했다. 피부가 새카맣고, 길고 검은 머리가 풍성하게 늘어져 있었다. 검은 눈동자는 크고 깊고 강렬했다. 그녀가 엘리자베스를 향해 걸어왔다. 걸음걸이가 자극적이었다. 씰크와 씰크가 서로 쓸리며 바스락거리듯이 허벅지를 맞부딪히며 걸었다. 엘리자베스에게서 몇발자국 못미쳐 걸음을 멈추더니 이렇게 말하며 공중으로 솟아올랐다. "난 너보다 훨씬 위대한 선함을 지녔다."

그녀가 고개를 돌려 엘리자베스의 얼굴을 조심스레 살펴보았다. 그러곤 말했다. "이번엔 믿는 게 뭔가?"

엘리자베스가 대답했다. "부처님이요."

그녀가 엘리자베스의 오른손을 가리키며 물었다. "그건 뭔데?" 엘리자베스가 손을 들어보았다. 손 안에 하늘색 장미 모양 리본이 쥐어져 있었다. 따뜻해 보이는 공단으로 만들어진 리본에는 두개의 띠가 달려 있었다. 엘리자베스가 말했다. "이건 이번 생에서 내가 얻어내야 하는 상이에요. 인간의 우애를 상징하는 것이지요."

여자는 혼자 뭔가를 생각하듯 고개를 숙였다. 엘리자베스 쪽으로 걸어오더니 그녀를 지나쳤다. 얼마나 사납게 그녀를 밀치며 지나갔는지, 행동만으로도 '저리 비켜'라고 큰 소리로 외치는 것 같았다. 얼굴에 심술궂은 표정이 떠올랐다. 갈색 정장을 입은, 쎌로와 닮은 남자에게 다가가 몸을 휙 돌리더니 두 눈이 분노로 이글거리는 메두사처럼 엘리자베스를 노려보았다. 그녀가 높고 새된 목소리로 고함을 질러대기 시작했다. "너는 여기에 필요 없어. 여긴 내 땅이라고. 이들은 내 백성들이고. 우린 우리들 문제는 마음속에만 간직해두지. 근데 넌 도대체 비밀이라고는 없지. 가난한 사람들을 위해서라면 내가 지금껏 네가 했던 것보다 훨씬 더 많은 걸 해낼 수 있어."

엘리자베스가 갈색 정장을 입은 남자를 보면서 말했다. "당신 지금 실수하는 거야, 쎌로. 나도 신이라고." 그 여자가 엘리자베스를 심란하게 했다. 그녀는 자기 생각을 하는 게 아니었다. 이미 함께 나눈 직함을 생각한 것이었다. 남자가 이를 드러내며 으르렁거렸다. "넌 신이 아니야."

갑자기 일이 뜻밖에 이상한 방향으로 흘러가는 바람에 그녀가 화들짝 잠에서 깨어났다. 한동안 너무나 골똘하게 내면으로만 빠져들어 그녀의 정신은 시시각각 바뀌는 이미지와 기이한 논쟁들의 이 무형의 차원에만 머물렀다. 그녀는 가만히 누운 채 어둠 속을 응시했다. 만사가 왜 그렇게 예리하고, 왜 그렇게 깊이를 알 수 없이 심오하기만 할까? 이글거리는 눈의 메두사는 아프리카 사회의 표면적 현실을 나타내고 있었다. 그 사회는 안으로 걸쇠를 걸고 들어앉은 채 배타적이었다. 권력을 숭배하는 강력한 전통이 유구하게 흘러왔고 권력형 인간들은 협소하고 작은, 폐쇄적 세계를 필요로 했다. 그들은 서로 맞서는 생각들이 수없이 만나고 가로지르며 흐르는 크고 너른, 유연한 세상에서는 결코 안정감을 가질 수 없었다. 잠에서 깨어나게 만든 갈등들로 그녀는 마음이 어지러웠다. 쎌로는 흑인 영혼의 현실을 직접 알려주었더랬다. 그들이 거기 서서 그녀를 동등한 영혼이라고 불렀다. 다른 민족들과 혹독한 기후, 최대치의 노력과 고통 들로 그녀의 영혼이 빚어져왔다. 그들이 그녀나 쎌로의 영혼과 교류하는 일은 말할 수 없이 중요했다. 다른 이들이 아무렇지도 않게 휘두르는 잔인함에 고통받아온 그 사람들은 언제나 진실을 알고자 했다. 그것으로 인해 어떤 대가를 치르더라도 말이다. 수세기에 걸쳐 그녀가 거쳐왔던 어떤 반복적 과정이 있었다. 승려들이 자리를 차지하고 앉은 낯선 큰 도로와 샛길에서 벌어졌고, 거기에서 주로 하는 얘기는 이러했다. "넌 아직 준비가 안 됐어. 네 법의를 벗어." 당시 그녀는 열렬하게 그것에 매달렸지만, 동시에 균형이 위태롭다는 사실도 의식했다. 거기엔 부락 단위의 생활과 주술, 그리고 어둠 속에 숨어 있던 온갖 무시무시한 것들 역시 있었으니까. 발전된 사회에서는 그것의 날카로운 날이 무뎌졌다. 사람들은 나름의 제도를 가지고 있었고, 그것은 '우리 민족'이라는 맹목적 숭배를 통해 어느 정도까지는 권력에 굶주린 지도자들에게서 그들을 지켜줄 수 있었다. 아프리카는 그런 것은 가져본 적이 없었지만, 그럼에도 시험 삼아 그녀에게 하나의 민족이 꾸려낼 수 있는 미래를 나타내는 가장 완벽한 진술을 알려주었더랬다. 평범한 존재가 되어라. 누구라도 자기가 대단하다고 생각하는 순간 그건 골육상쟁을 불러오고 엄청난 고통이 따르게 된다는 것이다. 그때는 깨닫지 못했지만, 엄청난 고통의 가능성이 이미 그녀 내면에서 준비되고 있었다.

그런 생각에 빠져 있다가 순간 설핏 잠이 들었다. 난데없이 무지막지한 벼락이 가슴을 후려쳤다. 그 에너지가 계속 물결을 일으키며 온몸에 퍼져나가더니 발을 통해 빠져나갔다. 마지막 물결이 잦아들었을 때 그녀가 허공을 향해 고함을 질렀다. 항상 침대 곁의 의자에 앉아 있던 흐릿한 형체가 재빨리 움직였다. 그녀를 붙잡아 공중으로 치켜들더니, 다 낡은 두꺼운 마대자루 같은 것에다가 그녀를 쑤셔넣기 시작했다. 마대자루의 중간쯤부터는 더 밀고 내려가는 것이 특히 힘들었고 가슴을 휘젓는 고통으로 숨이 막힐 것만 같았다.

"아, 맙소사, 맙소사." 두려움으로 반쯤은 정신이 나가버린 그녀가 생각했다. "무슨 일이 벌어지고 있는 거지?"

메두사가 카랑카랑한 목소리로 외쳤다. "언제나 내 힘을 가지고 싶어 했지? 자, 이제 잘 알았겠지."

이건 뭐지? 메두사는 갈색 양복의 쎌로와 함께 다른 차원에서 뭔가 일을 추진하고 있었는데, 옆의 의자에 앉아 있는 승복을 입은 쎌로와는 아무런 소통을 하지 않는 것이 분명했다. 왜냐하면, 승복을 입은 쎌로가 그녀를 바라보며 말했기 때문이다. "그렇게 심한 고통을 받게 되다니 미안하군, 그녀에게서 저 힘을 끄집어낼 수가 없어. 그건 네가 해야만 해. 왜 그런지 보여주지."

그가 오시리스와 이시스의 얘기를 간단하게 재구성해서 들려주었다. 그는 예전에 오시리스였고, 메두사의 벼락을 맞고 천개의 조각으로 부서져버렸다. 그녀는 그 조각을 다시 모아서 맞춘 이시스이기도 했다. 자세한 얘기는 들려주지 않았다. 대신 자세하게 들려준 것은 그렇게 다시 맞춰진 사람, 그의 고요하고 슬픈, 불로 달구어진 죽음의 얼굴이었다. 바로 그때서야 그녀는 끔찍하고 처참한 죽음을 맞았던 수많은 다른 사람들을 그 특정한 표정과 연결 지을 수 있었다.

인간사의 길고긴 드라마, 특히 참혹한 그 어둠에 대해 너무나 주의 깊게 골똘히 묵상을 한 나머지 자신의 삶이 그런 식으로 공격을 받고 나서야 절절 끓는 가마솥 안을 들여다볼 수 있게 되었다. 그녀는 단편적인 장면들, 그가 한 발언들과 어떤 마음상태가 초래하는 고통 등을 어떻게든 이어서 일관되고 광범위한, 전체적 패턴을 찾아보려고 애를 썼다. 그녀가 목격한 것과 인류의 신화 사이에는 기이하게 상응하는 게 있었다. 너무나 생생하게 사실로 나타나기 시작했다. 거의 모든 민족에게 그런 신화적 배경이 있었다. '신들'이라고 부르는 무시무시한 모습의 가공할 인성들 말이다. 왕족과 상위계급에 대한 그들 태도의 기초를 이루는 인성들, 아마도 메두사처럼 벼락을 소유하고 있기에 추악한 일을 저지르면서도 강력한 지위를 차지한 인성들. 그러더니 이야기는 다시 개인적인 차원으로 내려가 어떻게 한 인간이 자신의 내적 어둠에 의해 압도되는가 하는 문제가 되었다. 그가 메두사의 품에 안겼을 때 그녀는 정말로 자신의 악함과 권력욕, 탐욕, 자만심 등의 직접적이고 가시적인 형태가 되었고 이것이 완전히 그를 장악하면서 영혼의 죽음을 가져왔다는 것이다.

오시리스와 이시스 이야기에 대해 그가 해준 얘기라고는 이것이 전부였다. "그것이 우리가 처음으로 함께해나갔던 일이었고, 너의 영혼이 창조된 후 처음으로 네게 주어진 생이었어. 그때 내가 죽었기 때문에 나를 좌지우지하던 그녀의 손아귀에서 벗어날 수 있었지."

이 일은 이중적인 일이어서, 포악한 첩들의 죽음의 손아귀에서 쎌로를 구해내는 싸움이자 이집트의 성직자 집단에 대항한 싸움이기도 했다. 그들이 자신의 힘과 숭상하는 신이나 왕족의 힘을 갈고 닦겠다고 들어앉은 격리된 공간에서 무엇을 하는지는 아무도 몰랐다. 하지만 두려움에 부들부들 떨면서 인류가 그 결과를 기록한 바 있다. "그리고 그녀는 쉭쉭거리는 뱀을 머리카락으로 지녔고 그녀의 얼굴을 보는 사람은 모두 돌로 변하게 되니……" 영혼의 사태는 현실에서는 알 카포네[1]식의 극단적 잔혹함으로 떨어지고 말았다. 그들은 사태를 '볼 수 있게' 된 민족이었고, 그것은 그녀의 영혼의 목적과 구조를 통해서였다. 그녀는 암흑의 비밀이 보관된 내적 신전에 쉽게 접근할 수 있었다. 하지만 그녀는 새로운 꿈이었다. 하는 역할은 주로 떠버리였는데, 밝은 햇빛으로 걸어나와서는 몸을 돌려 이렇게 말했기 때문이다. "자, 여러분, 우리가 저 안에서 뭘 하는지 알고 싶어요? 내가 알려줄게요. 아주 간단해요." 그런데 비밀스러운 의식儀式이 그들에게는 얼마나 중요했던가! 그래서 그들이 말했다. "누구 짓이야? 누가 비밀을 누설한 거야?" 그러면 항상 누군가가 '떠버리요'라고 대답했다.

그때 쎌로가 그녀에게 말했다. "그들이 너를 잡아다가 바퀴벌레가 들끓는 깊은 구덩이에 집어던지고는 죽게 내버려두었지. 그래서 내가 그들 중 하나를 잡아다가 산채로 구더기한테 던져준 거야."

뭔가가 그의 마음속에서 줄곧 부글부글 끓고 있었다. 이것이, 그러니까 영혼의 일이며 인류의 도덕적 질서가 그의 천직이었다. 격리된 공간에서 떠버리가 해낸 일이 그에게 미래에 대한 열쇠를 주었다. "떠버리 말이 맞아. 종교란 모든 사람이 참여할 수 있는 의식이어야 해. 아, 신의 일을 내가 다시 주관하게 되었어."

그것은 온몸을 괴롭히던 온갖 질병에서 벗어나는 것과 같았다. 사악한 마법적 의식이나 기적을 일으키는 일, 격리된 공간과 정신 나간 듯 미쳐 날뛰는 파라오들의 권력광의 세계라는 섬뜩한 임종의 자리에서 벌떡 일어난 것만 같았다. 적어도 엘리자베스의 문제는 그에게 선택의 여지가 있었다. 그는 이미 부인 이시스가 한 일

1 미국 시카고를 중심으로 활동한 갱단 두목.

을 본 적이 있었다. 그런데도 이집트 신전에서 떠버리가 했던 일을 선택했고 그것을 오랜 수도승적 친분의 기초로 삼았다. 엘리자베스에게 다가온 그 친구의 인상으로 말하자면, 캄캄한 한밤중에 타오르는 불꽃처럼 걷고 움직이고 생각하고 일하면서 사는 사람처럼 보였다. 인류의 시초에 본질적인 비밀, 영혼의 진화에 대한 본질적 실마리를 전수받은 듯했는데, 이번에는 그 이론이 도로변의 여관과 길가의 우물, 잎이 무성한 나무, 부자 친구와 가난한 친구의 마당이라는 새로운 배경에서 펼쳐졌다. 새로운 남자들의 무리, 즉 승려들이 나타났는데, 맨발에 무지 천을 몸에 걸치고 서로를 다정한 이름으로 불렀고 별빛 아래서 양미간을 좁힌 채 쏘크라테스식 대화에 빠져 있었다. 얼마나 스스럼없이 보이던지 길가의 거지가 궁금한 표정으로 들여다보다 아예 대화에 참여할 수도 있었다. 그들의 철학은 사람이 살면서 겪는 일상적인 일을 중심으로 펼쳐졌고, 거기엔 동물과 식물, 인류의 직업 등도 포함됐다. 그래서 인류는 '맘에 든다'고 했다. 그들이 기억하고 기록해온 그 철학은 무척 유연하고 잠정적인 것이었기 때문에 사람들이 끊임없이 그에 대해 이러저러한 추측을 하고 덧붙이고 할 수 있었다. 자신들이 예전에 '신들'이라고 불렀던 과거의 끔찍한 흉물들은 완전히 잊어버렸다. 다른 존재의 행복은 전혀 아랑곳없이, 자신들의 명망 외에는 무엇에도 눈길을 주지 않은 채 벼락만을 여기저기 날린 탓에 그들이 초래한 재앙 속에서 문명이 연이어 자취를 감췄다. 쎌로 같은 사람의 첩들이 눈과 입에서 천둥벼락을 뿜어대며 마을을 쑥대밭으로 만드는 일도 더이상 없었다. 이제 그런 이들은 울면서 검은 긴 머리칼로 그의 발을 닦아주는 아름다운 여성들이었다. 기이할 정도로 부드럽고 유순해 보였는데, 사실 그들의 힘을 꺾는 일이 보통 일은 아니었다.

이는 그녀에게 친숙한 시대였다. 사람들이 이해심을 가지고 다정하게 서로를 대하고, 내면을 탐색하는 일은 불확실하고, 절대적으로 주장하고 지배하는 일이 없었던 그런 시기 말이다. 그녀로서는 갑자기 메두사가 나타난 것도 그렇고, 쎌로가 그때 인간이 신과 같은 지위에서 타락하고 난 바로 이후의 쎌로라는 존재의 모습을 그려 보여준 것도 납득할 수 없었다. 그가 과연 신이기나 했는지도 의심스러웠다. 그때는 막대기처럼 가느다란 다리에 보잘것없는 장화를 신은 칼리굴라처럼 보였을 뿐이었다. 그런데도 하늘의 제왕이라도 되는 양 우쭐대며 다녔다. 당시 그가 쫓아다니던 여성, 겉으로 보기에 여신처럼 눈이 부셨던 그녀가 최초의 폭발을 촉발했다. 그는 다리가 막대기 같지 않았던 그녀의 남자의 일로 정신이 없었고, 그녀는 신의 지위를 가짐으로써 얻을 수 있는 명성과 힘에 빠져 정신이 없었다. 그들이 그렇게 양쪽으로 갈려 있는 대로 파괴하며 폐허를 만들었다. 그녀는 자기가 뭘 할 수 있는지, 신이라는 사실에서 뭘 얻어낼 수 있는지를 기가 막히게 잘 알았던 최초의 권력광이었다. 그는 악의적이었고 더 많은 건 간파해냈다. 그들 모두 굴러떨어지도록 온갖 꼬임과 덫을 동원할 수 있었다. 어떤 패륜적이고 뒤틀린 일이든 해보지 않은 것이란 없을 정도여서 그것은 심지어 오늘날까지도 끔찍하고 어두운 심리학적 흐름으로 법정에 남아 있다. 그렇지만 당시에 그것은 공개적으로 대놓고 이루어지던 삶의 방식이었다. 결국 그가 견디지 못하고 무너져 울부짖었는데, 단지 그것이 영혼의 힘의 공공연한 표현이기 때문이었다. 그가 뚜껑을 살짝 열었을 때 그녀의 귀에 이런 말이 들렸다. "내가 너보다 힘이 더 세기 때문에 내가 너보다 더 위대해. 그럼, 그럼, 그럼. 받아라, 꽝, 망각 속으로 떨어져버려라, 이 망할 자식아!"

이런 상황에서 그가 불리했던 이유는 그의 영혼의 힘이 지닌 특성 때문이었다. 기본적으로 그녀 역시 같은 재료로 이루어져 있었기 때문에 그녀는 알 수 있었다. 그것은 궁극적으로 수동적이고 소극적이며 비인격적이었다. 어떤 면에서 창조적인 기능, 그러니까 새로운 꿈을 꾸는 일과 관련이 있었다. 창조성에서 핵심적인 요소란 새로 만들어낸 다음, 부드러운 손길과 마음으로 그 꿈이 멀리 날아가도록 하는 것이다. 그는 그 힘이 가동되면 천둥처럼 하늘을 뒤흔들어놓는 인물들과 대립되는 존재였다. 이 싸움에서 그것에 상당하는 어떤 것도 가진 게 없었다. 그리고 어느 시점에선가 메두사가 등장했다. 그녀는 이제껏 한번도 본 적 없는 벼락을 내리꽂아서 수천조각으로 산산이 부서지게 할 수 있었다. "여기서 모든 상황을 주관하는 게 누구겠어? 바로 나지. 여기서 모든 걸 알고 있는 게 누구겠어? 바로 나라고. 이 집에서 바지를 입은 가장이 누구겠어? 바로 나야." 그녀는 모든 요구조건을 다 충족하는 듯했다. 그때 그가 몸을 돌려 엘리자베스에게 땅에 있는 둥글고 깊은, 작은 구멍을 보여주었는데, 거기에서 그녀의 영혼이 나왔다고 했다. 그것은 아무렇게나 생긴 검은 덩어리로 날개가 달려 있었다. 그녀가 외로울까봐 다른 몇몇의 영혼들이 함께했다. 그중 하나는 나중에 밧세바[2]가 되었는데, 그는 그 영혼을 부처 부인의 영혼과 결합해 속세를 벗어나 망각과 영원에 대한 명상에 빠져 있던 부처를 끄집어내게 했다.

만사가 괜찮아 보였다. 그를 보호해줄 존재가 있었으니까. 그랬

---

2 다윗왕의 아내이자 쏠로몬의 어머니.

는데 얼마 후 그다지 괜찮지만은 않아 보였다. 어둡고 악한 무언가가 그의 영혼 안으로 깊숙이 뿌리를 내려 파먹고, 파먹고, 또 파먹었다. 그가 패륜적 행위를 거듭 저지르는 동안 그것은 계속 웃고만 있었다. 가장 비열한 수준의 패륜적이고 비틀린 행위가 그것의 천연 서식지였다. 사람이 무엇과 잠자리를 같이하든, 소든 말이든 아이든, 그게 뭐 대수던가? 그런 상황에서 울부짖을 수 있는 사람이라면 적어도 자신의 타락을 지켜볼 수 있을 만큼의 감수성은 남아 있는 셈이었고, 바로 그 지점에서 자유를 찾으려는 분투가 시작될 수 있었다. 아주 깊숙이 박힌 어둠의 뿌리를 뽑아내기 위해서는 죽음을 무릅쓰고 존재를 산산이 부숴버려야 했다. 그녀에게 새로운 왕국과 최고의 영성, 그러니까 너무나 강렬해서 그녀를 바라보는 것조차 겁이 날 정도인 그런 영성을 부여하기까지는 빡빡한 종교적 수련을 수세기에 걸쳐 해야만 했다. 그 관계는 이제 완전히 종점에 다다랐다. 그가 영원히 작별을 고했다. 그가 내세운 요구가 1년 내내 끔찍한 낮은 신음소리처럼 지속되었다. 그가 그 짐을 이제 엘리자베스에게 넘겨주었다. "네가 처음에 나를 나의 악마에게서 풀어주었지. 이제 내 여신으로부터 날 풀어줘."

엘리자베스는 그렇게 줏대도 없이 약해 빠진 남자는 본 적이 없었다. 그는 여자에게 강박적으로 매달리게 되면 도대체가 대책이 없었다. 당시 그는 메두사가 엘리자베스를 향해 벼락을 쳐대는 바람에 겁에 질린 나머지 급히 미래의 사진을 꺼냈다. 사진에는 그가 새 여자와 함께 손을 잡고 길을 걸어내려오고 있었고 얼굴에 미소가 가득한 게 아주 봐줄만 했다. 현재라는 장애물을 어떻게 그렇게 단숨에 넘어 행복한 미래로 가버린 거지? 코믹하면서도 무시무시한 장면이 펼쳐지는데 그는 과거의 악몽들을 마구 밀쳐내면서 앞으로 나아가는 듯했다. "내가 그녀를 놓아주지 않으면 우리 둘이서 수많은 문명을 파괴했듯이 그녀가 아프리카 대륙을 폐허로 만들고 말 거야." 엘리자베스에게는 진정 한편의 드라마라 할 이 장대한 과정을 지켜볼 기회가 없었다. 메두사는 그가 인류의 예언자로서 얼마나 위대한 인물인지를 보여주는 진정한 척도였다. 그가 순전한 똥과 오물을 완전히 바꾸어 눈부시게 반짝이는 완벽한 작품을 만들어냈으니까.

메두사가 웃고 있었다. 엘리자베스에게 말해줄 대단한 비밀이 있다고 했다. 그것은 그녀의 질에 대한 것이었다. 품위 같은 건 개한테나 던져주라는 듯 그녀가 검은 다리를 들어 쫙 벌렸고, 말할 수 없이 강렬한 느낌이 전류처럼 나와 엘리자베스에게 닿았다. 서서히 폭탄이 터지듯 웅숭깊은 감각이 머리끝부터 발끝까지 엘리자베스를 감쌌다. 마치 따뜻한 물속으로 깊이 가라앉아 께느른하게 한 손을 들면서 지상낙원에서 안식을 구하게 된 느낌이었다. 그러더니 메두사가 엘리자베스를 향해 미소를 지었는데, 그녀를 조롱하는 도도한 미소였다.

"넌 이거랑 비슷한 것도 없잖아, 그렇지?"

그녀의 얼굴에 그 조롱하는 미소가 영원히 고착되었다. 엘리자베스가 처음 신경쇠약 증세를 보였을 때도 그 미소는 여전히 그대로였으므로 부아가 치밀 일이었지만, 그녀에게 질이라고 할 만한 게 없다는 소리를 들었다고 화가 나거나 하진 않았다. 질이 있기야 하겠지만, 그녀의 몸에서 굳이 일부러 주의를 기울이고 싶을 만큼 유쾌한 부분이 아니었다. 아마 필요할 때 이따금씩만? 그러나 메두사의 다음 공격으로 엘리자베스의 발아래 땅이 순식간에 꺼져버렸다. 깊은 구덩이로 떨어졌는데, 말할 수 없이 고통스러워서 순간 완전히 정신이 나가버렸다.

메두사가 말했다. "아프리카는 험한 바다와도 같아, 알지? 난 그 험한 바다를 꿋꿋하게 헤쳐나갈 수 있지. 넌 빠져 죽을걸. 넌 대중들과 연결되어 있지 않아. 할 줄 아는 아프리카어도 없잖아."

그러더니 갈색 양복을 입은 첼로 탓을 했다. 그들은 남아프리카공화국에서 그녀가 겪은 일을 두고 그녀를 갈구는 것이었다. 남아프리카공화국에서 그녀는 엄격하게 '혼혈'로 분리되었다. 거기서 벗어나 하나의 인격을 지닌 인간이 될 수 있는 기쁨은 주어지지 않았다. 남아프리카공화국에서는 누구든 거기서 벗어날 길이 없었다. 그들은 모두 인종이었지 사람이 아니었다. 그녀가 오래 살았던 남아프리카공화국 지역에서는 혼혈 남자들이 대부분 동성애자여서 여장을 한 채 대놓고 거리를 활보하고 다녔다. 머리에 터번을 두르고 입술에 립스틱을 발랐고, 눈을 깜박이고 손을 까닥이면서 톤이 높은 가성으로 말했다. 마을에 그런 일이 비일비재했고, 그런 남자들이 흔해 빠졌으므로 전혀 부끄러워하지도 않았다. 그들 자신이나 다른 사람들이나 대개 그저 가지고 살아갈 수밖에 없는 질병 정도로 받아들였다. 여장을 한 괴이한 남자들에 대해 뭐라고 토를 다는 사람은 아무도 없었다. 그들이 대로변에서 입맞춤이라도 하면 간혹 웃을 따름이었다.

한 아프리카 사람이 그녀에게 그럴듯한 설명을 해주었다. "살면서 항상 꼬마라고 불리는데 어떻게 남자가 될 수 있겠어요? 나로서도 남성성을 가까스로 유지하는 거예요. 한번은 여자친구랑 거리를 가는데 보어인 경찰이 불러 세우더군요. '어이, 꼬마, 신분증 내놔봐.' 그러니 내가 여자친구한테 남자겠어요, 꼬마겠어요? 딴 남자가 나를 꼬마라고 부르니 말이에요. 내 기분이 어떨 것 같아요?"

별안간 밤 시간이 고문이 되었다. 눈만 감으면 모든 혼혈 남자들이 성기를 공중으로 세운 채 등을 대고 누워 천천히 죽어가는 광경이 나타나는 것이었다. 개중에는 그렇게 천천히 죽어가는 일을 참지 못해 강물로 뛰어들어 죽어버리는 사람도 있었다. 그 위쪽으로 조롱기 가득한 메두사의 미소가 덮칠 듯 걸려 있었다.

"자, 봐. 네 모습이 바로 저거야." 그녀가 말했다. "아프리카 사람들이 아니라 저들이 너의 동족이라고. 너무 우스꽝스러워서 뭐라고 표현할 수도 없구나. 너도 저런 식으로 죽어야 해."

뭔가가 엘리자베스를 밀쳤는데, 얼마나 드셌던지 나가떨어져 완전히 일자로 뻗었다. 숨이 막혀 죽을 것 같아 그냥 그대로 누워 있었다. 죽어, 죽어, 죽어,라는 노랫소리가 끈덕지게 귀에서 정신없이 울려댔다. 그러더니 어떤 전류가 들어와 숨통을 조이기 시작했다. 공포로 머릿속이 터져버릴 듯한 정점의 순간에 홀연히 전류는 꺼져버렸다. 흰 승복을 걸친 승려가 몸을 기울여 메두사를 닮은 봉제된 모형에 불을 붙이는 것이 눈에 들어왔다. 보이지는 않는 남자의 목소리가 우렁우렁하게 방 안에 울렸다. "그에게 인형 같은 건 제단에 가져오지 말라고 그렇게 일렀는데."

그녀는 진이 빠진 채 깊은 잠에 빠져들었다. 다음날 아침 깨어보니 그보다 더한 공포가 벌어지고 있었다. 누군가가 그녀 머릿속에 녹음을 틀어놓았는데, 한결같이 판에 박힌 리듬으로 되풀이되었다. "개돼지, 오물, 아프리카인들이 너를 먹어 없앨 거야. 개돼지, 오물, 아프리카인들이 너를 먹어 없앨 거야."

그녀는 세수를 하고 옷을 입은 뒤, 빗질을 하러 거울 앞에 섰다. 순간 움찔하며 고개를 돌려버렸다. 정체를 알 수 없는 무시무시한 존재가 있었다. 차마 바라볼 수가 없었다. 손이 참을 수 없이 부들부들 떨렸다. 어떻게 자신의 정신에서 완전히 벗어날 수 있는 걸까? 그 녹음은 바로 그녀 머릿속에 있었다. "개돼지, 오물, 아프리카인들이 너를 먹어 없앨 거야. 개돼지, 오물, 아프리카인들이 너를 먹어 없앨 거야."

나중에 댄은 자신이 녹음을 틀었다고 인정했다. 그와 쎌로는 미래의 비전을 비롯해 모든 것을 공유하는 친구였고, 쎌로가 모든 것을 꿰뚫어보는 혜안을 얻은 그 순간 자신도 그것을 얻었다고 주장했다. 하지만 눈에 띄지 않고 조용히 지켜보는 역할을 자처했던 것이었는데, 자신이 그녀와 걷잡을 수 없는 사랑에 빠지게 되어 있었기 때문에 심한 고통을 받았다고 하였다. 자신들의 영혼이 '뿌리에서 얽혀 있다'는 식의 얘기를 했고, 그래서 메두사가 그녀를 고문실에 집어넣었을 때 거기에 녹음을 틀기로 결심했다고 했다. 자신의 사랑을 억눌러야 하는 고통이 참을 수 없을 정도였으므로 그녀도 고통을 받아야 한다는 생각으로 말이다.

엘리자베스가 볼 수 있는 것이라고는 메두사와 갈색 양복을 입은 쎌로뿐이었다. 그는 맨 처음 자신이 신이라며 기염을 토한 이후로는 만사를 메두사가 알아서 하도록 내버려두고 있었다. 그녀는 아주 신이 나 있었다. 곁눈으로 엘리자베스를 지켜보며 갈색 양복과 뭔가를 소곤거리며 열심히 의논했다. 마치 이렇게 말하는 듯도 했다. "아, 거의 다 되어가. 이제 얼마 못 갈 거야."

남아프리카공화국에서 함께 살던 독일 여자는 유태인들이 어느날 아침 눈을 떠보니 그런 악몽 속에 떨어져 있더라는 얘길 해준적이 있었다. 히틀러의 선전이 있기 전까지 그들은 그저 여타 독일인과 마찬가지로 가족과 각자의 일을 하며 살던 사람들이었다고 했다. 어느날 저녁, 집에 돌아와 자신이 타이피스트로 일하는 사무실에서 벌어진 일을 얘기해주었다. "오늘 아침에 히틀러 시절의 독일로 다시 돌아간 줄 알았지 뭐야." 그녀가 말했다. "아프리카 청년 하나가 우리에게 매일 차를 가져다주거든. 사무실 입구에 회전식 문이 달려 있고, 차 쟁반을 들고 항상 그 문으로 들어와. 그런데 오늘 아침에 어떤 아프리카너[3]가 그 청년 쪽으로 걸어가더니 쟁반을 발로 차서 날려버리는 거야. 찻잔이며 설탕, 우유가 사방으로 날아갔지. 그 아프리카너가 동료들을 바라보며 배를 잡고 웃으니까 다른 이들도 같이 웃어대겠지. 난 그 청년이 화를 낼 거라고 생각했어. 그런데 아니야. 그냥 굽실거리면서 따라 웃는 거야. 하하, 보스님, 이러면서. 그런 건 예전에 본 적이 있어. 히틀러를 추종하는 젊은 것들이 유태인들에게 한 일이 그런 거였지. 유태인들은 히틀러의 선전에 완전히 기가 꺾여서 그 청년처럼 굽실대곤 했어. 자신들이 열등하다고 믿기 시작한 거야. 하지만 전쟁이 끝나고 해방이 되자 그런 건 하룻밤 새에 사라져버렸어. 여기서도 마찬가지일 거라고 생각해. 이 사람들이 일단 굴욕적 상태에서 벗어나기만 하면, 그런 성향은 흔적도 없이 사라질 거야."

그것을 잊어버리려고, 떨쳐버리려고, 수많은 사람이 남아프리카공화국에서 도망치듯 떠나갔다. 그때는 어떻게 할 수가 없었다. 그녀의 머릿속에서 계속 되풀이되는 단조로운 그 노래 말이다. "개돼지, 오물, 아프리카인들이 너를 먹어 없앨 거야……" 단번에 그녀를 꺾어놓았다. 눈앞에서 죽어가던 무력한 혼혈 동성애자들과 동일시할 수밖에 없었다. 그런 일을 하루를 겪었을 때 온 신경이 비

---

3 남아프리카공화국에서 아프리카너어를 사용하는 사람들로 주로 네덜란드계.

명을 질러댔다. 일주일이 지나자 완전히 만신창이가 되었다. 비참함에 푹 빠져 침대에 누워 있었다. 무엇으로 막을 수 있을지 전혀 생각해낼 수가 없었다. "난 그렇지 않아. 인종차별주의자였던 적은 한번도 없었어. 물론 내가 혼혈인 것은 맞아. 아무것도 부인할 마음은 없어. 어쩌면 혼혈인도 좋은 사람일 수 있잖아. 아프리카인들처럼 말이야……"

어느 것도 그 노래를 끄지 못했다. 그녀는 그것을 계획한 적이 없었다. 그런 방향으로는 생각해본 적이 전혀 없었고, 그래서 상식적으로 말이 되는 어떤 합리적인 답변의 여지도 다 빼앗겨버렸다. 바로 그 때문에 그런 식의 선전이 인종 전체를 결딴냈던 것일까? 말이 되든 말든 그냥 누군가가 희생될 대상을 정해 어떤 주장을 해대는 것이다. "넌 열등해. 넌 오물쓰레기야." 그런 식의 주장이 얼마나 막강한지 삶의 흐름과 교통이 그 앞에서 전부 막혀버렸다. 하지만 그녀의 경우, 믿을 수 없을 이 악몽에 앞서 아름다운 서막이 있었다. 인생에 대한 묻고 답하기식의 접근으로 그녀의 주의를 사로잡았던 흰 승복을 입은 승려는 어디 있는 걸까? 이제 그녀 앞에 펼쳐진 세상에는 질문이라고는 없이 오직 미리 예정된 위압적인 진술들만 남아 그녀의 목을 죄고, 갈색 양복을 입은 어마어마하게 악의적인 남자와 너무나 충격적이어서 이해할 수 없는 여자밖에는 없었다. 메두사가 과연 사람인지 아니면 짐승인지 그것도 분간이 안됐다. 인간의 형태는 가지고 있었고, 무슨 말을 하든, 무슨 짓을 하든, 언제나 유능하고 자신감에 찬, 미소를 띤 자아를 유지했다.

일요일 저녁 무렵, 그녀는 기진맥진하여 속으로 생각했다. "결국 쎌로는 바보일 뿐이야. 생긴 것도 원숭이 같은 게."

그녀가 힘없이 눈을 감았다. 메두사가 바로 공격해 들어왔다. 그녀는 갈색 양복 곁에 서서 비난조로 말했다. "그것 봐, 네가 원숭이 같다잖아. 어쩔래?"

엘리자베스가 바라보는 사이 갈색 양복의 얼굴이 천천히 부엉이 모양으로 변했다. 그가 말했다. "아, 아니야. 난 원숭이가 아니야. 나이 많은 현명한 부엉이지."

그녀가 침대에서 벌떡 일어나 앉았다. 이건 뭐지? 이제 내게 사적인 공간은 하나도 남아 있지 않다는 얘긴가? 그저 생각만 했을 뿐 한마디도 입 밖에 내지 않았다고. 그녀는 너무나 지쳐 있었기 때문에 소리 내어 혼잣말을 하듯 바로 스스로를 옹호하며 말했다. "당연히 사실이잖아. 원숭이처럼 생겼다고. 진짜 못생겼다니까. 내가 잘생겼다고 하는 얘기가 아니야. 누가 나한테 못생겼다고 해도 난 상관없어. 사실이니까. 그럼, 뭐, 신이 못생겼는데, 그걸 사실대로 얘기하면 끔찍한 벌을 받게 된다는 얘긴가? 으, 내가 원숭이 엉덩이처럼 생겼더라도 난 진짜 상관 안한다고."

그런 생각을 하는 중에 내내 거칠고 낮은 목소리가 속삭였다. "그래, 넌 아프리카인을 미워하니까 그런 생각을 하는 거야. 아프리카인의 머리카락도 싫어하고 아프리카인의 코도 싫어하고……"

고문하는 목소리에서 벗어나려고 기를 쓰며 머리를 좌우로 흔들어보았다. 그녀의 진흙 오두막의 작은 창문에 흐릿한 빛줄기가 나타났다. 새벽이 밝아오는 것이었다. 그녀는 기꺼이 침대에서 벌떡 일어났다. 질식할 것 같은 그 상황만 아니라면 물을 가지러 가든 차를 만들든 무슨 핑곗거리나 댈 수 있었다. 빈 물동이를 집어 문 쪽으로 걸어가 문을 열었는데, 곧 두려움에 질려 눈을 휘둥그레 뜬 채 그 자리에 얼어붙었다. 죽은 부엉이 한마리가 문턱에 놓여 있는 것이었다.

그녀는 다시 집 안으로 들어와 문을 닫았다. 알아들을 수 없는 소리들이 머릿속에서 아우성쳤다. 죽은 부엉이를 곧장 간밤의 일과 연결 지을 수 있었고, 그러자 두서없이 혼잣말을 중얼거리기 시작했다. 압도적인 악의 기운이 있었고, 그 부엉이를 죽인 게 자신이었는지 아닌지도 확신할 수 없었다. 그러나 그렇게 두려움에 떨며 중얼거리는 중에도 차를 마시고 싶은 생각이 간절했다.

"저 부엉이는 분명 늙어서 갑자기 죽은 걸 거야." 혼자 사리를 따져보았다. "바깥에 있는 나뭇가지가 집 바로 위로 뻗어 있잖아. 거기 앉아 있다가 갑자기 죽었음에 틀림없어."

그녀는 다시 물동이를 집어들고 문을 연 다음, 죽은 부엉이를 훌쩍 뛰어넘었다. 겨울이라 밖은 추웠다. 온몸이 부들부들 떨렸는데, 얼마나 심하게 떨었는지 물동이가 계속 다리에 부딪혀 물이 쏟아지며 잠옷을 적셨다. 드디어 차를 한모금 넘길 때까지 줄곧 이를 딱딱 부딪치며 덜덜 떨었다. 사람이란 내면의 삶이 안정되고 평온해야 일상적인 기능을 제대로 하는 법이다. 그녀는 자신의 집 안에서 악마들이 난동을 부리며 몽땅 뒤집어엎는 동안 거기서 쫓겨난 사람 같았다. 그날은 학교 방학식이라, 모타벵 마을 중심지에 몇가지 장을 보러 가는 일 말고는 달리 할 일이 없었다. 아이는 기척도 없이 일어났다. 한 손에는 장난감 차를, 다른 손에는 죽그릇을 들고 바닥 깔개 위에 앉았다. 그러고는 죽에는 전혀 손도 대지 않고 그릇 주변으로 차를 굴리는 데만 정신이 팔려 있었다.

"죽 먹으렴." 그녀가 무기력하게 말했다.

아이가 까만 눈을 들어 무심하게 그녀를 올려다본 후 다시 차 굴리기로 돌아갔다.

"그럼 장보러 갈 때 안 데리고 간다." 그녀가 말했다.

"따라가면 되지." 아이가 야무지게 대꾸했다.

그녀가 일어나서 옷을 입기 시작했다. 아이가 큰 소리로 투정을 부렸다. "나 먼저 옷을 입혀줘야지. 나 떼놓고 도망가려고 그러지."

눈도 거의 붙이지 못한 채 열에 들뜬 듯 정신없이 밤을 보낸 탓에 머리가 깨어질 듯 지끈거렸다. 그녀가 의자에 걸린 아들의 옷을 잡아채면서 짜증스럽게 말했다. "아주 작살이 나고 싶구나, 어? 입 닥치지 못해, 이 성가신 녀석아."

아이는 그녀의 기분을 받아서 그대로 따라했다. 이런 식으로 하루를 시작하면 완전히 통제불능이 될 수 있었다. 문득 뭔가 재미난 것을 감지하기라도 한 듯 아이가 째지는 목소리로 그녀의 말을 따라했다. "아주 작살이 나고 싶구나, 어? 입 닥치지 못해, 이 성가신 녀석아."

"차 내려놔." 그녀가 말했다. "그걸 들고 어떻게 옷을 입니?"

악동 같은 눈빛이 아이의 눈에서 반짝였다. 차를 오히려 더 꽉 움켜쥐고 놓지 않았다. "차 내려놔." 또 따라했다. "그걸 들고 어떻게 옷을 입니?"

"계속 그러면 진짜 죽는다." 그녀가 죽일 듯이 노려보며 말했다.

"계속 그러면 진짜 죽는다." 아이가 새된 소리로 외쳤다.

그녀가 침대에 주저앉아 울음을 터뜨렸다. 아이는 갑자기 심각해져서 눈을 둥그렇게 뜨고 잠시 그녀를 쳐다보았다. 뭐가 진짜 잘못되었구나, 그 눈은 그렇게 말하는 듯했다. 최근 몇달 동안 뭐가 잘못되지 않았던 적이 얼마나 있었나? 집은 언제나 폭풍우 치는 험한 바다였고, 폭풍우 속에서 아이는 이리저리로 내동댕이쳐지기 일쑤였다. 엄마의 정신은 딴 데 팔려 있었다. 아이가 능숙하고 늠름하게 태도를 바꿨다.

"내가 혼자 옷 입을 수 있다는 걸 보여줄게." 아이가 뽐내며 말했다. "신발도 혼자 신을 수 있어. 죽도 먹을 수 있고."

그러더니 다시 바닥에 앉아 엄숙하게 죽 먹는 일에 집중했다. 그 아이처럼 이런 엄마 밑에서 자라는 아이들은 알아서 해나가지 못하면 끝장이니까. 그걸 보니 가슴이 저려왔다. 그녀가 생각했다. '내면의 영혼을 탐색하는 일은 아이가 있는 여자가 할 일이 아니야. 들썩거리는 그 시커먼 소용돌이 속 전부는 말이야. 그건 남자들이나 하는 거야. 가장 강인한 부류들이 깊은 숲 속으로 들어가 그렇게 깊숙이 틀어박힌 채 지옥과의 싸움을 해내는 거지. 그렇게 안 보이게 숨는 것도 무리는 아니야. 내면은 추하기 이를 데 없으니.'

그녀는 그 중압감에 눌려 부서져가고 있었다. 어린 아들의 손을 잡고 부락 중심지역으로 걸어들어갔는데, 추악한 내적인 들볶임이 난데없이 터져버리며 밖으로 온전히 드러났다. 가게에 들어가, 뭘 사려 했는지 전혀 기억이 나지 않은 채 멍하니 계산대 앞에 서 있었다. 앞에 트랜지스터라디오가 놓여 있었다. 점원이 물었다. "뭐 찾으세요?"

점원이 그 말을 세번이나 반복한 다음에야 엘리자베스는 고개를 들어 그녀를 쳐다보고는 말없이 고개만 끄덕였다. 아무 생각없이 라디오를 집어들어서는 점원에게 내밀며 싸달라고 했다. 점원이 말했다. "먼저 저쪽 사무실에 들어가셔서 구입기록을 하셔야 해요. 라디오 사용권을 사야 해서 우리 쪽에서 판매하는 라디오는 모두 우체국에 알려야 하거든요."

그녀가 사무실로 들어갔다. 직원의 얼굴에 그녀의 시선이 고정된 순간부터 내면의 고문이 심해지며 그녀는 정신적으로 요동을 치기 시작했다. 끊임없이 들리는 쉭쉭 소리가, 끔찍한 쉭쉭 소리가 정신을 집어삼켰다. "알겠지?" 소리가 말했다. "아프리카인이 사실 마음에 안 들잖아. 저 얼굴 보여? 맹하고 멍청해 보이지? 굼뜨기는 또 얼마나 굼뜬지. 라디오 상표 하나 알아내는 데도 하세월이라니까. 넌 아프리카인을 좋아한 적이 없어. 그냥 그런 척했을 뿐이지. 여기 네 자리는 없어. 그러니 가버리지그래……?"

숨을 쉴 수가 없었다. 직원이 맞은편 의자에 앉으라고 했다. 그에 반대하는 목소리가 울부짖음처럼 내면에서 솟구쳐 올랐다. 집요한 쉭쉭 소리는 숨이 막힐 듯 비열하고 악랄했다. 그것을 끝장내기 위해 누굴 비난해야 할까? 그녀가 벌떡 일어나 의자를 뒤쪽 벽으로 쿵 소리 나게 밀어붙인 뒤 소리를 질렀다. "오, 망할 배츠와나 호래자식, 이 망할 배츠와나 호래자식아!" 그러고는 그냥 입을 벌렸는데 째질 듯이 높은 비명소리가 길게 울려나왔다.

사방에서 사람들이 몰려들어 겹겹이 사무실 입구를 막고 섰다. 그 사람들 틈새를 뚫고 누군가가 들어왔는데, 수염을 기른 건장한 남자였다. 걱정으로 얼굴이 잔뜩 일그러져 있었다. 그녀의 팔을 잡아 흔들며 말을 걸었다. 그녀에겐 들리지 않았다. 머리끝부터 발끝까지 식은땀을 뒤집어쓴 채, 모든 것이 점점 흐려지더니 아무것도 보이지 않게 되었다.

어린 아이에게는 감당할 수 없는 상황이었다. 아이는 완전히 모르는 척 앉아 있던 바닥에서 계속 차만 굴려댔다. 사람들이 아이를 바라보며 안됐다는 듯 고개를 절레절레 흔들었다. 수염 난 남자가 흔들거리는 몸을 꼭 붙들고 점원에게 말했다. "구급차를 불러요. 병원에 데려가야겠어요. 상태가 아주 안 좋아요."

그녀는 모타뱅 병원의 개인병실 침대 위에서 눈을 떴다. 옆에 의

사가 서 있었다. 그녀에게로 몸을 숙여 상냥하게 물었다. "어디가
안 좋은 거예요?"

그녀가 고개를 돌리고는 말할 수 없이 참담한 심정으로 말했다.
"난 사람들이 싫어요."

"괜찮아요." 그가 말했다. "나아질 때까지 여기에 있어도 돼요."

납덩이같이 무거운 머리를 베개에서 들어보려 애쓰며 그녀가
물었다. "우리 애는 어떻게 됐어요? 어디 있어요?"

"문 밖에 있어요. 모타벵 중학교 교장선생님하고 같이요. 그분이
당신을 병원으로 데리고 왔죠. 당신과 얘기를 하고 싶다는데, 들어
오시라고 할까요?"

수염이 난 건장한 남자가 아이의 손을 잡고 들어왔다. 머뭇거리
듯 녹색을 띤 갈색 눈을 깜박거리며 침대 곁의 의자에 앉았다. 아
이를 무릎 위에 앉혔다. 아이는 아직도 장난감 차를 손에 꼭 쥔 채
였다. 모타벵 마을의 중심가에서 그를 종종 보았지만, 형식적인 인
사 말고는 따로 말을 나눌 기회는 없었다. 그는 무척 과묵하고 냉
담한데다 침울한 기질이어서, 금방이라도 세상이 망할 것처럼 어
두운 얼굴로 돌아다닐 때가 많았다. 그는 남아프리카 출신의 아프
리카너로서 모타벵 중학교를 세운 사람이었다. 그는 그저 이렇게
말했다. "당신이 퇴원할 때까지 내 안사람이 당신 아들을 봐줄 거
예요. 우린 둘 다 망명자니까 서로 돕는 게 마땅하지요."

그녀는 정신이 너무 멍한 상태라 고맙다는 말밖에는 할 수가 없
었다.

그가 미간을 찡그리며 약간의 사적인 얘기를 들려줬다. "나 역시
나라가 없어서 고통을 받고 있으니 그게 어떤 건지 압니다. 많은
망명자가 신경쇠약에 시달리죠."

그녀가 무거운 머리를 들어올리려 애쓰며 말했다. "들려드리고 싶은 얘기가 있어요. 저를 괴롭히는 게 있어요. 여기서 이상한 암류暗流와 사건들이 벌어지고 있는데……"

그가 획 고개를 돌렸다. 그는 그녀가 난데없이 신경쇠약에 시달리게 되었다는 사실만을 받아들일 뿐이지 이 나라에 대한 세세한 사항이든 뭐든 그런 얘기는 들을 생각이 없었다. 그가 일어서며 아이를 일으켜 세웠다. 아이가 몸을 돌려 아무 말없이 동정적인 시선을 그녀에게 던졌는데, 이렇게 얘기하는 것 같았다. "엄마가 오늘 아침 어딘가 이상하다는 걸 알았어." 몰래 작별인사라도 하듯 한 손을 살짝 들어올리더니 남자와 방을 나갔다. 간호사가 쟁반을 들고 들어와 침대 가까이의 탁자 위에 올려놓았다. 상냥하면서도 예쁜 미소를 보이며 말했다.

"돌아누우세요. 좀 주무실 수 있게 주사를 한대 놔드릴게요."

세상이 이상할 정도로 평화로워졌다. 머릿속의 폭풍이 잠잠해졌다. 그렇게 요란스럽고 극단적인 방법을 써서 머릿속에서 돌아가던 기분 나쁜 소리를 겨우 잠재우기는 했지만, 심한 상처가 남았다. 거기서 가만히 피가 흐르고 또 흐르는 것이 느껴졌다. 소위 분석적이었던 그녀의 정신은 완전히 박살이 나버렸다. 그녀의 정신은 질문하고 또 질문하고, 잠정적인 명제를 세워보면서, 아무리 시간이 많이 걸려도 끈기를 가지고 수수께끼를 풀 때까지 계속해나갔더랬다. 친근하게 애정을 가지고 의견을 교환하는 기쁨과 더불어. 이젠 어마어마한 규모의 어둠이 그녀의 삶에 내려앉았다. 들리는 것이라고는 잠재적으로 자신을 끝장낼 수 있는 존재가 요란스럽게 짖어대는 소리뿐이었다. 몸을 돌려 베개에 머리를 얹었다. 인종적 증오와 온갖 종류의 억압에 반대하며 사람들은 고통으로 울부짖을 때가 많았다. 그들의 모든 눈물이 그녀에게서 차오르는 것만 같았다. 그리고 그렇게 피눈물을 쏟게 만든 근원이자 원천이 광폭한 힘으로 까발려졌다. 간호사는 아까 전에 방을 나갔다고 생각했는데 침대 곁에 하얀 형체가 서 있었다. 고개를 약간 들어서 보았다. 쩰로였다. 표정이 고요하면서 초연했다. 그가 말했다. "보여줄 게 있어. 가지."

깊은 오물구덩이가 눈앞에 있었다. 오물이 넘칠 만큼 가득 차 있었다. 살아 있는 듯 콸콸 소리를 냈다. 표면 바로 위에서 커다란 파리들이 성난 모양으로 시끄럽게 웅웅거리고 있었다. 그가 난폭하게 그녀의 뒷목을 잡아 악취가 진동하는 위쪽으로 얼굴을 바짝 들이밀었다. 얼마나 지독하고 강력했는지 맞닥뜨리자마자 머리가 목에서 꺾여나가는 것만 같았다. 그녀가 무서워서 훌쩍이기 시작했다. 그가 험악하게 내지르는 소리가 들렸다. "그녀가 저지른 일이야. 그걸 내가 치우고 있다고. 이리 와, 네가 해놓은 일이 뭔지 보여줄 테니."

그가 홀연히 거대한 새로 변하더니 힘센 날개를 퍼덕이며 날아올랐다. 각자의 높이와 깊이가 엄청나서 아득한 눈길로 서로를 바라보면서도 수세기가 지나도록 알아보지 못할 정도로 완전히 분리되어 있는 그런 인간이 과연 존재한 적이 있을까? 그녀가 기억하는 한 그가 여태껏 얘기한 것이라고는 인간의 영혼을 둘러싸고 형성된 이 푸르른 하늘밖에 없었기 때문이다. 그리고 그로부터 고귀함과 희생의 위대한 드라마가 요란스럽게 쏟아져나와 수많은 민족의 완성을 위한 청사진이 되었던 것이다. 딱히 특정인에게 속하지 않은 세상이었고, 거기서 왕들은 노력으로 왕위를 얻었을 뿐 단지 왕관이 탐이 나 왕위에 오르지 않았고 노예제는 곧 억압을 의미했다.

그리고 인간은 격정을 극복하고, 번쩍이는 눈빛과 자유를 사랑하는 거칠 것 없는 영혼을 지닌 위풍당당한 신의 지위로 올라섰다고 했다. 허례허식과 환호는 영혼의 죽음에 이르는 길이므로 두루두루 다 피하기로 합의하기라도 한 듯 그저 인생의 샛길에서만 머물며 창조하고 꿈꾸고 노래했다. 그리고 사랑은 바람이 머리카락을 흩날리며 스쳐갈 때 흔들거리는 걸음으로 길을 걸어내려가는 소녀와 같았다. 사랑은 두 눈 가득 경이로움이 가득한 소녀와 같았다. 사랑은 활활 타오르는 가슴으로 격정적으로 팔을 뻗는 소녀와 같았다. 그리고 사랑은 너무나 많은 것이었고, 겸허함과 동등함이라는 하나의 주제에 대한 수많은 변주였다. 그런 남자들이 '그럴 수가 있단 말이야? 정말 나를 사랑할 수 있는 거야?'라고 물을 때 왕관도 왕국도 사랑의 힘에 비하면 하나도 중요하지 않았으니까.

그들이 이렇게 기도를 했는데 아주 잘못된 기도였다. 신의 마음에서 나온 사랑이 인간의 마음으로 흘러들어, 영혼의 문제는 아무리 해도 보이지 않는 저 멀리의 신비로운 천국으로 물러나기를. 아, 이런, 인간의 마음을 직접 감싸는 천국을 계획했던 거였는데, 조금씩 그 계획이 펼쳐지자 사람들은 거기에 여러 이름을 붙였다. 민주주의, 사상의 자유, 사회의식, 저항, 인권, 탐사, 도덕적 질서, 원칙, 그리고 인간의 영혼이 끊임없이 확장되고 진화되면서 덧붙여진 무수히 많은 다른 것들.

"전지적 존재가 그 모두를 관장한다." 사람들이 말했다. 대재앙이 문명을 집어삼켰던 몰락과 어두운 시절에 대해서 인류는 보편적으로 다 알았다. 점점 강해져가는 악의 세력이 자만과 욕정, 탐욕이라는 하잘것없는 뼈다귀를 놓고 죽을 때까지 물어뜯으며 싸웠던 시절.

눈앞에서 시시각각 변하는 온유함과 협동의 유형들에서 그녀는 자신이 생각하는 넓은 의미의 신을 만들어냈다. 신은 모든 위대한 영혼과 그 영혼이 이룬 업적의 총합이다. 그 업적은 단 하나의 개별 영혼이 아니라 수많은 영혼이 이룬 것이고, 그 영혼들이 함께 애써서 신의 영혼을 빚어냈다. 이것을 신, 혹은 신들이라고 부를 수 있을 것이다. 이 거대한 평화의 물결을 타고 그녀는 천천히 일상의 현실로 돌아갔다.

누군가 그녀의 팔을 툭 쳤다. 밤 근무를 하는 간호사였다.

"차를 좀 가져왔어요." 그녀가 미소를 지으며 말했다. "배고프잖아요. 열다섯시간 동안 내내 잠만 잤어요."

엘리자베스는 벌떡 일어나 앉은 뒤 침대보를 휙 젖히고 다리를 침대 아래로 내렸다. 머리가 초롱초롱하고 맑았다. 간호사가 깜짝 놀라 뒤로 물러섰다. "이봐요!" 그녀가 쎄츠와나어로 말했다. "지금 어딜 가려고 그러는 거예요?" 그러면서 침대 위에 달린 네모난 종이를 가리켰다. 위중한 환자. 면회 금지.

"이제 괜찮아요." 엘리자베스가 말했다. "집에 갈래요."

간호사가 고개를 저었다. "사람 놀래기를 좋아하는군요." 그녀가 말했다. "낮 근무 간호사가 전반적인 극도의 쇠약상태라고 기록했던데요. 아침에 정신을 차릴 거라고는 생각도 못했다고 하더라고요. 그렇게 벌떡벌떡 일어나고 그러면 안돼요. 다시 자리에 누우세요."

간호사를 쳐다보자 웃음이 나왔다. 누군가 단단한 구명밧줄을 던져준 것만 같았다. 내면을 들여다보니 자신의 중심이 아직 온전하고 안전할 뿐 아니라 정신을 지배하기 시작한 악이 원대한 선함

역시 가지고 있음을 깨닫기라도 한 것처럼 말이다. 한결같이 고요하게 타오르는 불멸의 불꽃과도 같은 선함에 대한 확신, 그거면 되었다. 그녀가 열렬히 호소했다. 아들을 돌볼 사람이 아무도 없다. 어디를 보나 자신은 이제 멀쩡하기만 한데 여기 이렇게 누워 아이를 다른 사람들에게 맡겨둘 수는 없다. 10시경 그녀는 활기차게 병원 문을 나설 수 있었다. 부드럽게 일렁이는 연무로 덮인 겨울날의 고요하고 푸른 하늘이 마음속 아스라한 온기 그리고 평화와 잘 어울렸다. 그녀는 흙먼지 날리는 길에 서서, 마을에서 5마일 떨어진 모타벵 중학교로 갈 택시를 기다렸다.

모타벵의 언저리쯤에서 관목 숲이 시작되었는데, 그 아름다움은 진흙 움막들이 동심원을 그리며 끝없이 이어진 마을 중심가의 황량함과 선명하게 대비를 이루었다. 관목들이 거칠 것 없이 뻗어나간 풍경 위로 바람에 몸을 숙인 우산 모양의 가시나무들이 점점이 박혀 있었다. 어디를 보나 같은 풍경이 수마일까지 뻗어가고 저 멀리 나지막한 푸른 언덕은 끝 모를 잠에 빠진 거대한 거인처럼 들어앉았다. 모타벵 중학교는 외롭게 잠에 빠진 이 황야의 한가운데에 서 있었다. 택시가 교문 바깥쪽에 멈췄다. 그녀가 들어가려고 몸을 반쯤 돌렸다가 다시 뒤로 돌아, 36마일 떨어진 마을과 모타벵을 이어주는 길게 뻗은 구릿빛 길이 저 멀리로 굽이굽이 사라져가는 모습을 내려다보았다. 마음의 평화를 아직 충분히 누리지 못했으므로 가능한 한 좀더 붙들고 싶었다.

먼지 날리는 구릿빛 길을 걸어내려갔다. 학교 담장은 반마일 정도 이어져 있었다. 길 반대편에는 조그만 진흙 움막촌이 하룻밤 새에 생겨나 있었다. 그 부락의 여자 중에는 교사들의 아이들을 돌봐주는 유모나 가정부로 학교에서 일자리를 구한 경우도 있었다. 그녀가 학교 담장이 끝나는 데 이르러 걸음을 멈추고 위를 올려다보았다…… 근처 나무에서 새가 울었다. 길고도 깊게 울리는 지저귐이 주변의 적막함 덕에 말할 수 없이 사랑스러웠다. 회갈색 야생토끼 한마리가 놀란 듯 쫑긋 선 긴 귀를 펄럭이며 날쌔게 길을 건너가고, 바람에 꺾이며 아무렇게나 자란 누런 풀 속에선 곤충들이 생각에 잠긴 듯 구슬픈 독백으로 자신과의 교감을 나누고 있었다.

"언젠가 나도 여기에 살겠지." 그녀가 생각했는데, 석달 후에 자신의 첫번째 집이 바로 여기에 생기리라고는 꿈에도 그리지 못했다.

그녀는 몸을 돌려 담장을 넘은 다음, 학교 운동장을 가로질러 교장의 사택까지 걸어갔다. 그것은 약간 높은 곳에 지어져 교사校舍를 내려다보고 있었다. 그는 낮에는 사택을 교장실로 사용했고, 조용하고 예쁘장한 부인은 옆에 놓인 탁자에 앉아 엄청난 양의 편지와 개발도상국의 교육프로그램에 대한 팸플릿을 타자기로 작성했다. 그녀가 들어서자 그가 놀라서 쳐다보았다. "당분간은 병원에 있을 거라고 생각했는데요." 그가 말했다. "아이는 지금 여기 없어요. 우리 애랑 바깥 어딘가에서 놀고 있을 거예요. 12시경엔 들어올 테니까 괜찮으면 여기서 기다려요."

"유진, 내가 차를 좀 끓일게요." 부인이 자리에서 일어나며 말했다.

유진이라는 수염 난 남자는 다시 글쓰기로 돌아갔다. 그는 창가 의자에 앉아 있었다. 차를 마실 때만 그녀를 돌아보며 짧게 말을 걸었다.

"동네 사람들과 별로 어울리지 않는 것 같아요." 그가 말했다.

"그런 건 아니에요." 엘리자베스가 걱정스러운 말투로 대답했다. "여기 사람들은 외국인이 자기들이랑 잘 어울리건 말건 상관하지 않아요. 자기들끼리만 좋아서 지내죠." 그녀가 말을 멈추고는 웃었다. "배츠와나 주술은 모츠와나 사람한테만 통하지 이방인한테는 안 통한다는 속담도 있잖아요. 사람들이 나를 좋아하거나 말거나 신경 안 쓰니까 분위기는 대체로 괜찮아요. 외톨이로 사는 데는 이골이 났어요."

"너무 외톨이로 사는 건 누구한테도 좋지 않아요." 그가 말했다.

그가 찻잔을 내려놓고 다시 글쓰기에 집중했다. 그녀는 창밖으로 시선을 돌려 회반죽을 바른 낮은 건물들이 제멋대로 늘어선 모양을 바라봤다. 온갖 종류의 자발적 노동에 전적으로 의지하다시피 해서 지어진 거대한 제국이었다. 가시나무 관목과 야생 잡목들을 파내고 거기에 과실수를 심고 채소밭을 만들고 닭장을 지었다. 그리고 멀리 옥수수밭에서는 옥수수들이 살랑거리고 있었다. 이곳은 별의별 발명과 즉흥적 시도가 생겨나는 학교였는데, 문제가 생겨날 때면 새로운 해결책을 제시하는 다른 나라 출신의 사람들이 항상 있었기 때문이었다. 유진이라는 사람이 작성하는 팸플릿에는 기술이니 작업, 인성의 완전한 발전이니 지성 등의 단어가 거듭 등장했는데, 물 흐르듯 금방 써내려간 그 책자를 모든 교사가 돌려 볼 때면 그것들은 종이 위에서 자체의 생명력으로 전율하며 살아났다. 가난하고 굶주린 사람들의 마음에 통닭구이니 구운 감자, 삶은 당근, 밥, 푸딩 등 맛있는 음식으로 모든 식탁이 넘쳐흐르던 때가 되살아나게 했다. 어느 면에서나 모든 사람을 위한 음식이고 모든 사람을 위한 옷과 기회로 여겨졌다. 그의 조국인 남아프리카공화국은 그렇지 않았다고 했다. 거기서 흑인들은 원래 멍청하고 둔해 빠지고 열등한 존재라고 했는데, 그러면서도 그들이 인성과 지성과 기술을 개발할 수 있는 교육을 받는 일은 절대 없도록 했다. 유진 같은 사람들로 하여금 악과 죽음과 탐욕에 맞서면서 자신에게서 창조적인 기운이 피어오르게 만드는 것이 무엇일지, 그에 대한 단서를 제공할 만한 깊은 이해가 그녀 앞에 수없이 펼쳐졌다. 위대한 빛을 발견한 것은 바로 죽음으로부터였다. 쎌로가 이렇게 말했었다. "내가 완전히 부서져 통곡하기 전까지는 모든 게 다 문제였지." 그럼 이 사람 역시 깊이를 알 수 없는 악함과 인종적 증오를 지켜보다 못해 부서져 통곡했을까? 그녀의 삶에는 뭔가 근본적인 문제가 있었다. 그리고 바로 어제 그녀도 부서진 채 통곡했다. 그녀의 커다란 울부짖음은 내적인 고통의 논리에 따른 것이었지만 그래도 매한가지였다. 그녀를 내리누르는 악의 존재는 그녀가 도망쳐온 남아프리카공화국과 유사해지기 시작했던 것이다. 그 논리에 있어서나 극악함에 있어서나 마찬가지였다. 단지 이번에는 검은 얼굴도 동네 사람도 아니고, 거대하게 앞을 막아서는 영혼의 인물들이라는 게 달랐을 뿐.

그녀는 이런 식의 말은 꺼낼 수도 없었다. "음, 쎌로를 아시죠? 그가 사실 겉으로 보이는 것과 달라요. 기회만 되면 최신 농업기술을 논의하고 싶어 하는 진보적인 보츠와나 농부처럼 보이잖아요. 사실은 지킬박사와 하이드씨예요. 제게 괴상망측한 얘기를 털어놓았는데, 그래서 제가 좀 정상이 아닌 것 같아요. 다른 사람과 텔레파시로 관계를 맺는다면 그건 정상이라고 보기 힘들잖아요. 하지만 그런 일이 내게 일어나리라고는 꿈에도 생각 못했어요. 맹세하건대 지금까지 평생 아주 멀쩡한 정신으로 살았다고요. 사실 오늘 파란 하늘을 보고는 깜짝 놀랐어요. 내가 지금 사는 세상이 어떤지 알아요? 내내 깜깜한 밤중이에요. 그런데 그것도 인식을 못했어요. 살아 있는 진짜 사람들도 인식을 못했어요. 왜냐하면 수도 없이 많은 환영이 주변에 가득해서, 내내 내게 말을 걸고 움직이거든요. 그리고 그것이 말을 걸면 난 마치 내가 잘 알지도 못하는 낯선 '다른 자아'와 살기라도 하는 양 정확한 시점에 정확한 대사를 술술 읊어 대는 거예요. 그러니까 쎌로 아시죠? 그는 잠재의식 속에 아주 끔찍한 메두사를 감춰두고 있어요. 얼마나 실제처럼 생생한지 몇날 며칠을 공포에 질린 채 살고 있다고요. 내가 정신줄을 놓은 건 그 때문이에요. 메두사가 그런 거라고요. 처음 본 순간부터 그녀가 얼마나 무서웠는지 몰라요. 지금까지 본 어떤 여자와도 너무 달라요. 눈에 뵈는 것 없이 오만한데다, 여기서 지독한 일이 벌어지고 있다고요…… 너무 무섭고 어떻게 해야 할지 모르겠고……"

그녀가 흠칫 놀랐다. 마지막 말이 입 밖으로 나와버렸던 것이다. 남자는 가만히 고개를 들어 바라보더니 그저 이렇게 말했다.

"내가 도와줄게요."

그것이 그가 조국과의 열정적인 동질감을 보이는 유일한 방법이었다. 수많은 남아프리카공화국 망명자에게 그렇게 얘기했더랬다.

그녀는 봇물처럼 터져나오려는 말을 간신히 삼켰다. 삶의 애환을 혼자 감당하지 않았던 때가 언제라도 있었던가? 남아프리카공화국의 길모퉁이에 홀로 서서 사랑 없이 황량한 인생을 망연히 바라볼 때 곁에 누가 서 있던 적은 없었다. 모타벵 마을에서 그녀의 정신에 가해지는 고문의 드라마를 홀로 겪고 있을 때도 곁엔 아무도 없었다. 이 남자의 본능적인 공감과 도움의 손길은 고립된 그녀의 삶에서 같은 인간이 그녀에게 가장 가까이 다가온 경우였다. 그렇지만 그녀는 그의 행동이 남아프리카공화국 사람들은 대개 어떤식으로든 정신 불안상태를 겪는다는 간단한 논리에서 나온 것임을 알 수 있었기 때문에 도와주겠다는 그의 제안을 받아들인다는 의미로 그냥 고개만 끄덕하고 말았다.

두 사내아이들이 숨이 차 헉헉대면서도 깔깔대고 웃으며 계단을 올라왔다. 그녀의 아이는 바로 그녀에게로 달려와 무릎에 몸을 쿵 박았다. 반짝반짝하는 검은 눈동자를 들어 그녀를 쳐다보았다. 아이가 쫓아다닌 나비들, 잡아서 뭉개버린 애벌레들, 무성한 잡목 사이로 정신없이 뛰어다닌 시간들이 그 눈에 선명하게 담겨 있다. 아이가 불쑥 소리쳤다. "지미는 내 단짝친구야." 사실을 말하자면 아이는 누구든 맘이 맞아 재밌게 놀았다 하면 대개 그런 소리를 했다. 심지어 한번은 그와 바닥에 앉아 덤불 속 생물들의 신비로운 삶에 대해 함께 수다를 떨던 예순살 먹은 모츠와나 할아버지에게 그런 소리를 한 적도 있었다. 다른 아이가 부엌에서 엄마랑 큰 소리로 말다툼하는 소리가 들렸다. 그애는 무척 고압적이었다. 이렇게 불평부터 늘어놓기 시작했다. "배고파 죽겠는데 점심을 아직도 안해놓은 거야?"

"금방 될 거야, 지미." 엄마가 말했다.

"빨리하라고." 지미가 퉁명스럽게 말했다.

"엄마한테 그런 식으로 말하지 마, 지미!" 엄마가 짜증을 내며 말했다.

어린 지미는 씩씩거리며 부엌에서 나왔다. 그녀는 자기 아이가 그렇듯이 어린 지미 역시 그 집의 어른 누군가를 따라하고 있다는 걸 알 수 있었다. 그는 다부진 뱃사람들이 하듯 건들거리며 걸어와 멍하니 머리를 긁적거리더니, 주저하듯 눈을 깜박인 뒤 의자에 털썩 주저앉아 다 큰 남자들처럼 다리를 쩍 벌렸다. 엘리자베스를 바라보며 노인네들이 하는 말투로 물었다. "아팠다고 들었는데요?"

"그래 맞아." 그녀가 대답했다.

"그것 참 안됐군요." 다 안다는 듯이 고개를 까닥거리며 지미가 말했다.

구석 책상에 앉아 일하던 그의 아빠가 느닷없이 짧은 웃음을 뱉어냈다.

그녀가 모타벵 중심부의 자기 오두막으로 돌아온 것은 해질 무렵이었다. 문간에 있던 죽은 부엉이는 누군가 치운 모양이었다. 그 계절에 집 주변은 사람 그림자도 보기 힘들었다. 마을 여자들은 옥수수의 여름 수확을 하느라 멀리 밭으로 일하러 갔다. 그 달이 끝날 무렵에나 돌아올 것이었다. 그때면 재미난 마을 소식을 주로 들려주던 친구 쏘코가 그녀에게 줄 수박과 호박을 들고 오리라는 걸 알았다. 엘리자베스는 모타벵에서 두번 이상의 우기를 보냈는데, 우기의 시작은 그녀에게는 언제나 마법 같았다. 여자들이 넓은 천에 소지품을 둘둘 싸서 머리에 얹고, 괭이는 어깨에 둘러메고는 단호한 걸음걸이로 성큼성큼 밭을 향해 길을 떠났다.

"밭 갈러 갑니다." 그렇게 말했다.

그녀로서는 부러운 눈길로 그들의 뒷모습을 좇을 뿐이었다. 그건 그녀가 함께할 수 있는 삶이 아니었다. 마을의 생활에는 그녀가 함께할 수 없는 것이 너무 많았다. 그럼에도 읍내의 야채가게에 가서 깔끔하게 포장된 감자나 토마토, 양파를 사는 것과 쏘코가 직접 키운 호박을 두 손에 받아드는 것은 아주 달랐다. 읍내에서 농부를 신경 쓰는 사람이 누가 있던가? 야채가 기계에서 나온다 한들 읍내 사람들에게는 매한가지였을 것이다. 어차피 거기서는 다 완제품으로 놓여 있는 거니까. 하지만 여기서 그것은 쏘코와 밭가는 철, 그리고 신비로 싸인 숲속생활의 수많은 재미난 사건이었다. 한번은 방학 중에 그녀랑 밭을 갈러 가도 되겠냐고 쏘코에게 물어본 적이 있었다. 그러자 쏘코는 놀라서 눈을 둥그렇게 뜨며 그녀를 바라보았다.

"당신 같은 외지인은 하루만 일해도 죽을 지경일걸요. 엄청 위험한 일이에요." 그렇게 딱 잘라 반대했다. "저번에 쟁기질할 때 무슨 일이 있었는지 알아요? 엄청나게 큰 맘바 독사가 땅에서 튀어나오더니 내 몸 위로 휙 지나가는 거예요. 쉭 하면서 번개처럼요! 너무 놀라서 그 자리에서 정신을 잃고 뻗어버렸어요. 소들도 놀라서 펄떡펄떡 뛰었죠. 밤에는 자칼들이 주변에 몰려와 막 울어대요. 우리가 나무에 매달아놓은 고기 때문이지요. 표범처럼 보이는 엄청난 삵도 있어요. 나무 아래에서는 웬만해선 앉아서 쉬거나 잠을 자지 않아요. 삵이 살금살금 다가와 앞발로 한번에 머리를 쳐서 박살 내고는 골을 꺼내 먹는다니까요. 그러고는 얼마나 말끔하게 다시 덮어놓는지 그렇게 사람이 죽어 있는 걸 보면, 아, 삵이 그랬구나……"

그런 무시무시한 숲속생활 얘기를 들으면 엘리자베스는 머리부터 발끝까지 몸이 부들부들 떨렸다. 무시무시한 들짐승과 기를 쓰고 싸워가면서 1년치 양식을 직접 거두는 그런 농부가 되겠다는 생각은 완전히 접어버렸다. 하지만 땅과 땅에서 생산되는 양식에 엄청난 경이로움이 솟아올랐다. 진흙 움막에 살면서 조금씩 서서히 땅과 가까워졌다. 움막을 둘러싼 진흙 벽과 바깥의 흙이 딱히 구별되지 않았기 때문에 집 안이지만 곤충과 함께 사는 것만 같았다. 지붕에서는 항상 퀴퀴한 풀 냄새가 났고, 거기에 별의별 곤충들이 집을 짓고는 별의별 것들을 아무렇지도 않게 침대며 의자며 식탁이며 바닥에 떨구어댔다.

그래서 그녀는 우기의 휴일이면 아이와 모타벵 마을을 가로질러 긴 산책을 했다. 하늘 전체를 배경 삼아 좌우로 일렁이고 소용돌이치며 사막비가 몰려오는 광경을 넋을 놓고 바라보았다. 햇살을 뚫고 빗줄기가 부드럽게 반짝이며 마을 위로 쏟아져내릴 때가 있었고, 그러면 진흙움막의 지붕은 온통 금색이 되었다. 또 어떤 때는 세찬 바람이 습기 가득한 거대한 적운을 몰고 오면서 지평선을 따라 비를 몰고 모타벵 마을을 휩쓸고 지나갔는데, 귀가 먹먹해질 정도로 요란스러운 소리와 함께 순식간에 한바탕 쏟아붓고 사라졌다. 그것은 그녀 내면에서 두서없이 벌어지는 미로 같은 삶을 한껏 고조시키는 듯했다. 그 역시 여름날 모타벵의 하늘처럼 저 아래의 격변으로 흔들리며 소용돌이치고 있었던 것이다. 그날 저녁처럼 평화로움이 광활하게 펼쳐질 때면 그녀는 삶을 가닥가닥 모두 모아 손아귀에 쥐는 상상을 했다. 유진이라는 그 사람의 가정생활을 그렇게 거의 하루 종일 접하고 나니 온전한 정신이 견고하게 더해지는 느낌이었다. 그녀는 바닥에 놓인 매트리스 위에 아이를 재우고 난 뒤, 침대에 앉아 곰곰이 생각에 잠긴 채 차를 홀짝거리며 잠시 자신의 자아에 대한 생각에 몰두했다. 그녀 안에서 간절한 뭔가가 꿈틀거렸다. 유진이라는 남자의 실용적 천재성에 관심이 솟았다. 얼마나 너르고 객관적인지, 얼마나 자유롭고 무심한지, 그녀를 신경쇠약으로 쓰러지게 만든 악몽과는 극명하게 대조되었다. 그래서 그저 아이같이 기쁜 마음으로 그녀는 그날의 일을 몇번이고 거듭해서 마음속으로 곱씹어보는 것이었다.

그러나 어떤 종류든 허울 좋은 행복은 지금 당장은 그녀의 몫이 아니었다. 어둠 속에서 눈을 감자마자 바짝 마른 땅에서의 선과 악의 맹렬한 싸움이 그녀의 의식을 뒤흔들었다. 메두사가 있었다. 비웃는 미소가 선명했다. 음식이 담긴 접시를 한 손에 들고 있다가, 그것을 엘리자베스에게 내밀며 말했다. "어디 아픈 거야? 이거 먹어."

엘리자베스가 접시를 받았다. 그녀가 한숟갈을 떠서 입으로 가져가자 메두사가 접시를 휙 낚아채더니 소리를 꽥 질렀다.

"그만 좀 먹어. 살이 너무 쪘잖아."

그녀의 부사령관인 갈색 양복의 쎌로가 고개를 주억거렸다. 눈에 야비한 빛을 띤 채로. 그 모두에서 떨어져 승려 쎌로가 앉아 있었다. 그녀 안 저 깊숙한 곳에서 그를 향해 맹렬한 분노가 자라나고 있었다. 그는 분명 메두사와 갈색 양복의 쎌로를 관찰하기 위한 일종의 초점으로 그녀를 이용하고 있었다. 비난하는 기색도 없이 꼼짝않고 앉아서 그들을 빤히 바라보고 있으니 말이다. 아프리카의 가난한 자들이 걸어들어와 쎌로와 엘리자베스를 비난했던 식으로 메두사를 비난할 사람은 아무도 없었다. 그럼에도 그녀는 그들이 자신의 동족이라고 주장하고 있는 것이다. 왜 그들은 와서 그녀 행위의 도덕적 논리를 따져보고 선과 악의 문제에 대해 의견을 주지 않는 것일까? 메두사에게는 자신이 푹 빠진 일을 내키는 대로 할 수 있는 판이 넓게 펼쳐져 있었고, 그중 최우선은 엘리자베스를 없애는 일이었다. 그녀는 훨씬 많은 벼락을 쟁여놓고 있었는데, 처음 것만큼 고통스럽고 치명적인 것은 없었지만 벼락에 맞을 때마다 엘리자베스는 고꾸라져 정신을 잃었고, 이틀 동안 꼬박 침대신세를 져야 했다. 복수하고 싶은 마음이 들었다 한들 그렇게 할 방법이라고는 없었을 것이다. 천둥 벼락이 있는 것도 아니고, 영혼의 힘이나 뭐 그런 종류의 것도 없었으니까. 그녀의 인성이라는 헐겁게 짜인 덩어리, 허청거리기만 하는 이 애매한 덩어리밖에는 없었다. 그래서 어떤 경우에나 대체로 그녀를 죽이는 일이 그렇게 쉬웠을까? 그녀는 어느 정도까지는 쎌로의 논증을 좇아갔지만, 나중에는 그 역시 메두사와 마찬가지로 자신을 없애버리고 싶은 거라는 결론에 이르렀다. 한가지는 확신할 수 있었다. 처음에 그가 건설적인 선함을 이미지와 그림을 동원해 보여줬던 것은 다른 사람들의 영혼을 향해 머뭇머뭇 촉수를 뻗어 관찰한 결과들을 깡그리 주워모은 것이었다. 그것을 엘리자베스에게는 일종의 가르침으로 제시했는데, 그녀에게 접근했던 사람들의 말이나 동작을 일부러 교묘하게 조작했던 것이다. 그런데 메두사가 이 판에 들어서자마자 그는 고통받는 자신의 가슴과 논쟁하는 일 외엔 다 잊어버렸다. 그의 논증은 이런 식이었다.

"아, 그녀는 내게 전부였어. 그녀 없는 미래는 생각할 수도 없었지. 그럼에도 그 관계가 갈 때까지 갔고 이렇게 끝나게 된 거야. 그래도 계속 달라붙을 만한 여지가 어딘가 있어서 새로운 관계로 진화를 시켜 좀더 지속해나갈 수 있었을지는 모르지. 나를 심란하게 하는 게 있어. 현재 나의 진화의 한부분은 아프리카적이고, 누구는 높고 누구는 낮고 할 것 없이 모두가 평등한, 인간의 위엄에 기초한 미래를 완벽하게 표현하는 위대한 교향곡의 서곡이 들려. 그런데 문제는 그것이 아직 아프리카의 미래를 의식적으로 소리 높여 선언하는 수준까지 차오르지 못했다는 거야. 표면적으로 볼 때 여기의 삶은 편협하고 숨막히게 답답하고, 온갖 옹졸한 편견으로 가득하지. 그것은 자기 안으로만 침잠해서 자신의 비밀만 간직하는 힘을 지닌 세상이야. 그게 암흑의 시대에 우리가 가동했던 그런 종류의 세상이었지. 얼마나 편협하고 배타적이고 폐쇄적인지 여기저기서 사람들이 쓰레기더미를 뒤지기 시작하고 눈에 보이는 거라면 뭐든지 다 먹어치우는 바람에 보통 사람이 먹을 것은 하나도 남지

않게 되었어. 그렇다고 내가 손톱만큼이라도 신경을 썼겠어? 당시
난 최상층 왕족이었고 메두사도 마찬가지였지. 이번엔 평범한 사
람을 스승 삼아 그가 하는 얘기를 들어보자 했지. 아, 알다시피 다
른 어느 곳과 비교해도 아프리카는 정말 형편없어. 내가 정신적인
초인이라고 해도 사람들은 콧방귀만 뀔 뿐이지. 여기에 초인 같은
존재는 없어. 그러니까, 내가 인간으로 산다면 다른 사람들과 마찬
가지로 오류투성이 존재일 뿐인 거지. 오랫동안 경멸을 견뎌온 사
람은 악의 뿌리를 알아볼 수 있어. 오류투성이의 인간적 노선을 따
라 그녀와의 관계를 다시 잘해볼게. 신비로운 나의 성모마리아의
문제라면 감히 그녀를 쳐다볼 수도 없어. 아니면 망하는 거지. 어둠
조금하고 빛 조금하고 잘 섞어서 내가 여전히 사랑할 수도 있을 여
성의 형상으로 빚어볼게……"

　그리고 그해 내내 메두사는 엄한 데를 강조하면서 비열한 방식
으로 대응했다. 누군가 흑인성을 특히 강조하며 '나의 민중'이라고
하면, 그들은 영원히 아이처럼 미숙한 노예와 왕국을 원하는 거라
했다. '민중'은 '민중'의 지위를 절대 벗어나지 못한다. 그들에게 좋
은 게 뭔지는 '엄마'와 '아빠'가 다 얘기해줄 거다. 그리고 엘리자베
스에게도 엄한 공격을 해댔다. 전 세계적으로 혼혈로 태어나는 사
람들이 너무나 많아져서 피부색도 갈색, 노란색, 미색 등으로 흐려
지고 있다. 그러면 자신은 엘리자베스 말고 아무 여자나 골라서 자
신이 성적으로 우월하다고 주장할 수 있을 거라는 식이었다. 엘리
자베스를 좌우하는 운명의 파란만장하고 고된 삶에는 오랜 수감생
활이나 죽음이 들어 있고, 상실과 고통, 희생도 들어 있지만 성적인
면은 들어 있지 않았는데 그게 아니라면 사랑이 사실 뭐겠는가?

　승려인 쏄로가 참혹한 경험과 반대되는 바로 이 길을 주창한 것

이었다. 사람들로 하여금 자유롭게 진화하게 하라. 모든 사람이 제각기 알아서 들꽃과 새, 뛰노는 아이들과 빵 굽는 여인들로 가득한, 부드러운 감촉과 조곤조곤한 목소리의 새로운 세계를 다시 창조하게 하라. 그런 희망을 품고 줄곧 메두사를 바라보았다. 아, 이런, 메두사는 그저 아프리카 대륙의 관리자가 되고 싶을 뿐이었다. 게다가 자기 마음에 안 드는 사람은 모두 없애버리면서. 그는 점점 초췌한 몰골이 되면서 쭈그러들더니 결국 승복이 허수아비에 걸쳐놓은 누더기 옷처럼 볼품없이 펄럭거리게 되었다. 갈색 양복의 쎌로에게서 비통한 신음이 비어져나왔다. 그는 다른 여자에게는 없고 메두사에게만 있는 그것에 목을 매고 있는 듯했다. 그런데 그것조차 모조품이었다. 마치 칠천개의 질을 하나로 뭉쳐놓은 듯 비정상적으로 만들어진 것이, 불이 들어왔다 하면 맹렬하게 작동했다. 짐승 같은 욕망의 기운이 모든 것에 스며들어 그 모두가 고여서 썩게 만들었고, 주도권을 잡겠다는 사납고 처참한 드잡이가 눈앞에서 끝도 없이 펼쳐졌다. 오물구덩이 속의 오물이 화산이 분출하듯 공기 중으로 솟아오르는 것 같았다.

"이런 쪽으로는 생각을 할 수가 없어." 엘리자베스가 거듭 신음처럼 뇌까렸다. 누군가 다른 이를 도와주겠다고 약속했다 한들 곧바로 지옥 구경을 하게 될 거라는 사전경고라고는 없었다. 지옥이 어디까지 펼쳐진 것인지 끝이 보이지 않았다. 쏘돔과 고모라와 몰록이 마구 요란스럽게 뒤섞인 상태에서 파란색 씰크 바지를 입은 여자들이 길에서 춤을 추고 있었다. 의도적인 사악함이라는 시류에 신이 나서 합류한 온갖 종류의 변태들이 있었고, 어떤 괴상한 어린 소녀는 일부러 순진한 척 눈알을 굴리며 말했다. "아빠랑 잠자리를 하고 싶어." 엘리자베스가 그 아이를 들어올리자 아이는 몸을 돌려 그녀의 손을 물었다. 어떤 식으로든 이 파티가 망쳐지는 게 싫었던 것이다. 게다가 그녀가 보인 미소란! 미소 짓는 일만은 그녀로서는 할 수 없었다. 그외에는 머리끝부터 발끝까지 온통 오물에 잠겨버렸다. 오물을 통째로 꿀꺽 삼키는 것만 같았고, 음식을 먹는다든지 하는 삶의 일상적 즐거움은 극심한 고통이 되었다. 어디나 배설물 천지라 할 만했다. 눈에 보이는 것들의 참혹함을 어떻게든 가려보려고 허둥지둥하다보면 생각이 더 엉망이 되었다. 아래로 잡아당기는 힘에 맞서 언덕 위로 올라가려고 기를 쓰는데, 사악함에 대항할 선함을 창조하기 위해 들여야 하는 노력은 너무나 엄청나서 뒤집힌 딱정벌레가 허공에 대고 무력하게 발을 허우적거리는 것이나 진배없었다. 여기는 아무리 호소해야 소용없는 세상이었다. 아무리 울고불고 절규해도 고통에 귀 기울이는 목소리는 없었다. 이 비인간적인 세상에서 메두사는 유일하게 대조적인 존재였다. 그녀에게 불리하게 작용하는 건 하나도 없었다. 엘리자베스는 넌더리가 나서 죽기 직전인 상황에서도 메두사는 힘차고 용감하게 분주히 돌아다녔다. 세상에 악이 창궐하고 양심은 씨가 말랐던 시대에 하늘에서 뻐기고 다녔던 황제인 칼리굴라가 그녀를 수호신으로 삼은 것도 정말이지 충분히 있을 법한 일이었다. 악에 굴복하고 악에서 배우는 일이란, 쎌로가 맨 처음에 했던 간단하면서도 진실해 보이던 진술들처럼 쉬운 것은 아니었다. 악은 말할 수 없이 복잡한 것이어서 모든 것이 엉킨 거짓말 덩어리가 되는 것이다.

눈을 감아버린, 텅 빈 선함의 거대한 빈자리는 어디로 찾아들어 갔을까? 정교한 충격완화장치를 갖춘, 원칙과 평범함의 기둥인 승려들이 그런 존재였는데 말이다. 그들은 보리수나무 아래 앉아 과

거의 삶을 다시 검토해보았다. 악의 세력들과 얘기를 나누었지만 그 때문에 겁을 먹은 적은 없다고 했다. 오히려 영혼에 내재한 위엄의 힘으로 악한 자가 움츠러 덜덜 떨게 했다. 그리고 40일 동안 명상을 통한 수양을 마친 후 자리에서 일어나 장엄한 영혼과 비슷한 생각을 지닌 사람들을 불러 모았다. 그들이 말했다.

"형제들이여, 내가 (분명하게 정의된 적은 없지만) 지옥에서 목격한 바가 있다. 그러고 나니 여러분에게 열정과 자만심, 탐욕과 소유욕을 이겨내라고 촉구하지 않을 수 없다. 나 스스로 열정을 이겨내 감각을 완전히 통제하고 있으니……"

그들은 신을 찾아나선 길에서 만난 성녀들을 아내로 받아들인 놀라운 능력의 인물들이었다. 쎌로가 그녀에게 던져준 과거의 작은 조각들을 사실로 받아들인다면 보리수나무 아래의 명상은 삶의 어떤 다른 모험만큼이나 위태롭고 불확실한 것이었다. 신은 영혼에 대한 보장이 되지 못했다. 부처가 유태인의 왕인 다윗의 후손이라는 사실을 쎌로가 넌지시 내비쳤을 때 그녀는 그 말을 받아들였고, 사나운 격변의 삶에 대한 기록─타고난 고귀함과 신과의 내밀한 접촉, 알 카포네식으로 특이하게 우리아를 죽인 일과 너무나 커다란 파장을 일으킨 폭로, 살인만큼이나 무자비하고 격렬한 폭로와 살인에 대한 죗값으로 파란만장하게 이어진 오랜 고통, 계속되는 예언자들의 중재와 조언들─과 견줘보았다. "이런 식으로 되어야만 한다고 신께서 말씀하셨다. 이젠 살인이 사실 중대한 범죄라고 하신다. 그로부터 오랜 징벌의 과정이 생겨나리라. 음, 다윗, 네가 재앙과 재앙을 거듭하며 하나의 생애 동안 너의 모든 징벌을 집어삼켜라."

그렇게 뒤죽박죽인 예언자의 중재와 신의 명령, 연루된 수상쩍은 여성, 그 여성에 대한 격정적인 애착, 이 모든 것이 교묘하게 계획된 듯 기이하게 논리 정연한 모습을 띠게 되었다. 지금 이렇게 정면으로 마주하게 된 악의 모습이 얼마나 혹독했는지 그녀는 무의식적으로 마음이 아프리카의 현실로 향하며 안도감이 드는 것을 느꼈다. 거기서 여자들은 그저 다리가 달린 여자들이고 남자들 역시 다리가 달린 남자들이었다. 기독교와 하나님이 사람들이 정신적·감정적으로 거리를 둔 상태에서 향유할 수 있게 된 예의 바른 격식이었던 것과 마찬가지로 착하고 고결하게 살면 그들은 얼마간 깍듯한 공경을 받게 될 것이었다. 실제 전선戰線은 살아 있는 사람들 사이에서, 그들의 인격과 서로를 다루는 방식을 두고 벌어졌다. 질투와 증오, 탐욕에서 생겨나는 실제 살아 있는 사람들의 싸움이, 너무나 원대하고 신비로운 영혼의 비상보다 이해하기도 쉽고 압력을 받았을 때 해결하기도 쉬웠다.

괴롭게도 그녀의 외적 삶이 고통스러운 내면에 부응해갔다. 3주 후 학교에 다시 발을 들여놓자마자 해고되었다. 크고 마른 모츠와나 남자인 교장이 싱글거리며 학교 이사회에서 보내온 편지를 그녀에게 내밀었다. 무슨 내용인지 알고 있었던 것이다. "귀하가 공공장소에서 사람들에게 고함을 지르고 욕을 해댔다는 보고를 받았습니다. 그러한 행동은 교사의 신분에 어울리지 않는 것입니다. 귀하의 정신상태에 대해 의심하지 않을 수 없으므로 이 통지를 받은 지 14일 내에 정신에 이상이 없다는 확인서를 의료기관에서 받아 제출할 것을 요구합니다."

그녀가 편지를 가방에 넣고는 뒤돌아나왔다. 교장이 허겁지겁 쫓아나와 팔을 잡았다. 여전히 싱글거리고는 있었지만 당황하고 불편한 기색이 역력했다.

"어디 가는 거예요?" 그가 물었다.

"여기 일을 그만두는 거예요." 그녀가 차분하게 말했다.

"그러면 안되지." 그가 말했다. "이런 식으로 그냥 관두면 안되죠. 확인서 받는 거 어렵지 않아요. 의사한테 가보지 그래요?"

그가 팔을 놔주려 하지 않았다. 표정에 미움과 불안이 뒤섞여 나타났다. 그녀처럼 '망할 배츠와나 호래자식' 같은 말을 떠들고 돌아다니는 사람은 직장에서 쫓겨나 마땅했다. 하지만 다른 한편 무시무시한 스캔들의 기운이 주위에 가득했다. 그게 뭔지 정확히 짚을 수가 없었다. 그들이 그녀에게 겁을 먹고 있다는 점 말고는 그게 뭔지 알 수 없었다. 한무리의 교사가 몰려나왔다. 교장은 히스테릭한 상태가 되어 쎄츠와나어로 자신을 변호했다. 그녀가 팔을 빼내려 애썼는데 금방이라도 눈물이 쏟아질 것만 같았다. 어차피 선생 일을 오래할 수는 없을 것이었다. 내면에서 휘몰아치는 태풍이 너무나 격렬하고 지독해져버렸으므로.

약간 떨어져 서 있던 남자 교사 하나가 명령조로 말했다. "보내줘요. 가게 내버려두라고요."

사람들이 웅성거리며 맞장구를 쳤다. 그들은 정말로 그녀를 싫어했고 웬만하면 상종하지 않았으면 했다. 처음에는 자기들끼리 쑥덕거리거나 불안해하며 공개적으로 몇마디 언급을 하더니 이후로는 당혹스러운 침묵만이 이어졌었다.

그녀는 학교로 이어지는 진입로를 얼마간 걸어내려갔다. 수업종이 울렸다. 걸음을 멈췄다. 자신의 반에는 선생님이 아무도 들어가지 않을 것이었다. 아이들은 교사에게는 천국이었다. 교육을 받기란 어려웠다. 그래서 무엇을 배우든 아이들은 무진장 열심히, 열정적으로 집중했다. 돈을 내고 다니는 학교지만 시설이 너무나 형편

없었기 때문에 교사들은 참고서라고는 없이 피부조직에 대해서든 아프리카의 열대우림에 대해서든 머릿속에 있는 대로 정보를 긁어 모아야 했다. 그날의 수업 중에서 가장 삭막하고 암울한 수업이 영어작문이었다. 누군가 모범 교안을 만들어놓았지만 학생들의 상상력이 미치기에는 동떨어진 것이었다. 보츠와나의 삶―"비가 비가 내리면 땅에 쟁기질을 하러 갑니다. 우리는 소로 쟁기질을 합니다. 소는 아주 유용한 동물입니다. 모든 부분을 다 이용합니다. 껍질은 가죽으로 팝니다. 뼈도 팝니다. 발굽으로는 접착제를 만듭니다……" 이것 말고는 아무것도 믿지 않았다. 그 편이 안전했으므로 철저하게 암기했다. 모타벵에서의 놀이시간, 우리 엄마와 아빠, 날씨, 일출과 일몰, 보츠와나의 새 등의 주제는 서로 상관없는 요령부득의 영어 문장으로 시작해서는 결국 방향을 잃은 채 자포자기식으로 '비가 비가 내리면……'으로 끝나버렸다. 그것을 '비가 내리면……'으로 바꾸는 일은 불가능했다. 아이들은 모방하는 데는 기가 막히지만 그녀가 담임을 맡았을 때 이미 아이들의 모방 범위는 황량한 땅을 벗어나지 못했다. 어릴 적 기억 중에 퍼지 워지라는 어린 곰이 있었다. 그 곰은 휴일을 맞아 해변에 놀러가서 분홍색과 하얀색의 거대한 아이스크림을 먹었다. 그녀는 그 곰이 휴일에 한 모험들을 사소한 것까지 하나도 빼놓지 않고 직접 해볼 때까지 마음을 놓을 수가 없었다. 많은 경우 아동문학과 문집은 마법의 세계였는데, 이곳처럼 마법이 죽어버렸든지 아예 시작도 하지 못해서 혹독함이 모든 것에 스며든 냉혹한 환경도 있었다. 아이들은 아침을 먹지 못했기 때문에 정오쯤 되면 배고픔으로 입이 하얗게 타들어갔다. 어딘가에는 뺨이 있어야 할 자리에 버터처럼 기름기 흐르는 볼록한 살덩이가 있고 웃으면 보조개가 옴폭 들어가는 그런 아이들도 있는데 말이다. 그녀가 가르쳤던 아이들은 배배 꼬인 가시나무 덤불처럼 빼빼 마르고 뻣뻣하고 수척했다. 그래서 그녀가 어떤 한가지를 두고 울부짖었을 때는 사실 다른 문제도 있었던 것이다. 고통은 그냥 고통이 아니었다. 그것은 사방에서 쌓여가는 괴로움으로 얼이 빠져버리는 것이었다. 이 황량함 속에서 목적의식을 가지고 희망차게 활동을 넓혀가는 유일하게 온전한 중심은 모타벵 중등학교였다. 그녀는 집으로 걸어가서 아들을 돌보고 있던 여자아이를 돌려보냈다. 그러고는 아이와 택시를 타고 다시 유진이라는 남자의 집으로 갔다. 그가 도와주겠다고 하지 않았던가?

그가 정말 도와주었다. 학교 이사회에서 보낸 편지를 아무 말없이 읽더니 몸을 돌려 물었다. "뭐 계획이라도 있나요?" 전혀 없었다. 그의 마음속에서 수백가지가 한꺼번에 돌아갔다. 우선 교육자격 검정시험을 치르려는 학생들을 위한 중등학교가 있었다. 그것이 제자리를 잡고 나자, 그는 교육 프로그램의 범위를 확장해 대책없이 초등학교를 중도에 그만둔 사람들을 끌어들였다. 그들이 학교에서 청년육성 작업모임을 만들어서 건축과 목수일, 전기와 인쇄기술, 제화와 농장경영, 섬유업 등의 기술을 배웠다. 그 일도 확실히 안정이 되자 그는 문맹인 가난한 마을 사람들에게 주의를 돌렸다. 그에게서 지역 산업이 시작되었다. 이미 그의 집은 수제품들로 난장판이나 다름없었다. 깔개와 담요, 바구니, 나무그릇과 숟가락, 거칠게 엮은 손가방, 그리고 방 한구석에는 수제 바구니의 커다란 기본 도안이 있었다. 그가 찬장으로 가서 기이하게 생긴 물건들을 한무더기 꺼내왔는데, 그중에는 대충 만든 초와 투박한 비누, 그보다 작은 라놀린 비누, 하얀 돌, 그리고 그가 직접 양조한 라거 맥주가 있었다. 그가 자랑스럽게 라놀린 비누를 들어보였다.

"아직 거품문제를 해결 못했어요." 그가 말했다. "사람들은 라놀린 비누에서 거품이 더 많이 났으면 하거든요. 스탠이 실험실에서 연구를 하고 있죠. 지금은 수입한 인공 향료를 사용하는데 그가 나무나 관목의 야생화에서 추출한 토착 향료로 시험해보고 싶어 하죠. 이 지역 사람들하고 주말에 나가서 새 향료를 찾아볼 거예요. 사람들이 자연자원에 관심을 가졌으면 하거든요. 소금에 절인 소고기 외에 지역 특산물이라 할 게 없어요. 주변에 있는 것에서 무엇을 어떻게 이용할지 알아내기만 하면 남아프리카공화국과 로디지아의 거대 제조업자의 상품이 없이도 자립할 수 있을 겁니다." 그가 잠깐 말을 멈추고 하얀 돌을 들어올렸다. "이건 마냐피리 돌이에요. 집을 짓는 데 쓰는 석회가 여기서 나오죠. 석공 부문에서 실험을 시작했어요. 우리의 건축 프로젝트에 미개간지의 돌을 사용했으면 해서요……"

그가 머뭇거리며 눈을 깜박였다. 시력이 별로 좋지 않았다.

"실을 잣고 옷감을 짜는 모임에 함께해보겠어요?" 그가 물었다. "집사람이 맡아하는 일인데."

그녀가 대답하기도 전에 그의 부인이 반색을 하면서 곁의 탁자에 놓인 털실과 양털뭉치를 집어왔다. 그녀가 양털을 가지런히 하고 실을 잣고 물을 들이는 과정을 자세히 설명하는데 엘리자베스는 그것이 귀에 잘 들어오지 않았다. 쏟아져나올 것 같은 말을 꾹꾹 누른 채 두개의 상반된 감정이 안에서 솟아났다. 그녀가 하고싶은 말은 이랬다. "난 여기서 벗어나야 해요. 공황상태라고요. 내면은 완전히 엉망이라 공격을 받으면 완전히 망가져버려요. 외적인 어려움은 수도 없이 견뎌왔지만 이런 내적인 압박은 견딜 수가 없어요. 지금 나를 괴롭히는 이 병적인 압박은 더더구나요."

다른 한편 쏘코의 호박이 있었다. 쏘코가 며칠 전에 돌아와 그녀에게 둥그렇고 커다란 노란 호박을 선물로 주었더랬다. 얼마간은 잘라 요리를 한 다음, 한동안 그 선명한 노란색에 감탄하며 앉아 있었다.

"아무거든 농사와 관련된 일이면 더 좋겠는데요." 그녀가 말했다.

그가 고개를 끄덕였다. "프로젝트에서 공동작업하는 채소밭이 1에이커가량 있어요." 그가 말했다. "주말에 시간을 내서 가시 관목을 없애는 작업을 슬슬 하고 있는데, 농장에 도입했던 새로운 방법을 마을 텃밭에서도 똑같이 적용하는 일에 주력할 사람이 필요해요. 그 일을 해보겠어요?"

그 이후로는 여러가지가 잘 들어맞았다. 그녀에게는 모아둔 돈이 좀 있었다. 학교 담장 바깥쪽으로 놀고 있는 조그마한 학교 땅이 있었다. 거기에 모타벵 중등학교의 건축 작업모임이 밤사이에 회반죽을 바른 작은 집을 뚝딱 세웠다. 문 앞쪽으로는 죽 황토색 흙길도 닦았다. 주변에는 온통 관목이 자라고 있었고, 밤이면 온갖 곤충이 생각에 잠긴 채 애처로운 독백을 오랫동안 이어가며 자신과 친교를 나누었다. 깊이를 알 수 없는 한밤의 검은 하늘은 수십억의 부드러운 푸른 불빛들로 살아 움직였고, 새벽이면 위풍당당한 왕이 곧은 지평선 위로 강력한 황금색 팔을 불쑥 뻗쳐 올리듯이 해가 떠올랐다. 관목과 황톳길과 곤충과 별과 황금빛 새벽만이 여전히 부드러운 배경음악이 되어주었다. 그녀의 배움에는 아름다움도 부드러움도 없었다.

사랑은 무엇인가?

신은 누구인가?

내가 슬퍼 울 때, 나의 고통이 곧 다른 이들의 고통이므로 내게 연민을 보일 사람 누구일까?

악의 본성은 이러하다. 선함의 본성은 이러하다.

쏘코의 호박으로 인해 그녀는 울퉁불퉁한 자갈길을 따라 관목숲 안으로 1마일 정도 깊이 들어가게 되었다. 가지를 넓게 뻗은, 잎이 무성한 나무들이 길에 그림자를 드리웠다. 빽빽이 엉켜 자란 나무들에 가린 농부들의 청년육성 작업모임의 농장건물들이 있었다. 농장 초입에는 초가지붕에 회반죽을 바른 커다란 학생기숙사가 있었고, 엎드리면 코 닿을 거리에 영국인 농장 관리자의 집인 원형 초가집이 있었다. 그는 얼마나 내성적이고 서름서름한지 일과 작물 얘기 말고는 대화가 오고가는 일이 없었다. 얼마를 지내고 난후 엘리자베스는 그에 대해 약간의 정보를 얻을 수 있었다. 따분한 얘기였다. 그는 퀘이커교도였다. 유제품 만드는 곳에서 담배를 피우고 있는 그녀에게 담배 때문에 우유와 치즈를 버릴 거라며 담배는 죄악이라고 했다. 유진이 라거 맥주를 양조하는 게 마음에 안든다고도 했는데, 보츠와나에는 술고래가 넘쳐나는데 그걸 더 조장하기 때문이라고 했다. 테이프에 녹음해놓은 영국 성당의 위대한 합창곡 외에는 음악도 좋아하지 않았다. 사실 그가 얼마나 가혹할 만큼 보수적이고 착한 체를 하며 사는지 그 나라의 농업분야에서 손꼽히는 인물 축에 든다는 사실을 들었을 때도 그다지 대단하게 느껴지지 않았다. 그는 농업을 치수방법에 맞추는 데 전념했고 보츠와나 연구자로 커다란 명성을 얻었기 때문에, 스스로를 말도 못하게 대단하게 여겼다. 엘리자베스가 농업에 뛰어든 주된 이유가 쏘코의 호박 때문이라는 사실을 알기라도 하는 양 그녀가 뭘 묻기라도 하면 으레 냉소적이고 무례하게 대꾸했다. 그가 태도로 말하는 바는 확실히 이러했다. '그래, 버려지야, 지금은 또 뭘 원하는

데? 내가 얼마나 바쁜 사람인지 안 보여?'

농장의 강사 자리를 차지하고 있는 얼마 안되는 불만에 찬 덴마크 가족들이 훨씬 흥미롭고 인간적이며 괴짜 같은 구석도 있는데다 후하고 같이 있으면 즐거웠다. 농장 프로젝트는 전적으로 덴마크 정부에 의해 지원이 되는 듯했고 굉장한 규모로 세워졌다. 덴마크에서 보낸 사람들을 위해 큰 현대식 주택을 지어주었고, 기름 한방울에 이르기까지 생활상의 모든 사항을 꼼꼼히 관리했다. 하지만 채소밭의 정교한 급수시설에도 돈을 지원했고 최상의 프리슬란트 가축들로 유제품도 갖춰놓았다. 이곳의 덴마크 사람들이 대체로 침울한 이유는 대학에서 농업을 전공한 이들이 여기 와서 거의, 혹은 전혀 글을 못 읽는 보츠와나 학생들을 가르치고 있었기 때문이다. 청년육성 작업모임에 들어오기 위한 유일한 자격사항은 조금이라도 영어를 알면 됐다. 그밖의 면에서는 하룻밤만에 천재성이 나타나기라도 할 것처럼, 그들은 그걸 믿지 않았다. 해가 질 무렵 한가한 시간이면 내내 학생들 흉을 보았다. 확실히 덴마크의 문화와 문명 수준이 아주 높은 모양이었다.

그런데 당연하게 이 점에서도 그 보수적 영국인은 그들이 한없이 불평만 해대던 문제를 해결했다. 과학 용어와 공식들을 빨리 이해한 총명한 학생들을 골라서 다른 학생들을 책임지도록 했던 것이다. 그들은 말하자면 강사 그룹의 제2의 선봉대가 되어 다른 학생보다 앞서 터득한 모든 지식을 쎄츠와나어로 전해주었다. 그는 자신이 다루어야 하는 재료가 멍청하다거나 글을 못 읽는다고 이러쿵저러쿵하는 적이 전혀 없었다. 첫날 엘리자베스가 찾아갔을 때 그는 이렇게 말했다.

"밭에 가봐요. 여기서 1마일쯤 떨어져 있소. 스몰 보이가 책임자요. 우리가 여기 도입한 새로운 방식에 대해 궁금한 건 그가 다 얘기해줄 거요. 가장 뛰어난 실습생 중 한명이니까."

영국인은 일에 진척을 보기 위해 안달복달하면서 꼭 필요한 일을 해나갔다. 그에게는 처음 프로젝트를 창안한 유진의 인간성이 없었다. 자신이 쓴 소책자에서 유진은 교육수단을 소유한 식자층과 그런 것이 전혀 없는 문맹자 사이의 구분을 완전히 지워버렸다. 교육은 모두를 위한 것이었다. 늘 모두를 위한 것을 생각해냈다. 이 점에서 그는 아프리카인이지 백인이 아니었고, 그 미묘한 차이가 일상생활에서의 행동거지 하나하나에서 나타났다. 한번은 그의 집에서 하루를 보낸 적이 있었다. 점심때가 되자 한떼의 노동자들이 와서 그와 함께 식탁에 앉았다. 그들은 배츠와나인이었다. 그들은 숟가락을 집어들고 가만히 고개를 숙인 채 공손하게 음식을 먹었다. 유진은 거동이나 몸짓이 그들과 거의 똑같았기 때문에 엘리자베스는 놀라지 않을 수 없었다. '저이의 동작이나 몸짓은 어떻게 저렇게 아프리카인과 똑같지? 겸허함이 깊이 뿌리박혀 있는 거야. 무의식적인 겸손함이랄까.'

그것은 다른 나라에서 온 사람들이 아프리카 대륙이 앞으로 이루게 될 위대함에 주목하는 데도 도움이 됐다. 자원봉사자들이 쎄츠와나어를 배우기 위해 마을사람들 집에서 함께 지내는 것이 평화봉사단 프로그램에 포함되어 있었고 그런 자원봉사자였던 젊은 여성 하나가 엘리자베스에게 이렇게 말한 적이 있었다.

"그들과 있으면 여왕이라도 된 기분이 들어요. 필요한 건 일일이 다 챙겨주고 항상 주의 깊게 살펴보거든요. 있는 게 별로 없는데도 그걸 훌륭하게 함께 나누죠. 그래서 그냥 물 한잔을 줘도 엄청 비싼 샴페인을 받는 기분이라니까요. 여기 사람들은 서로를 왕과 왕비처럼 대해줘요……"

그날 아침 엘리자베스가 그늘지고 울퉁불퉁한 길을 걸어 채소밭으로 걸어내려가는데 지금껏 해왔던 것 중 가장 대단한 모험을 하는 기분이 들었다. 채소밭에서 일을 하다보면 놀랄 만큼 낯선 인간본성과 직접 접촉하지 않을 수가 없었다. 모든 남녀가 어떻게 보면 기본적으로 텃밭을 가꾸는 데 일가견이 있었고 채소는 정말이지 일상적인 식단에서 핵심적이었다. 심지어 사막 지방에서도 어떻게 해서든 채소는 구하고 마는 것이다. 또 누구나 채소에 대해서 무언가는 아는 게 있었기 때문에 채소밭에서 일하느라 가뜩이나 힘든 사람들에게 뭔 얘기든 해주려고 안달이었다. 할아버지가 채소를 기르셨거나 그것도 아니면 이모라도 그랬거나. 하지만 사람들이 보여주는 모습의 나머지 반은 파릇파릇한 연둣빛 잎으로 넘실대는 밭 사이를 걸어 다니는 즐거움이었다. 얼굴에 경이롭다는 표정이 떠오르며 저절로 동전을 꺼내려 주머니나 손가방으로 손이 가는 것이었다. 이 모두가 정말로 스몰 보이와 덴마크인 카밀라와 함께 시작되었단 말인가? 카밀라는 골칫거리이긴 했지만 그래도 넣어줘야 했다.

그녀가 채소밭 입구의 대문을 밀고 들어갔다. 세 명의 학생이 몸을 숙인 채 말없이 열중해서 밭을 돌보고 있었다. 녹색 작업복 차림이었다.

"안녕, 여러분." 그녀가 문간에서 소리쳐 불렀다. "누가 스몰 보이인가요?"

밭에서 흙을 뒤집던 학생 하나가 몸을 일으키면서 손을 흔들었다. 그녀가 다가가자 장난꾸러기 요정의 매력적인 미소가 번지며 얼굴이 환해졌다. 반짝반짝하는 작은 눈은 친근해 보였고 자그마한 코는 약간 들창코였다. 예의 바른 쎄츠와나 관습에 따라 서로를 소개하고 인사를 나누는 일이 무엇보다 중요했다.

"저쪽은 케포소예요." 당근 이랑에서 몸을 숙이고 숨바꼭질을 하는 어린 소년을 가리키며 그가 말했다. "저쪽은 딘틀이고요." 모종을 기르는 가림막 건물 근처에서 역시 구부리고 일하는 다른 소년을 가리켰다. 그러더니 자랑스럽게 덧붙였다. "딘틀은 저의 단짝이에요."

그들은 모두 큰 소리로 인사를 하고는 다시 하던 일을 했다. 엘리자베스가 말했다. "난 엘리자베스야. 그래이엄씨가 여기 와서 살펴보라고 해서. 네가 다 설명해줄 거라고 하시던데. 그리고 직접 일도 하고 싶어. 유진이 학교 근처 마을에서 시작한 지역산업 프로젝트 들어봤지? 거기 채소밭이 있거든, 너희들이 여기서 사용하는 새로운 방법을 좀 배워가고 싶은데."

그가 고개를 끄덕였다. "일을 하면서 말씀드릴게요." 그러더니 다시 비료가 잔뜩 뿌려진 비옥한 흙을 가래로 뒤집기 시작했다. 엘리자베스는 밭 옆에 앉아 무릎에 공책을 폈다. 공기는 가만히 스며드는 물기로 생기 가득했다. 이랑마다 가운데에 구멍이 뚫린 관이 길게 놓여 있었다. 거기서 미니 폭포처럼 계속해서 물이 조금씩 흘러나왔다. 조각그림 퍼즐처럼 관이 미로처럼 여기저기로 연결되어 밭 전체에 펼쳐져 있었다. 중앙의 수도꼭지를 열면 하루 종일 알아서 물이 공급되는 밭이었다. 엘리자베스 옆으로는 평생 보아온 것과 비교도 안될 만큼 거대한 양배추밭이 있었다. 그녀는 너무 놀라 가장 가까이에 있는 둥그런 양배추를 뚫어지게 바라보았다.

"이 양배추는 무슨 품종이지?" 스몰 보이에게 물었다.

"자이언트 드럼헤드 얼리요." 그가 자랑스럽게 대답했다.

"근데 되게 크다!" 그녀가 놀란 말투로 말했다.

"그럼요." 그가 말했다. "여기서는 채소가 자라는 데 필요한 걸 알맞은 비율로 다 갖춰주거든요. 사람들이 그래서 이 밭하고 우리 급수시설을 좋아해요. 거녀가 늘 말하기를 채소는 매일같이 물을 뒤집어쓰는 걸 좋아하지 않는대요."

"사람들한테 먹히는 건 상관없대?" 그녀가 엉뚱하게 물었다. 스몰 보이가 채소를 사람인 양 얘기했기 때문이었다. 그가 보통 바보들에게 하듯이 미소를 지었다.

"그건 괜찮아요." 그가 봐주듯이 말했다. "1온스짜리 씨 한통이면 수천개의 양배추가 나와요."

그녀는 이런 식의 대화를 좋아했지만, 스몰 보이는 자신의 일과 지위를 절대 허투루 보지 않았다. 고개를 숙이고는 선생님처럼 딱딱하고 엄한 말투로 얘기를 시작했다.

"이랑을 다 쓰고 거기서 작물을 다 거두고 나면," 그가 천천히 말했다. "거기에 가축우리에서 나온 거름 세 수레를 얹고 질소와 인산과 칼륨을 2대 3대 4로 섞은 화학비료 1파운드를 골고루 뿌려요……"

그는 몸을 돌려 작업을 하던 밭을 손으로 가리켰는데, 거긴 이 기본적인 준비가 끝나 있었다.

"이 이랑을 다시 써야 해요." 그가 말을 이었다. "그래서 가래로 흙을 한번 깊이 뒤집어주는 거예요. 가래를 확실하게 최대한 깊이 집어넣어야 해요. 그다음에 뒤집는 거죠. 그렇게 해야 거름이랑 화학비료가 흙이랑 충분히 잘 섞이고 가능한 깊숙이 들어가거든요."

잠깐 말을 멈췄다.

"우리 밭의 기초는 옆으로 깊게 도랑을 판 밭이랑이에요. 그걸 이용하면 채소가 빨리 자라고 품질도 좋아져요. 그외에도 이런 이점이 있죠. 이랑의 공기순환이 좋아지고 뿌리가 튼튼해진다. 또한 물을 절약할 수 있고……"

정문 쪽에서 난데없이 소란스럽게 떠드는 소리가 들려 하던 얘기가 뚝 끊겼다. 높고 새된 여자의 목소리가 밭 전체를 휩쓸었다. 카밀라였다.

"여기서 누가 주사위놀이라도 하고 있는 거야?" 그녀가 소리를 빽 질렀다.

순식간에 그들 쪽으로 달려왔는데, 그녀의 눈이며 손동작, 걸음걸이가 가는 곳마다 사방에서 정신을 빼놓으며 나직하고 나른한 채소밭의 분위기를 산산조각냈다. 살아 있는 건 뭐든지 하던 일을 멈추고 그녀를 바라봐야 했다. 말투는 완강한 명령조였지만 생명력 있는 명령이 아니었다. 두서없이 자기가 잘났다고 주장하는 식일 뿐이었다. 이랑 앞에서 잠깐 걸음을 멈추더니 스몰 보이에게 소리를 질렀다.

"스몰 보이! 거름을 이랑 위에 내버려두지 말라고 얘기했어, 안 했어? 그때그때 바로 뒤집어줘야 한다고! 질소가 다 날아가버리잖아."

그녀가 한달음에 엘리자베스가 앉아 있는 곳으로 왔다.

"아!" 그녀가 밝은 목소리로 외쳤다. "당신이 엘리자베스겠군요. 여기 가면 만날 수 있을 거라고 그래이엄이 말해줬죠."

몸을 숙여 엘리자베스의 손에서 공책을 획 낚아채더니 메모해놓은 것을 죽 눈으로 훑고는 큰 소리로 말했다. "아, 저거, 고랑이 깊은 채소밭." 그러더니 헐렁한 원피스 주머니에서 연필을 쓱 꺼내서 뭔가를 잽싸게 적기 시작했다. 그러곤 공책을 다시 엘리자베스에게 던져주었다. 거기엔 나란히 세줄로 다음과 같이 적혀 있었다. 하나, 표면을 고른다. 둘, 구멍을 판다. 셋, 흙 대신 거름을 넣는다. 그건 엘리자베스가 이해하거나 말거나 상관없이 고랑이 깊은 밭은 무시하는 것이었다. 그녀가 정신없이 말을 이었다.

"난 수업을 맡고 있는 거너를 보조하고 있어요." 그녀가 말했다. "지금은 휴가 중이라 여기 없어요. 사실 우리나라에서는 조경 일을 하는데, 작업시간 중에 아무도 여기 내려와보지 않으면 이 연수생들은 나무 아래 앉아 주사위놀이나 한다니까요. 자, 묘목 만드는 걸 보여줄게요. 어떤 것에도 뒤지지 않는 최고의 이앙법이에요. 그래이엄이 남아프리카공화국에서 이 방법을 들여왔지요. 참 대단한 사람 아니에요? 아!"

엘리자베스는 따라가지 않을 수 없었다. 이런 상황에서는 정신을 제대로 차릴 수가 없었다. 카밀라는 거의 발광하듯 딘틀에게 달려들었는데, 사실 그는 내내 묘목을 만들 흙을 작은 비닐봉투에 담고 있었을 뿐이었다. 가림막 건물 아래로는 비닐 봉투에 담긴 양배추와 토마토 묘목이 줄지어 늘어서 있었다. 그녀는 그것을 흘낏 보고는 소리를 질러대기 시작했다.

"딘틀! 묘목에 왜 물을 안 주는 거야? 츳! 하여간 애네들은 이해할 수가 없다니까!"

순식간에 채소밭이 세상에서 가장 참담한 곳이 되어버렸다. 학생들은 꾸중 듣는 꼬마가 되어, 평생 흑인을 영원히 어리석은 대상으로밖에 봐온 적 없는 신경질적인 백인 여성에게 들볶임을 당하고 있었다. 그 실험적 사업이 얼마나 섬약하고 위태로운 건지, 미래라고는 없는 청년이던 그들에게 문득 미래가 생겼고 그래서 그들이 유진의 제안을 진지하게 받아들이고 있다는 사실을 그녀는 손톱만큼도 이해할 수가 없었다. 엘리자베스가 학생들보다 배운 게 많다는 것을 알았으므로 그녀에게도 자기주장을 마구 퍼부었다. 도저히 이해할 수 없게 말도 안되는 방식으로 온갖 정보를 쏟아부음으로써, 자기 수준에 이르려면 그렇게 앞뒤가 안 맞는 것도 이해할 수 있어야 한다고 은근히 주장하는 것이었다. 걸핏하면 엘리자베스의 공책을 빼앗아 자기 마음대로 글을 휘갈기고 그림을 그렸다. 이리저리로 정신없이 그녀를 몰고 다녔다. 한눈에 보기에도 그건 증오가 가득했기 때문이었는데, 데데거리는 푸른 눈의 여성은 그 사실을 전혀 인식하지 못했다.

"맙소사, 저 여잔 정말 질색인걸." 카밀라가 파이프 하나가 터져서 물을 버리고 있다면서 스몰 보이에게 고함을 지르는 동안 어떻게든 채소밭에서 빠져나가려고 애쓰면서 엘리자베스가 생각했다.

"잠깐만요. 나도 집에 갈 거예요." 카밀라가 소리쳐 불렀다.

그러더니 가지가 무성한 나무가 늘어선 울퉁불퉁한 돌길을 휘저으며 걸어가기 시작했다. 당연히 엘리자베스는 경이로운 자연현상에 대해서는 무지했는데, 집까지 1마일의 길을 가는 동안 카밀라가 그것을 아낌없이 벌충해줬다.

"아, 저게 내가 제일 좋아하는 나무예요. 저 새순 좀 봐요! 게다가 생긴 건 또 어떻고! 저기, 저기 봐요! 조그만 회색 쥐가 저 덤불로 뛰어들어가는 거 봤어요? 아, 정말 경이롭지 않아요? 저거 봐요! 봤어요? 저 새 봤어요? 그래이엄 말이 저 새 이름이 쎄츠와나어로는 '떠나가는 새'래요. 정말 귀엽지 않아요?"

엘리자베스는 끊임없이 데데거리며 머리통을 두드려대는 그 목소리에 어떻게든 신경을 끄고, 조용하고 믿음직하게, 남자다운 차분함으로 설명을 시작했던 젊은 청년 스몰 보이를 애정 어린 마음으로 떠올려보려 애썼다. 확실하게 아는 상태에서 말을 하고 체계적으로 얘기를 해나가는 걸 보니 그에게 훌륭한 스승이 있다는 것을 처음부터 알 수 있었다. 그건 분명 지금 자리를 비운 거녀일 것이다.

"거녀는 언제 돌아오나요?" 그녀가 물었다.

"가족과 3개월 동안 덴마크에서 지낼 거래요." 수다쟁이가 말했다.

가슴이 덜컥 내려앉았다. 3개월이라면 그녀가 채소밭에서 밭일을 배우는 기간이었다. 그럼 매일매일 이런 식일 거란 말인가? 그저 이 수다쟁이하고만?

그녀의 집으로 가는 갈림길에 이르렀다.

"우리 집에 가서 차 한잔해요." 그지없이 환한 미소를 띠며 수다쟁이가 말했다.

"아, 아니에요." 엘리자베스가 서둘러 대답했다. "아들을 데리러 어린이집에 가야 해요. 그다음엔 집이 어떻게 되어가나 가봐야 하고요. 건축 작업반이 일을 거의 끝내가거든요. 그리고 모타벵 마을로 다시 돌아가려면 1시에 택시를 타야 해요."

카밀라가 호기롭게 두 팔을 벌렸다. 그녀는 어쨌든 원주민을 도와주러 온 것이었고 이렇게 좋은 기회를 그냥 보낼 수는 없었던 것이다.

"저게 내 랜드로버예요." 그녀가 커다란 나무 아래 세워진 차를 가리키며 말했다. "저걸로 30분이면 지금 말한 거 다 할 수 있어요."

엘리자베스가 곤혹스럽게 그녀를 바라보았다. 그녀에게 인간관계란 흑백으로 갈라졌다. 사랑하든 미워하든 한번 결정하면 끝이었다. 그녀는 평생을 카밀라 같은 유형의 백인에게서 벗어나려고 도망 다녔다. 그런 유형의 인간들은 게걸스럽고 탐욕스럽게, 삶의 모든 주의를 자신들에게로 빨아들였다. 엘리자베스의 내면의 삶은 다른 사람들의 올바른 내면의 삶에 상당히 좌우되었기 때문에 카밀라 같은 사람과 있으면 그 압박감으로 말라서 쪼그라들었다. 반쯤은 아무 생각없이, 반쯤은 이글거리는 초여름의 열기에 쫓겨 그녀는 그러마고 했다. 카밀라에게 그것은 거래가 성사된 것이었다. 엄청난 다정함으로 원주민과의 교류에 뛰어든 것이었다. 그것이 내내 그들 사이에 있었다. 엘리자베스가 원주민이라는 사실이 그녀가 하는 말 하나하나마다 배경을 이루고 있었으니까. 그들은 자그마한 바위 언덕의 경사면에 지어진 집을 향해 가파른 길을 올라갔다. 산비탈의 자갈을 모아서 놓은 돌계단을 오르니 넓은 현관이 나왔는데, 그걸 지나자마자 또 내리막 계단을 지나야 움푹하게 들어앉은 커다란 식당으로 들어설 수 있었다. 너무나 멋진 광경에 엘리자베스는 숨이 턱 막혔다. 카밀라는 집에서 쓰던 소중한 작은 장식품들을 몽땅 가지고 왔던 것이다. 벽에 걸린 우아한 중국등이 은은하게 방을 밝히고 있었다. 선홍색 천에 인쇄된 달력이 벽의 한 면을 다 차지하다시피 걸려 있었는데, 단을 댄 가장자리에는 덴마크 시골마을의 일생생활에 대한 자세한 내용이 빽빽하게 적혀 있었다. 연한 금빛의 섬세한 커튼이 산들바람에 가만가만 흔들렸다. 그녀는 빨간색을 무척 좋아하는 모양이었다. 빨간색 소파에 빨간색 쿠션, 그리고 바닥에 깔린 찬란한 카펫으로 집 전체가 환하게 불타오르는 모습이었다.

 "집이 너무 마음에 들어서 계약을 1년 더 연장했어요." 그녀가 말했다. "원래는 지난달에 덴마크로 떠날 예정이었거든요."

 엘리자베스가 몸을 돌려 믿을 수 없다는 표정으로 그녀를 쳐다봤다. 사람이 아니라 집이 마음에 든다니. 향신료가 들어간 촉촉한 케이크를 그녀 앞에 던져주자마자 카밀라는 예의 그 소리를 다시 늘어놓기 시작했다.

"여기 사람들은 정말 이해할 수가 없어요. 아는 거라고는 하나도 없으면서 얼마나 게을러빠졌는지……"

굳이 엘리자베스의 얘기를 들으려고 하지도 않았다. 그저 자기 얘기만 계속 읊어댔다. 드디어 모타벵 마을의 엘리자베스 집 앞에 랜드로버를 세우며 그녀가 말했다. "아, 당신이 어디 사는지 이제 알았어요. 일요일에 데리러 올 테니 같이 저녁 먹어요."

전날의 일이 너무나 신경을 긁어댔기 때문에 다음날 아침 나무 아래 주차된 흰색 랜드로버 가까이에 다가가다가 엘리자베스는 걸음을 멈추고 조심스레 주변을 살펴보았다. 앞쪽으로 조그만 공터가 있고 뒤쪽은 나무에 가려 보이지 않았다. 또다시 그 수다쟁이와 자연 풍광 속을 함께 걸어가는 건 참을 수가 없었다. 집 앞에 사람의 기척은 전혀 없는 듯했다. 그녀가 공터를 가로질러 걸어갔다. 반쯤 지나갔을 때 카랑카랑한 목소리가 들렸다.

"엘리자베스!"

카밀라가 돌계단을 뛰어내려오고 있었다. 헐렁한 원피스의 단추도 아직 채우지 못한데다 머리를 둘둘 말아올리느라 손으로는 여전히 머리를 붙들고 있었다.

"엘리자베스!" 그녀가 헐떡거리며 말했다. "왜 안 기다리고 그냥 가요? 당신이 지나가는지 보려고 아침 내내 내다보고 있었는데. '아, 금방 오겠지. 좀 일찍 오면 차를 같이 마실 시간이 되겠다. 그러고 나서 같이 밭에 걸어가야지.' 그렇게 생각하고 있었다고요."

말도 안되게, 불쌍한 마음이 들 만큼 인간적인 모습이었으므로 엘리자베스는 자기도 모르게 웃음을 터뜨렸다. 카밀라가 열심히 고개를 주억거리며 따라 웃었다.

"애들이 너무 많아요." 그녀가 말했다. "애들이 학교에 간 다음에나 옷을 입을 수 있으니까 언제나 늦는다니까요. 남편은 상관없어요. 농부라서 매일 아침 5시 반이면 일어나거든요."

그녀가 엘리자베스 옆으로 와 보조를 맞추더니 자연 찬미를 시작했다. "저거 봐요!"

반쯤 정신 나간 듯한 이 여자가 한순간은 아주 마음에 들다가 바로 다음 순간 못 견디게 싫어지는 감정의 기복은 그녀가 공책에 적은 메모들과 묘하게 대응을 이루었다. 그것은 스몰 보이가 들려주는 차분하고 한결같은 얘기와 어디로 튈지 모르게 종잡을 수 없는 카밀라의 말 사이에서 정신없이 왔다갔다했다. 일요일 저녁식사를 함께하면서 엘리자베스는 카밀라가 불가해한 것을 왜 그렇게 좋아하는지 단서를 찾을 수 있었다.

양 목축에서부터 낙농업, 양계, 작물에 이르기까지 모든 덴마크 전문가가 그 자리에 모여 있었다. 얘기는 주로 자신들의 문화와 문명 수준, 그리고 문맹자들을 가르쳐야 하는 실망스러움 등에 머물렀다. 어느 순간 카밀라가 미소를 지으며 엘리자베스를 돌아보더니, 잠시 좌중을 압도하며 큰 소리로 말했다.

"우리나라에서 문화는 점점 복잡해져가고 이 복잡성은 문학에 반영되고 있어요. 우리 소설을 이해하려면 어느 정도의 교육수준이 있어야 하죠. 보통 사람은 이해할 수가 없고……"

이 놀라운 사실을 입증해주기를 바라기라도 하듯 그녀가 몸을 휙 돌려 한 구석에 눈에 안 띄게 앉아 있는 젊은 여성을 보았다. 그녀는 미혼의 중등학교 수학선생이었다.

"버젯!" 그녀가 말했다. "이런 건 네가 좀 알잖아. 여기서 제일 책벌레니까 말이야. 아무도 이해할 수 없는 소설가가 많이 있잖아. 그들의 정신은 우리 문화의 복잡성을 반영하는 거고. 그중엔……"

그러더니 의기양양한 미소를 띠고 이름을 줄줄 읊어댔다. 그 작가들이 더이상 사회적으로 아무런 가치도 없다는 사실이 그녀의 머리에는 떠오르지 않는 것이었다. 게다가 수준 높은 문화와 불가해함이 밀접한 관련이 있다는 게 사실인가? 엘리자베스는 관심 있게 버젯이라는 여자를 바라봤다. 지금까지 눈에 띄지 않도록 얼마나 조용히 숨어 있었는지 그녀가 거기 있다는 사실도 알아채지 못했더랬다. 깊이를 가늠할 수 없는 짙은 눈동자를 카밀라에게 고정한 채 그녀가 애원하듯 팔을 뻗으며 조용히 말했다. "전 그런 거는 전혀 몰라요." 그러더니 순식간에 자기 껍질 속으로 다시 들어가버렸다. 그녀의 머리색은 금발이다 못해 순백색으로 보였다. 고개를 돌려 얼굴을 보이지 않도록 감추자, 짧게 친 머리가 비단 화살처럼 얼굴 위로 쏟아졌다. 와자지껄 정신 나간 이 집 안에서 그것만이 유일하게 제 정신을 보여주는 지점으로 보였다. 엘리자베스는 가려진 그 얼굴에 자석처럼 끌리며 눈을 뗄 수 없었다. 카밀라가 벌떡 일어나 그녀의 팔을 건드리며 귀에 대고 속삭였다. "버젯 걱정은 하지 말아요. 워낙 수줍음이 많고 사람을 겁내서 그래요."

모타벵 중등교육 프로젝트의 인간관계는 얼마나 신기한지! 남몰래 참을 수 없는 슬픔을 견디고 있는 듯 그늘이 가득한, 고통스러운 금발머리 소녀의 얼굴을 엘리자베스는 기억하고 있으니 말이다. 채소밭에서 나눈 스몰 보이와의 대화 역시 기억했다. 카밀라가 저쪽 끝에서 딘틀을 큰 소리로 야단치는 중에 그녀는 스몰 보이를 돌아보며 말했다. "난 저 여자가 마음에 안 들어. 사람들이 멍청하다고 떠들며 돌아다니는 게 일이라니까."

"알아요. 그래서 우리도 안 좋아해요." 스몰 보이가 분한 목소리로 말했다.

"카밀라만이 아니야. 여기서 일하는 사람들은 다 그런 소리를 한다고."

스몰 보이가 생각에 잠긴 듯 고개를 약간 숙였다. "거너는 아직 만나본 적이 없잖아요." 그가 말했다. "정말 훌륭한 분이에요. 사람들을 사랑하지요."

엘리자베스는 버젯이라는 소녀와 짧지만 놀라운 만남을 경험할 것이었고, 거너와는 함께 일하며 오랫동안 애정 어린 관계를 갖게 될 것이었다. 그리고 덴마크 사람들에 대해 이런 식의 기이한 결론에 도달할 것이었다. 그들은 아주아주 나쁜 사람들이거나, 아니면 너무나 말도 안되게 숭고해서 인간성이 나머지 인류 모두를 능가한다고 말이다.

한달포쯤 지나, 새 집에 이미 들어와 살고 있을 때 엘리자베스는 버젯이 좁은 황톳길을 걸어내려가는 것을 봤다. 해가 기울 무렵이었고, 그녀는 집을 빙 둘러 만든 작은 텃밭에 물을 주며 분주히 일하고 있었다. 버젯은 걸음을 멈추고 미소를 짓더니, 담장으로 걸어와 건너다보았다.

"한달 전만 해도 여기 아무것도 없었는데." 그녀가 말했다. "그때 이 앞을 지나갈 때는 바위랑 돌, 잡목뿐이었어요. 근데 지금은 없는 게 없이 가득한 화단이 있네요."

"교육용으로 만든 걸 좀 훔쳤거든요." 엘리자베스가 말했다. "같이 작업하는 여자들이 있어서, 그네들에게 비닐봉지에 묘목 만드는 법을 가르치고 있어요. 그런데 마을의 텃밭은 아직 담장을 치지 않아서 그걸 심을 데가 아무 데도 없는 거예요."

"저건 뭐예요?" 현관 앞까지 이어지는 좁은 콘크리트길을 죽 따라 심어진 털이 복실복실한 푸르른 작은 관목을 가리키며 버젯이 물었다.

"케이프 구스베리예요." 엘리자베스가 말했다. "열매를 따서 잼을 만들 거예요."

"정말 놀랍지 않아요?" 버젯이 말했다. "저 작은 푸른 관목에서 나중에 병마다 가득 담길 잼을 만들 열매가 열린다는 걸 미리 알 수 있다니."

엘리자베스가 고개를 저으며 웃었다. "아직 그것까지는 모르겠어요. 나한테는 잼이 아직 안 보이는데, 그래이엄에겐 보이겠죠. 구스베리 씨를 주면서 그게 잼 만들기에는 최고의 열매라고 했거든요."

버젯이 고개를 들고 엘리자베스의 집을 바라보더니 살짝 코를 킁킁거렸다.

"뭔가 굉장히 맛있는 음식을 만들고 있나봐요." 그녀가 말했다.

"저녁에 먹을 고기 파이예요." 엘리자베스가 말했다. "들어가서 같이 먹을래요? 나랑 아들 둘뿐이라 음식은 항상 먹고도 남거든요."

남달리 수줍은 태도와 대조적으로 그녀의 걸음걸이는 빠르고 단호했다. 걸을 때 엉덩이를 보기 좋게 흔들어 치마가 그에 따라 살랑살랑 돌며 흔들렸다. 부드러우면서 결이 굵은 머리카락이 더 펼거렸다. "전 결정은 순식간에 내려요." 뿌듯하면서도 진지한 얼굴로 그녀가 말했다. "그리고 내린 결정은 다 고결하죠. 그것 말고 다른 삶의 규칙이 없거든요."

그녀가 작은 대문을 열고 콘크리트 진입로를 걸어올라가더니, 문 앞에서 몸을 돌려 조용하고 주의 깊은 자세로 엘리자베스를 바라보았다. 그녀는 이리저리 움직이고 손동작을 섞어가며 말을 했다. "인생이란 정말 온화하고 소중한 거예요. 그걸 매 순간 깨달아요. 그에 대해 생각도 많이 하고요."

엘리자베스는 다른 사람의 감정에 무척이나 민감하게 조율이 되어 있는 터라 그 말을 듣고 기쁜 마음에 소리를 지를 뻔했다. 해는 저물었는지 어느새 별빛이 나타나고 있었다. 그녀 앞의 아름다운 여성은 환하던 빛이 어둑해지고 그러곤 캄캄해지는 과정과 함께하고 있었다. 엘리자베스는 집 위편으로 뛰어가 텃밭용 수도꼭지를 잠갔다. 흙먼지가 날리는 저 아래 황톳길을 따라 아이가 여전히 노는 생각에 푹 빠져 천천히 걸어오고 있었다. 그들 뒤를 따라 가만히 집 안으로 들어와 구석에 틀어박혔다. 손님에게 조그맣게 '안녕하세요'라고 했을 뿐 더이상 한마디도 하지 않았다.

"쟤는 왜 저렇게 조용해요?" 버젯이 물었다.

"원래 안 그래요." 엘리자베스가 웃으며 말했다. "위험한 일급비밀 정보를 잔뜩 가지고 있는데, 모르는 사람이 있으니까 얘기하기 싫은 거예요. 이 집 저 집 쏘다니며 사람들이 뭘 하고 사는지 자세한 정보를 매일 가져다주거든요. 저녁마다 잠자리에 들 때까지 쉴 새 없이 조잘댄다고요."

"집이 참 예뻐요." 버젯이 안을 둘러보며 말했다.

현관을 들어서면 집 안이 거의 다 보였다. 길이가 6미터가 될까 말까했다. 세개의 문이 열려 있었는데, 하나는 싱크대와 스토브, 그리고 접시와 컵이 놓인 선반이 있는 작은 주방으로 이어졌다. 오른편의 방은 엘리자베스의 침실이고, 왼편의 방은 아이의 침실이자 식당으로 사용했다. 현관 바로 맞은편은 화장실이었다.

엘리자베스가 촛불을 켜고 저녁 준비를 하는 동안 버젯은 싱크대에 기대어 있었다.

"항상 카밀라와 다니는 것 같아요." 그녀가 말했다. "카밀라를 좋아하나요?"

엘리자베스가 파이 접시를 싱크대 위에 놓으며 반쯤은 우스개처럼, 그리고 반쯤은 성을 내듯 말했다. "내가 항상 그녀랑 다니는 걸까요, 그녀가 항상 나랑 다니는 걸까요? 철없는 그이는 인생에 대한 그릇된 가정이 너무 많아서 내가 자기를 좋아하지 않는다는 얘기를 할 여지가 도대체 없어요. 귓구멍이 꽉 막힌데다 완전 장님이라니까요. 흑인이 열등하다는 걸 아주 당연시해서 우리가 멍청하고 아는 게 하나도 없단 얘기를 면전에서 아무렇지도 않게 하죠. 그런데 그런 사람은 쌔고쌨어요. 흑인의 얼굴에도 온갖 종류의 인생이 깃들여 있다는 건 전혀 안 보이죠. 잠깐이라도 자기 생각을 접고 뒤로 물러나 농장에서 배우는 학생들의 진지하고 결연한 표정을 보는 적이 한번도 없어요. 그들 뒤에는 수년 동안 가뭄이 지속되어 먹을 것이고 희망이고 아무것도 없던 비참한 굶주림의 나날이 쌓여 있어요. 그런데 앞에는 반은 사막이라 할 곳에서 농사를 지어야 한다는 절망과 그 고된 작업이 지식을 통해 조금씩 덜어지는 마법 같은 세상이 있는 거예요. 사람은 어쩌다 마법 같은 일을 마주치게 되면 누구나 꼼꼼하게 살펴보게 돼 있어요. 기본적으로 살아 있는 사람은 모두 아마추어 과학자고 발명가이니까요. 그런데 인종주의자들은 왜 흑인만 예외라고 보는 거죠? 하하하, 너네는 절대 우리 문명 수준에 이르지 못할 거야, 이러면서 여기 와서 특별한 방법으로 흑인을 도와줘야 하는 이유가 도대체 뭐냐고요?"

버젯은 갑자기 한기가 느껴지기라도 하듯 가슴 앞에서 팔짱을 꼈다. 그러더니 겁에 질려 떨리는 목소리로 말했다.

"아프리카 남쪽은 아주 위험한 곳이에요."

그게 무슨 소리란 말인가? 백인이 흑인을 얼마나 증오하는지에 대한 얘기가 사실에 부합하는 곳이 세상천지에 여기뿐이란 말인가? 그것이 여기서는 다들 받아들이는 확고한 사실이니까? 그녀가 엘리자베스를 묘하게 쳐다보며 말했다.

"처음에 자원봉사로 아이들을 가르치러 알제리에 갔다 귀국해서 잠시 고향에 있었어요. 무슨 전염병이라도 옮아온 것처럼 예전 친구들이 저랑 얘기도 안하려고 하더라고요. 여기 일을 마치고 돌아가면 친구 몇이 또 없어지겠죠……"

바닥에서 뭘 찾기라고 하듯 그녀가 고개를 약간 숙였다가 다시 엘리자베스를 쳐다보며 비난조로 말했다.

"왜 카밀라에게 인종주의자라고 말해주지 않아요? 그렇게 해야 하는 것 아니에요?"

이 뜻밖의 주장에 허를 찔린 셈이었으므로 엘리자베스가 무슨 죄라도 지은 양 그녀를 뚫어지게 보았다. 실제 생활에서 어떻게 그런 일을 할 수 있단 말인가? 정말로 아무 백인에게나 가서 '당신은 인종주의자야'라고 말할 수 있단 말인가? 그 끝이 어디겠는가? 아프리카 남부에서 마주칠 수 있는, 깊고 한없는 고통의 인내가 표면화되면 사람들은 그 자리에서 완전히 정신이 나가버릴 것이었다. 그것은 의식의 아래쪽에서 백인의 멸종을 바라는 강력한 의지니까. 그렇게 말할 수 없이 끔찍한 증오를 불러일으켰던 것이다.

"자기들도 알아요." 엘리자베스가 힘없이 말했다. "자기들이 인종주의자라는 걸 안다고요. 내 생각을 대놓고 그녀에게 말하면, 그건 확 달려들어서 얼굴을 한대 된통 후려치는 셈이라 아마 내 발밑에 뻗어버릴걸요."

버젯이 재빠르면서도 단호하게 머리를 한쪽으로 휙 돌렸다. "좋아요." 그녀가 야무지게 말했다. "내가 얘기하겠어요. 내가 가서 그녀에게 인종주의자라고 말하겠다고요. 가서 당신이 한 얘기를 다 해줄래요."

엘리자베스가 놀라워하며 그녀를 빤히 보았다. 그녀는 '될 대로 되라'식의 거칠 것 없이 제멋대로인 태도를 무엇보다 좋아했다. '될 대로 되라'가 진실인 경우가 아주 많았으니까.

"고마워요." 그녀가 말했다. "지금까지 아무도 그런 생각을 한 적이 없어요. 적어도 내가 겪은 바로는요. 인종적 차별의 희생자는 그 악의 핵심을 바꿀 수 있는 가장 올바르고 일관된 일을 생각해낼 수가 없어요. 똑같이 폭력으로 그들에게 겁을 줄 수도 있겠죠. 아예 죽여버릴 수도 있고. 하지만 그 치명적 독이 자신에게서 비롯된 게 아니잖아요. 동떨어진 두 정신이 함께 움직인다고도 할 수 있어요. 희생자는 사실 세상에서 가장 유연하고 자유로운 존재예요. 끊임없이 법률을 생각해내고 거짓을 지어낼 필요가 없거든요. 그건 그를 가둬둔 자가 하는 일이죠. 그들이 수갑과 억압을 만들어내요. 희생자는 그냥 그런 걸 떠안을 뿐이고요. 겪어내야 할 천일가지의 지옥이 주어지는데 보통은 그 모두를 겪어내지요. 억압받는 사람의 얼굴은 추하지 않아요. 그냥 고통으로 인한 상흔이 가득할 뿐이죠. 하지만 고문하는 쪽은 날이 갈수록 흉측한 모습이 돼요. 그들이 심취해 있는 악함이 계속해서 지나침의 도를 더해가지만 끝이 보이지 않아요. 그들 영혼의 어두움과 죽음에도 끝이 없죠. 감옥 안에 앉아 있는 희생자는 언제나 창살 틈으로 새어들어오는 빛줄기를 보며 살아요. 거기 앉아서 아름답고 경이로운 것들을 꿈꾸지요. 자식들도 잃고 부인도 잃고 모든 걸 잃었어요. 그 모든 눈물이 어떻게 되었을까요? 고스로 바스라져 울부짖는 사람과 그걸 보고 비웃고 조롱하고 야유하는 사람, 둘 중에서 누가 더 위대한 존재겠어요?"

버젯이 약간 움직이며 미소 짓더니 몸을 돌려 두 손을 싱크대 위에 얹었다. "내 맘 속에 든 생각을 당신이 다 얘기하네요." 그녀가 말했다. "하지만 난 고통받은 적이 없어서 그렇게 잘 표현할 수가 없어요. 고통받는 사람들을 볼 뿐이죠. 그게 나를 너무 아프게 하지만요." 그녀가 말을 멈추고 엘리자베스 쪽으로 몸을 기울여 은밀하게 말했다. "해줄 얘기가 있어요. 여기서의 계약기간이 끝나서 다음주에 덴마크로 돌아갈 거예요. 그런데 마음이 너무 심란해요. 매일 밤 잠자리에 들기 전 앉아서 책을 읽는데, 최근 몇주 동안은 그럴 수가 없어요. 마음이 어찌나 어수선한지 집중을 못하겠거든요. 책을 무릎 위에 얹어놓은 채 몇시간이고 그냥 앉아만 있는 거죠. 마음이 서럽게 울부짖는데 이유는 모르겠어요……"

그러더니 엄청나게 중요한 비밀을 털어놓은 것에 스스로 깜짝 놀라기라도 한 것처럼 비틀거리며 약간 뒤로 물러났다. 엘리자베스는 자신들이 닮았다는 것 말고는 달리 할 말이 생각나지 않았다. 하지만 자신은 너무 외롭게 혼자서만 지내고, 그런 고립 속에 파묻혀 있었으니까.

"그게 다 모타벵 중등학교와 우리가 여기서 하는 일 때문이라고 생각했어요." 버젯이 덧붙여 말했다. "괴짜들의 요구에 부응하는 특정한 사람의 특정한 꿈이라고요. 자신보다 남을 먼저 생각하는 사람들은 괴짜잖아요. 세상은 이렇게 증오로 가득한데……"

엘리자베스가 무의식적으로 몸을 움직여 식탁에 접시와 음식을 놓았다. 군더더기 하나 없이 단순한 그 선함과 지금 해야 할 가장 고귀한 일을 눈 깜짝할 사이에 결정하는 모습에서 나타나는 상대방의 힘은 물에 빠진 사람에게 던졌다는 그 유명한 지푸라기 같았다. 그녀는 아수라장 같은 내면, 그리고 마음과 정신과 영혼으로 밀치고 들어오는 야만적인 것들로 인해 두려움에 떨고 있었으니까.

"내게 신은 무슨 마법적인 공식이 아니에요." 그녀가 불쑥 외쳤다. "불을 켜듯 탁 켜지는 신비로운 미지의 전류라도 돼서 내가 의지할 수 있고, 그렇게 의지함으로써 나 자신의 고결함에 안심할 수 있는 그런 존재가 아니라고요. 이상하게 들리겠지만 마치 우리가 다른 생애에 다시 마주치더라도 그 무엇도 당신의 고결함을 흔들어놓지 못했을 것처럼 오히려 당신에 대해서는 믿을 수가 있어요. 하지만 내 경우는, 내 운명은 불확실하기 그지없고 불운이 가득해요. 의도하지도 않았는데 무시무시한 공포의 소용돌이로 빨려들어가고 있어요. 고결함과 선함을 더 좋아하지만 그냥 좋아하는 것만으로는 안되는 거예요. 내가 좋아하는 것을 조롱거리로 만드는 어떤 힘이 있어요."

엘리자베스가 말을 멈췄다. 상대방은 이해한다는 표정으로 말없이 골똘하면서 진지하게 그녀를 올려다보았다.

"미래에 이런 상황이 생길 거라는 상상을 해요." 엘리자베스가 말을 이어나갔다. "내 얼굴이 탐욕과 증오로 완전히 일그러져 있을 거라는 상상. 내 것도 아닌 걸 일부러 마구 잡아채는 상상. 그리고 그런 영혼의 암흑에 빠져 있을 때 어느날 당신이 내게 걸어와 나의 고결함을 일깨워주는 거예요. 내게는 바로 그게 마법적인 공식이에요. 당신 목소리를 듣게 되고, 그러면 몸을 돌려 어둠에서 벗어나는 거죠. 그렇게 해주겠어요?"

버젯이 생각해보지도 않고 바로 고개를 끄덕이며 말했다. "그럴게요."

엘리자베스가 웃었다. 자신은 보이지 않지만 느낄 수 있는 메두사와 갈색 양복의 쩰로 때문에 잔뜩 겁을 먹고 움츠러든 해파리 같았다. 그들이 힘을 합쳐 행사하는 악은 너무나 강력했다. 그녀를 나자빠지게 했던 것이다. 창조력이자 추진력으로서의 악의 뿌리는 자신의 숨소리만큼이나 가까워졌다. 게다가 처음에는 쩰로를 어떻게 받아들였더라? 신으로?

"여기서 내게 무슨 일이 있었어요." 그녀가 말했다. "그 일로 인해 신비롭던 환상에서 완전히 깨어났죠. 인생의 싸움에서 인간의 영혼이 달랑 혼자 있어요. 아주 도덕적인 사회적 규범이 도움이 되었던 것 같아요. 모세가 유태인을 위해 세운 그런 식의 것 말이에요. 하지만 그것도 기껏해야 밖에서 일깨워주는 외부적 지침일 뿐이에요. 상냥함이나 사랑, 호소력, 공감, 진실과 같은 문제는 여전히 내면에 있는 거죠. 난 파멸될지도 몰라요."

버젯이 고개를 살짝 저었다. "당신이 주장하는 것 중에는 내 삶에 해당되지 않는 것들이 있는 것 같아요." 그녀가 말했다. "혹시 당신 자신은 깨닫지 못했을 수도 있지만, 당신의 삶이 굉장히 중요하다고 보는 것 같아요. 난 스스로에 대해 그런 식의 기분을 가져본 적이 전혀 없어요. 내 시각은 오직 내가 관심이 가는 것에만 맞춰져 있죠. 다 얘기해줄 수도 있어요. 난 책을 읽고 일하고 여행을 해요. 사랑 같은 건 안하고요."

그러자 당연히 얘기는 사랑 쪽으로 흘러갔다. 마주 보고 있는 상대방처럼 그녀 역시 사랑을 경험한 적은 없지만 그에 대해 엄청난 상상들은 하고 있었다. 사랑의 특성이나 아름다움은 그녀의 마음속에 숨어 있는 심오한 교향곡과도 같았다.

"내 머릿속을 떠나지 않는 게 있어요." 그녀가 말했다. "내가 많은 사람을 사랑했던 어떤 과거인데, 그 사랑의 특성이 너무 고귀해서 그 기억이, 이미지가, 아무것도 바라지 않는 부드러운 표정으로 내게로, 말하자면 둥둥 떠내려와요. 어슴푸레한 그 형상들은 날 전적으로 믿은 채 내 품에 안겨서 잠이 드는 걸로 만족해요. 여기서는 아무 염려 없이 안전해, 그렇게요. 영원하고 위대한 어머니라도 되는 양 내 품에 사람들을 잔뜩 안고 잠이 드는 기이한 느낌이 온몸을 감싸요. 그러면 이런 생각이 들죠. 사랑은 정말 강력한 거야. 길을 걸어갈 때 발아래의 보이지 않는 꽃처럼……"

그녀가 마지막 말을 꺼냈을 때, 버젯은 고개를 돌려 다시 울음이 터질 것 같은 웅숭깊고 슬픈 눈으로 자신의 가슴속을 들여다봤다.

그 아름다운 저녁의 속편이 될 만한 작은 일이 하나 있었다. 이틀 후 엘리자베스는 카밀라를 만났다. 카밀라는 다른 사람이 되어 있었다. 부드럽게 가라앉은 분위기에, 그런 유형의 사람에게 가능한 한 가장 차분한 모습으로 생각에 잠겨 있었다. 뭔가를 묻는 듯 눈을 커다랗게 뜨고 잠시 엘리자베스를 쳐다보았다. 그리고 한 손을 들어올리더니 아무렇지 않게 툭 말을 던졌다. "처음부터 밭일은 내 분야가 아니라고 얘기했죠. 우리나라에 있을 때 난 조경사였다고요."

그들은 함께 채소밭으로 걸어내려갔다. 카밀라는 이제 자연에 대한 찬탄은 하지 않았다. 조용히 밭 사이를 걸어갔다. 이랑의 작은 폭포들이 나직하게 졸졸 소리를 냈고 학생들은 고개를 파묻고 일에 열중하고 있었다.

그해는 아우성치는 고통으로 마무리되었다. 난데없이 끔찍한 두통이 시작됐다. 그 기간 동안은 무슨 일이 일어났는지 자세하게 기억할 수도 없었다. 메두사든 쎌로든 어떤 이미지나 모습도 남아 있지 않았고, 그들이 함께 벌인 일도 마찬가지였다. 포효하는 음란함의 시커먼 바다 같았고, 솟구치는 파도 꼭대기에 메두사가 올라앉아 까마득히 아래쪽의 그녀를 노려보았다. 낮이면 엘리자베스는 고통스럽게 겨우겨우 기어다녔다. 밤이면 반듯하게 누운 채 꼼짝없이 다가오는 죽음의 희생자가 되어 몸을 내맡겼다. 메두사는 경험 많고 기술 좋은 살인자 역할을 자임하는 듯했다. 속으로 이런 생각을 하면서.

"여기쯤에 벼락을 한번 더 쳐줘야겠지. 저기에도 하나 던져주고. 아하, 저 꼬꾸라지는 꼴 좀 보라고!"

절멸을 향해 그녀가 몰아대고 있는 건 엘리자베스의 몸뚱이가 아니었다. 그녀의 영혼이었다. 메두사의 벼락은 그녀의 영혼을 향했다. 그래서 죽음은 그만큼 더디게 다가오고 그만큼 더 찔끔찔끔 찾아오는 듯했다. 갈색 양복의 쎌로가 메두사의 어깨 너머로 흘기듯 야비한 눈길로 그녀를 노려보았다. 아우성 속에 갈수록 정신이 혼미해지면서 엘리자베스는 생각했다.

"누구한테든 아이를 부탁해야 되겠어. 걔까지 나랑 같이 죽을 필요는 없잖아."

유치원에서 아이는 종이로 비행기와 배와 자동차 접는 법을 배웠다. 그래서 그것에 완전히 빠져 살고 있었다. 하지만 메두사는 그 문제를 해결할 방법을 생각해냈다. 그녀가 엘리자베스를 보면서 무덤덤하게 말했다. "너도 알다시피 넌 곧 죽을 거잖아. 죽는 날 네 아들도 데려가야 할 거야. 우리가 여기 데리고 있을 마음은 없으니까."

죽기 살기의 사투에 빠져 있는 그들이 서로를 노려보았다. 엘리자베스는 다시 죽음으로 떨어졌다. 크리스마스를 일주일 앞둔 어느날 새벽이 밝았을 때, 그녀는 동이 트는 것을 바라보며 침대에 누워 있었다. 갑자기 문을 두드리는 소리가 들렸다. 엘리자베스가 기다시피 침대를 나왔다. 비슷한 연배의 여성이 문 앞에 서 있었다. 그녀의 이름은 케노시였다. 지역산업 프로젝트의 방적방직 그룹에 속해 있었는데, 엘리자베스가 맡고 있는 채소밭 그룹에서도 몇번인가 함께 일한 적이 있었다. 프로젝트에 문제가 생기고 있었다. 사람들은 슬쩍 들여다보고 일주일 정도 함께하다가는 사라져버렸다. 거기서는 경제적인 보상 없이 자발적으로 상당한 일을 해야 했다. 그 프로젝트는 가난한 사람을 위한 것이었지만 사실 그 가난한 사람들은 돈도 받지 않고 일하고 싶은 생각이 없었다. 3주 정도 지나자 엘리자베스에게는 케노시 외에 함께 일할 사람이 한명도 남지 않게 되었다. 케노시에게 채소밭 그룹에서 함께 일하지 않겠느냐고 물었을 때 그녀는 한마디로 잘라 거절했더랬다.

"싫어요. 전 방적 일이 더 좋아요." 그렇게 말했다.

그녀는 자기 앞에 놓인 일은 말없이 집중해서 다 해버리고 마는 여성이었다. 그녀에게는 고양이들이 매일의 일과를 해낼 때의 놀라운 목적의식과 위엄이 있었다. 고양이가 하듯이 발 전체를 땅에서 들어 살짝살짝 걸었고, 역시 고양이가 하듯 걸으면서 박자에 맞춰 고개를 끄덕였다. 겉으로 드러나는 표정은 언제 보든 엄격했고 고개를 약간 치켜들고 사람을 뚫어지게 보는 습성이 있었는데, 그때의 불가해한 표정은 사람에 대한 불신일 수도 남몰래 인간본성을 종합해보는 것일 수도 있었다.

"무슨 일이에요?" 터져나오려는 고통스러운 신음을 애써 누르며 엘리자베스가 물었다. 머리가 빙빙 돌았다. "뭐 필요한 거라도?"

"당신이 하는 일에 함께하려고요." 케노시가 대답했다.

엘리자베스가 몸을 약간 흔들었다. 머리 속을 쑤셔대는 통증이 좀 나아졌다.

"들어와요." 그녀가 말했다.

아이는 바닥에 주저앉아 종이비행기를 만드느라 여념이 없었다. 케노시가 들어오자 고개를 들어 쳐다보더니, 곧장 자신이 만든 비행기에 대해 상세하게 알려주기 시작했다. 그가 습득한 바에 따르면 마을사람들이 사는 법이 그러했다. 아이들을 어루만지고 돌봐주고 그들이 하는 얘기는 애정을 가지고 주의해서 들었다. 케노시가 의자에 앉자 아이는 일어나 그녀의 무릎에 몸을 갖다 대고는 손에 종이비행기를 쥐어주었다. 엘리자베스를 포함해서 세 사람이 모두 쎄츠와나어로 신나게 얘기하기 시작했다. 그러자 기분전환이 되면서 다시금 사는 것 같은 기분이 들었다. 엘리자베스는 웃으면서 찻주전자를 불에 올렸고, 씻고 옷을 입었다.

반시간 후, 그들은 지역산업 프로젝트 현장으로 걸어내려갔다. 황토색 흙길을 가로질러 오솔길을 따라 내려가면 사람이 살지 않는 광활한 골짜기 구역에 이르렀다. 키 큰 나무들이 여기저기 무리를 지어 자랐다. 골짜기를 따라 좁다란 마른 강바닥이 구불구불 이어졌다. 그 강바닥 옆으로 1에이커의 채소밭이 죽 이어져 있었다. 밭 주변으로는 프로젝트에 쓰이는 작업장 공사가 반 정도 진행되고 있었다. 양조장과 도예 공방이 있고, 부엌과 세면실, 화장실, 옷감 잣는 곳은 아직 기초만 놓였다. 생산된 물건을 쌓아두고 분배할 커다란 상점의 벽이 반 정도 올라갔다. 현장엔 사람 그림자라고는 보이지 않았다. 크리스마스와 새해의 휴일을 맞아 다들 떠나고 없었다. 채소밭 안쪽으로는 울타리를 세우기 위해 가져다놓은 예순

개의 기둥이 놓여 있었다. 남자들이 채소밭 가장자리를 따라 이미 구멍을 파둔 상태였다.

케노시와 엘리자베스는 각자 기둥 양 끝을 잡아 구멍에 집어넣었다. 구멍을 돌로 채운 뒤, 엘리자베스가 기둥을 붙들면 케노시가 쇠지레로 기둥을 꽉 끼워넣었다. 그리고 그 위로 평평하게 흙을 덮었다. 정오쯤까지 여섯개의 기둥을 세웠다. 엘리자베스는 케노시에게 절박하게 매달렸다. 죽음이 임박했으므로 계속 살아가야 할 정당한 이유가 그외에는 없는 것 같았다.

"우리 집에 가서 같이 점심 먹어요." 점심때쯤 되어 그녀가 말했다.

아무 대답도 없이 케노시가 그녀 옆을 조용히 따라 걸었다. 아이는 뒤에서 따라왔다. 아침 내내 만든 종이 발명품이 담긴 상자를 옆구리에 끼고 있었다. 입을 여는 사람이 없었다. 다른 사람들은 휴일을 맞아 떠났는데 둘이서 느닷없이 그렇게 열심히 일을 하면서도 엘리자베스도 케노시도 그게 이상하다는 생각은 들지 않았다. 엘리자베스의 입장에서 봤을 때, 후에 이 일을 돌아보며 케노시라는 여성이 이렇게 홀연히 나타난 것은 그녀의 생명을 구해준 하나의 우연, 혹은 기적이었다고 기억하게 될 것이었다.

하는 몸짓마다 그렇게 놀랍도록 고양이를 닮은 여자도 없었다. 그 움직임은 남다르게 조용하고 부드러웠으며, 극도로 조심스러웠다. 엘리자베스는 완전히 취해서 넋을 놓은 채 밥을 먹는 그녀를 곁눈질로 훔쳐보았다. 그녀는 음식을 아주 잘게 부순 뒤 포크로 찍어 얌전하게 입에 넣었다. 그리고 나서 씹을 때에는 고양이가 하듯이 귀에 들리도록 쪽쪽 빠는 소리를 냈다. 접시를 향해 눈을 내리깔고 미동도 않은 채 자신만의 세계에 빠져 있었다. 크리스마스가 사흘밖에 남지 않았을 때였다. 대화를 해볼 셈으로 엘리자베스가 물었다.

"크리스마스는 뭘 하며 보내요?"

"전 가톨릭 신자예요." 케노시가 고개도 들지 않고 대답했다. "크리스마스이브에 자정 미사를 보러 친구들과 모타뱅에 갈 거예요. 크리스마스 날에는 잔치에 가죠. 항상 누군가 암소 한마리를 잡아요. 그 사람이 그 사실을 알리면 우리 모두 그 집에 가서 먹는 거죠. 올해는 마을의 어떤 가게 주인이 한대요. 작년에는 카센터 주인이었죠. 아주 근사해요. 음악도 연주하고 사람들은 춤도 추고. 아침 일찍 친구들이랑 그 집에 먼저 가서 음식 준비를 도울 거예요. 당신은 크리스마스에 뭐해요?"

"아들 줄 케이크를 만들고 통닭을 구울 거예요." 엘리자베스가 말했는데, 변변찮게 크리스마스를 보낸다는 느낌에 영 체면이 서질 않았다.

"크리스마스를 혼자 보내요?" 케노시가 놀라서 물었다.

"친한 사람이 하나도 없는걸요." 엘리자베스가 말했다.

"남편 분은 어디 계신데요?" 그녀가 따지듯이 물었다.

"나도 모르죠." 엘리자베스가 대답했다. "옛날에 집을 나온 뒤로 한번도 본 적이 없어요."

케노시가 접시에 두었던 시선을 들어 헤아릴 수 없는 눈길로 그녀를 빤히 쳐다봤다. 무슨 생각을 하는 건지 전혀 내비치지 않았다.

"결혼했어요?" 엘리자베스가 물었다.

"아니요."

"남편감 만나기가 힘든가요?" 엘리자베스가 집요하게 물었다.

"그래요."

"아이는 있어요?"

"하나 있어요." 그녀가 말했다.

살아가는 기쁨은 물론 당연히 찾아올 환멸까지, 인생에 대한 해박함과 이해력에서나 강렬하고 깊이 있는 표정에서나 그녀는 말할 수 없이 아름다운 여성이었다. 최고의 부인이기도 했다. 집 안을 항상 말끔하게 정돈해놓고, 너무 티내지 않고 조용히 남편과 아이들을 사랑하는 그런 여성 말이다.

"내가 남자라면 틀림없이 당신과 결혼할 텐데." 엘리자베스가 명랑하게 말했다.

그러자 케노시가 처음으로 미소를 지었다. 안에서 익살스러움이 새어나오며 눈가에 주름이 잡혔다. 들고 있던 포크를 잠깐 내려놓으며 두 손을 식탁 위에 가만히 올려놓았다.

"난 내 두 손을 움직여 살아요." 그녀가 자부심을 보이며 말했다. "언제나 내 몸을 움직여 일했어요. 무슨 일이든지요."

아이가 초롱초롱한 눈망울로 주의 깊게 두 사람의 대화를 듣고 있었다. 방금 한 그녀의 말이 지닌 가락에 끌렸는지 자기도 모르게 두 손을 식탁 위에 놓으며 그녀의 말을 따라했다. "난 두 손을 움직여 살아요. 언제나 내 몸을 움직여 일했어요. 무슨 일이든지요."

아이가 그런 식으로 따라하는 게 엘리자베스는 언제나 마음에 들지 않았다. 짜증스럽게 아이를 보며 말했다. "맙소사, 이애는 정말 못됐어."

짓궂게 그가 따라했다. "맙소사, 이애는 정말 못됐어."

그러자 다시 한번 눈가의 주름과 함께 귀여운 미소가 떠올랐다. 하지만 잠깐 떠오른 다음 어찌나 금방 사라지는지 그녀의 인성의 강인함은 전부 엄격함과 과묵함에 기대고 있는 듯했다.

그들은 다시 골짜기 사이의 채소밭으로 걸어갔다. 한낮의 더위가 이글이글 끓었다. 그해 여름, 비는 구경도 할 수 없었다. 녹아내리는 듯한 새파란 하늘에는 비의 기미도 보이지 않았다. 엘리자베스는 멍한 로봇처럼 케노시 곁에서 일했다. 아이는 커다란 나무 아래에 앉아 만들기를 계속했다. 지옥불처럼 벌겋게 타오르며 지평선에서 해가 질 무렵 그들은 헤어졌다. 케노시는 가다가 한번 뒤돌아보더니, 두 손을 모으고 간단히 목례를 하며 말했다. "점심 잘 먹었어요." 그러고는 저 멀리 자신의 집을 향해 소리 없이 걸어갔다. 지독한 우울함이 엘리자베스에게 내려앉았다. 천근만근 무거워진 다리를 움직여 나무 아래 앉아 있는 아이에게 다가갔다. 주머니에서 담뱃갑과 성냥을 꺼내 성냥을 아이에게 내밀었다. 담뱃불은 항상 아이가 붙여주었다.

"엄마가 죽으면 너도 죽고 싶을 것 같아?" 그녀가 뚱딴지같이 물었다.

"죽는 게 뭔데?" 아이가 관심을 보이며 물었다.

그녀는 잠시 말이 없었다. 뭐라고 설명하기가 힘들었다. 지금까지 죽은 것은 한번도 본 적이 없었으므로 아이는 의미를 이해하기가 힘들 것이었다.

"떠나버리는 거라고 할까." 그녀가 말했다. "그래서 밥해줄 사람도 없고 빨래해줄 사람도 없는 거야. 집이 텅 비는 거지."

"그러면 어디로 가는 건데?" 약간 걱정스러운 말투로 아이가 물었다.

"그건 몰라." 그녀가 말했다.

아이에게서 바로 흥미가 사라졌다. 기차를 타고 다른 마을에 찾아간 적이 한번 있었다. 아이는 가는 내내 꼿꼿이 앉아서 말똥말똥한 눈을 동그랗게 뜨고 한마디 말도 없이 지나치는 광경을 빠짐없이 지켜보았더랬다. 그런데 지금 엄마에게 그런 구체적인 계획이 있는 게 아니라는 생각이 확실히 들었던 것이다. 그냥 해보는 얘기라 가방을 쌀 일도 없다고 보았다.

미국에서 아이의 아빠가 큐 클럭스 클랜⁴에게 린치를 당했을 때 엄마는 뭐라고 얘기했을까? 그녀에게는 남부에서 사람들이 집단으로 린치를 가하는 사진이 있었다. 백인 남녀 한무리가 모여 있고, 두명의 흑인 남자가 죽은 채 나무에 매달려 있었다. 백인들은 웃고 있었다. 그녀의 마음에 펼쳐진 그림에서 메두사도 그렇게 웃고 있었지만 메두사는 그녀의 숨결만큼이나 가까웠고, 그래서 매일 밤 메두사의 강렬한 검은 눈동자를 똑바로 들여다봤던 것이다. 악의 근원까지 더듬어가기 위함이었다. 린치를 가하는 무리의 눈은 아무것도 모른 채 그냥 악할 뿐이었다. 메두사의 눈은 모든 걸 이해하고 있었고, 대담하고 고의적이며 파렴치했다. "이건 내가 의도하는 거야. 나의 힘을 거역할 수 있는 건 아무것도 없지. 난 악을 창조해내고 그 안에서 질펀하게 즐기거든. 다른 삶에 대해선 아는 바가 없어. 나에게서 공포와 파괴의 시커먼 물줄기가 흘러나오지."

인류역사의 어두운 시대에 그녀가 얻지 못한 지위가 얼마나 되었던가? 인간 영혼의 잠재의식적 삶의 얼마나 깊숙이까지 자신의 씨를 심어놓았던가? 무자비한 잔인함과 증오가 분출하는 곳마다 메두사의 영혼이 콸콸 솟는 검은 온천수 같았다. 그녀의 추종자들은 혼란스러웠다. 창조의 힘과 따로 떨어진 그녀가 어떤 존재인지 아직 정체를 알 수 없었다. 자신들은 예수 그리스도를 숭배했고 그

---

4 KKK. 남북 전쟁 후에 미국 남부의 여러 주에서 조직된 극우적 성향의 비밀 결사. 흑인과 흑인 해방의 동조 세력을 적대시하였다.

래서 사람들에게 린치를 가했다고 그들이 말했다. 그들은 셀 수 없이 많은 악행을 저질렀다.

그날 밤 메두사와 갈색 양복의 쎌로는 뭔가를 열심히 속닥거리며 대화를 나누었다. 그러다 메두사가 엘리자베스 쪽을 한번 바라보면서 득의만면한 미소를 지었다. 쎌로가 멀리 있는 어떤 사람의 형상을 가리켰다. 그가 메두사에게 하는 말이 귀에 들어왔다. "걱정 마. 저자가 그녀를 죽일 거야."

이에 메두사가 엘리자베스에게 다가왔다. 손에는 벼락을 쥐고 있었다. 벼락의 에너지가 손에서 줄줄 흘러나오는 것 같았다. 메두사는 그걸 손 안에서 공처럼 둥글게 만 다음, 팔을 올려 크게 휘둘러 엘리자베스 면전에 집어던지곤 했다. 그럼 정말로 벼락이 떨어지듯이 그것이 그녀의 몸에서 터지는 것이었다. 그럴 때마다 까무룩 의식을 잃었다가 깨질 것 같은 두통과 함께 정신이 들곤 했다.

메두사가 팔을 올렸다. "우리가……" 그녀가 단어 하나하나를 천천히 발음하며 말했다. "우리가 이번엔 진짜 마술을 보여주겠어."

엘리자베스가 막아볼 요량으로 힘없이 한 손을 들면서 말했다. "더이상은 그걸 견뎌낼 수가 없어요. 몸이 다 망가졌어요."

메두사가 황홀하다는 듯이 미소를 띠고 고개를 살랑살랑 흔들었다. "아, 이건 마음에 들 거야." 그녀가 말했다. "댄은 정말 멋지거든."

그러고는 소리를 지를 것처럼 입을 움직였다. "자, 여기 마지막이다." 시커먼 벼락이 엘리자베스에게 돌진해왔다. 코앞에서 폭발하려는 찰나, 그녀는 두 손으로 앞을 가리는 것과 동시에 비명을 지르며 벌떡 일어났다. 몸이 얼마나 심하게 떨리는지 침대가 흔들릴 정도였다. 딱히 뭘 어쩌겠다는 생각도 없이 침대에서 몸을 일으켰다. 제대로 서보려고 애를 써봤지만 다리가 고무로 만들어진 듯 휘청거렸다. 결국 엎어진 채 무릎으로 바닥을 기기 시작했다. 승려 쎌로가 한결같이 앉아 있던 의자는 아이의 방에 있었다. 그 의자까지 겨우 기어가서 고개를 들었다. 흰색 옷을 입은 그의 형체를 확실히 분간할 수 있었다.

"쎌로." 그녀가 고통에 몸서리치며 신음처럼 말했다. "당신 여자한테 다른 쌘드백을 구해줘요. 난 도저히 상대가 안돼."

"그러지." 쎌로가 조용히 말했다.

그녀가 몸을 돌려 다시 방으로 기어왔다. 시커먼 어둠이 파도처럼 솟구치더니 그녀를 저 깊이로 끌고 내려갔다. 그녀는 정신을 잃고 바닥에 쓰러졌다.

눈을 뜨자 이미 날이 훤히 밝아 있었다. 아이가 곁에 누워 그녀의 얼굴을 골똘히 들여다보고 있었다.

"왜 바닥에서 잠을 자?" 아이가 심각한 말투로 물었다.

뭐라 대답할 말이 떠오르지 않아 가만히 있었다.

"밤에 방 안에서 뭘 태웠어?" 아이가 그녀의 방을 가리키며 물었다. "뭔가 타고 남은 재가 방바닥에 널려 있어."

그녀가 화들짝 놀라 벌떡 일어났다. 악몽을 꾸는 사이 무슨 일이든 일어났을 수 있었다. 담뱃불을 끄지 않은 채 놓아두었다든지. 그녀는 자기 방문으로 걸어갔고 그 자리에 얼어붙었다. 바닥에는 단말마의 드라마가 펼쳐져 있었다. 불에 그을린 듯한 발을 질질 끈자국이 바닥에 어지럽게 늘어져 있고 방 한가운데에 까맣게 탄 잿더미가 있었다. 그녀가 혼잣말처럼 중얼거렸다.

"이게 메두사의 마지막 모습인가?"

그녀 뒤쪽, 방 안 어딘가에서 쎌로가 대답했다. "그래."

"뭐라고 했어?" 아이가 물었다.

"시야." 그녀가 혼자 주절대다가 '시'라고 하면 아이가 금방 이해해서 그게 좋은 핑곗거리가 되어주었다. 너도 혼자 큰 소리로 잭과 질이 언덕을 올라갔습니다, 이렇게 얘기할 때 있잖아. 다 똑같은 시인데, 엄마 건 좀 복잡한 거야, 그렇게 얘기했더랬다.

아이는 심란해 보였다. 곁에 서서 그녀를 올려다보았다. 이상한 일이 생기면—그리고 아이의 엄마는 이상한 일을 많이 벌였다—아이는 보통 재미있어했다. 하지만 엄마는 바닥에서 도대체 뭘 한 거람? 어떻게든 설명을 해보려고 머리를 마구 굴려보았다. 다행스럽게도 누군가 문을 두드렸다. 다시 '그녀와 함께 일을 하려고' 온 케노시였다.

"어서 와요." 엘리자베스가 미소를 지으며 말했다.

그녀가 웃음기 없이 엄한 표정으로 인사했다. 둘은 서로를 뚫어지게 바라봤다. 케노시가 무슨 생각이 있는 듯 고개를 치켜들었다. 여러 생각이 그녀의 얼굴을 스쳐 지나갔다. 그 의미는 분명 이러했다. '그런 식의 미소로 우리가 친구가 될 수도 있다는 생각을 보여주는 거라면, 난 그전에 우선 사람을 관찰하는 그런 성격이라는 걸 말해주지 않을 수 없네요.'

하지만 엘리자베스 옆으로 아이가 불쑥 고개를 내밀자마자 케노시는 그를 바라보며 다정하게 미소 지었다. 아이가 신이 나서 종이비행기를 그녀의 손에 쥐어주었다.

"제트비행기예요." 아이가 말했다.

그녀는 여전히 미소를 띤 채 그것을 받았다. 보아하니 이곳 사람들은 어른과 아이는 분명히 구분이 되고 적대감은 오직 어른에게만 해당되는 모양이었다.

"선물이야?" 그녀가 물었다.

"하늘로 날아가야 하는 거잖아요." 아이가 성을 내며 말했다.

엘리자베스는 아직도 잠옷 차림이었다.

"아직 집 정리도 못했는데." 그녀가 말했다. "그래도 어쨌든 들어와요."

케노시가 고개를 저었다. "준비될 때까지 여기에 앉아 있을게요." 그녀가 말했다. 그러더니 뒤로 돌아 문 가까이 땅바닥에 앉았다. 아이가 그녀 무릎으로 올라가 앉았다.

잿더미를 쓸어 담고 침대 정리를 하고 세수하고 옷 입을 채비를 하는 동안 그들이 밖에서 재잘대는 소리를 들을 수 있었다.

아이의 목소리가 무겁고 심각해졌다. 정말로 비행기 제작상의 문제로 고심하는 기술자라도 된 투였다.

"학교에서 선생님들이 비행기에 대해 많은 얘기를 해주세요." 아이가 말했다. "제트비행기가 비행기 중에 제일 빠르대요."

"맞아." 케노시가 말했다.

"내 제트비행기가 지구 끝까지 이르면 어떡하나 걱정이 돼요." 아이가 말했다. "뚝 떨어져버릴 것 같아요."

"그럴 거야." 케노시가 말했다.

"그럼 그냥 중간쯤에서 돌아다니는 게 나을까요?" 아이가 걱정스럽게 물었다.

"그렇겠지." 케노시가 말했다.

"난 끝이 무서워요." 아이가 말했다. "많은 게 끝에서 떨어져버렸을 것 같아요. 끝은 해가 떠오르는 데잖아요. 다른 끝은 해가 지는 데고. 거기가 끝이냐고 엄마한테 물어봤더니 그렇다고 하셨어요. 염소들이 계속 끝까지 가서는 떨어져버린대요. 한번 떨어졌다

하면 계속계속 떨어진다고 하셨어요. 아무리 가도 바닥이 없어서요. 나도 그렇게 떨어질 수 있으니까 절대 집에서 멀리 가면 안된대요."

케노시가 크게 깔깔거리는 소리가 들렸다.

그들은 하루 종일 채소밭에 기둥 세우는 일을 했다. 저녁 무렵이 되자 모서리 기둥과 정문의 기둥이 들어갈 빈자리를 제외한 모든 곳에 말없는 보초병들처럼 기둥이 늘어서게 됐다. 모서리와 정문 기둥은 더 단단하게 만들기 위해 시멘트로 발라서 세워야 했다. 전날과 마찬가지로 헤어지기 직전에 케노시는 두 손을 모으고 목례를 하며 말했다. "점심 잘 먹었어요."

하루 종일 엘리자베스는 지난 일을 곱씹고 있었다. 머릿속이 눈이 부시도록 환하게 밝아지면서 해방감이 차올랐다. 죽음과 망각의 낭떠러지에서 내내 매달려 있다가 다시 삶으로 던져진 느낌이었다. 그 삶은 느릿하면서도 부드럽게 모양을 엮어가면서 부드럽게 흐르는 삶이었다. 지금까지 살아내야 했던 죽음 속에서 그녀는 좌중을 압도하는 요란스러운 메두사의 요구에만 오롯이 주의를 기울일 수밖에 없었다. 거기서는 꽃이 피어나든 여자들이 아이를 갖든 전혀 상관이 없었다. 메두사와 그녀의 계획 외에는 아무것도 중요하지 않았다. 엘리자베스는 쎌로가 메두사의 말과 움직임을 조종하면서 그것이 엘리자베스에게 어떤 영향을 주는지 탐구하고 있다는 사실을 알고 있었다. 예전에 그는 아프리카의 용어를 사용해 미래는 비타협적인 선함이 될 거라고 정의했었다. 그녀에게 그것은 앞선 그의 태도를 통해 확고하게 자리 잡았다. 그런데 이후 이 구조 안에 메두사를 엮어넣으려 했다. 한 존재가 다른 존재에 영향을 끼치고, 세포들이 난폭하지 않게 자연스레 형성되고 재형성되면서 서로 뒤섞여 느리게 진행되는 삶이라는 그의 방식을 들이기에 그녀는 너무나 강력한 인물이었다. 어째서 그는 메두사의 단지 그런 면만을 펼쳐보였을까? 왜 그렇게 내내 악에만 골몰해 있을까?

엘리자베스는 집으로 걸어가면서 손을 들어올려 머리를 만져보았다. 고통으로 여기저기 홈이 깊이 패여 머리 전체가 엉망이었다. 지옥에서 분명하게 목격한 것은 하나도 없었다. 어떤 그림이 휙 달려들었다가는 다시 모호해졌을 뿐이었다. 쩰로는 사실상 자신이 느끼고 인식한 어떤 것도 그녀와 공유하지 않았다. 모든 것은 음란함의 여파로 그녀에게 밀려왔을 뿐이었다. 그녀의 머리에 그렇게 홈을 패어놓은 것은 메두사의 말과 몸짓이 담고 있는 어떤 암시였다. 이렇게 말하는 식이었다. "지독하게 변태적인 게 어떤 느낌인지 이제 알겠어. 얼마나 수치스러운지. 그건 보는 사람이 없는 어두운 장소에서 실성한 사람이 하는 행동이지. 다리를 가진 게 창피스러울 정도라니까."

어둡고 깊숙한 어떤 비리를 은연중에 내비치는 이 분위기로 상황은 무시무시한 광경을 직접 보는 것보다도 더 끔찍해졌다.

그날 저녁 쩰로의 태도로 내면적 삶의 한장이 끝났음을 눈치 챘다. 그가 그녀를 돌아보더니 고요한 절망감을 내비치며 말했다. "넌 네가 어느 시점에서 악해졌는지 깨닫지 못한 거야."

그는 두 팔을 힘없이 무릎 위에 내려뜨리고 앉아 있었다. 전에 비해 체격이 4분의 1밖에 되지 않아 보였다. 얼마나 쭈그러들었는지 승복이 허수아비에 걸린 누더기처럼 헐렁하게 펄럭거렸다. 그의 뒤로는 이상한 광경이 펼쳐지고 있었다. 하지만 그는 거기엔 전혀 개의치 않고 적막한 눈길로 미래만을 똑바로 응시할 뿐이었다. 신비로운 성모마리아의 모습이 다시 시선에 잡혔다. 여전히 젖은 거적처럼 긴 머리를 늘어뜨린 채 초점 없는 시선을 허공에 던지고 있었다. 어둠 속에서 한 남자가 조용히 그녀에게 다가갔다. 쎌로처럼 흰 옷을 입고 있었는데, 자신의 삶이 끊임없이 기도하는 삶이라도 되는 양 앞쪽으로 손을 모으고 있었다. 잠깐 걸음을 멈추고는 둥그런 눈을 크게 뜨고 엘리자베스를 뚫어지게 바라봤다. 미소를 띠려는 건지 아니면 어떤 식으로든 하고 싶은 얘기가 있는 건지 알 수는 없었지만 그의 사람됨은 극도로 상냥하고 친절하다는 느낌이 전해졌다. 신비로운 성모마리아 곁에 있는 왕관을 집어들더니 그것을 그녀 머리에 얹었다. 그 왕관은 '하나님 아버지'나 부처의 부인이 쓰고 있던 것과는 달랐다. 그것들이 천상의 빛으로 빛났다면 지금 그가 씌워준 왕관은 지상의 왕비가 쓰는 것과 비슷했다. 그 남자가 다시 고개를 들었는데, 이번에는 쎌로 쪽으로 시선을 돌렸다. 금방 울음을 터뜨리기라도 할 것처럼 얼굴이 일그러져 있었다.

"당신은 누구예요?" 엘리자베스가 얼떨결에 물었다.

여전히 쎌로에게 눈길을 둔 채 그가 말했다. "저 사람이 알아요. 내가 얼마나 오래도록 말없이 그녀를 사랑해왔는지 그가 알아요. 나를 알죠. 내가 그 역시 얼마나 오래 사랑해왔는지도 알고요."

엘리자베스가 쎌로 쪽을 돌아보자 그가 환하게 빛나는 곳을 가리켰다. 지난번 그녀에게 보여주었던 오물구덩이의 입구였다. 안을 들여다보았다. 땅에 생긴 분화구처럼 뻥 뚫려 있었는데 바닥이 얼마나 깊고 까마득한지 끝도 없이 떨어져내릴 듯했다. 이제는 깨끗이 비어 있어서 삐죽삐죽한 돌벽이 대리석처럼 보였다. 그저 빛이 비춰서 그렇게 보이는 거였겠지만. 그 안이 빛으로 가득했으니 말이다. 그녀가 내려다보고 있으니 어떤 형상이 생겨나 구덩이에서 가만히 빠져나왔다. 구덩이 밖으로 나와 아무렇게나 쌓이고 난 다음에야 그것이 자신의 목욕수건임을 알았다. 바닥이 안 보이는 깊은 구덩이를 계속 들여다보고 있자니 어지럼증이 그녀를 휘감았다. 구덩이로 고꾸라지기 시작했다. 미끄러지며 떨어지려는 찰나 양손으로 가장자리를 붙들며 그 안에 대롱대롱 매달렸다. 소스라치게 놀라 그녀가 소리쳤다. "오 하나님, 누구든 이런 악을 다시 계획하거든 그들끼리만 겪지 다른 사람은 끌어들이지 않게 해주세요. 누구든 떨어진다면 혼자 떨어지라고 하세요."

곧 삐죽 나온 돌부리를 찾아 발을 디디면서 겨우 기어올라왔다. 구덩이 옆에서 잠시 부들부들 떨며 앉아 있었다. 뭔가 기어다니는 듯한 요란스러운 소리가 귀에 들어왔다. 등을 대고 뻗은 수많은 시체가 열을 지어 끝도 없이 나타났다. 하나씩 하나씩 구덩이로 떨어지더니 곧 구덩이가 가득 찼다. 그녀 옆을 지나 마구 돌진해가는 시체들의 얼굴을 흘낏 쳐다보았다. 지옥에서 잠깐 보았던 사람들, 시류에 편승해서 고의적인 악행을 저지르던 사람들이었다. 그들이 그 속으로 무수히 떨어져 구덩이가 넘치도록 가득 찼다. 시체 중에는 칼리굴라와 막대기 다리, 삐끼며 다니던 천국의 황제도 있었다.

잠에서 깨어난 그녀가 주위를 둘러보았다. 시계의 형광 바늘이 3시를 가리키고 있었다. 밖에는 보름달이 훤했다. 그녀는 문을 열고 달빛이 떨어지는 고요한 평야를 내다보았다. 한밤중의 가시나무와 진흙 움막과 검은 그림자 들은 조용하게 반짝이는 땅 위에서 훨씬 더 깊은 잠에 빠져 있는 듯했다. 권력과 사랑, 상실과 희생이라는, 드러나지 않지만 고통스럽고 보편적인 이 질문들이 어떻게 해서 순진하기만 한 이런 풍토에서 생겨나게 되었을까? 저 모든 시체들은 무엇을 의미하는 것일까? 그때 쎌로가 또렷하게 말을 꺼내는 바람에 그녀는 질겁했다.

"네 맘에 들지 않는 게 있으면 내가 다 없애버렸지. 살아 있었어. 아주 오랜 과거에서 나온 지독한 악의 그 시체들은 아직 살아 있었다고. 근데 내가 다 없애버렸어."

그렇게 간단히 얘기하고 말 게 아니었다. 그가 그녀를 자신의 성모마리아의 길에 올려놓았고, 그 때문에 그녀는 거의 목숨을 잃을 뻔했고 정신이 나가버릴 뻔도 했다. 어떤 희생이나 위대한 행동이 완성되었다는 생각이 들 때는 날아갈 듯이 들뜨게 마련이라, 그녀는 쎌로에 대한 깊은 존경심이 우러나면서 이런 생각을 했다. "그가 정말 위대한 일을 해냈어. 고름이 줄줄 흘러나오는 자기 상처를 그렇게 오랫동안 앉아서 지켜볼 수 있는 사람이 누가 있겠어? 게다가 그의 뒤에 어둠의 기록만이 있는 게 아니야. 빛을 창조하기도 했다고."

메두사가 그녀에게 가한 상처를 과소평가한 것이었다. 메두사가 자신의 매력이라며 과시한 대단한 오만함과 지독한 도착증을 말이다. 또한 악녀에게 전적으로 휘둘리는 남자인 쎌로에 대해, 그녀가 꾹꾹 눌러둔 경멸감이 어느 정도였는지도 가늠하지 못했다. 희생자의 감정을 고려하지 않는 경우가 너무 많았다. 고문하고 억압하는 자들은 희생자의 입장은 완전히 무시해버렸기 때문에 수세기 동안 악이 지속되는 상황에서도 아무도 경악하거나 수치스러워하지 않았던 것이다. 그 과정은 점점 가속화돼서 숨소리가 들릴 만큼 가까워지고 최대치의 포악함으로 응축되었다. 그러고는 솟구치려는 용암처럼 그녀의 의식 아래에서 으르렁거렸다. 누군가 그 뜨거운 용암을 표면으로 끌어올리기만 하면 그녀는 자신의 내면이 경멸하고 비하하는 과정, 맹목적이고 사나운 잔인성의 과정과 맞먹는 사납고 광포한 복수로 들끓고 있음을 깨닫게 될 것이었다.

하지만 그날 밤, 그녀는 선함의 논리에 대해서만 곰곰 생각하던 중에 선함이 고통 역시 정당화한다는 생각이 들었다. '그래, 그가 용의주도하게 일을 해나갔던 거야.' 그녀는 생각했다. "선과 악이 한 사람 안에서 나란히 함께 움직인다는 사실을 보게 된 거지. 그래서 그 악에 대한 진단을 내리고 그것을 따로 분리한 다음 끝내버린 거야. 이제 더이상 메두사는 없어."

그런 것에 대해 인도에서 붙인 이름이 있지 않던가? 인간을 자신의 열정에 옭아매는 환상의 제조자로서의 마하마야[5]. 그건 죽음의 올가미였다. 어떤 창조적 힘인 양, 그들 안으로 침입해 들어온, 파괴할 수 있는 어떤 외부의 힘인 양 그것들을 마주하게 된다. 그들은 악이 절대 구체적으로 나타나지 않도록 정교한 정신적 훈련을 수행했지만 하나님은 생생하게 구현해보였다. 하나님은 아주 현실적인 존재가 되고 사탄은 흐릿하고 불분명한 나쁜 것들의 뭉텅이였다. 지금은 역사에서 사라져 일종의 신화가 되어버렸지만 한때는 사탄의 힘이 너무나 생생하게 사회질서의 한부분을 이루었던 적이 있었다. 아무리 해도 알 수 없는 게 있었는데, 신비로운 성모마리아였다. 어떻게 그 모든 사나운 불길이 다 잠잠해져서 영혼이라는 영원한 추상적 개념의 고요한 강물로 흘러들어갈 수 있었던 걸까? 신들 사이의 전쟁에 대한 기억이 여전히 어렴풋하게 남아 있던, 역시 신화 속으로 사라져버린 먼 과거를 떠올려보았다. 페르세우스 같은 영웅이 끔찍한 괴물 고르곤의 머리를 잘라버렸던 것

5 마야부인.

같다. 파괴적 힘을 제어하기 위해 너무나 많은 살육이 자행되었다. 엘리자베스로서는 그저 추측만 할 뿐이었다. 어쩌면 저 까마득한 옛날에 메두사는 페르세우스와 만났을 수도 있고, 그로 인해 죽임을 당한 뒤 불로 씻어낸, 고요하고 슬픈 얼굴을 하고 다시 솟아났을지도 모른다. 기록으로 보자면, 쎌로가 칼리굴라에서 오시리스로 지위가 올라가 모든 여성의 지배에서 벗어났다는 기록을 보여주었던 것밖에 없었지만.

더욱 이해가 가지 않는 것이 또 있었는데, 쎌로의 아프리카 환경이었다. 그는 자신의 주변 환경이 도덕적 힘과 선함의 큰 원천이라고 내비친 바 있었다. 혹은 당신의 법의를 벗으라고 했던 가난한 사람들의 말은 무슨 뜻이었을까? 모든 것을 소유한 자들의 희생자로서 그들 역시 쎌로와 같은 영혼의 본성을 꿰뚫어보았던 것일까? 그해 내내 그는 그 일만을 했던 것 같다. 법의라고는 하나도 남아 있지 않을 때까지. 겸손함이란 성인들에게는 특별할 것도 없는 자질이고 선한 삶을 위해 권장되는데, 아프리카에서는 그것이 너무나 철저하다고 할 수 있을 만큼 이루어질 수 있었다.

그런데 여전히 이해가 되지 않는 게 있었다. 그녀는 선함을 가르치는 기본적인 방식을 이해했다. 마음과 정신을 조금씩 조금씩 인도하는 것이다. 그렇게 해서 불가능해 보이는 갈등을 해결하는 것이다. 그런데 이번에는 가슴속 울부짖음에 대해서 다른 얘기를 했다. 사랑 관계란 마치 영원한 지옥살이와 같다는 것이었다. 그 관계가 펼쳐져 완성되면, 영혼과 영혼을 이어주는 끈끈한 줄은 끊어버려야만 한다는 것이다. 그런데 그것이야말로 불가능하고 거의 이룰 수 없는 것이었다. 불안하게 떨리는 황홀한 성모마리아의 아름다움으로는 확실히 불가능했다. 마음은 그 아름다움을, 그 완벽함을 소리 높이 외쳤다. 날것 그대로의 열정은 그런 관계에는 결코 들어올 수 없었다. 그런데 승려의 마음이 세속적인 것들에 쏠리자 그는 괴기스러운 살인자가 되었다. 영원한 사랑은 죽음이나 물리적 거리, 아니면 그 어떤 장애물이든 깨어버리는 사슬로 영혼과 영혼을 묶어준다. 이 신비로운 결합 속으로 불행히도 누군가 끼어들게 되면 그는 무자비하게 살육당하는 것이다.

"악을 이용해서 그것을 목 졸라 죽일 거야." 그 오랜 세월 내내 그가 한 애기는 그것인 듯했다. 왜냐하면 그것이, 그러니까 메두사의 힘을 끔찍하게 과시하던 그 일이 끝날 때쯤 그는 아무런 생각도, 감정도, 움직임도 없이 그저 죽음 안에 자리를 잡았으니 말이다. 엘리자베스는 그의 죽음의 일부가 아니었고 마음속으로 울부짖고 싶은 기분도 아니었다. 그녀는 쎌로와 함께 죽음의 상태로 광폭하게 내던져지고, 마구 두들겨 맞고 부서졌지만, 즉각 다시 살아나 튀어오를 것 같은 해방감으로 소리 내어 웃으며 두 손을 위로 쭉 뻗어올렸다.

새벽이 왔다. 광활한 아프리카의 하늘로 살며시 변화하는 빛이 천천히 경이롭게 퍼져나갔다. 밖에서 나무 위의 작은 새가 잠에서 깨어 요란하게 지저귀기 시작했다. 태양이 그 강력하면서도 장엄한, 황금빛 팔을 지평선 위로 쭉 내미는 광경을 서서 지켜보는 엘리자베스의 얼굴과 몸 주위로, 관목의 향이 가득한 싱그러운 공기가, 부드럽고 시원한 공기가 넘실댔다.

"아, 하나님." 그녀가 나지막하게 중얼거렸다. "절대 죽은 세계를 다시 만들어내는 일이 아닌 새로운 세계를 만들어내는 일에만 매진하게 하소서."

제2부

·

댄

전사에게는 전쟁이 그의 일이므로 어떤 종류의 전투든 다 나간다고 해보자. 험악한 일이기는 하지만 모든 일이 그렇듯 그 일에도 가능한 한 고결하게 이루어질 수 있도록 자체의 도덕률이라는 것이 존재한다. 전사는 적에게는 없을 것이라 가정하는 어떤 사회적 가치를 자신이 지키고 있다고 마음속 깊이 믿고 있다. 어쨌거나 적의 성격과 자질은 전투 중 드러나게 마련이다. 그들은 서로를 죽이겠다고 나섰지만, 적이 알고 보니 고결한 존재일 때 그는 적을 흠모하게 된다. 엘리자베스는 여자이기는 했지만, 마음속 깊숙이에서는 장군의 규칙에 맞추어 살았다. 대충이나마 스스로 그에 대한 정의도 내려놓았다. 나보다 못난 자에게는 절대 먼저 싸움을 걸지 마라. 그런 자는 쥐새끼처럼 온갖 치졸한 수법을 쓸 것이다. 그런 자는 시작한 싸움은 절대 끝낼 생각이 없다. 영혼을 사기와 속임수로 꼼짝 못하게 얽어매어 규칙이라고는 다 사라지고 고귀함은 내동댕이쳐지고, 결국 살아 있는 건 모두 끈적거리는 그의 점액으로 범벅이 되어 더럽혀질 것이다. 그냥 무기를 내려놓고 자리를 떠라. 그가 살금살금 따라와 등에 칼을 꽂거든, 그냥 그렇게 생을 마감해라.

그는 난데없이 불쑥 나타났다. 외계에서 오기라도 한 것처럼. 빙빙 돌며 소용돌이치는 마법의 구름을 몰고 나타났는데, 얼마나 눈이 부시게 낭만적인 빛으로 환하게 타올랐는지 그렇게 요란스러운 등장으로 땅과 하늘이 너무 놀라 고요해졌을 정도였다. 그녀는 방금 전까지만 해도 온갖 영혼의 수수께끼에 대한 생각에 빠진 채 엉망으로 끊어진 신경줄들을 가만히 다시 이어붙이고 있었는데, 순식간에 지독하게 시끄러운 소리가 삶을 집어삼켰다. 나중에 돌이켜봤을 때에야 그것이 정신없이 웃어대는 어떤 남자에게서 나온 소리임을 알 수 있었다. 그는 모든 것을 미리 다 준비해놓았더랬다. 자신이 원하는 게 뭔지 정확히 알았다. 무슨 일을 하고 있는지도 확실히 알았다. 누가 죽게 될 것인지, 마지막에 일을 끝냈을 때 어떻게 은 30냥[1]을 받게 될 것인지도 알았다. 돈 때문에 그 일을 하는 거였으니까. 영혼의 문제는 지상에서 가장 큰 돈을 긁어모을 수 있는 사업이었으니까. 천상의 보물이 말 그대로 진짜 현금이 되는 것이었다.

압도적인 재산과 권력을 지녔다는 그런 분위기가 그에게는 있었다. 신비주의자들이 '오 통탄할지어다. 주의 영광을 보았으니'라고 외치며 두려움과 경외감으로 무릎을 꿇게 만들 그런 결연한 분위기를 풍겼다. 그는 자신의 영혼과 형체를 모아 하늘과 땅을 뒤

_____
1 유다가 예수를 파는 대가로 받았던 돈.

덮는 광대한 반원으로 만들었다. 반쪽은 마치 유성처럼 우주의 저 멀리에서 날아오고, 다른 반쪽은 붉게 타오르는 원자폭탄의 모습으로 땅속 깊은 곳에서 서서히 솟아났다. 그 불은 응집해서 하나로 타오르는 화염이 아니라 이글거리는 고운 먼지알갱이처럼 산산이 부서졌다. 그것들이 모여 인간의 형상을 이루었으니, 댄이었다. 역시 살아 있는 인간으로서 그에 대해 알려진 바는 미미했다. 그는 나라에서 몇 안되는 백만장자 축산업자 중 하나였다. 어디에선가 기가 막히게 멋진 양복을 주문해서 입었는데, 땅딸막하지만 검은 피부에 인물이 수려했다. 그는 쎌로의 친구였다. 사람들이 말하기로는 그랬다. 다들 그저 자기 부족 일만 걱정하는 나라에서 아프리카 민족주의를 주창했기 때문에 대단한 존경을 받는 인물이라고 누군가 그녀에게 말한 적이 있었다. 그밖에 그가 어울리는 사람들 무리와 그녀가 어울리는 사람들 무리는 너무나 동떨어져 있었기 때문에 그가 사는 방식은 그녀에게 오리무중이었다. 그의 무리는 겁나게 냉담한데다 사람들을 멸시했고, 대개 짙은 썬글라스를 끼고 다녔다. 쎌로도 그중 하나였다.

댄은 엘리자베스가 죽을 때까지 쳐다보지도 않을 그런 부류의 남자였다. 그녀 입장에서 보면 상황은 더 안 좋았다. 그녀는 진정한 아프리카인이 아니고 반은 백인 피였으니까. 댄은 나중에 이런 얘기를 했다. "사람들은 너 같은 거는 요만큼도 신경을 안 써. 예언에 대해서 걱정을 할 뿐이지. 이 신적인 존재 말이야."

그날 저녁 그녀는 창가에 서서 그의 광포한 영혼이 조합되는 걸 지켜보았다. 넓은 공터에서 만들어지더니 인간의 형체가 되어 그녀의 집 안으로 걸어들어왔다. 그녀는 화들짝 놀라 문으로 달려갔다. 쎌로는 그런 현상을 만들어낸 적이 없었다. 그래서 그녀는 그림과 상징으로 나타나는 온갖 것들을 보는 일에 익숙해졌을 뿐, 그렇게 화려하고 대단하게 영혼의 힘을 과시하는 건 본 적이 없었다. 남자는 곧장 문으로 들어와 그녀를 스치며 지나갔다. 슬쩍 그의 얼굴을 볼 수 있었는데, 엄한 인상에 뭔가 골똘히 생각하는지 이마에 주름이 잡혀 있었다. 단호하고 확실하면서도 빠르게 성큼성큼 걸었다.

"누구세요?" 그녀가 겁에 질린 채 물었다.

대답이 없었다. 그녀는 그의 영혼의 이름을 물은 것이었다. 사람들의 영혼이 바로 그녀 안으로 걸어들어왔고, 한동안 그런 일이 계속되고 있었다. 그들은 자신들이 사랑하는 여린 존재들의 관리자였다. 꽃의 신이나 봄 여름 가을 겨울의 신, 가족생활이나 아이들의 신, 동물의 신이나 새의 신 같은 게 정말로 있기라도 한 것처럼. 가난한 자들의 하나님인 '하나님 아버지' 같은 왕이 있기라도 한 것처럼.

그녀가 몸을 돌려 그를 뚫어지게 보았다. 이렇게 갑작스런 일의 진행을 아무 대비도 없이 맞고 보니 불의의 습격을 당한 기분이었다. 그가 앞으로 벌일 일에 전적으로 의거할 수밖에 없었는데, 그가 한 일은 실로 놀라웠다. 바닥에 몸을 굽히더니 그녀의 발가락에 입을 맞추는 것이었다. 입술을 뗀 뒤에도 입술이 닿았던 곳에 여전히 따뜻한 열기가 남았다. 그로 인해 분위기는 완전히 달라졌다. 쎌로의 인간미 없는 철학적 주절거림이 얼마나 오랫동안 지속되었던가? 메두사의 치맛자락에 매달려 눈치를 보던, 여자한테 휘둘리던 약해 빠진 게으름뱅이 쎌로가 보이던 수치스러운 모습을, 그것도 가까이에서 얼마나 오랫동안 지켜봐왔던가? 그래서 무엇보다 극도의 남성성이 그녀를 한순간에 사로잡았다. 그는 그것을 바로 알아챘다. 그에게 자신감이 밀려왔다.

"여보." 그가 어설픈 투로 말했다. "내가 한동안 여기 있었어. 모든 걸 다 지켜봤지."

그것이, 모든 걸 다 알고 있다는 그 말이 그가 한 이야기 중에 유일한 진실이었다. 자신의 통찰력을 자신의 목적을 위해서만 사용할 거라는 말은 한 적이 없었다. 보아하니 쎌로가 모든 것을 그에게 알려준 모양이었다. 그는 암흑의 시대에 쎌로가 어느 정도로 깊고 광범위하게 타락해갔는지를 쎌로와 함께 다 보았다. 그래서 예언을 할 수 있는 예언자가 그렇게 어두운 과거를 가지고 있다는 가히 심각한 문제가 생겼던 것이다. 그는 엘리자베스가 쎌로에게 어느 정도의 애착을 가지고 있는지 확실히 알 수 없었다. 그래서 처음에는 구경꾼의 입장을 취했다가 자상하게 승려 쎌로를 끌어들였다. 쎌로는 조용히 의자에 앉아 있었는데 겉으로는 얼마나 무심해 보이는지 자신만의 슬픔에 온통 빠져 있다고 할 법했다.

그가 쎌로에 대해 이렇게 말했다. "쎌로는 예언 없이 태어나는 적이 없어. 그 예언엔 너도 들어 있지."

놀라 자빠질 이 사실을 어떻게 받아들여야 한단 말인가? 그는 그 예언이 어떤 건지 자세히 알려주지 않았고, 그에 대해 더 물어봐야겠다는 생각이 그녀에게 떠오르지도 않았다. 그가 그녀에게 다가와 허리를 단단히 감싸 안았다. 입맞춤을 하려는 것이 분명했다. 그녀가 손으로 입을 꼭 막았다.

"이러면 안돼요." 그녀가 말했다. "우린 생판 남이잖아요."

확실히 그녀의 세계는 쉽게 침범당했지만, 그래도 거기서 벌어지는 일은 어떤 통제하에 이루어져왔다. 메두사가 그녀를 공격한다든가 사람들이 다가오는 일이 꼭 일어나야 했던 것처럼. 하지만 벌어지는 모든 행동이 비인격적이어서 직접 그녀를 만진다든가 사랑한다든가 해서 신체적인 반응을 일으켰던 적은 한번도 없었다. 그가 그녀의 손에 입을 갖다 댔다. 말할 수 없이 짜릿한 느낌이 전해졌다. 그녀 안에는 그에 해당할 만한 것이 없었으므로 뭐라 형언할 수도 없었다. 따뜻하면서 가늘게 떨리는 것이, 한껏 무르익은 황홀감이었다.

그녀는 잠시 속으로 어쩔까 고민했다. '이에 대해 좀더 알아봐야 겠어.' 그러면서 입을 가린 손을 치웠다.

그녀의 허리를 감싸 안았을 때 그랬듯이 입맞춤 역시 다부지고 단호했다. 이 짜릿한 전율로 주변 공기가 행복으로 가득 차오르는 듯했다. 그녀로서는 전혀 접한 적 없는 어떤 숨은 의미가 있었다. 그는 여자가 고대의 박식한 사랑의 여왕이 된 기분이 들게 했다. 그건 그녀가 사는 방식과는 맞지 않았다. 나긋나긋하게 추파를 던지는 깡마른 여자들이나 하는 일이었으니까. 그녀는 그것이 자기에게 어떤 영향을 끼칠지, 어떻게 불리한 지경에 빠뜨릴지 그때 바로 깨닫지 못했다. 열통적고 진부한 성격은 더해지고 자신과는 동떨어진 상황이나 지위에 있는 사람이 최고의 선물을 내려주는 그런 존재로 떨어져버릴 것임을. 하지만 그는 이런 식의 처리방식이 꽤 흡족한 모양이었다. 빠블로프의 개를 얻게 되어 의기양양해진 듯 '아'하고 내뱉었다.

그가 문을 막 들어서려는 방관자의 위치로 다시 돌아갔다. 그의 모습은 '하나님 아버지'라는 다른 남자를 연상시켰는데, 이번에는 한 남자가 다른 남자에게 보이는 관대함을 지닌 채였다.

"그와 내가 너의 운명에서는 같은 역할을 해왔지." 그가 말했다. "그가 도와달라는 외침을 얼마나 많이 들었겠어? 그런데 내 경우엔 얼마나 더 많았을까?"

그녀가 과거에 댄과 무슨 관계였는지 자세한 내용은 이제껏 알려진 바가 없었지만, 그녀와 '하나님 아버지'와의 관계는 이미 알려져 있었다. '하나님 아버지'의 기본적인 인성 덕에 그 관계가 직접적이고 독점적인 영향을 끼치지 않았더랬다. 사랑의 주제는 다른 모든 관심사에 압도당한 듯 전혀 사적이지 않은 냉랭한 관계였다. 게다가 쎌로가 그녀에게 그를 처음 소개해줬을 때는 순전히 영혼의 인물로서였다. 어느 시점에선가 모타벵 마을에 와서 모타벵 중등학교 프로젝트에서 함께 일하다가 자기 나라로 돌아갔다고 했다. '하나님 아버지'는 어느날 밤 해의 광채를 얼굴에 담은 채 그녀의 오두막 문간에 서 있었다. 다음날 밤 다시 찾아왔을 때는 그들의 지나간 관계에 대해 최후진술을 하러 돌아온 분위기였다. 아주 골똘하게 잠시 그녀를 쳐다보며 서 있더니 어떤 이름 하나를 댔는데, 뭐였는지 나중에 기억이 나지 않았다. 동시에 고개를 뒤로 젖히고 웃으며 말했다.

"아, 우리가 함께 다 때려 부순 그 지옥들이라니!"

'하나님 아버지'의 뒤쪽으로 머리가 없는, 소름 끼치게 무서운 여자가 있었다. 치렁치렁한 검은 옷을 입고 있었다. 머리 없는 여자가 천천히 엘리자베스의 안으로 걸어들어왔다. 그녀는 밤사이에 완전히 탈바꿈을 해서는 새벽녘이 되자 황금빛을 뿜어내며 엘리자베스의 가슴께에서 나왔다. 다시 머리가 붙어 있었고 노란 태양빛깔의 찰랑거리는 옷을 입고 있었다. 떠오르는 해를 향해 팔을 벌리더니, 수영을 하듯 맨발로 자맥질을 하며 곧장 이글거리는 태양 속으로 날아들어갔다. 엘리자베스는 얼떨떨한 기분으로 잠시 그 일을 생각했지만, 곧 쎌로-메두사의 난장판에 휩쓸려 잊고 말았다.

하지만 그로부터 '하나님 아버지'가 남겨놓은 인상은 그가 잔인하고 끔찍한 드라마를 즐기는 성격이라는 것이었다. 그녀에게 그는 여전히 영웅의 이미지였다.

댄의 말에 다시 그가 떠올랐다. 처음에는 댄이 다른 사람들의 업적도 존경하는 사람이라고 생각했다. 그가 교묘하고 사악한 술책을 쓴 거라고는 전혀 생각지 못했다. 그러니까 그녀의 마음속에 영웅의 이미지를 만들어내려고, 아무것도 증명하지 않고도 더 뛰어난 업적이나 지위를 주장하려고 일부러 그런 말을 했다고는 말이다. 그녀는 항시 잊어버리기를 잘했고 특히 '하나님 아버지'의 말이 그랬다. 그가 이런 말도 했던 것이다.

"댄이 내 이름을 가지고 장난을 친다."

메두사가 한 말은 반은 사실이었다. 댄은 눈이 부시게 고혹적이었다. '당신이 미소 지으면 노래가 시작되지요. 당신이 말을 꺼내면 내게는 바이올린 소리로 들려요. 그건 마법이랍니다……' 이런 오래된 사랑노래의 노랫말처럼 황홀한 마법의 분위기가 주위에 가득했다.

결국 그는 지금쯤 아둔한 바보들은 다 알고 있지 않나? 메두사 삼각관계가 어떻게 빙빙 돌다가 허물어졌는지 다 봐왔을 테니 말이다. 승려 쎌로에게서 법의가 몽땅 벗겨지는 것도 보았던 것이다. 아, 그래, 가난한 자들이 쎌로에게 벗으라고 했지. 그리고 댄, 바로 그가 가난한 자들에 대해 이렇게 평을 했지. "저자들이 맘에 안 들어. 너무 멍청하고 잔인하다니까." 그렇게 말했었다. 또다시 엘리자베스는 허를 찔렸다. 부족생활이 지닌 몇몇 불쾌한 사실들, 아프리카 인성의 일부인 기본적 잔인함이나 연민의 결핍에 대해서는 그녀 자신도 알고 있지 않았던가? 그는 쎌로에 대한 경멸감을 거우 누르고 있었다. 엘리자베스에 관해서는, 그녀를 말할 수 없이 경멸했지만 본격적으로 싸움을 시작하기에는 너무 일렀다. 엘리자베스에게는 진짜 금이 있었다. 그것도 잔뜩. 그가 그것을 생생한 그림으로 그녀 앞에 던져주었다. 지나간 그녀의 삶과 노력이 금이 잔뜩 들어찬 수십억마리의 작은 벌레 모양으로 그녀 앞에 나타났다. 부드러운 황금빛으로 빛나고 있었다. 그가 팔을 움직여 그것들을 다 모아들였다.

"정말 완벽했지." 그가 말했다.

그가 그녀를 바라보았다. 얼굴에 웃음이 가득했다. 탁한 색의 쇠로 만든 평범한 왕관을 자기 머리 위에 올려놓았다. 그녀는 활짝 웃는 그 얼굴을 똑바로 한참 동안 쳐다보았다. 그는 그녀를 넘어 미래의 어떤 지점도 역시 바라봤다. 자신만만했다. 아프리카식의 그 웃음이 말해주는 건 너무나 많았다. 그것은 증오였다. 상황을 좌지우지하는 것이었다. 최고 기밀정보였다. "깜찍아. 그 모든 금덩어리를 어떻게 해야 하는지는 내가 잘 알아. 그걸 내가 잘 간수할 수 있다고. 저 책상물림들은 그런 금덩어리를 어떻게 해야 하는지 전혀 모르거든. 허, 꽃구경이라도 할래, 예쁜아? 네가 꽃이나 뭐 그런 어여쁜 거를 좋아하는 걸 내가 알지."

엘리자베스가 깜짝 놀라 손을 들어올렸다. 아름다운 연분홍 꽃이 손 안에 놓여 있었다. 그로써 그가 계속 수작을 걸 분위기가 마련된 듯했다. (나중에 알게 된 일이지만 댄은 적절한 분위기와 조명의 효과를 만들어내는 데 명수였다) 그가 그녀를 단단히 붙잡고 별똥별이 다니는 길을 따라 횡하니 날아갔다. 순식간에 까마득히 멀리까지, 우주의 가장 먼 가장자리처럼 보이는 곳에 다다랐다. 빛이 어둑한 자정의 푸른빛으로 누그러진 천국이 거기 있었다. 한 남자와 한 여자가 영원한 포옹으로 서로를 감싼 채 그 안에 서 있었다. 그들의 사랑을 나타내는 징표가 있었다. 뿌리가 서로 얽힌 채자란 두그루의 포도나무였다. 강물이 가득 차오른 너른 강이 포효하듯 요란한 소리로 흘러내렸는데, 아마도 온 마음을 다 빼앗는 맹목적이고 강력한 사랑의 상징이 아닐까 싶었다. 그밖에는 아무것도 없었다. 사람도, 나눔도. 자기들끼리 들어앉아 다른 건 다 몰아냈고, 영원한 두 연인만이 이를 수 있는 까마득한 높이였다. 그녀가다음날 아침 눈을 떴을 때 포효하는 그 강물소리가 여전히 귀에 쟁쟁했다. 그녀는 몸도 마음도 완전히 부서져, 이 새로운 난리법석을감당할 상태가 아니었다. 침대에서 겨우 기어나와 아이의 밥상을차렸다. 분홍색 당의를 입힌 약간의 케이크와 통닭이 있었다. 그것을 아이의 장난감 근처 바닥에 놓았다. 아이는 한번 종이접기를 시작하면 그녀에게는 신경도 쓰지 않았다. 그녀는 다시 침대로 기어들어갔다.

몇분이 지나서야 밖에서 왁자지껄하는 소리가 비로소 귀에 들어왔다. 여자들의 합창소리였다. "하늘에 계신 하나님께 영광을, 땅에는 평화를, 인간에게는 선의를."

그녀가 머리를 흔들었다. 이럴 수는 없어. 이제 환청까지 들리다니 이건 아니야. 그녀가 침대에서 기어나와 문을 열고 밖으로 나갔다. 사람이라고는 한명도 눈에 띠지 않았다. 오늘은 크리스마스였다. 합창소리는 집 바로 위에서 공기를 타고 흘러왔다. 시야에 잡히지 않는 여성합창단이 같은 노랫말을 반복하고 있었다. "하늘에 계신 하나님께 영광을, 땅에는 평화를, 인간에게는 선의를."

엘리자베스는 겁에 질려 귀를 기울였다. 처음에 첼로가 해준 얘기 가운데 그 무엇도 그녀를 이렇게 겁에 질리게 하지 않았다. 저 위쪽 어딘가 알 수도 없고 보이지도 않는, 해명해야 할 뭔가가 아직 있다는 의미였으니까.

그제서야 비로소 그녀는 자신의 생각이 앞선 태도에서 얼마나 심각하게 영향을 받았는지 깨달았다. 그는 사람들을 보여주었을 뿐이었다. 어떤 현상을 만들어낸 적은 없었다. 견고한 삶의 아름다움을 재현해 보여주었고, 여러 방식으로 이런 얘기를 했을 뿐이었다. "신은 사람이야. 저 위에는 아무것도 없어. 다 이 아래 있는 것이지."

지금까지 배워온 방식을 따라가자면 이것은 너무나 생뚱맞게 쎌로의 태도와 모순되는 것이었다. 그것들이 그녀의 태도 어딘가에 얼마나 야무지게 스며들었는지 그녀는 의식적으로 사람이 신과 같은 존재라고 생각했고, 거기에서부터 모든 것을 꾸려나갔다. 하지만 평화롭게 소통하던 초반 이후 그녀와 쎌로 사이에서 너무 많은 것들이 요동쳤다. 선과 악의 개념 사이에서 지독하게 잡아당겨지고 있는 탓에, 그녀에게 얼마만한 묘기가 필요한 건지 알 수 없었다. 집요하게 계속되는 노랫소리에 심신이 다 부서져버릴 것 같았다. 끊임없이 들리고 또 들렸다. 처음 든 생각은 사람이 곧 신이라고 생각함으로써 어떤 미지의 신에게 끔찍한 신성모독을 저질렀던 게 아닌가 하는 것이었다. 여성들의 합창은 그 신을 절대적 우위의 자리에 다시 올려놓았다. 그녀는 말할 수 없이 불안해졌다. 노랫소리는 크리스마스 내내 이어져서, 밤중에도 눈을 뜰 때마다 들리더니, 그다음날까지 계속되다가 순식간에 끝나버렸다.

질문들이 공기 중으로 차오르며 전율했다. "이제 이해했냐, 계집애야? 그래서 누가 신이게?"

그녀는 이해하지 못했다. 1년 동안 메두사와 그녀의 벼락에 시달린 끝에 벌렁 나자빠졌더랬다. 거기에 더해 완전히 뻗어버리게 만드는 데는 그저 이런 식의 현상으로 충분했다. 그녀는 침대에 누운 채 거듭 끝 모를 곳으로 깊이 가라앉았고, 아무것도 상관하지 않았다.

고양이가 급할 때면 큰 보폭으로 성큼성큼 걷듯이 케노시가 좁은 황토흙길을 따라 부리나케 왔다. 앞으로 숙인 고개를 평소보다 더 재게 끄덕거리면서. 크리스마스가 지난 지 이틀 뒤였고, 처음으로 엘리자베스가 자리에서 일어선 날이었다. 지난 이틀을 그녀는 잠에 취한 착란상태로 보냈지만, 갈기갈기 찢긴 신경줄을 다시 이어붙이긴 했다. 식사준비를 하긴 했지만 자신은 한입도 먹지 않았다. 게걸스럽게 차만 계속 마셔댔다.

케노시가 문간에 이를 때쯤 그녀는 문을 미리 열어놓았다. 케노시가 근엄한 눈길로 그녀를 바라봤다.

"안녕하세요." 그녀가 약간 숨이 차는 듯 말했다. "우리 일을 함께하겠다는 사람이 밭에 와 있어요."

"누군데요?" 엘리자베스가 바로 경계심을 보이며 물었다.

"모르는 사람이에요." 케노시가 말했다. "미국에서 왔대요. 이름은 톰이고요. 농부들하고 아는 사이예요. 그가 농부들 기숙사에 같이 살고 있다고 어떤 농부가 얘기해준 적이 있거든요. 크리스마스날 도착했어요."

"일단 들어와서 차 한잔 하지 않을래요?" 엘리자베스가 물었다.

"그럴 시간 없어요." 케노시가 무뚝뚝하게 말했다. "바로 일을 시작해야 해요."

엘리자베스가 서둘러 채소밭 공책과 가방을 챙겼다. 아이는 자신의 발명품 상자를 집어들고는 씩씩거리며 그들을 따라왔다.

정문과 모서리의 기둥은 시멘트로 발라 세워야 했다. 그들이 밭에 도착했을 때쯤엔 그가 이미 정문 기둥에 바를 시멘트를 섞고 있었다. 그는 스물두살쯤 되어 보였고 웃통은 벗은 채 물 빠진 청바지를 입고 있었다. 어디선가 군인 장화를 구해서 신고 있었다. 소몰이꾼이 덤불을 헤치며 소떼를 몰고 먼 길을 나설 때 신는 장화 말이다. 그들이 다가가자 그가 잠깐 고개를 들어 그들을 보았다. 정신은 딴 데 가 있는 친근한 표정이었고, 눈은 약간 사시에 작은 입은 살짝 벌어져 있었다. 그래서 항상 뭔가에 놀란 모습이었다. 짧게 자른 머리는 빳빳이 서 있었다. 두 여자는 걸음을 멈췄다. 그들은 함께 완벽한 작업팀을 이루었고, 말없이 일에만 열중했지만 여기서 무거운 것을 들어올려 저기에 내려놓기 위해 항상 서로 의지하며 일해야 했다. 지난 한주간 둘이서 함께 일하기로 정해놓았다고 할 수 있었다. 그런데 여기 제3자가 있었다. 게다가 일을 너무나 잘했다. 팔과 등에 탄탄한 큰 근육이 불뚝불뚝 솟아 있고, 지저분해진 두툼한 손으로 삽을 단단히 틀어쥐고 있었다. 그는 인사 같은 건 신경도 안 썼다. 다음에 기회가 있으리라. 아주 바쁘게 일을 하면서, 고개를 들지도 않은 채 누구에게랄 것 없이 말했다.

"이 기둥 좀 잡아줄래요? 내가 시멘트를 부을 테니까."

정문기둥은 구멍에 비스듬히 서 있었다. 케노시가 앞으로 나서서 기둥을 잡아 똑바로 세웠다. 그 젊은이의 내면세계는 어떤 상황이든 상관없이 한결같이 편안하고 자유로울 것처럼 보였다. 혼자 노래를 흥얼거리기까지 했다.

"안녕, 돌리. 난 루이스야, 돌리. 네가 있어야 할 자리인 이곳에 네가 다시 있는 걸 보니 얼마나 좋은지. 너 정말 멋진걸, 돌리. 알 수 있어, 돌리. 넌 여전히 자라고 있어, 넌 여전히 떠나고 있어, 넌 여전히 강해지고 있어……"

엘리자베스가 정신을 바짝 차리고 노랫말을 들었다. 그게 얼마나 자신의 상황과 맞아떨어지는지! 어쩌면 돌리도 지옥까지 갔다 왔는지도 몰랐다.

"돌리한테 무슨 일이 있었던 거예요?" 그녀가 불쑥 물었다. "루이스가 왜 돌리한테 그런 식으로 말을 걸어요? 무슨 곤경에 처해 있기라도 했나요?"

그는 잠시 침묵을 지키더니 말했다. "모르겠어요. 무슨 얘기였는지 잊어버렸어요. 그 뮤지컬을 본 지 한참 됐거든요."

그가 흥겨운 곡조를 내내 휘파람으로 불면서 삽으로 살살 두드려 콘크리트를 매끈하게 펴더니 삽을 손수레에 휙 던져넣었다. 그러고는 난데없이 엉덩이 아래쪽을 맹렬하게 돌리고 두 팔을 공중에서 펼치며 그 무거운 장화로 유난히도 가볍게 탭댄스를 추기 시작했다. "에이, 친구들, 날 좀 믿어보라고, 친구들." 음정도 안 맞으면서 고음으로 소리를 질렀다. "돌리는 아무 데도 안 간다네. 절대 떠나지 않는다네, 친구들. 다시는 떠나지 않을 거라네. 얏호!"

케노시는 아주 신이 나 있었다. 웃음이 터져나오려는 걸 막느라 손으로 입을 가리고 있었다. 엘리자베스는 그보다 열살이 더 많았다. 문득 그를 알아볼 수 있었다. 그는 땅끝에서 떨어져버리는 염소들에 대해 끊임없이 물어보면서 그녀를 들볶던 자신의 아이와 똑같았다. 그것이 겉에 나타난 모습이었다. 거칠고 투박한 녀석, 항상 지저분하고 땀 냄새를 풀풀 풍기고, 얼마나 과시욕이 넘치는지 다른 사람은 전혀 눈에 들어오지도 않던. 천천히 고개를 돌려 삶의 신비를 깊이 들여다보는 그런 다른 종류의 친분은 어디에서 시작되었을까? 왜냐하면 바로 그것이 그해를 보내며 그와 관련해 가장 기억에 남는 것이었기 때문이다. 그가 고개를 돌릴 때면 문득 깊은 현명함이 묻어나는 눈빛을 거듭 마주하곤 했으니까. 농업으로 막 학위를 받았다고 말했다. 모타뱅 중등학교 프로젝트에서 운영하는 농장처럼 농업분야 청년육성 작업그룹을 다른 지역에서도 추진하는 것이 그의 일이었다. 농업학교 학생들과 기숙사에서 함께 머물고 있었다. 몇달 후에 농장 프로젝트를 막 시작하려는 다른 마을로 떠날 예정이었는데, 밭에 똑바로 서 있는 기둥을 둘러보며 말했다.

"여기서 일을 좀 할 시간은 있어."

밭 옆의 마른 강바닥은 1년 내내 물이 흘러갔던 기억을 간직하고 있었다. 밭 아래쪽에 엄청난 가지를 뻗고 선 몇그루의 나무가 바투 자라고 있었다. 그 부근에서 가만가만 속삭이는 소리가 들려오는 것만 같았다. "날 받아줘. 양배추와 껍질콩, 당근, 비트, 토마토, 양파, 완두콩, 상추가 가득한 1에이커의 밭으로 만들어줘. 온갖 멋진 여성들이 두 팔에 바구니를 들고 나를 찾아오는 걸 보면 아마 놀랄걸. 지금껏 얘기할 상대가 염소밖에 없어서 얼마나 외로웠는지……"

바로 만들 수 있는 채소밭에 대해 스몰 보이가 알려준 것을 적어놓았다. 밭에 고랑을 깊게 파고 비닐봉투에 키운 묘목을 옮겨 심는 것이었다. 고랑을 깊게 파기 위해서는 곡괭이로 힘들게 땅을 파야 했는데, 케노시도 그녀도 그 일은 할 수가 없었다. 엘리자베스가 그에게 공책을 건네줬다. 케노시가 땅에 주저앉아 고개를 박고는 열심히 공책을 들여다보았다. 그가 진지하게 받아들이는 걸 보자 얼마나 마음이 놓이는지 큰 소리로 웃을 뻔했다. 그녀가 생각하는 농업은 무척이나 시적이고 공상적이어서, 모르는 부분이 있으면 그냥 알아서 채워넣기 일쑤였다. 그래서 농업학교의 영국인 책임자로서는 흥미로우면서도 짜증이 났을 것이 분명한데도, 정말이지 여기 비슷한 친구가 있는 것이었다. 그가 말했다.

"울타리와 정문 기둥을 다 세우고 나면 밭 고르는 걸 시작할게요."

"거너는 아직 안 왔나요?" 그녀가 애가 타듯 물었다.

"왔어요." 그가 말했다. "거너 부인이 어젯밤에 저녁초대를 했어요."

"사람들 말이 농장의 채소밭을 계획한 사람이 거너였다고 하던데요." 그녀가 말했다. "거기 중간에 큰 길이 뚫려 있고, 밭 자락 사이사이에 골목길이 수도 없이 있어요. 걸어다니면서 모든 걸 다 볼 수 있죠. 채소들도 그걸 좋아할 거라고 봐요. 깔끔하고 정돈된 걸 좋아하니까요."

이런 식의 설명이 약간 당황스러운 듯 그가 눈살을 찌푸렸지만 아무 말도 하지 않았다. 정오가 이미 지나 있었다. 그녀의 집에는 먹지 않고 쌓아둔 음식이 잔뜩 있었기 때문에 그녀가 그 얘기를 꺼냈다. 그들 모두 오솔길을 걸어올라간 뒤 다시 먼지 날리는 황톳길을 내려가 그녀의 집으로 향했다. 아이는 발명품 상자를 옆구리에 끼고 맨 뒤에서 따라왔다. 젊은이는 어디서나 그렇듯 다른 사람의 집에서도 천하태평이었다. 곧장 부엌 싱크대로 가더니 머리부터 시작해 웃통까지 씻기 시작했다. 팔에서 물이 뚝뚝 떨어져 바닥에서 웅덩이를 이루었다. 무심결에 물웅덩이를 자신의 커다란 장화로 뭉개 진흙탕을 더 벌여놓았다. 그러더니 몸을 휙 돌려 작은 식당으로 들어가 의자를 와락 잡아빼더니 요란스럽게 쿵 소리를 내며 자리에 앉았다. 두터운 두 손을 단호하게 식탁 위에 올려놓고는 대단히 구미가 당기는 표정으로 음식을 바라보았다. 일단 먹기 시작하자 보이는 건 남김없이 다 먹어치워서 빵부스러기도 보이지 않았다. 식탁에는 스튜 한사발과 통닭, 밥 한사발, 과일푸딩 젤리와 한조각을 잘라내고 남은 케이크가 있었다.

"이 맛 좋은 스튜가 좀더 있나요?" 그가 물었다.

그녀가 사발을 들고 부엌으로 가서 냄비에 남아 있는 스튜를 박박 긁어왔다. 그릇을 식탁에 놓자마자 톰은 그것을 집더니 스튜를 몽땅 자신의 접시에 덜었다. 그녀는 아이를 미처 알아채지 못했다. 아이는 자기 그릇을 가지고 구석자리의 깔개 위에 앉아 있었더랬다. 점심으로 겨우 밥과 스튜 두숟갈 정도를 먹었고, 아침에는 죽을 먹는 둥 마는 둥했다. 그런데 어느샌가 구석자리에서 일어나 조용히 톰 옆에 서서는 입을 떡 벌린 채 홀린 듯 그의 놀라운 식욕을 바라보고 있었다. 아이가 자신의 그릇을 내밀며 걱정스레 물었다.

"이 맛 좋은 스튜가 좀더 있나요?"

여전히 입을 움직이면서 톰이 자신의 접시에서 스튜 한숟가락을 떠 아이의 그릇에 담아주었다. 아이는 꼼짝도 하지 않았다. 톰이 음식을 입에 집어넣는 모양을 지켜봐야 했던 것이다. 전에 보지 못한 모습이었다. 밥과 스튜가 반쯤 남은 자신의 접시를 한쪽으로 밀어놓자마자 톰이 그것을 휙 들어 몽땅 자신의 접시에 쏟아붓는 것을 보고 엘리자베스는 기절초풍하지 않을 수 없었다.

마법. 엘리자베스는 여전히 우주의 끝까지 별똥별을 타고 날아가는 들뜬 기분으로 살고 있었고, 신사는 숙녀에게 계속 꽃을 보내고 있었다. 그는 온 들판을 꽃으로 가득 채울 수도 있었다. 아담과 이브가 에덴동산에서 봤을 법한 그런 풀에 순수하고 아름다운 야생화들이 포근히 안겨 있도록. 풀과 땅은 환하게 빛을 발하고 있었고, 그녀는 워낙 시적이고 상상하기를 좋아했기 때문에 그런 모습에 깊은 감화를 받아 자신이 위대한 아름다움의 창조자를 만나게 된 거라는 엉뚱한 생각까지 했다. 그녀가 이렇게 아스라한 아름다운 광경을 바라보고 있을 때 그의 영혼이 요란한 소리와 함께 그녀에게 돌진해왔다. 그날 밤 뭔가가 그르렁그르렁하더니 딱 소리가 나며 들어맞아 그들 영혼이 어느 면으로 보나 결합되었음을 보여줬다. 그녀는 줄곧 끔찍한 위험에 직면해오지 않았던가? 막을 수도 없고 자신을 보호해주는 어떤 것도 없이 초현실적인 벼락을 거듭해서 맞지 않았던가?

"내가 널 항상 보호해줄게, 이 철없는 것아." 그가 말했다.

정말로 그 말에 걸맞는 힘을 가지고 있는 듯 보였다.

이렇게 영혼과 영혼이 만나는 중에 댄은 또 뜬금없이 말했다. "난 내가 뭘 하든 별 신경 안 써."

여자는 믿을 수 없을 만큼 바보 같고 외부의 영향에 잘 휘둘리는 탓에 그녀의 마음은 사나운 위험을 위험으로 인식하지 못한 채 그리로 단번에 뛰어들었다. 그래서 그녀의 머리에 바로 떠오른 생각은 이랬다. '아, 나도 그래요. 나도 무슨 일을 하든 신경 안 써요. 무슨 대의명분을 위해서든, 사랑하는 사람을 위해서든, 내 자신의 확신을 위해서든.' 잠시 정신을 가다듬고 그 남자의 말과 자신의 성격적 특성이 얼마나 다른지는 따져보지도 않았다. 그녀는 그저 그가 다른 사람이 애써 만든 것에 교묘하게 덧붙여 만들어낸 영웅 이미지에 그의 말을 이어붙였을 뿐이었다. 그 다른 사람은 현실이 아니었다. 영혼의 인격이라 너무나 멀리 떨어져 닿을 수 없었다. 반면 댄은 모타뱅 마을에 멀쩡히 살아 있었다.

다음으로 그가 한 말은 이랬다. "지난 이틀 사이에 넌 거의 죽을 뻔했잖아. 내가 네 영혼을 꽉 잡아 데려왔다고. 난 너보다 훨씬 거대해. 내 영혼은 아주 강력하다고."

눈 깜짝할 사이에 여자 하나가 쏜살같이 방 안에 들어섰는데, 나중에 B……, 즉 자궁으로 알려질 인물이었다. 그 지역 사람이었다. 검은색 씰크 원피스를 입고 있었다. 거대한 몸집에 딱 달라붙는 옷을 입고 있었다. 그녀가 몸을 직각으로 구부리면서 굵고 단단한 다리 한쪽을 발레리나처럼 공중으로 반쯤 들어올렸다. 그녀의 얼굴이 에덴동산의 풀에 안겨 있던 꽃들과 마찬가지로 환하게 달아올랐다. 한 다리로도 흔들리지 않고 꼿꼿이 서 있었다. 넓고 탄탄한 등이었다. 그게 뭘 의미하는지는 너무나 분명했다. "넌 이런 거 못하잖아. 넌 정신없이 뒤뚱뒤뚱하다가 꼬꾸라져버릴걸." 그래서 그가 아무렇지도 않게 이런 얘기를 했다.

"그녀가 우리 사이의 균형 역할을 할 거야."

정말이지 알 수 없는 말이었지만 더이상의 설명은 없었다. 그게 도대체 무슨 얘기란 말인가? 무슨 균형? 그 균형은 또 어떻게 이루어지는 건데? 그런데 그게 끝이었다. 여자는 발레리나처럼 외다리로 서 있었고 확실히 엘리자베스는 건드리기만 해도 부서져버리는 존재였다. 벼락이든 명령이든, 어떤 식의 강력한 자기주장이든 그녀를 당장 쓰러뜨릴 수 있었다.

그는 정신없이 서둘렀다. 이뤄야 할 일이 무척 많았기 때문에 장면을 바꿔가며 정신없이 계속 보여줬다. 그다음에는 어떤 남자의 곁에 자리를 잡고 섰다. 댄은 쎌로가 입었던 것과 같은 하늘하늘한 흰색 옷을 걸치고 있었다. 신발은 샌들이었다. 그의 옆에 있는 남자는 군중 앞에서 장광설을 늘어놓고 있었다. 이마와 목의 혈관이 불거져 있었다. 공중에 팔을 벌리고 맹렬한 기세로 얘기했는데, 사람들을 감화시켜 그 위에 군림하고 싶은 것이었다. 그와 반대로 댄은 손을 가만히 앞에 모은 채 겸허히 몸을 숙이고 얼굴에는 슬프고 고요한 표정을 띠고 있었다. "알겠지?" 그 표정은 그렇게 말하는 듯했다. "이게 내 존재의 정수야. 영혼에 있어서는 승려라고 할 수 있지. 저자 같은 실수는 절대 할 수가 없다고. 난 군림하는 일은 할 수가 없으니까."

고요한 중에 작은 흰색 카드 한장이 불쑥 그녀의 눈앞에 나타났다. 그저 "1910년부터 독재권력"이라고만 적혀 있었다.

그녀가 어둠 속에서 벌떡 일어나 앉았다. 무슨 뜻인지 이제 알 것 같았다. 그것은 공중에서 울리던 천사들의 합창을 통해 강력하게 주장되었더랬다. 겸손하게 제기되기도 했고 에덴동산에서 아름답게 나타나기도 했다. 그리고 다음엔 카드로. 머리가 아주 흐리멍덩해진 게 분명했다. 아니, 그게 바로 신이잖아! 신이야말로 자신의 주장을 뒷받침할 힘과 권력을 지니고 있고, 빙빙 돌고 회전하는 영원한 움직임이 있고, 별을 저 하늘 위 각자의 자리에 놓고 만사가 제자리에 놓이도록 하는 모든 힘의 배후에 있는 힘이잖아. 가히 우주가 우주를 축으로 돌게 하는 삼라만상의 분위기. 그냥 돌아누워서 편히 자면 안되는 걸까? 만사를 다 알아서 해주겠지. 작년의 악몽은 이제 끝난 거야.

고문. 잠을 자고 깨어나는 사이 그 어디쯤에서 뭔가가 틀어져버렸다. 그녀는 침대에서 나왔다가 미끈미끈한 점액질을 밟고 넘어졌다. 불안하게 떨리는 두 손을 뻗은 채 고통으로 고개를 좌우로 흔들었다. 음란함이 파고처럼 밀려와 계속 머리를 후려쳤다. 아, 메두사가 떠나버린 후 일주일가량 거기서 벗어날 수 있었는데. 그런데 메두사가 다시 예전의 모습 그대로 자신의 집에 돌아와 있는 느낌이었다. 몸을 돌려 도망가려 했다. 다시금 지옥이 온전한 모습을 갖추어 나타났다. 그런데 이번엔 뭔가 특이했다. 그 인물은 악을 주장하지 않았다. 자신이 악행을 저지를 잠재성이 있다고만 했다. 그러면서 아이들을 성추행하는 것에 대해 무참한 말을 늘어놓기 시작했다. 아이들을 자기와 두면 안된다고, 안 그러면 자기가 아이들에게 끔찍한 짓을 할 거라고. 그러면서 댄에 대해서도 몹쓸 소리를 했다. 댄 역시 아동 성추행자인데 심지어 더 심하다고 했다. 미친듯이 다른 남자들에게 덤벼든다고. 그 녹음이 한번 머릿속에서 돌아가자 이후로는 똑같은 곡조로 끝없이 계속되었다. 위세가 얼마나 대단하고 집요한지 살아 있는 세계의 아름다움을 다 죽여 없애고 떠들썩한 아우성 속에 그녀의 내면을 가둬놓았다. 그녀의 신경이 전부 그로 인해 팽팽하게 당겨져 떨리기 시작했다. 고통스럽게 날이 밝기를 기다렸다. 가뭄에 시달리는 푸른 하늘을 가르며 태양이 움직이기 시작했다. 집 밖의 나무에 앉은 작은 새가 뻐기듯 작은 가슴을 부풀리더니 요란스럽게 지저귀기 시작했다.

"다른 사람들은 이렇지 않아." 그녀가 혼잣말을 하며 무력하게 반박해보았다. "사람들은 일어나서 일하러 간다고. 새로운 것을 만들어내고 인생의 문제들과 씨름하느라 정신이 없다고. 이렇게 인정사정 볼 것 없이 음란한 것을 파고든다든지 그러지 않는다고."

소용이 없었다. 하루 종일 같은 녹음이 단조롭게 계속 돌아갔고, 그렇게 멍한 고통 속에서 하루가 갔다. 그녀는 케노시와 톰을 도와 밭에 세운 기둥에 철사 줄을 연결하는 일을 하고 있었다. 그 일이 익숙하지 않아서 그런 게 아니었다.

그것은 남아프리카공화국에서 어린 시절을 보냈던 빈민가의 악몽이었지만 지금까지 그녀의 삶을 좌우했던 적은 없었다. 보통 어린 소녀들이 강간을 당했지만 누가 그 짓을 했는지는 밝혀졌다. '법'이 그들을 잡아들였던 것이다. 동성애자들은 별난 존재라고 비웃음을 받기도 했지만 사람들이 그들 때문에 과도하게 불안에 떨거나 하는 적은 없었다. 어쩌면 제정신이 박힌 사람으로서는 그게 자기 문제도 아닌데 굳이 골머리를 썩을 필요는 없어서일 것이다. 머릿속의 이 녹음을 도대체 어떻게 해야 할까? 그것은 감정이 깔려 있었기 때문에, 몸이 움츠러드는 지독한 수치심이 깔려 있었기 때문에 훨씬 현실적이었다. 그날 밤 비참한 심정으로 침대로 기어들어갔을 때 그 죄인이 누구인지가 드러났다. 그것은 '하나님 아버지'였다. 그는 탁 트인 공간에 서서 자신의 악을 털어놓고 있었다. 악의 뿌리가 까발혀졌다. 그가 탯줄처럼 가늘고 긴 실을 그녀에게 연결해놓았기 때문에 그녀 역시 고통스러웠다. 그 실은 악이나 암흑을 나타내기라도 하듯 아주 새카만 색이었다. 그가 괴로움에 몸부림치며 고백을 하는 중에 이 새까만 실이 떨어져나왔다. 격분한 댄이 그 옆에 서 있었다. 그는 화가 잔뜩 나서 말했다. "이자가 하는 말이 자기가 지하세계의 왕이라지? 그러면 바로 거기가 그가 가야 할 곳이야." 댄이 긴 밧줄을 풀더니 끝에 올가미를 만들어 '하나님 아버지'의 목에 던져넣었다.

"자, 지옥에나 떨어져버려!" 댄이 소리치며 그를 질질 끌고 사라졌다. 그녀가 그 두 장면을 비교해보았다. 자기가 지하세계의 왕이라고 선언했던 남자는 모든 악을 좌지우지하는 자답게 아주 의기양양했다. 그녀는 지금의 장면을 거의 무덤덤하게 바라보았다. '하나님 아버지'의 인성은 얼음처럼 차갑고 융통성 없는 자제력이었다. 곧 그에 대한 한가지 설명이 생겨났다. 댄이 그녀에게 다가와 띄엄띄엄 말했던 것이다. "그도 당신을 사랑하기 때문에 내게 저런 짓을 하는 거야. 우리에게 맞서는 사람이 너무나 많아."

그녀에게 그렇게 사랑 얘기를 했을 때 그의 목소리에는 애처로운 호소가 담겨 있었다. 그의 사랑은 오직 그와 그녀 둘만의 것으로 배타적이었다. 아무도 들어오지 못하게 두 사람이 사랑으로 감싸고 들어앉아야 하는 것이다. 그 애처로운 호소에 조응하는 호소가 그녀에게도 나타났다. 고통과 감정의 한복판에 그가 알맞은 낚싯바늘을 던져넣었던 것이다. 그것을 내키는 대로 사용하게 될 것이었다. "이제 울어봐, 이젠 웃어봐, 이센 질투를 해봐." 그렇게 자기 욕구에 맞게 버튼을 조정해놓았다.

'하나님 아버지'에 대한 그의 질투는 그녀도 이해할 수 있었다. 그만큼 휘황찬란하고 근사한 이는 없었다. 그는 처음부터 초인의 형태로 빚어졌던 것이다. 위풍당당한 고개를 꼿꼿이 세우고 냉정한 눈길과 극도의 무심함으로 우주를 훑어보았다. 자기 영지를 살펴볼 생각은 해본 적도 없는 억만장자였는데, 그의 영지와 함께 비렁뱅이의 누더기 옷 역시 받았기 때문이었다. 심지어 누더기 옷을 입었는데도 그에게서는 훌륭하게 차려입은 당당한 왕의 풍채가 나타났다. 댄과 '하나님 아버지' 사이에서는 그해 내내 우스꽝스러운 곁다리 드라마가 연출되었다. 흰옷을 입은 쎌로와 마찬가지로 '하나님 아버지'도 아무 말없이 그녀의 집에 자리를 잡았다. 침대 머리맡에서 왼쪽 편쯤이었다. 쎌로는 볼 수 있었지만 '하나님 아버지'는 볼 수가 없었다. 사실 댄이 거기에 집착하기 전까지는 그가 있다는 사실도 전혀 인식하지 못했었다. '하나님 아버지'를 지옥으로 끌고 간 뒤 며칠밤이 지나서 댄은 그녀 침대머리맡을 뚫어져라 노려보며 서 있었다. 난데없이 팔을 공중에서 휘두르며 우렁차게 명령조로 말했다. "꺼져!"

그 사람은 꼼짝도 하지 않았다. 댄이 손을 뻗어 그를 보이는 곳으로 끌어냈다. '하나님 아버지'는 댄이 떠미는 대로 순순히 집밖으로 쫓겨나갔다. 하지만 잠시 후 다시 돌아와 있었다. '하나님 아버지'는 미친 듯이 절벽 끝으로 떠밀려 떨어지기도 했고, 사납게 마구잡이로 달리는 차와 함께 날아가 죽음을 맞기도 했지만 그가 가진 영혼의 생명은 구천개는 되었다. 그래서 늘 다시 나타났다. 댄에게 반격을 하는 법도 없었다. 매번 순순히 죽음을 받아들였고, 그러곤 다시 살아났을 뿐이었다. 어느날 밤, '하나님 아버지'가 가만히 엘리자베스에게 다가왔다. 누가 엿듣지 않았으면 하는 태도였다. 크고 푸른 눈동자로 저 멀리의 지평선을 응시하면서 아무 감정이 실리지 않은 목소리로 나직이 말했다.

"그가 너를 아주 된통 날려버릴 거야. 네 존재에서 남는 거라고는 하나도 없을 정도로. 어떻게든 자신을 지키도록 해." 그러곤 순식간에 사라져버렸다.

이게 무슨 일이지? 그는 자신이 도와주려고 대기하고 있는 게 아니라고 이미 표명을 한 바였다. 그것은 너무나 외로운 길이었고, 홀로 고립되어 고통받았기 때문에 인내심이 버티다가 툭 끊어져버리면 그녀는 완전히 맥락을 잃어버렸다. 말없이 지켜만 보는 온갖 사람들이 있었다. 아무도 나서지 않았다. 고통이 최고조에 이르렀을 때 안 보이게 숨어 있던 한두 사람이 갑자기 그녀 쪽으로 튀어나와 겁에 질린 목소리로 속삭였다. "우린 모든 걸 보고 싶어요. 그는 새로운 세상을 원하지 않는다고요."

그것은 그녀의 영혼을 전투의 최전선에 내동댕이쳐놓은 상태에서 교묘하게 놓은 덫이고 또 그에 맞서 놓은 덫이었다. 다윗과 골리앗이 또다시 되풀이되는 셈이었는데, 다만 이번에는 다윗이 새

총도 없이 무력하고 여성스러운데다, 가장 험한 꿈에서도 상상할 수 없는 그런 괴물과 맞서고 있었다. 보아하니 지옥의 세력들이 '두뇌들'을 올려보낸 탓에 그는 그들의 외로운 싸움터에서 고립되어 있는 모양이었다. 그녀가 당시 댄의 교묘한 술수를 알아낸 적이 있었는지 모르겠지만, 만약 그랬다면 엄청나게 오랜 시간이 걸리는 일이었다. 그는 언뜻 순수해 보이는 사람들의 말과 몸짓과 표현을 그들의 뜻과 반대되는 변태적이고 음란한 것으로 바꾸어버려서, 결국 변태성으로 더럽혀지지 않은 건 하나도 남지 않게 되었다.

자신이 쎌로가 하는 일에 내내 얼마나 깊이 연루되어 있었는지 보여줄 심산으로 댄은 아름다운 사람들을 다시 불러 그녀 앞으로 열을 지어 행진하게 했는데, 이번에 그들은 사슬로 함께 묶인 노예였다. 그들의 얼굴에는 어떤 악함을 감추어놓은 사람들의 무안한 표정이 드러나 있었다. 댄은 그 무리에서 한두 사람을 끌어내 감추어진 범죄의 잠재성을 까뒤집어보였다. 그것을 얼마나 권위적이면서도 열렬하게 했는지, 그들이 잠재적으로 악행을 저지를 수 있다는 것이 절대적으로 확실한 사실인 것 같았다. 한 남자는 가족생활의 모든 기쁨을 소중히 지키는 사람이었는데, 새벽이 올 때까지 차 안에서 창녀를 끌어안고 있는 모습으로 나타났다. 그의 부인은 결국 자살했다. 남자들은 몽땅 그런 식이어서 등 뒤로 다들 창녀를 두고 있었다. 여성에 대해서는 앞으로 할 얘기가 한참 있었다. 여자들 중 반은 댄의 여자였다.

그들을 변호하는 말을 해줄 사람이 있기나 한 걸까? 아무도 그들을 변호하지 않았다. 아름다운 사람들은 원래 쎌로가 보여줬던 비전이었고 당시 그것에 대해 그가 했던 얘기는 이랬다. "그들 중엔 이미 완벽한 사람들도 있어." 그러고는 그렇게 내버려두었다.

악에 대해서 꺼낸 얘기라고는 자기 자신과 사랑했던 여성에 대해서뿐이었다. 그러고는 '내가 모든 인간 고통의 근원이야'라고 말했다. 그런데 지금 그는 허수아비 누더기 같은 걸 걸친 채 아무것도 신경 쓰지 않고 앉아만 있다. 댄은 이 시간을 내내 기다리고 있던 걸까? 이제 예언은 어디에서 오는 것일까? 쎌로는 스스로 파멸을 초래했다. 이제 쎌로에게는 모든 게 끝이었다. 예언에 마지막 치명타를 가한 것은 '저 귀염둥이'였다. 엘리자베스가 감지한 것은 수천 가지나 되었다. 야단법석의 혼란 아래에 깔려 흐르는, 신경을 긁는 요란한 흐름, 사실 남자들이 수작을 걸거나 다정하게 말을 거는 적이 없는 그런 여자로 평생을 살았음에도 무력한 맹한 남자들의 귀염둥이로 여겨진다는 느낌. 남자와 그 정도로 가까워진 적도 없다. 사실 그녀가 결혼하겠다고 결심한 것도 나이를 먹을 만치 먹은 데다 도서관에서 책에 둘러싸여 사는 게 지겨워졌기 때문이었다.

'하나님 아버지' 곁의, 사나운 눈동자를 번뜩이는 반쯤 정신 나간 아시아 남자가 무엇보다 그녀의 정신에 큰 충격을 가했다. 그가 마음을 쓰는 건 오직 가난한 사람밖에 없었다. 아마 그녀가 지난 생애에서 정말로 바닥까지 몸을 낮춰 보잘것없고 비천한 사람들과 동일시하지 못했다는 이유로 엘리자베스를 싫어하는 것 같았다. 여기서 만사가 바로잡힐 것이다. 어떻게 바로잡을지는 아프리카가 가르쳐줄 거라고 그가 말했다. 댄이 그에게 달려들어 앞으로 끌어내더니 자신의 죄를 고백하게 했다. 재기가 반짝이고 또랑또랑하던 검은 눈동자가 어딘가 모자란 자의 유순함으로 바뀌었다. 그는 흰 셔츠를 입고 있는데 소매가 뜯겨나가 있었다. 능글맞게 싱글거리는 네명의 아시아 남자들이 그의 팔을 붙들고 늘어졌다. 그는 동성애자였다.

그것으로 그들의 운명이 처리되었다. 그가 굳이 말로 표현할 필요도 없이 그림과 이미지를 통해 생생하게 천명되었다. 모두가 악하다는 것이다. 그런 후 그는 쎌로의 죽음이라는 엄청나게 어려운 임무에 착수했다. 그녀의 방 안으로 관이 들어왔다. 안에는 가늘고 야비한 눈을 지닌 갈색 양복의 쎌로가 누워 있었다. 관을 운반하는 사람은 여섯이었다. 그중 네명은 여성이었는데 엘리자베스에게서 얼굴을 돌리고 있었다. 정중앙에 댄이 자리 잡았다. 그의 잘생긴 얼굴이 고통으로 일그러져 있었는데, 심지어 멋지게 일그러져 있어 여전히 잘생겨 보였다. 그들 말고 엘리자베스 쪽으로 고개를 돌린 사람이 있었다. 쎌로의 아이 중 하나였던 여자아이였다. 그가 자신의 녹색 트럭을 몰고 모타벵 마을을 돌아다닐 때 종종 그녀를 함께 태우고 다녔기 때문에 알아볼 수 있었다.

육중한 장화가 반짝거리며 다가와 그녀의 집 대문 앞에서 멈춰 섰다. 그가 기대에 부풀어 올려다보며 소리를 질렀다. "저 왔어요!"

톰은 언제나 그런 식이었는데, 자신이 도착하기 전에 문이 열리면 쏜살같이 집 안으로 들어오기 위해서였다. 그는 도대체 걸어 다니는 적이 없는 것 같았다. 발걸음이 어찌나 가벼운지 장화가 땅에 닿는 것 같지도 않은데다 늘 무척이나 바쁘게 돌아다녔다. 모타벵에 온 지 2주도 채 되지 않아, 그가 일도 열심이고 어디든 가서 도와준다는 명성이 들불처럼 온 동네에 퍼졌다. 톰이 할 일은 너무나 많았고, 그래서 안 다니는 데가 없이 부산하게 돌아다녔다. 그가 밭에서 케노시와 엘리자베스와 함께 일하는 것을 동네 여자들이 보았는데, 어느날 아침 엘리자베스가 그와 밭으로 내려가다보니 한 무리의 여자들이 서까래에 올라 앉아 분주하게 짚으로 지붕을 이고 있었다.

"톰, 톰!" 이미 그의 이름을 다 알고 그들이 불렀다. "여기 와서 우리 좀 도와줘요."

그가 걸음을 뚝 멈추고 깔깔거리는 여자들을 올려다보았다. 그러고는 간절한 표정으로 엘리자베스를 돌아보더니 말했다. "와우, 저 일을 배워보고 싶어요. 지붕을 이는 법을 모르거든요."

그가 여자들에게 소리쳤다. "지금 가요."

그는 모든 일을 그렇게 갑작스럽게 충동적으로 했다. 보츠와나에 도착하고 며칠 되지도 않아서 이 나라가 너무 마음에 들어 귀화하기로 결심했다고 엘리자베스에게 털어놓았더랬다.

"미국에 계시는 어머니는 어쩌고요?" 엘리자베스가 물었다. "당신이 보고 싶으실 텐데."

그 말에 그는 말할 수 없이 맘이 상했다.

"엄마 같은 건 필요 없어요." 그렇게 불쑥 내뱉었더랬다.

희색이 만면한 그가 집 안으로 들어왔다. 개수구의 건조대 위에 보따리를 올려놓고는 때가 절은 주황색 셔츠를 홀떡 벗어서는 건조대 위로 집어던졌다. 주황색 셔츠의 등에 커다랗게 구멍이 나 있었고, 개수대에서 얼굴과 팔을 씻는 동안 물이 팔을 타고 흘러 바닥에 흥건하게 고였다. 장화로 고인 물을 마구 밟아 온통 진흙탕을 만들어놓았다. 엘리자베스는 항상 꼼꼼하게 윤이 나도록 집 청소를 하는 사람이었는데도, 그게 싫지 않았다.

"엘리자베스." 그가 부산스럽게 말했다. "여기 음식을 다 축내지 않으려고 빵을 좀 가져왔어요. 약속한 대로 맛있는 스튜를 만들었나요?"

"코는 뒀다 뭐해요?" 엘리자베스가 웃으며 물었다. 스튜에 넣은 향신료며 약초 냄새가 온 집 안에 진동하고 있었다.

모타벵 프로젝트를 통해 사람들 사이에서 믿기 힘든 친분이 쌓여갔다. 우선 그들은 일을 통해 한데 뒤섞였다. 그러고는 모두가 이런저런 영어로 얘기를 했다. 그러다 보면 세계의 다른 지역 사람들도 아프리카 사람들과 비슷해 보이긴 했지만, 그래도 그녀는 톰이 어울릴 만한 그런 유형의 사람은 아니었다. 어느 면을 보나 그는 온갖 사람들을 다 좋아했고, 걸음걸이가 그렇듯이 태평하게 많은 사람과 어울렸다. 그에게 사람들이란 가릴 것 없이 두 팔을 벌려 몽땅 끌어안을 수 있는 불분명한 덩어리였다. 모두가 친구였다. 인생이 저물 무렵 그 두 사람에게 같은 수의 친구가 있을 수는 있지만, 엘리자베스는 자신의 친구들을 깊이, 아주 잘 알고 있을 것이다. 그와 달리 톰은 자신의 친구들을 그렇게 잘 알지 못할 것이다. 그녀는 그의 동작에서 그 점을 알 수 있었다. 그는 가만히 있지 못하고 계속 서성대고, 산만하게 몸을 비비 꼬거나 바스댔지만, 어떤 얼굴이나 말이 주의를 끌면 문득 움직임을 멈추고는 구석에 붙잡혀 꼼짝도 않는 고요한 거미마냥 가만히 앉아 뚫어지게 쳐다보는 것이었다. 그가 그저 거칠고 태평하고 투박한 사람만은 아니라는 사실을 알아챈 것은 분명 그가 두번째로 그녀의 집에 밥을 먹으러 왔을 때였을 것이다. 눈빛에서 속 깊은 지혜로움을 아름답게 내보이면서 꽤나 나이 든 사람처럼 그녀를 바라보았던 것이다.

그들은 제임스 볼드윈[2]과 다른 좋아하는 작가들에 대해 얘기를 나누던 중이었다. 그녀는 곧 자신이 하는 말에 주의를 기울이지 않게 되었던 것 같다. 왜냐하면 나중에 무슨 얘기를 했는지 기억나는

-----

2 흑인들의 종교 체험을 다룬 『산에 올라 고하여라』를 집필한 미국의 소설가.

건 한마디도 없이 오직 거기서 나온 느낌만 남아 있었기 때문이다. 이런 생각이 들었다. '그래, 그를 전에 어디선가 본 적이 있어. 그리고 앞으로도 그를 계속 보게 될 거야. 계속 만나게 되겠지.' 그런 느낌이 주는 광활함과 자유로움이었다. 항상 주저하지만 또한 확고한, 다른 이를 향한 친밀감. 그는 그녀를 들이받기라도 하듯 이런 식으로 얘기하기를 좋아했다.

"엘리자베스, 사람들을 잔뜩 불러서 저녁을 대접할 생각이에요. 당신도 와요."

그러면 그녀는 몸을 사렸다. "그건 안돼요, 톰. 난 그냥 당신이랑 둘이 얘기하는 게 좋아요."

그는 잠시 침묵을 지키다가 이렇게 말하곤 했다. "좋아요. 덜 바쁠 때 당신 집에 밥 먹으러 들를게요."

그날 하루 종일 작업은 최대치로 돌아갔다. 지역산업 프로젝트가 갑자기 활기를 띠기 시작했던 것이다. 그녀가 싱크대 옆에 서서 웃으며 말했다.

"있잖아요, 톰. 유진이 얼마나 아이 같은지 당신은 믿을 수 없을 거예요. 그가 돌아와서 밭에 울타리가 다 쳐져 있는 걸 봤잖아요. 그런 식으로 사기를 높여줄 일이 그에겐 절실했던 거예요. 왜냐하면 갑자기 지역산업 건물들도 다 완성을 해야겠다고 결심했거든요. 케노시 알죠? 두 손을 써서 일하며 사는 것에 대해 그렇게 훌륭하게 연설을 하는 사람은 또 없을걸요. 유진이 청소년육성 작업집단 내 건설 노동자들과의 회의에 케노시를 데리고 가서 그녀에게 연설을 해달라고 했어요. 결국 그들이 케노시에게 말했죠. '지역산업이 사람들에게 도움이 될 수 있다면 우리가 지역산업을 도와주겠다.' 보상도 없이 건물을 지어주겠다고 한 거죠. 그게 얼마나 대단한 일인지 난 알아요. 이 집을 지어준 다음에 그에 대한 배당금을 달라면서 회의를 하고 또 했거든요. 유진이 분명 '이런 생각을 왜 진작 못했지?' 그렇게 생각했을걸요. 프로젝트를 좋아하는 사람이 없거든요. 정말 힘든 일이에요."

그는 얼굴을 수건으로 닦고 있었는데, 잠깐 동작을 멈추곤 수건 너머로 그녀를 건너다보았다.

"유진, 그 사람을 내가 얼마나 좋아하는데요!" 그가 진지하게 말했다. "케노시만 해도, 세상에 그런 여자는 없을 거예요. 정말 특별해요."

톰은 거너도 밭에 데리고 왔다. 거너는 밭에 메인 스트리트나 브로드웨이 길을 내어 구획을 나누고, 길고 좁은 이랑 사이로 마흔 개의 샛길을 냈다. 거너는 워낙 부끄럼을 많이 타서 누구든 똑바로 바라보는 법이 없었지만 눈가에는 언제나 웃음기가 있었다. 그는 얼굴색이 불그레했다. 말투는 보잘것없는 시장의 노점상이나 엘리자베스가 어린 시절을 보냈던 빈민가 남자들의 겸손함과 인간성을 닮았다. 그가 엘리자베스에게 말했다. "우린 다른 사람을 돕기 위해 최선을 다해야 해요, 그렇죠?" 빈민가의 흑인들 말투가 그랬다. 스몰 보이가 그를 자신의 이상형으로 삼아 체계적이고 세심하게 정보를 제공하는 그의 방식을 따라하는 것도 놀랄 일은 아니었다. 어느 때인가 거너가 그녀를 보며 이렇게 얘기하는데, 스몰 보이의 얘기를 다시 듣는 것만 같았다.

"윤작을 실제 하려면 따라야 할 공식이 있어요. 콩이나 완두콩 같은 콩과식물 다음에 양배추나 양상추나 시금치 같은 잎채소를 심고요, 그러고 나서 비트나 당근이나 순무 같은 뿌리채소를 심어야 해요. 그다음에는 토마토나 감자나 양파 같은 다른 종류의 뿌리

채소를 시도하는 것도 괜찮아요. 그러고 나면 콩과식물부터 다시 시작하는 거죠."

엘리자베스는 쏘코가 준 커다란 노란 호박의 씨를 잘 말려서 보관해두고 있었다. 밭에는 굴을 파기라도 한 듯 구멍이 여기저기 나 있었는데, 서로 뒤엉킨 가시나무의 뿌리를 파내고 난 자리였다. 그녀는 이 구멍에 호박씨를 심었다. 계속 가물던 날씨는 대개 늦여름인 이맘때면 달라지기 시작해서, 이른 아침마다 자욱하게 깔리는 연무는 곧 비가 올 것임을 알려주었다. 하지만 지역산업 프로젝트의 일환으로 지하수를 끌어올리기 위한 시추공을 박는 일이 진행 중이었고, 밭에서의 일의 진척이 훨씬 빨랐기 때문에 유진은 밭까지 이르는 수도관을 놓을 참호를 파는 작업을 하루 종일 했다. 녹색 작업복을 입은 학생들이 건설현장에 떼 지어 모여들면서 주위에서는 공구들이 요란스럽게 움직이고 부딪히는 소리가 진동했다. 동네 사람들이 지나가다 아무 말없이 탐색하는 표정으로 그 모습을 빤히 쳐다봤다. 자진해서 일을 돕겠다고 나서는 동네 사람들이 항상 몇명씩은 있었다. 약 마흔명이 프로젝트에 참여했다. 대부분은 모타벵 중학교 선생님들의 집에서 비누나 깔개, 담요, 항아리, 접시, 컵과 찻주전자, 옷, 그리고 상점을 열기 위해 생각할 수 있는 물품이라면 무엇이든 찾아내 만드는 일을 했다. 나머지 마을 사람들은 좀 두고 보는 편을 택했다. 돈도 받지 못하는 일을 할 만큼 정신 나간 사람들이 아니었던 것이다. 가난한 사람들은 무엇보다 돈이 좋았다.

톰은 밭이랑을 만들기 시작했다. 2피트 깊이로 판 다음에 그것을 거름과 흙, 비료를 섞은 것으로 다시 채워야 했다. 그가 곡괭이질을 하면 케노시와 엘리자베스는 뒤를 따라가며 허물어지는 흙을 재빨리 삽으로 퍼냈다. 하지만 한낮이 되어 해가 너무 뜨거워지면 밭 아래쪽의 나무그늘에 앉아서, 이랑이 준비되면 바로 옮겨 심을 수 있도록 비닐봉투에 묘목 만드는 일을 했다. 흙과 거름을 섞어 6인치 깊이로 넣은 작은 비닐봉투마다 네개의 양배추 씨를 넣었다. 점차 내용물이 사라지면서 한달이 지나면 봉투마다 거대한 양배추 묘목이 자랄 것이다. 그러면 이랑에 삽으로 구멍을 파고 비닐봉투를 잘라낸 다음 흙덩이가 달린 묘목을 하나씩 구멍에 넣는다. 그렇게 거의 하룻밤 만에 채소밭이 생기는 것이다. 옮겨 심는 중에 죽어버리는 묘목은 하나도 없다. 양배추와 토마토, 컬리플라워와 고추가 갑자기 펑하고 나타나, 이글이글 내리쬐는 햇볕 아래에서 푸른 잎을 반짝이며 자라나는 것이었다. 이렇게 잎채소가 반은 썩어버렸던 요하네스버그의 방식이 과거지사가 되었다. 엘리자베스는 내심 지금까지 벌어진 사건들로 인해 당혹스러움을 느끼고 있었다. 케노시와 또다시 신경쇠약으로 쓰러지지 않을까 하는 걱정과 톰의 갑작스러운 등장이 그녀를 정신없이 일에 열중하게 만들었다. 하지만 1970년이라는 그해는 어떻게 지옥 저 바닥까지 곧장 곤두박질치게 되었는지!

아이가 조용히 문을 열고는 살그머니 집 안으로 들어왔다. 얼굴이 환했다. 휴일 동안 놀이 친구들 중 몇은 밭을 매러 간 엄마를 따라갔고, 지미를 포함한 몇몇 부모와 북부 보츠와나의 낚시와 사냥 제한구역에 갔기 때문에 아이는 좀 외로워했더랬다. 톰이 몸을 획돌려, 구석으로 가서 숨으려는 아이를 붙잡았다.

"안녕, 땅꼬마. 오늘 학교에서 뭘 배웠어?" 그가 물었다.

아이는 도무지 자랄 생각이 없었기 때문에 땅꼬마라고 불렸다. 세살 적 키가 그대로 있는 것 같았다. 학교의 유치부를 막 시작했는데도 말이다.

"증발에 대해 배웠어요." 아이가 수줍어하면서도 의젓하게 대답했다.

"나한테 설명해줄 수 있어?" 톰이 물었다.

순간 아이는 생기가 돌며 살아났다.

"그림을 그렸어요." 아이가 말했다.

신이 나서 소파식 침대의 아래에서 작은 학교 가방을 끄집어내더니, 안을 뒤적거려 공책 하나를 꺼내 톰에게 건넸다. 톰이 그것을 잠시 들여다보고는 말했다.

"이봐, 증발을 잘못 썼는걸. *i*vaporation이 아니라 *e*vaporation이야."

아이는 기가 막힌 듯 그를 바라봤다.

"그게 맞아." 분한 목소리로 아이가 말했다. "칠판에 쓰신 걸 그대로 적은 거예요. 선생님이 그렇게 적으셨다고요."

톰이 고개를 저었다. "네가 잘못 적었을 거야. 그거 틀렸어."

"맞다고요. 선생님이 그렇게 적으셨다고요." 악동이 계속 우겼다.

"엘리자베스." 톰이 큰 소리로 그녀를 불렀다. "사전 어디 있어요?"

엘리자베스가 자기 침실 책장을 손으로 가리켰다. 톰이 활기차게 몸을 일으키며 중얼거렸다. "휴, 저렇게 고집 센 녀석은 생전 처음 보네."

엘리자베스는 저녁상을 보고 있었다. 그 둘은 격렬하게 논쟁을 하더니 결국에는 톰이 두 손을 들었다. 아이의 선생님이 이긴 것이다. 다음날 톰이 그녀에게 다가와 말했다. 모타벵 중등학교의 초등부를 휙 돌아보고 왔다고 했다. 아이의 선생님은 이제 막 사대를 졸업한 젊은 모츠와나 여성이라고 했다. 아이의 교실을 슬쩍 들여다봤더니, 아니나 다를까 증발이라는 단어는 잘못 적혀 있었고, 다른 영어단어들도 다 마찬가지라고 했다.

"예쁘기는 정말 예쁘게 생겼더라고요." 그가 말했다. "근데 영어 철자가 엉망이에요. 어떤 면에서는 맞다고도 할 수 있겠지만요. 발음 나는 대로 적는다면 완전히 정확한 철자법이에요. 음성 표기법을 사용하고 있더라니까요."

엘리자베스가 웃었다. "상관없어요, 톰." 그녀가 말했다. "영어가 다른 곳으로 퍼지면 어디서나 그곳에 적응하는 거예요. 그건 쎄츠와나 영어예요. 쎄츠와나는 완전히 음성표기식 언어거든요."

알면서 지옥으로 내려가는 사람이 어디 있을까? 그 끝에서 쎌로가 이런 식의 얘기를 했었다. "넌 그냥 그대로야." 마치 희망을 가지고 낮은 목소리로 중얼거리는 것처럼. 그는 엘리자베스를 자신의 수많은 죄악과 예언에 포함시키고 싶어 했다. 메두사와의 관계는 자신의 죄에 대한 일종의 천벌로 보였지만, 그때조차 엘리자베스는 그의 메두사에 관해 자기 나름대로 낭만적 꿈을 지어냈더랬다. "그는 영원한 작별 인사를 하는 것일 뿐이야. 꽤 난폭한 방식이긴 하지만." 메두사와 칼리굴라로 둘이 한창 좋을 때 메두사는 분명 그를 완전히 치켜세우며 비위를 맞췄을 것이다. 누구든 쎌로가 약간 원숭이처럼 생겼다는 생각을 하는 것조차 싫어했다.

댄의 이야기에 아름다운 구석이라고는 하나도 없었다. 그는 지옥에서 온 '왕초'였다. 거기서 회의를 열었을 것이다. 회의는 분명 이런 식이었을 것이다.

"어이, 댄, 잔치를 매번 망치는 게 누구지?"

댄이 빙그레 웃으며 말한다. "부처라는 놈이지."

"그자가 너처럼 머리가 좋다고 보나, 댄? 우리가 확실히 그놈을 괴롭혀줄 수 있는데. 발에 시멘트 덩어리를 붙여서 인도양 바닥에 처박아버리는 거지."

댄이 빙그레 웃으며 말한다. "나한테 다 계획이 있어."

댄이 자신의 잘난 점을 고수했던 건 2주, 그래 분명 2주 동안이었다. 그동안은 엘리자베스의 기분을 거슬리거나 자신이 상연하듯 보여주었던 천상의 현상들을 망치고 싶지 않았던 것이다. 게다가 자신의 전선 체계를 (그녀의 몸 전체가 네트워크이자 복잡한 통신센터였다) 손봐야 했다. 모든 것이 그것의 능률에 달려 있었으니까. 그녀가 불안초조하거나 안절부절못하면 전선을 제자리에 장착할 수가 없었다. 무대 준비가 완전히 끝나자마자 그는 제멋대로 풀어놓았다. 이것이 그가 생각하는 신이었다.

그날 밤 그는 정신 나간 사람처럼 펄쩍펄쩍 뛰었다.

"온몸에 불이 붙었어!" 그가 그렇게 말하더니 비난하는 투로 엘리자베스를 쳐다보며 덧붙였다. "네가 그런 거야. 넌 욕정을 가지고 내 생각을 하면 안되게 되어 있어. 안 그러면 내가 떨어져버린다고."

어디에서 떨어진다는 건지는 구체적으로 말하지 않았다.

다음날 밤에는 여자 하나를 소개시켜주었다. 전통적인 방식으로 머리칼을 조금씩 긴 끈으로 묶어 머리 전체에 둘둘 감아올린 모양을 하고 있었다. 그녀가 머리 모양이 잘 보이도록 머리를 숙였다. 댄이 말했다.

"난 저런 머리 모양을 한 여자가 좋아. 네 머리는 토종 아프리카식이라고 할 수 없어."

그녀는 예사로운 여자가 아니었다. 섹스 전문가였다. 그녀와 어울리는 상징이 또 있었는데, 손잡이가 달린 작은 재봉틀이었다.

"저 애는 밤새도록 남자와 일을 치러도 다음날 몸이 안 좋아진다거나 하는 일이 없어. 제대로 자극만 해준다면 말이지." 댄이 설명했다.

그 자극이 바로 재봉틀처럼 이루어졌다. 손잡이를 힘껏 돌리면 바늘이 달그락거리며 위아래로 마구 움직였다. 손잡이를 다시 돌리면 또 움직이고. 핵심은 그녀의 예쁜이 단추인 것 같았다. 거기를 간질이면 아주 좋아했다.

재봉틀양에 대해 그는 이런 얘기도 했다. "그녀는 자기조절의 귀재야."

그러더니 그대로 그녀를 안고 침대로 올라와 엘리자베스 옆에 누웠고 밤새도록 함께 뒹굴었다. 그녀 정신 속의 영화 스크린은 불이 꺼진 상태였지만 그들의 움직임은 꺼지지 않았다. 새벽녘에 그들이 마지막으로 쿵쿵거릴 때까지 그녀는 그 소리에 한잠도 잘 수가 없었다.

그는 여러 부분을 동시에 자극했다.

"넌 질투심을 느껴야 하는 거야."

"혼혈이라 넌 열등해."

"이 애가 지닌 걸 넌 지니지 못했어."

그 말이 녹음기처럼 하루 종일 돌아갔다. 그때그때 쟁점으로 떠오르기만 하면 무엇이든 그는 그 녹음을 끊임없이 돌려댔다. 가련한 댄은 혼혈에 대한 두려움을 무슨 나병처럼 지니고 그 일에 끌려들어갔다. 그게 그가 가장 좋아하는 녹음 중 하나였다. 그 녹음을 얼마나 요란스럽게 틀어댔는지 그녀의 정신 속에서 히스테리 환자의 째지는 듯한 비명소리의 수준에 이르렀던 걸 보면, 그는 언제라도 혹시 혼혈을 만졌다가 자신의 순수한 검은 피부가 오염될까 두려웠던 것이다. 어느 시점에선가 그녀는 잠시 골똘히 생각에 잠겨 그에 대해 알아보려 했다. 그것은 그녀가 처음 들었던 녹음과 기이할 정도로 닮아 있었다. '개돼지, 오물, 아프리카인들이 너를 잡아 먹을 거야.' 그녀가 뭔가 이해했다는 것을 알아채자마자 그는 대담하게 사실을 인정했다. "그래, 나였어. 내가 한 일이었지. 그들한테 그렇게 당하면서도 네가 그 멍청이 쎌로한테 충성을 다하니까 그랬지."

그럼 이 새로운 녹음은 뭐란 말인가? 아, 그건 익살을 좀 부려본 거야.

"내가 또 놀려먹는 데는 선수거든."

하지만 그는 검은 손과 검은 다리, 그리고 거대하게 솟아오른 검은 성기를 그녀 코앞에 들이밀었다. 그의 성기는 항상 발기상태였다. 그날 이후 항상 바지를 내린 채 살았다. 결과적으로 그가 첩으로 둔 여자는 총 일흔한명이었다. 아주 각양각색이었다. 반은 거의 결점이라고는 보이지 않는 여신 같은 존재였지만 동네 처자들도 있었다. 그의 영혼과 교감함으로써 동네 처자들에게 엄청난 혜택이 있을 거라고 보았다. 자신들에게 부족한 사랑스러운 특성과 힘이 가득하게 될 것이었고, 그의 전문가들이 쉬고 있는 동안 잠시 그 자리를 대신하는 것이었다.

재봉틀양은 여신 집단에 속했다. 보아하니 그녀는 일천번의 전생에서 댄의 부인이었거나 영혼의 동반자였던 것 같았다. 하지만 성적 능력이 워낙 대단했기 때문에 다른 남자들도 원했고 댄은 이것을 참을 수 없었다. 미래를 위해서, 그의 말에 따르면 완벽해질 미래를 위해서 아무래도 그녀를 좀 씻겨야겠다고 했다. 그러면 확실히 그녀의 난잡함이 사라질 거라고 말이다. 어느 면을 보나 댄은 엘리자베스에 대한 경멸을 숨길 수 없었지만, 이상하게 그녀의 개인적 소유물에는 그 경멸이 미치지 않았다. 그것들이 '때'를 씻어내는 특성을 가지고 있는 모양이었다. 그는 자기 여자들의 때에 병적인 강박이 있었다. 그녀들은 엘리자베스의 화장실에서 씻고 또 씻었다. 엘리자베스의 속옷과 옷을 입고 그녀의 향수를 뿌렸다. 뭐든지 엘리자베스의 물건을 손에 넣을 수 있으면 일종의 신성한 면역성을 얻게 되고 두배로 매력적이 될 수 있다는 생각이 그 불쌍한 것들의 머릿속에 주입되어 있었다. 손에 닿는 것이면 무엇이든 부주의하게 마구 훔쳤다. 그들 중 일부는 아름다운 사람들이라는 태초의 비전에서 온 여성들이었다. 그래서 그들은 경외감을 가지고 대해야 했다. 그들이 댄에게 애착을 보이는 정도보다 댄이 그들에게 훨씬 더 광적으로 집착했지만, 그래도 그들은 여전히 그의 노예였다. 그의 운명을 비웃던 '좋은 시절의 여자들'이라고 그가 엘리자베스에게 신음처럼 내뱉었다.

그녀가 어떤 여자였든 재봉틀양은 그들 대부분을 능가했다. 엘리자베스는 후에 그녀를 깊은 애정을 갖고 기억하게 될 것이었다. 그녀의 악몽에서 재봉틀양이 유일하게 정상적인 인간적 감정을 표현했던 것이다. 슬퍼했다가는 뭔가를 동경하고, 친절하기도 하고 외롭기도 하고, 그리고 웃을 때는 나무 사이를 횡하니 쓸고 가는 바람 같았다. 언제나 여성들의 우정에 대해 안다는 듯 엘리자베스를 바라보았고, 울부짖는 지옥불 속에서 홀로 타오르는 아름다운 별빛 같았다.

다음날 밤 그는 씰룩씰룩엉덩이양이라는 새 여자를 데리고 왔다. 중국인처럼 보였다. 피부색이 누렇고 곧고 검은 머리카락이 맨어깨 위로 폭포처럼 길게 쏟아져내렸다. 옷 같은 건 관심도 없는지 완전히 벌거벗은 채였다. 재봉틀양은 불을 어둑하게 낮출 때까지 항상 옷을 입고 있었다. 씰룩씰룩엉덩이양은 작고 동그마한 가슴에 홀쭉하게 들어간 아담한 허리를 지녔다. 속으로 재즈 가락을 흥얼거리고 박자에 맞춰 엉덩이를 씰룩씰룩 돌리면서 걸어들어왔다. 그러더니 배를 대고 침대에 누워 고개를 들고 턱을 두 손으로 괴었다. 고혹적인 검은 눈동자로 엘리자베스를 바라봤다.

"그냥 애인을 기다리는 거예요." 그녀가 말했다.

그녀의 애인이 불을 낮췄다.

아무리 엘리자베스가 잡종개라도 이건 너무 심했다 싶었는지, 댄은 다음날 아침 좀 살가운 녹음을 틀었다. 이런 식이었다.

"내 사랑, 당신이 날 부르면 그대에게 달려가지. 저런 여자를 좋아하는 게 아니야. 너무 천박하거든."

확실히 그는 자신이 옷을 벗으라고 할 때까지 옷을 입고 있는 여자들을 좋아하는 모양이었다. 그러더니 그날 밤 과장되게 극적인 투로 이렇게 발표했다. 씰룩씰룩엉덩이양이 완전히 죽어 나자빠졌다. 자신이 그녀의 체력을 너무 과대평가했던 것이다. 남자와 밤새도록 그 일을 할 수준이 못되었던 것이다. 그녀의 성기가 밖으로 튀어나와 가슴과 장딴지에 널려 있었다. 그것이 있던 자리는 텅 비어 있었다. 그러고는 그가 말했다.

"나는 물리지 않는 욕정을 갖고 있거든." 그러면서 다시 재봉틀양을 끌어당겼다. 그녀는 처절할 만큼 서글프고 우수에 차 있었지만 일단은 그의 문제를 해결해주었다. 다음날 그는 이제 내키는 대로 자신의 일로 관심을 돌렸는데, 그 일이란 물론 우주가 제대로 돌아가도록 하는 것이었다. 쎌로를 정리하거나 아예 죽여버리지 않는 다음에야 우주는 제대로 바로잡힐 수 없었다.

그가 다시 음란한 녹음을 틀었다.

"그가 정말로 추구했던 게 뭔지 다들 알지. 그건 예언하고는 아무 상관도 없는 거야. 그건 단지 섹스하는 거야. 모두가 그를 알아. 어떤 사람인지 아는 거지."

하루 종일 그 녹음이 돌아가고 또 돌아갔다. 상황이 갑자기 극적인 방식으로 진행되었기 때문에 자꾸 쎌로에 대해 잊었는데, 사실 조용히 꼼짝도 않고 여전히 의자에 앉아 있는 그 인물은 입도 벙긋하지 않았다. 예전에는 그냥 일상적인 일이라도 항상 이러지러러하게 모든 일에 토를 달았는데 말이다. 그날 밤 그녀의 눈앞에서 다시 부활한 것은 비열한 눈을 가늘게 뜨고 바라보는 갈색 양복의 쎌로였다. 그녀가 잠깐씩 졸기 시작했을 때였다. 그녀 침대 위에서 사흘 밤 동안 '일이 치러지는' 바람에 거의 한숨도 잘 수가 없었던 것이다. 그런데 그때 불현듯 차갑고 미끈거리는 것이 입에 닿았다. 올려다보니 쎌로의 여우 같은 얼굴이 코앞에 있었다. 그녀가 한 손을 들어 입에 묻은 그 점액질을 닦아냈다. 그가 사악한 손으로 그녀의 두 손을 꽉 붙들었다. 만면에 미소를 띠고 있었는데 너무나 끔찍했다. 그녀는 공포로 숨이 막힐 것 같아 손을 빼내려고 격렬하게 몸부림을 치다가 날카로운 비명을 지르며 잠에서 깨어났다.

아이가 자기 방에서 훌쩍거리는 소리가 들렸다. 그녀는 튀듯이 침대에서 일어나 초에 불을 붙였다.

"왜 그래?" 그녀가 다가가자 아이가 물었다. 덜덜 떨고 있었다.

"너도 도깨비 보면 엄청 무섭잖아?" 그녀가 말했다. "엄마가 지금 막 끔찍한 도깨비를 봤거든."

아이가 눈을 둥그렇게 뜨고 그녀를 보았다.

"어떻게 생겼어?" 그가 물었다. "나한테도 나타나는 거야?"

밤이면 악몽으로 낮이면 끊임없이 틀어대는 녹음으로 계속 혹사당한 그녀의 신경이 끊어져버렸다. 아이에게 이렇게 앞뒤 안 맞는 대답을 했다.

"아침에 가서 알약을 좀 사야겠어."

"그게 뭔데?" 아이가 물었다.

"수면제 말이야." 그녀가 말했다. "먹으면 잠이 드는 그런 알약."

"나도 먹어도 돼?"

"자면서 끔찍한 것들을 볼 때만 먹는 거야." 그녀가 말했다.

"아, 아니, 난 안 그래." 아이가 안도하며 말했다. "난 싼타클로스를 봤어. 있잖아, 싼타클로스가 선물을 주는데 우리 앞으로 그냥 툭 밀어놔. 그러고 나서는 크림샌드를 먹었어. 난 항상 샌드를 바로 떼서 크림 먼저 핥아먹는데……"

아이가 침대에 벌떡 일어나 앉았다. 밤에 본 요지경세상이 떠오르자 신이 난 것이다. 얘기가 끊임없이 이어졌다. 토끼도 있었고, 놀이시간에 함께 노는 친구들에 강아지, 초콜릿까지, 끝도 없이 줄줄 나왔다. 마지막에는 이렇게 말했다. "아침에 싼타클로스에게 줄 선물을 만들어야겠어. 나한테 선물을 잔뜩 갖다주시니까 말이야."

그러고는 다시 눕더니 바로 잠이 들었다. 그녀는 아이의 침대 곁에 여전히 앉은 채로 캄캄한 어둠을 응시했다. 아직 밖으로 나오지 못한 눈물이 가슴속 깊이에서 울부짖고 있었다.

"오, 하나님, 도와주세요." 그녀가 흐느꼈다.

조리 있게 생각을 이어나갈 수가 없고, 어느 것도 제대로 정리가 되지 않았다. 끔찍한 일만을 수동적으로 당하느라 삶이 전부 정지된 상태였다. 세상에 나온 이래 지녀왔던 개인적 특성이 무엇이었는지 기억할 수 없었다. 무시무시한 사건들이 연달아 일어나는 바람에 그것은 내동댕이쳐졌다. 밤에 조용히 앉아서 우는 게 도움이 되었던가? 정원의 곤충이 울적하게 혼잣말을 하는 게 도움이 되었던가? 때로는 친절하고 상냥했다가 때로는 익살을 떨다가 하면서 영구적인 잔혹한 야만성을 전혀 이해하지 못한 채 사는 게 도움이 되었던가? 아니, 그렇지 않았다. 그녀는 다시 침대로 기어들어가 잠깐씩 잠으로 떨어졌다가 깨기를 반복했다. 갑자기 총 하나가 공기를 가르며 그녀의 눈앞에 나타났다. 보이지 않는 손이 방아쇠를 딸깍, 딸깍, 딸깍 움직였다. 총이 노란빛에 잠긴 채 그녀 앞에서 선명하게 빛났다. 댄이 말했다. "그는 5년 있다가 죽는 게 아니야. 올해에 죽을 거야."

눈을 떴다. 새벽이 밝아오고 있었다. 얼음물 웅덩이에 누워 있는 느낌이었다. 머리부터 발끝까지 온몸에 식은땀이 흥건했다.

톰이 포크를 입으로 가져가다 말고 다시 내려놓더니, 음식이 가득 담긴 접시를 멀찍이 밀어놓았다. 그 행동이 너무 의외였기 때문에 엘리자베스 역시 포크를 내려놓고 놀라서 그를 바라보았다. 지금까지 그 어떤 이유로도 식욕이 떨어진 적이 없던 그였다.

"이젠 신물이 나요." 그가 말했다.

상처받은 표정으로 눈을 둥그렇게 뜨고 그녀를 쳐다봤다.

"뉴스 못 들었어요?" 그가 물었다. "우리나라가 캄보디아를 침공했어요."

엘리자베스는 아무 말도 하지 않았다. 매일 아침 그녀는 BBC 국제방송에서 내보내는 세계 소식을 얼이 나간 듯 다 찾아 들었다. 아프리카의 군사쿠데타, 중동 위기, 런던의 버스운전사 파업, 그런 사건들이 끝도 없이 계속되었다. 그가 캄보디아만 유독 심각하게 받아들이는 것이 그녀를 불편하게 했다. 숨은 뜻이 뭔지 알아들을 수도, 파악할 수도 없었다.

"도대체 왜 군이 세계적 문제에 끼어드는 건지 이해할 수가 없어요." 그가 말했다. "미국은 어딜 가든 그저 형편없는 코카콜라나 껌만 던져줄 뿐이지 급속한 경제발전 같은 건 상관도 안하죠."

급속한 경제발전은 그가 아끼는 주제였다. 마오쩌뚱과 까스뜨로[3]와 니에레레[4]가 급속한 경제발전을 옹호하므로 엘리자베스 역시 도덕적으로 그들을 지지해야 한다는 사실을 이해시키기 위해 진정 애를 쓰곤 했다. 은크루마[5]도 포함시켰지만 사실 그는 이미 쿠데타로 쫓겨난 뒤였다. 엘리자베스가 이렇게 이의를 제기하자 그가 차분한 목소리로 말했다. "은크루마가 몇가지 잘못을 저지르긴 했지만, 그게 다예요. 어쨌든 급속한 경제발전을 위해 노력했다고요."

이제 그가 엘리자베스를 바라보며 말했다. "우리나라에서 급속한 경제발전을 지지하는 이들은 블랙파워 쪽의 사람들뿐이에요……"

난데없이 그가 벌떡 일어나서는 주먹을 공중으로 치켜 올리며 외쳤다. "블랙파워!"

그녀가 깜짝 놀라 그를 올려다보았다. "흑인들이 정말 그런 걸 해요? 정말로 그렇게 주먹을 내지르며 돌아다녀요?"

이번엔 그가 놀란 표정으로 그녀를 내려다보았다. "당연하죠. 구호 외치는 거잖아요." 그가 말했다.

---

3 쿠바의 정치가이자 혁명가. 공산주의의 이념 아래 49년 동안 쿠바를 통치했다.
4 탄자니아의 정치지도자로 1962년부터 1985년까지 대통령으로 재직했다.
5 가나의 독립을 이끌고 초대 수상과 대통령을 역임했다.

"그런 거 난 싫어요." 그녀가 화를 내며 말했다. "그렇게 분노를 폭발시키려면 히틀러만 있으면 되겠네요."

"뭐라고요!" 그가 소리쳤다. "미쳤어요? 자신의 권리를 주장하는 거예요. 내가 그들을 얼마나 존경하는데요."

"도대체 히틀러가 한 짓이 뭐였게요? 히틀러도 그렇게 주먹을 내질렀잖아요." 그녀가 거의 눈물을 쏟기라도 할 것처럼 말했다.

그가 자리에 앉아 진심 어린 표정으로 그녀를 바라보았다. "그건 다른 거예요." 그가 말했다. "그들이 옳아요. 당신이 미국을 몰라서 그렇지."

"난 오로지 흑인만을 위한 배타적 유대감은 맘에 들지 않아요. 그럼 당신도 들지 않을 거예요. 당신은 흑인이 아니니까."

"그딴 건 아무래도 상관없어요." 그가 말했다.

마음 한구석에 이런 식의 대화가 부질없다는 생각이 있었다. 그는 정치 역시 사람들 받아들이듯 받아들이고 있었다. 대중없이 대충 받아들이는 뿌연 실체. 너무 미련해서 함께 논쟁을 할 수 없는 사람이었다. 타고나기를 마음이 그렇게 착해 빠진 걸 미련하다고 할 수 있다면 말이다. 그 역시 그녀에 대해 같은 식의 생각을 했다.

"도대체 어디가 잘못된 거예요?" 그가 물었다. "왜 다른 사람들하고는 다 반대되는 길로 가요? 왜 그렇게 다른 소리를 내야만 하는 거예요?"

"내가 집중하는 문제는 다른 거예요." 그녀가 말했다. "일반적인 인간에 대해서죠. 그리고 흑인들이 거기 어울려 들어가는 건 만물의 체계 바깥의 별종이나 특이한 존재로서가 아니에요. 블랙파워든 아님 다른 개뼈다귀 같은 이름이든 말이에요."

그가 고개를 박고 먹기 시작했다.

"톰." 그녀가 진심을 다해 설명했다. "일단 자신을 별종이나 특이한 존재로 만들어버리면 어떤 개자식이든 다 당신을 이용하려든다고요. 아프리카에서 벌어지는 격렬한 싸움의 반이 그 때문이에요. 우선 정치가들이 고통스러웠던 과거라는 시류에 편승해요. 아프리카 민족주의자로 나서서 과거에 대해 울고불고 난리를 치며 민중의 정신을 홀딱 빼놔요. 그런데 그런 그들이 왜 일단 고위관리만 되고 나면 사람을 속이고 돈을 훔치는 거죠? 그들은 아프리카 대중을 인간으로서의 존엄성이나 위엄을 가진 존재로 보지 않아요. 아무것도 모르는 문맹이라고 생각하니까 마음대로 휘저으면서 훔치고 속이고 흥청망청 돈을 쓰는 거예요. 쿠데타가 일어나는 건 항상 누군가 훔치고 속여왔기 때문이고, 그다음에는 또다른 사람들이 훔치고, 그럼 또 쿠데타가 일어나고. 자신들이 무지몽매한 대중에게 시혜를 베풀고 있다는 바로 그 생각이 문제의 근원이라는 점은 전혀 보지 못하고 말이죠."

그가 고개를 주억거렸다. "아프리카에 대해서라면 당신 말이 맞아요." 그가 말했다. "하지만 미국에 대해서는 틀렸어요. 거기 사람들은 전혀 무지몽매하지 않아서 자신들이 무슨 일을 하는지 다 안다고요. 옳은 일을 하고 있는 거예요."

"그래도 허공에 주먹을 휘두르는 건 너무 치욕적인 일 같아요." 그녀가 조용히 말했다. "나라면 못할걸요. 수치스러울 거예요."

"왜요?"

"내면에서 내가 보는 것 때문에요." 그녀가 말했다. "내가 내면적으로 배워가는 것 때문에요."

그녀가 갈피를 못 잡고 머뭇거렸다. 바로 지옥 속에 들어가 연설을 했던가? 블랙파워 천국처럼 일부 사람들만을 위한 천국은 의미도 소용도 없었다. 그건 그외의 다른 사람들은 다 목 졸라 죽이고 싶다는 욕구였다. 그런 건 남아프리카공화국에서 이미 다 보지 않았던가? 너무나 절망스러운데 희망이라고는 보이지 않던 때에 그녀 역시 심적으로는 그렇지 않았던가? 남아프리카공화국 정부가 여러 발표를 했다. 30분 만에 아프리카 대륙 전체를 날려서 사라지게 할 수 있을 만한 무기를 자신들이 갖고 있다고 했다. 상황이 그러한데도 그들은 베일을 쓰고 쉬면서 심지어 억압적 법을 더 많이 만들어내며 대담하게 그것을 널리 전파하기까지 했다. 요동치는 아수라장인 내면의 삶에서 그녀가 배우고 있는 것은 무엇인가? 그녀가 가만히 일어났다.

"흑인의 고난에 철학가나 예언가 들이 지금까지 해온 모든 얘기가 집약되어 있다는 말이 있어요." 그녀가 말했다. "그들의 얘기는 이랬죠. '절대 나와 나의 것이라는 길을 따라 사고하지 말라. 그것은 죽음이다.' 하지만 그것을 보리수나무 아래에서 아주 그럴듯하게 했어요. 인류 전반에게는 아무런 영향도 주지 못했죠. 배타적인 추종자들의 세계만을 위한 것이었으니까요. 흑인들은 나와 나의 것, 그러니까 너 같은 건 지옥에나 가버려, 그런 태도가 조장한 탐욕의 살아 있는 희생자였기 때문에 그 교훈을 처절하게 배웠어요. 수세기 동안 고난을 겪은 후에 그들의 영혼이 지금 어디에 있을 거라고 생각해요? 그들은 부처와 예수를 앞서 있고, 미래의 조건을 지시할 수 있어요. 특정한 집단을 위해서가 아니라 인류 전체를 위해서 말이에요."

엘리자베스가 말을 멈췄다. 그녀는 웅변에 정말 능했다. 한명의 청중을 완전히 사로잡았으니까. 그녀의 아이는 집 안에서 벌어지는 대단한 드라마를 모른 체하는 법을 터득했으므로 계속 먹기만 했다. "톰." 그녀가 상냥하게 말했다. "당신이 내가 바라보는 식으로 흑인의 세계를 본다면 정말 겁이 날 거예요. 말끔한 정신 분석은 실제에 비하면 아무것도 아니에요. 내가 본 건 이래요."

그녀가 고개를 한쪽으로 돌리고 한참 전에 자신에게 말을 걸었던 가난뱅이의, 극심한 상처를 받은 표정을 지어보였다. 한 손을 들었다가는 가만히 떨구었다.

"이게 부처의 말씀이에요." 그녀가 말했다. "마음속에 탐욕이 생기지 않도록 하라. 그리고 그들의 자세에 그 말씀 전부를 담았어요. 가만히 떨구어진 손에 말이에요. 그 손은 어떤 종류의 권력도 원하지 않는 손이에요. 권력과 야망이 그들의 세계에 들어온 적은 한번도 없었으니까요. 그들이 내게 이렇게 말했어요. '우리는 고난을 받아온 민족이다.' 그러고는 너무나 오랫동안 사방에서 달려드는 무리를 피해 쫓겨 다니느라 온통 찢겨 피가 흐르는 맨발을 보여줬지요. 우리가 말없이 서로를 바라봤어요. 그 눈빛으로 그들이 말했죠. '넌 진실한가? 왜냐하면 우리는 진실하니까. 악에 대해 심오한 앎을 갖게 되었고 그래서 그것을 어떻게 끝장낼지도 알아. 뿌리를 알아낸 거지. 누가 그걸 처음 만들어냈는지도. 우리를 이리저리 밀쳐대는 백인 멍청이들하고는 달라. 그들은 그 근원, 그러니까 악이 실제로 만들어지는 강력한 공장이 아니니까. 하지만 넌 알잖아. 영혼의 교만함은 어떤가? 지배와 명망에 대한 압도적인 탐욕으로 사납게 솟아오르는 화염 말이야. 그걸 모두 알고 있지 않아? 맨 처음의 샘에서 어떻게 강이 만들어지고 또 어떻게 무시무시한 대양이 되는지 말이야.' 너무 놀라서 정신이 아뜩해졌어요, 톰. 그때부터 내 눈엔 모든 것이 달라 보였어요. 아프리카는 이제 일어나고 있는 게 아니에요. 이미 일어나 있어요. 어디에 중점을 두는지에 따라 달라지는 거죠. 난 영혼에 중점을 둬요. 근본적으로 영혼이 그 자리에 있으면 다른 모든 것들도 자리를 잡아요. 그게 내가 하는 싸움이고 그게 블랙파워인데, 모든 인류의 것이고 인류가 함께 나눌 수 있는 그런 힘이죠."

그는 무언가에 감동을 받으면 바로 하늘 높이 솟아버리는 그런 유형이었다. 환하게 빛나는 얼굴로 그녀를 바라보며 나지막이 말했다. "오, 오, 오. 맞아요. 그래요, 맞는 말이에요."

그녀가 고통스러운 눈길로 그를 마주 보았다. 말을 한다는 것은 무지막지하게 아래로 끌어내리는 힘에 맞서서 기를 쓰며 위로 올라가는 일이었다. 지옥이 여기저기 있었고 그녀는 형편없이 망가져 오래 버틸 수 없었다. 음란한 녹음이 그녀의 신경체계를 이쪽 끝에서 저쪽 끝까지 뒤흔들어놓았다. 마치 다른쪽 끝에 손을 대고 버튼을 꾹 눌렀을 때 전류의 충격파가 온몸을 관통하는 것 같았다.

"톰, 선함에 대한 인식이 깨어나는 순간이 와요." 그녀가 말했다. "내가 그걸 인식하게 된 건……"

그녀가 말을 마치기도 전에 그가 눈을 휘둥그레 뜨고 그녀 쪽으로 몸을 휙 돌렸다.

"몇년 전에 나에게도 똑같은 일이 있었어요." 그가 불쑥 소리쳤다. "얼마나 강력하게 날 사로잡았는지 성직자가 되겠다고 결심했죠. 나보다 훨씬 위대한 사람을 찾아가서 얘기를 나눴어요. 그 사람이 이렇게 말했죠. '톰, 그 느낌을 가지고 사람들의 삶으로 들어가. 그것이 신비롭게도 선한 목적에 소용이 될 거야. 싸움터에 나가봐야 그것이 얼마나 힘이 센지 알아볼 수 있지.' 며칠 후에 이런 생각이 떠올랐어요. '이 세계 몇십억 사람들이 필요로 하는 게 뭐지? 먹을거리야.' 그래서 농업을 공부하게 된 거예요……"

그가 잠깐 고개를 숙였고, 그러고는 가만히 고개를 저었다.

"너무나 고통스러울 때가 간혹 있어요." 그가 말했다. "어떤 일을 해놓고 나중에는 그게 몹시 수치스러운 거예요."

그녀가 떨궈진 그의 머리를 바라보면서 생각했다. '그를 써먹어야겠어. 그를 고결한 남성의 상징으로 삼아 그의 말 한마디 한마디를 나의 내적 혼돈에 비춰 비교해봐야지. 바로 전날 밤만 해도 하나님을 불렀는데 아무도 내가 원하는 식으로 확실하게 연민과 다정함을 담아서 대답해주지 않았잖아. 침을 뱉고 야유하기만 했지, 다른 대답은 없었어.'

마을 여자가 웃으면서 톰에게 말했었다. "톰, 톰! 이리 와서 우리 좀 도와줘요."

'나라고 그렇게 못할 게 뭐야?' 그녀가 생각했다. 그러곤 톰을 보며 말했다.

"톰, 당신은 사람들 보살펴주는 걸 좋아하잖아요. 다른 사람들한테 하는 것처럼 나도 좀 보살펴줄래요?"

노상 걷잡을 수 없이 충동적인 그가 자기 인생 전부를 그녀에게 바칠 것처럼 그녀 쪽으로 몸을 홱 돌렸다. 그러더니 고요하고 냉정하게 힘주어 말했다. "기꺼이 그렇게 하죠."

다른 상황이었다면 댄은 완벽주의자인 위대한 교사가 됐을 것이다. 그는 매의 눈으로 인성을 하나같이 다 들추어내어 있는 약점은 다 알아냈다. 위대한 교사도 똑같이 하지 않는가. 소심한 어린 제자들을 구석으로 몰아 자신들의 성격적 결함에 대해 공포로 덜덜 떨게 만드니까 말이다. 하지만 교사들은 상냥하게 이렇게 말한다. "애야, 약점은 극복해야 한단다. 쥐새끼처럼 그러지 말고 신을 향해 우뚝 서보아라." 고쳐볼 것을, 인성을 조심스럽게 개조해볼 것을 강조했던 것이다. 댄은 매가 내려앉는 절벽까지 갔다. 그녀에게서 어떤 종류의 굴욕도 참아내지 못할 격렬한 자존감을 보았다. 지난해에 어떻게 메두사와 갈색 양복의 쎌로가 합당한 이유도 없이 끊임없이 그녀에게 공격을 가했는지를 보았다. 내면에 숨겨진 녹아내리는 용암, 터무니없이 고문당했던 피해자를 보았다. "저걸로 뭘 어떻게 해야 할 지 이제 알겠어." 그가 의기양양하게 말했다.

그녀는 어떤 원대하고 표면적인 차원에서는, 적을 사랑할 수도 있었다. 적이 너그러운 사람이라면 특히 그랬다. 그들 사이의 거리가 엄청나다면 물론 더 나았을 것이고. 그걸 알았기 때문에 그녀는 종종 개인적인 미움이 생기기도 전에 싸움을 시작하곤 했다. 그렇게 되면 난폭하게 끝장을 보는 경우가 잦았다. 혼자 곰곰이 곱씹어보면서 이해득실을 따져보곤 했다. 상대방은 대개 너그럽지 않았다. 별 볼 일 없고 비열하고 조잔하고 갑갑한 영혼들이었다.

"쟤랑 쟤랑은 다시는 상종하지 않을 거야. 그럼 다 해결되지."

그것은 숨이 막힐 것 같은 분위기를 벗어나기 위해 사랑을 대신하려 임시방편으로 만들어낸 대체물인 듯도 했다. 사랑이란 기본적으로 휘몰아치는 감정의 폭풍우니까. 그것은 웃어넘길 수 있는 관대함과 진실함과 짝을 이룰 때만 쑥쑥 자라났다.

그녀는 쎌로라는 인물을 종잡을 수가 없었다. 선과 악 사이를 정신없이 왔다갔다하던 것이며, 절대적 완벽함을 알려주더니 자신의 얼굴에 분뇨를 집어던졌던 것이며. 살아 있는 진짜 쎌로에 대해 그녀가 아는 것은 모두 들은 얘기뿐이었다. 조용하고 한결같이 진실한 그의 다른 목소리는 음란함의 높은 파고에 휩쓸려 거의 들리지도 않았다. 종종 그랬듯 그 두 목소리가 한데 섞일 때 매의 눈으로 보면 자신의 마음상태를 쉽게 분별할 수 있었다. 그 남자에 대한 일종의 애정이자 동시에 증오였다. 그리고 애정은 무시되어 밀려나기 십상이었다.

댄은 엘리자베스에게 비단 그런 일만 한 것이 아니었다. 그는 매의 눈을 아프리카에도 들이댔다. 자신 안의 사회적 단점을 극도로 강조한 뒤 그런 자신을 아프리카 남성의 본보기로 엘리자베스 앞에 내세웠다. 그래서 후에 그녀는 고통에 몸부림치며 외치게 되었던 것이다.

"아, 남자들이 자신이 낳은 어린 딸들과 잠자리를 하는 이 더러운 환경하며 다른 끔찍스러운 악행들."

그것은 그가 너무나 강력하게 자신의 인성을 아프리카로 투사했기 때문이었다. 그렇게 해서 모든 아프리카를 극도로 불쾌하고 음란한 것으로 만들기 시작했다. 아프리카의 사회적 결점은 처음에는 아프리카 남성들의 태평스럽고 문란한 성생활이었다. 눈가림으로라도 사랑이나 자상함, 낭만적으로 여성을 귀하게 여기는 태도 같은 건 보이지 않았다. 두번째 결점은 일종의 잔인함과 진짜 앙심이었는데, 사악한 주술을 행해왔던 것에 근원이 있는 것 같았다. 그것은 영원한 공포상태의 희생자를 구원하기 위한, 지속적으로 강요된 정신적 고문상태로서, 일단 시작됐다 하면 완전히 정신이 나가 미쳐버릴 때까지 중도에 멈출 수가 없게 된다. 그러고 나면 그들은 그저 빈정대며 웃는 것이다.

그는 사회적 선이나 강인함이라는 막연하고 광범위한 존재를 쓸모없는 것으로 치워버린, 이 두 결점의 강력한 조합이었다. 성생활에 동성애와 온갖 종류의 변태성을 덧붙였다. 주술의 공포에 자신의 광포한 영혼의 엄청난 저력을 더해서 전투에 나서면 누구보다 오래 버틸 수 있었다. 그가 이 모든 것을 엘리자베스에게 보여줬다. 몇년 전에 엘리자베스는 오스카 와일드의 재판에 대한 두 권짜리 책을 읽었고, 그다음에 그에 대한 전기를 한권 골라 읽었다. 전기를 쓴 작가는 여성이었는데, 그를 쫓아다니며 그의 동성애적 행위에 대해 요란법석을 떠는 영국사회에 환멸을 느끼며 차분한 어조로 이렇게 썼다. "남자가 어디로 배설을 하든지 그게 무슨 상관인가……" 엘리자베스는 이것을 모든 일탈에 대해 내릴 수 있는 최종적인 평가로 받아들였다. 무슨 상관인가. 멀찍이에서 관대한 태도를 취하는 것과 최고 변태가 그의 영혼을 살아 있는 너의 몸에 쑤셔넣는 것은 전혀 다른 문제다. 그건 끈적거리는 점액질을 밟고 걸어가는 것이나 같다. 주룩 미끄러져 넘어지며 깊은 어둠으로 인해 움츠러드는 것. 소화기관이, 혈관이 가득 들어찬 놀라운 몸뚱이가 사라져버린 것과 같다. 그저 입과 단 하나의 소화관만이 남은 것이다. 음식이 그저 똥오줌이고, 하늘과 별, 땅과 사람과 동물도 역시 똥오줌이고. 공중화장실에서 뭐든 내깔기는 변태의 열에 들뜬 후끈한 세계에서 사는 것과 같다. 버스 안이나 극장 앞에 늘어선 줄에서 여자의 몸에 자기 몸을 비벼대는 그런 남자들. 그래서 그 여성이 몸을 돌려, '그러지 말아요'라고 할 때, 그녀가 맞닥뜨리는 것은 상황파악도 못하고 능글맞게 웃으며 이렇게 지껄이는 얼굴인 것이다. "하지만 너도 좋잖아, 그지? 내가 하는 일이라고는 이것밖에 없어. 내가 아는 것도 이것밖에 없고. 내 삶은 전부 다 내깔기는 기관이야. 너도 마찬가지잖아. 아닌 척할 뿐이지."

마치 사람들의, 평범한 보통 사람들의 내밀한 사생활이 다 그녀에게 까발려지는 것 같았다. 그날 그녀는 두 남자가 탄 차를 얻어타고 읍내로 갔는데, 그때 댄이 예의 동성애 녹음을 틀었다. 그것이 보편적인 현상이라는 것을 엘리자베스에게 뚜렷이 각인시키려고 안달이 난 모양이었다. 녹음의 내용은 이랬다.

"저들도 다 해봤어. 우리가 그런 것처럼. 우린 뭐든지 해보거든."

그 두 남자는 친구였다. 요리를 함께했다. 이국적이고 진기한 조리법을 좋아했고, 새로운 요리를 개발하는 데 있어서 상대편을 능가하려고 애를 쓰곤 했다. 둘 중 한 사람이 키득키득 웃었다. 그러자 녹음이 이렇게 말했다.

"봐, 그래서 저자가 저렇게 웃는 거야."

그녀는 겁에 질려 얼어붙은 채 두 남자 사이에서 끽소리도 못하고 앉아 있었다. 녹음은 계속해서 돌아갔다. 하도 시달려서 밤이 되자 그녀는 앓아누웠다. 댄이 성대한 고해성사를 위해 무대를 마련해놓은 것만 같았다. 그날 밤 경외심에 찬 목소리와 숨죽인 속삭임으로 그가 간지씨와 그의 인생에 있었던 커다란 위기를 소개해줬다. 그가 간지씨를 덤불 어딘가로 데려가 관계를 가졌다고 했다. 엘리자베스에게 이렇게 말했다.

"너무나 수치스러웠어. 거의 자살할 뻔했지. 그런 일은 진짜 남자들 사이에서는 벌어지지 않아."

가련한 간지씨는 바지를 입고 있지 않았다. 셔츠 끝자락이 그의 성기를 덮고 있었다. 하지만 그는 꽃밭 한가운데에 서 있었다.

그러자 댄이 엘리자베스에게 말했다. "넌 그런 생각을 하면 안되는 거야. 나한테 해가 된다고. 내가 네 안에 살아야 하니까 말이야."

그것이 그녀를 결딴냈다. 그가 얼마나 애처로운 목소리로 고해를 했는지 그녀의 마음에서 자동으로 방어적 주장이 튀어나왔다. "그런 건 분명 아무 상관없어. 그 문제에 어떤 확고한 의견도 가진 바가 없다고." 하지만 그렇게 얘기를 하면 할수록 역겨움이 솟아나고 남자들에 대한 공포가 그녀를 압도했다. 그는 늘 거기 자리를 잡고 뱀처럼 미동도 없이 한결같은 눈길로 그녀를 지켜보면서 적당한 때만 오면 덮칠 태세였다. 그가 두번째 녹음을 집어넣었다.

"난 단 한번 해봤을 뿐이지만 쎌로는 아주 그 길로 나섰지. 노상 그 짓을 한다니까."

그녀가 부들부들 떨리는 손으로 수면제 두알을 털어넣고 물을 한컵 마셨다. 조금이라도 잠을 이룰 수 있을 거라 생각했다. 웬걸, 그녀의 마음이 소용돌이치며 광대한 지평선으로 나아갔다. 그를 처음 인지했을 때 그랬듯 쎌로가 그 지평선 위로 솟아올랐는데, 이번에는 거대한 악마적 인성을 지닌 채였다. 얼굴은 녹색 반점들로 얼룩덜룩하고 입은 감각적 타락으로 거대하게 부풀어올랐으며, 귀는 끝이 아주 뾰족하게 솟아 있었다. 그가 그녀를 마주 보았다. 난데없이 자신의 땅에서 맘바 뱀을 만난 쏘코마냥 그녀가 침대에서 굴러떨어져 충격으로 정신이 나간 채 바닥의 깔개에 뻗어버렸다. 잠시 후 정신이 돌아왔다. 의자에 말없이 앉아 있던 승려를 생각하고는 큰 소리로 말했다.

"쎌로, 당신 정말로 악마예요?"

죽음 같은 적막만이 감돌았다.

그녀가 열에 들뜬 듯 혼잣말을 중얼거리기 시작했다. 그녀 안에서 뭔가 허물어지고 있었다. 실제로 입에서 나오는 말은 자신의 느낌과는 정반대의 것이었다. 이런 식이었다. "신이시여, 쎌로는 악마가 아닙니다. 저를 좋아했어요. 그가 해준 그 아름다운 얘기들을 간직할 수 있다면 제 머리를 바닥에 조아리는 일도 마다하지 않겠습니다. 그저 여자들이 간악무도했을 뿐이에요. 제게 각인된 그 모든 끔찍한 일을 제가 상관이나 할 것 같아요? 그렇게 고통받았던

게 안됐을 따름이에요. 저 역시 그를 정말 좋아했거든요."

어떤 신에게 기도를 드렸던 걸까? 자신의 신경체계를 잘 조종해서 가짜 평화를 끌어냈다고 상상하고는 몸을 돌려 침대로 기어들어갔다. 거대한 악마의 형상이 자신에게 완전히 관심이 집중되기를 기다리고 있다가 함께 몸을 돌렸다. 어떤 만남을 미리 계획하고 있었다. 그는 전에 자신의 관에 매달려 있던 어린 딸에게로 다가갔다. 그녀가 한 손을 들어올리며 외쳤다.

"안돼요! 하지 마요!"

동시에 엘리자베스가 화들짝 잠에서 깨어났다. 어둠 속에서 시계를 쳐다봤다. 새벽 3시였다. 그녀가 생각했다.

'아예 눈을 감지 않으면 이런 게 더이상 보이지 않겠지.'

새벽이 올 때까지 그렇게 앉아서 밤을 샜다. 하루 종일 머리가 깨질 것처럼 아팠다. 극도로 고통스러운 세계에 갇힌 채 휘청거렸다.

그날 밤 역시 한숨도 자지 않고 버텼다. 아무 생각도 하지 않고, 그저 눈을 크게 뜨고 어둠만 뚫어지게 바라보았다. 다음날 정오쯤 되자 그녀는 선 채로 졸기 시작했다. 토요일 오후였다. 아이에게 겨우 점심을 차려주었다. 아이는 길 위의 친구들 집으로 뛰어갔다. 해가 질 때나 돌아올 것이었다. 그녀는 수면제를 몇알 더 집어먹고는 침대로 기어들어갔다. 그러곤 정신을 잃었다. 정신적 탈진상태를 뚫고 악몽이 요란스럽게 쏟아져들어왔다. 이 행사를 주도하는 댄이 대단한 위용을 자랑하듯 우뚝 서서 그녀를 내려다보았다.

"자자." 그가 사납게 말했다. "그를 놓아주라고. 그의 자제력에 매달려 있잖아. 놔, 놔버리라고."

문득 실처럼 생긴 탯줄이 눈앞에 나타났다. 다른 편 끝은 쎌로에게 붙어 있었다. 실은 백열등같이 빛나고 있었다. 그녀가 바라보는 중에 그것이 중간에서 뚝 끊어지더니 오그라들어 죽어버렸다. 거대한 쎌로의 악마적 형상이 타락으로 부풀어오른 입을 커다랗게 벌리더니 길게 비명을 내질렀다. 술 취한 사람마냥 이리저리 비틀거리며 다니더니 미쳐버린 하이드씨처럼 녹색 트럭 운전석으로 뛰어들어가 쌩하니 모타벵 마을을 벗어났다. 길을 가다가 중간 어디쯤에서 트럭을 세우더니 덤불숲으로 들어갔다. 염소 떼를 모는 어린 남자아이가 있었다. 그를 덮치려고 다가갔다.

월요일 아침, 그녀는 늘 그렇듯 뉴스를 듣기 위해 라디오를 틀었다. 어린 남자아이가 덤불숲에서 죽은 채 발견됐다고 했다. 소년은 염소를 모느라 혼자 있었다고 했다. 덤불숲에서 사람들이 죽는 일은 자주 있어서 한달에 두세명 꼴은 되었다. 사나운 야생동물과 위험한 독사가 득시글했으니까. 하지만 이건? 그녀는 자신의 악몽을 믿기 시작했다. 그것은 댄이 녹아 흐르는 숨겨진 용암과 합작해서 벌인 일이었다. 그게 바로 그가 내내 기다려왔던 것이었다. 녹아 솟구치는 용암, 쎌로에 대한 맹목적인 증오. 그런 인간은 정말로 죽어 마땅하다는 생각이 들었다. 그녀는 댄에 대해 잘 몰랐다. 그가 돌아서서 아래층의 소년들에게 연결된 인터폰 버튼을 누르고 말했다.

"시멘트 준비해."

쎌로의 악을 믿게 된 것은 천명의 사람들의 악을 믿게 된 것과 진배없었다. 빽빽하고 둔탁하고 상세하게 쎌로의 드라마를 계속 틀어댔다.

쎌로의 어린 딸은 신경쇠약으로 병원에 입원 중이었다. 아이가 고통에 몸부림치듯 고개를 좌우로 흔들었다. 마을에 소문이 돌았지만 그는 돈 많은 사람이었다. 누구나 돈으로 입막음을 할 수 있었다. 그러면 예언자라는 그의 평판은 어떻게 되는 건가? 사람들이 고개를 저었다. 그 모습이 아주 생생하게 나타났다. 그러자 댄이 벌컥 소리쳤다.

"저자는 결딴났어! 예언은 성사되지 않을 거야! 아주 결딴났다고!"

그가 천천히 엘리자베스 쪽으로 다가왔다. 손에 뭔가를 안 보이게 쥐고 있었다. 그의 얼굴 전체가 격렬하게 부글거리는 검은 폭풍우로 변해버린 듯했다. 말도 못하게 위협적인 목소리로 그가 말했다. "네가 지금까지 내내 협력하던 게 뭐였는지 봤지?"

그가 손을 들어올려 그녀의 머리를 된통 후려쳤다. 화염이 솟구치듯 머리가 수천조각으로 폭발한 뒤 암흑이 내려앉았다. 이틀 동안 간신히 의식만 붙잡은 채 침대에 누워 있었다.

케노시가 그녀를 보러 왔다. 침대 옆의 의자에 앉았다. 그녀는 말이 없고 차분하고 실질적인 면에서 기민했다. 건기가 끝나고 무시무시하게 비가 퍼부었다. 그녀가 엘리자베스에게 말했다. "밭에 물이 들어와 토마토 이랑 하나를 완전히 쓸어버렸어요. 물이 담장 어디를 뚫고 들어온 건지는 알겠는데, 어떻게 해야 해요?"

엘리자베스는 머리를 들 힘도 없었다.

"톰은 어디 있어요?" 그녀가 속삭이듯 물었다.

"가버렸어요." 케노시가 아무 감정도 실리지 않은 목소리로 말했다.

"담장 바깥쪽으로 배수로를 만들 수 있겠어요?" 엘리자베스가 말했다. "빗물이 밭 안으로 들어오지 않고 배수로를 따라 흘러갈 수 있도록요."

"할 수 있을 것 같아요." 그녀가 말했다.

그녀가 종잡을 수 없는 표정으로 엘리자베스를 바라봤다.

"어디가 안 좋은 거예요?" 그녀가 마침내 물었다.

"독감에 걸렸어요." 엘리자베스가 말했다.

"너무 아파 보이는데요." 케노시가 자기 생각을 말했다.

그녀는 손을 대충 포개서 무릎에 얹어놓은 채 계속 앉아 있었다. 딱히 뭔가를 생각한다든가 어떤 기분이 드는 건 아닌 것 같았다. 그저 앞쪽을 엄숙히 응시할 뿐이었다. 그러다 갑자기 호소하는 분위기로 엘리자베스를 바라봤다.

"당신 절대 채소밭을 떠나면 안되잖아요." 그녀가 말했다. "당신 없이 나 혼자 일할 수가 없다고요. 요즘 사람들이 날 얼마나 놀리는지 알아요? '케노시, 선생님 어디 계셔? 학교 안 가?' 이렇게요. 사람들은 우리 식의 밭은 본 적이 없어요. 하룻밤 만에 생겨났으니까요."

엘리자베스가 어떻게든 몸을 일으켜보려 기를 썼다. 이 여자는 어쩌면 이렇게 자신을 생활과 현실로 되돌려놓는지! 머리뼈가 산산조각이 나버린 느낌이 좀 덜해졌다. 이불을 걷어내고 일어섰다.

"차를 좀 끓일게요." 그녀가 웃으며 말했다. "그리고 내일은 다시 밭에 나갈게요."

얼굴을 덮었던 그늘이 가시며 케노시에게 약간 생기가 돌았다. 밭은 그녀의 인생 전부가 되었다. 매일 아침 치마를 산들산들 흔들며 집 안 구석구석을 돌보는 여성의 몸짓으로 밭에 나갔다. 밭이랑을 만드는 중요한 일을 떠맡아 하고 엄청나게 집중해서 일했다. 동네 여성들이 신기하다는 듯 관심을 보이며 주변에 모여들었다. 양배추와 토마토는 잘 알았다. 요하네스버그에서 멀쩡하게 실어 나를 수 있는 유일한 채소였으니까. 하지만 완두콩이니 깍지콩이니 하는 건 뭐란 말인가? 그건 어떻게 요리를 해서 먹지? 그녀가 엘리자베스를 돌아보며 말했다.

"우리가 밭에 심은 새로운 채소들을 사람들은 잘 몰라요." 그녀가 하소연하듯 말했다. "여자들 말이 완두콩이라는 건 한번도 사본 적이 없대요."

하지만 그녀의 눈에는 자부심이 이글이글 타오르고 있었다. 멋진 미지의 세계로 들어가는 개척자의 자부심이.

기괴하고 병적인 걸로 치자면 그것은 「맥베스」나 「햄릿」의 한 장면 같았다. 쎌로가 자신의 집 의자에 앉아 있었다. 초인종이 울렸다. 그가 문 쪽으로 고개를 돌렸고 부인이 등장했다.

"병원인가?" 그가 물었다.

"아니요." 부인이 대답했다. "아이들이에요."

"들여보내요." 그가 말했다.

엘리자베스가 부인을 바라봤다. 얼굴에 웃음기는 없었지만, 패륜적 사건이 자신의 삶에서는 흔한 일이라는 듯 아무렇게나 휘적거리며 걸었다. 엘리자베스는 이번엔 쎌로를 보았다. 그의 얼굴은 시들어 쪼그라들었는지 노인의 얼굴처럼 주름이 자글자글한 채 얼어붙은 하얀 마스크였다. 동네 아이들이 길게 열을 지어 들어왔다. 모두들 열심히 재잘대고 있었다. 쎌로의 곁에는 빵과 잼이 가득한 그릇이 놓여 있었다. 그가 빵을 한조각씩 아이들에게 건네주었다. 아이들은 주변에 둘러서서 요란스럽게 냠냠 소리를 내며 빵을 먹었다. 빵을 모두 나눠준 뒤 그는 아이들을 쫓아보냈고, 엘리자베스를 향해 섬뜩한 미소를 보이며 말했다.

"봐, 지난주에 일어났던 일을 만회하려고 아이들에게 먹을 걸 주고 있잖아."

그는 일어나 약간 절뚝거리며 천천히 침대로 걸어가 누웠다. 침대에 눕자 방 한구석에 앉아 있던 댄이 일어나 흰 천으로 그의 몸 전체를 덮었다.

"불쌍한 내 작은 코는 덮지 말아줘." 쎌로가 키득거렸다.

그 두 사람이 함께 그녀의 악몽에 출현한 것은 처음이었다. 자기 코를 우스꽝스럽게 들먹인 것은 댄의 크고 잘생긴 코에 대한 부러움을 보여주기 위한 것인 듯했다. 그런 식으로 다가왔다. 댄은 매우 냉담하고 화가 잔뜩 나서 싸늘했다. 갑자기 엘리자베스를 돌아보더니 매서운 명령조로 말했다.

"너도 저리 가서 누워!"

처음에는 명령에 자동으로 반응하며 침대 쪽으로 움직였는데, 침대에 앉자 허물어지고 말았다. 그녀가 벌떡 일어나서 울음을 터뜨렸다. 쎌로의 얼굴에는 왠지 애처로운 데가 있었다. 그 역시 침대에서 튀어나왔다. 애원하듯 댄과 엘리자베스를 번갈아 바라보면서 훌쩍거렸다.

"그들이 날 죽일 거야."

눈물을 흘리던 엘리자베스는 이제 목을 놓아 통곡하기 시작했다. 너무 무서워서 견딜 수가 없었다. 댄이 자리를 옮겨 의자에 가서 앉는 것이 힐끗 보였다. 그는 손을 무릎에 놓은 채 몸을 앞으로 숙이고는, 고개를 떨구고 깊은 생각에 잠겼다. 그러더니 큰 소리로 혼잣말을 했다.

"어떻게 그녀의 마음을 끌 수 있을까?"

그가 일어나서 조용히 엘리자베스를 바라보았다. 쎌로는 온몸을 덜덜 떨며 훌쩍이고 있었다. 엘리자베스는 계속 댄을 마주 보았다. 그는 상황을 완전히 장악하고 있었다. 그의 온 존재에서 쎌로의 악에 대한 분노가 뿜어져나왔다. 그가 그녀를 빤히 바라봤는데 묘했다. 딱히 위협하는 것도 아닌데 위협적이었다. 증오라고 하기엔 좀 온화했지만 그래도 증오이긴 했다. 금방이라도 공격할 수 있는 전갈의 고요하면서도 빈틈없는 태세였다. 가만히 엘리자베스의 마음을 따져보는 것이었다. 그녀는 쎌로가 자기 자식을 범했다는 것을 정말로 믿고 있나? 모든 건 악몽이 어떤 인상을 주었는지에 달려 있었다. 악몽을 좌지우지할 수 있다고 확신할 수만 있다면 어떤 쓰레기 같은 것이라도 그가 꾸며내지 못할 것은 없었다. 하던 걸 그만두고 다른쪽에 집중하기 시작했다. 쎌로가 인정한 악은 수천 가지는 되었지만 그건 기록도 남아 있지 않은 까마득히 오래된 문명에서의 일이었다. 그 시절에는 설사 질서라 할 만한 게 있다 해도 정신적 힘이 공공연하게 사용되면서 남용되기도 했고, 모든 것이 종국에는 다 터져버리고 말았으니까 말이다. 쎌로는 까마득한 과거로 다시 돌아가서 자신의 중대한 잘못을 인정했고, 엘리자베스를 참관인 삼아 끌고 다니면서 보여주고 싶은 것을 그녀에게 드러내 보여줬던 것이다. 그러는 중에 순진한 척 눈알을 굴리던 어린 여자아이가 있었는데, 요즘 아이들은 그런 식일 수가 없었다. 아이들은 대개 그들로서는 헤아릴 수 없는 어른들의 열정과는 관계없이, 자신들만의 세계에서 따로 살았다. 마치 일단 불이 켜지고 나면 어둠에 이르는 길은 모두 끊어지고, 그 모든 무시무시함 중에서 인간의 잠재의식에 남아 있는 것만 법정에서 알아서 처리하게끔 되어버린 것 같았다. 이런 문제에 대한 해결책은 개인이 생각해낼 수 있는 게 아니었다. 너무 낯설어서 곰곰이 따져볼 수도 없고 머릿속에 아무런 생각도 떠오르지 않으니까.

아, 그의 손아귀에서 그렇게 쉽게 벗어날 수 있으리라고 생각했나? 댄이 새로운 녹음을 틀었다. "아이가 곧 죽을 거야. 자살을 할 거라고. 네가 뭘 할 수 있을 것 같아?"

그것을 더 극적으로 보이도록 할 셈으로 그는 작고 호리호리한 하얀색 관을 들여오게 해서 그녀 옆에 놓았다. 그녀의 정신은 여전히 작동하려 하지 않았다. 그런 상황에 대해 어떤 식으로 평해야 할지 아무 생각도 떠오르지 않았다. 하지만 그녀가 아는 아이들이 수도 없이 늘어놓는 얘기들이 있었다. 아이들은 어쩌면 그렇게 일상에 대해 끊임없이 떠들어대는지.

"줄리어스 씨저가 지금은 몇살이에요?"

"제가 지금 이스라엘에 가면 모세를 만날 수 있어요?"

"달의 크기는 어떻게 재요?"

"요정이 있다고 말씀하셨잖아요, 음…… 저도 본 적이 있어요."

"쌴타클로스가 들어올 수 있게 굴뚝을 지어야 해요."

"음마 탤리먼의 닭을 한마리 죽여버렸는데요, 매 맞을까요?"

"사탕 사 먹게 5쎈트만 주실래요?"

"축구시합에 가도 돼요?"

"지금 안 잘래요. 아직 할 일이 많다고요."

"옛날 얘기해주세요."

……그렇게 끝도 없이 계속됐다.

그 주 일요일, 엘리자베스는 다시 허물어졌다. 그것은 이제 불가능한 사실을 받아들여야만 함을, 쎌로가 자기 자식을 범했다는 것을 받아들여야 함을 의미했다. 쎌로가 이런 말을 했었다.

"네가 어느 시점에서 악해지는지 너 자신은 깨닫지 못해."

그녀에게 이제 그 시점이 온 것이었다. 나중에 그녀는 자신의 내적 고결함이 처할 운명을 받아들이지 못했기 때문에 수천가지 변명거리를 생각해내려 했다. 하지만 누가 과연 그녀 같은 상황에 처해봤단 말인가? 악이 밖에서 침입해 들어오는 강력한 힘일 수도 있다는 사실에 동의할 사람이 누가 있겠는가? 실제면서 동시에 실제가 아닌, 그런 식의 끔찍한 비밀과 악몽에 시달리며 한동안을 지내야 했던 사람이 과연 있었을까?

"내 잘못이 아니야." 그녀가 거듭 뇌까렸다. "난 아프리카 부족민이 아니잖아. 그랬으면 쎌로에 대한 정확한 진실을 알았을 거야. 그가 선한 사람인지 나쁜 사람인지 말이야. 아프리카 부족민들 사이에 비밀이라고는 없으니까. 난 세상에서 일어나는 일상적인 일에서 차단되어 있었어. 댄이 그걸 알고는 나의 무지를 이용해먹은 거지. 그뿐인가? 얼마나 심하게 나를 후려쳤는지, 너무 고통스러워서 정신이 나가버렸잖아."

그 일요일에 유일하게 정상적이었던 것은 창문 밖 나무에 사는 작은 새였다. 정오 무렵에 그 새가 여름 막바지에 내리는 비에 기뻐하며 떨리는 목소리로 노래를 불렀던 것이다. 요즘에는 아침에 잠에서 깨어나보면 항상 안개가 자욱하네, 그렇게 노래했다. 그래서 나무 위 나의 집은 습기가 차서 물방울이 뚝뚝 떨어진다네. 애벌레나 딱정벌레나 개미 같은 것들이 땅에서 기어나오기가 무섭게 득달같이 덮쳐 먹어치웠다. 그렇게 잔뜩 먹어 목과 배에 기름칠을 하고 나면 녀석은 아름다운 주변 환경에 대해 사색할 여유를 가질 수 있는 것이다. 그러다가는 느닷없이 주룩주룩 내리는 빗방울로 반짝거리는 대기에 대해 목청껏 노래를 했다. 1초 동안 그런 고음의 노랫소리를 훌륭하게 유지했다. 그때 멋진 상황에서 죽는 사람도 있다는 생각을 했던 것으로 기억한다. 머리와 사지가 열에 들뜬 듯 욱신거리는 고통으로 의식이 혼미해지며 천천히 죽음이 찾아오고 있다는 느낌이 들었기 때문이다. 그녀는 눈을 감았다.

댄이 있었다. 웃고 있었는데, 걱정 없는 편한 웃음이 아니라 파리한테 붙잡힌 거미가 웃는 것 같았다. 그녀에게 퍼붓듯 집어던진 것이 분명한 로켓탄을 보여주면서, 그로 인해 그녀가 열이 나 앓아눕게 된 것임을 넌지시 내비쳤다. 그러고는 말했다.

"너를 위해 훌륭한 저녁을 차렸어."

아름다운몸매양이 걸어들어왔다. 그는 재판장 자리에 앉아 있는 동안 내내 거시기를 꼭 붙잡고 있어야 했는데, 이제야말로 느긋하게 긴장을 풀 때였다. 아름다운몸매양의 등장은 아주 대단했다. 금빛이 도는 구릿빛의 곧고 긴 다리를 지녔다. 치마를 살짝 들어 올리더니 웃음기 도는 검은 눈동자로 엘리자베스를 바라봤다. 그녀의 장기長技를 그림으로 보여줬다. 크림초콜릿과 버터로 겉을 발라 장식한 갈색의 초코케이크를 가지고 있었다. 그는 애인과 함께 어두운 구석으로 들어갔다가는, 갑자기 혼비백산해 다시 나타났다. 아름다운몸매양이 뭔가 단단히 잘못됐다고 했다. 그의 손에는 장엄미사 때 가톨릭 신부들이 사용하는 성수채가 들려 있었는데, 그가 엄숙하게 성수채를 들어올리고 흔들어댔다. 뭐하는 짓인지는 알 수 없지만 아마도 주변에 신의 축복을 내리는 것이리라. 물방울이 엘리자베스에게도 떨어졌다. 열에 들뜬 몸과 마음이라 얼음물이 떨어지는 느낌이었다. 그녀의 병을 고치기 위함이었다. 아직까지 얽매이지 않고 이 모두를 바라볼 수 있는 그녀 정신의 한부분이 경멸하듯 소리 없이 웃었다. 그녀의 정신 속에서 하나님이든, 하나님이라는 개념에 다가가고자하는 어떤 시늉이든, 그런 것이 신부들의 멍청한 짓과 교묘한 술책과는 완전히 떨어진 채 서 있었다.

어쨌든 댄은 자신의 성수채에 상당히 만족했다. 그녀는 이제 몸을 좀 일으켜 아이의 점심을 준비할 수 있었다. 댄이 악으로 자신을 단단히 움켜쥐고 있는 그 상황을 신나게 즐기고 있다는 사실을 그녀는 깨달았다. 수천개의 말뚝으로 땅에 꼼짝없이 묶여 있는 걸리버가 된 기분이었다. 그의 힘으로 그렇게까지 그녀를 때려눕힐 수 있다면 그녀는 아무것도 아닌 것이 분명했다.

점심을 먹고 엘리자베스는 다시 침대로 기어들어갔다.

댄이 있었다. 그의 영혼은 어떤 천상의 존재가 필요했다. 자궁양이 미끄러져 들어왔다. 골반을 앞으로 내밀고 재즈 리듬에 맞춰 발을 질질 끌면서 걸었다. 여기서 천상의 측면이라 할 부분은, 그가 이번에는 빛의 휘장 뒤에 서서 그녀를 맞았다는 것이다. 그녀는 검은 비단 드레스를 입고 있었다. 댄의 영혼은 너무나 강력해서 엘리자베스와 직접 접촉을 할 수 없었기 때문에 그녀가 둘 사이에서 일종의 균형을 잡아주는 것이었다. 그녀가 빛의 휘장을 휙 걷고 자신만만하게 그 안으로 들어갔다. 그들을 연결하는 어떤 빛의 그물이 있나보았다. 그 때문에 휘장 뒤에서 벌어지는 일은 휘황찬란했다. 그 일이 끝나자 그가 엘리자베스에게 털어놓았다. "자궁양이 이걸 아주 벌떡벌떡 뛰게 만들었다니까." 영원히 잊을 수 없는 자궁을 가졌다고 했다. 이제 그가 녹음을 틀었다.

"넌 질투심을 느껴야 하는 거야."

"내가 이 모든 여자들하고 어울리는 건 네가 열등해서야. 우리는 생겨먹은 게 달라서 널 도대체 내 수준으로 끌어올릴 수가 없어."

동시에 쎌로의 어린 딸이 천사 같은 얼굴을 위로 향한 채 죽음의 자세를 취하고 있는 정물화에 가까운 그림을 계속 보여주었다. 그것은 다모클레스의 칼*처럼 엘리자베스 위에 대롱대롱 매달려 있었다.

월요일 아침이 되자 엘리자베스는 정신이 아주 말똥말똥해졌다. 이것이야말로 지옥 자체였다. 그의 심중은 무시무시할 만큼 깊어서 그녀는 그를 그저 미워함으로써 혼란에서 정신이 빠져나오기를 원했으니까 말이다. 그는 한참 동안을 그녀의 모든 감정에 대해 꼼꼼하게 해설을 하고 있었기 때문에 그 정도는 다 준비가 되어 있었다. 모래와 먼지로 가득 차 휘몰아치는 맹렬한 폭풍처럼 그녀에게 달려들었다. 폭풍의 기세에 금방이라도 모든 것이 사라질 듯했다.

"이제 다 끝났어." 그가 말했다. "끝났다고. 네가 날 떠나면 난 죽고 말 거야. 나에겐 너 말고는 아무것도 없으니까."

그 두 사람이 어떤 까마득한 과거에 함께 감추어놓았다는 이른바 위대한 사랑에 대한 소름 끼치도록 애처로운 함의가 깔린 그런 식의 녹음을 얼마나 많이 준비해놓은 것인지. 그것에 성심을 다해야 한다고, 절대 배신해서는 안된다고. 그는 그런 식으로 모든 것을 끌어안는 보편적인 과거의 사랑으로 순식간에 넘어가버렸다. 보아하니 그 사랑에 있어서는 그들이 서로 다른 인종이든 아니든, 그러니까 지금처럼 그는 아프리카 사람이고 그녀는 혼혈이라 하더라도 문제가 되지 않는 모양이었다. 그게 얼마나 골치 아픈 일인데! 어쩌면 그들이 연인이었던 전생의 삶에서는 그들이 다행스럽게도 같은 인종이었고, 그래서 '근원에서부터' 평온하게 서로의 영혼을 결합할 수 있었을까?

돌이켜 생각해보니 뭔가가 명확하게 모습을 드러냈다. 그는 그녀를 지독한 바보로 여겼던 것이다. 그는 그녀가 추리할 수 있는

---

6 다모클레스가 왕 디오니시우스의 자리를 부러워하자 디오니시우스가 권력자인 자신의 자리에 앉아보라고 권한 뒤 그의 머리 위에 칼 한자루를 매달아 권력자에게 언제든지 닥칠 수 있는 위험을 알려줬다.

수준까지 모든 종류의 공연을 무대에 올렸다. 변태로서 멋진 공연을 선보였던 쌜로는 조용히 퇴장했다. 나중에 남자 애인과 다시 등장할 것이었다. 그사이 댄은 여자들과의 공연을 선보였다. 어떤 여자들? 펠리컨부리양, 싹둑싹둑양, 그리고 그가 거의 결혼하기 직전까지 갔던 분홍당의糖衣양. 아무거나 다 되는 방바닥에서뒹굴어여사와 사탕요정에다가 아름다운몸매양도 다시 등장하고 자궁양도 다시 등장하고, 이번에는 불을 켠 채로 동네 여자들 다섯명과 변강쇠 능력을 선보이고, 질벅질벅여사와 헤픈엉덩이여사, 명단은 끝도 없이 이어졌다. 하지만 이 모든 것이 시작되기 전에 잠깐 소강상태가 있었다. 그가 엘리자베스의 손을 그러쥐더니 그들을 영원히 함께 연결해주는 것이 무엇인지 보여주었다. 어떤 다른 남자도 선사할 수 없는 절묘하고 강렬한 느낌. 그것이 뭉근한 진동처럼 그의 손에서 그녀의 손으로 전해졌다. 이제 만족했나? 이렇게 많은 것을 주었는데! 이런 전율을 받을 수 있는 위치의 여자들은 거의 없다고. 아, 이런, 엘리베스는 감사할 줄을 모르는군. 그녀는 예전에는 이와 다른 삶을 살았기 때문이다. 자신의 영혼을 오롯이 지니고 내면의 평화를 통해 그녀의 마음은 온갖 종류의 꿈같은 길을 이리저리 거닐었으니까. 무척 좋아하는 작가들이 있었고, 그래서 그들의 책을 침대 맡에 두고, 화려하고 원대한 글귀들을 밤마다 읽고 또 읽었더랬다. 그녀와 함께 나이를 먹는 양, 오직 그녀의 정신이 원숙해지는 만큼 그들의 노력과 고투에 대한 이해도 살아 있는 현실로 그녀의 마음에서 자라났던 것이다. 그 책들을 집어 읽어보려 했지만, 쓰인 글귀들과 그녀 사이로 댄의 끔찍한 녹음이 비집고 들어왔다.

"그는 동성애자야. 게다가 마소는 물론이고 이 땅에 살아 있는 것이면 무엇하고든 그 짓을 하지."

이건 누가 누구에게 하는 말인가? 그와 쎌로가 둘 다 서로에게 그 말을 던지는 것 같았다. 그녀의 마음속에서 그 둘은 끔찍한 공포로 합쳐졌다.

알 수 없는 미래의 길 굽이를 바람이 휘몰아 지나가듯 은밀한 생각의 고상한 오솔길이 완전히 뒤집어졌다. 영혼의 안정과 한결같은 속도가 순식간에 날아가고 들이붓는 듯 오물이 쏟아졌다. 그녀는 여러가지를 가려서 정리할 수가 없었다. 댄이 그녀를 수동적으로 바라보기만 하는 지옥의 여왕으로 세워놓았으니까. 그런 영광을 누리는 사람이 또 누가 있단 말인가? 가히 얼이 빠질 정도라서 캄캄한 밤에 그녀는 벽을 향해 얼굴을 돌리고 울음을 터뜨렸다. 그 자리에서 쏟아져나오는 고통에 찬 울부짖음을 오래도록 뱉어냈다.

"하나님, 도대체 제게 무슨 일이 일어나는 건가요? 제가 전생에 무슨 짓을 했기에 이토록 고통받아야 하는 건가요? 현생에서는 대단한 악행을 저지를 시간도 없었어요. 돌봐줄 부모도 없이 태어난 사람은 살면서 닥칠 위험에 대해서 특히 조심하기 마련이잖아요. 우디, 그 남자 아시죠? 결혼한 남자 우디에게 키스한 건 정말 죄송해요. 그게 제가 유일하게 저지른 나쁜 짓이에요. 하지만 그에게 키스한 건 우리가 오랫동안 친구 사이라서 그랬어요. 게다가 그의 키스는 멋지지도 않았다고요. 축축하고 질척거려서 그 이후로 그에게 키스할 생각이 없어졌다니까요. 그것 말고 생각할 수 있는 나쁜 짓이라고는 가게에서 겨드랑이에 뿌리는 향수를 훔친 일 뿐인데, 그 일에 대해서는 정말 죄송해요……"

그런 식으로 계속. 어둠 속에서 그렇게 곱씹으며 애처롭게 혼자서 한참을 떠드는 것은 곤충밖에 없을 것이다. 댄은 하나님에 대고,

그러니까 벽에 대고 그렇게 혼자 떠드는 것을 한참 동안 들었다. 그렇다면 자신이 그녀의 손에 불어넣어준 전율에 대해서는 손톱만큼도 관심이 없단 말인가? 아주 특별한 물질이었는데 말이다. 아깝지만 생각해서 조금 나눠줬던 것인데. 그가 난폭하게 물건을 때려부수기 시작했다.

"참을 수가 없어!" 그가 소리쳤다. "이 우는 소리는 도저히 참을 수가 없다고!"

그가 어딘가로 급히 사라졌다. 그는 정말로 여자들이라면 빠삭한, 무지하게 뺀질거리는 까사노바로 보였다. 화가 잔뜩 난 잘생긴 옆얼굴과 값비싼 양복이 안 보이는 건가? 여자들의 왕인 그가 하해 같은 마음으로 천한 쓰레기와 어울려보려 했던 것인데 그래서 그녀의 열등함을 아주 교묘하게 이런 식으로 그녀에게 전달했던 것인데. 자신의 양심이 그 역시 괴롭히고 있는 것이 분명했다. 아무리 바보라도 첼로를 모함하려고 지어낸 자신의 책략을 꿰뚫어볼 수 있을 것이라 보고 작전을 바꿨다. 이제 그녀가 자신의 전율을 거절했다는 사실에 주안점을 두기로 했다. 그에 대한 댓가를 치러야 할 거야. 아무리 수면제를 많이 먹어도 내가 여자들이랑 마음껏 재미를 보는 소리에 며칠밤을 열에 들뜬 채 잠을 못 이루는 것이 바로 치러야 할 댓가지. 먹잇감을 착취하고 이용해먹으려고 버티고 있는 것이 분명할 때 그들이 그냥 가버린 적이 있기나 한가? 경멸하는 상대방을 향해 지독하게 침을 뱉어대면서도, 거기서 생명이란 생명은 모두 빨아먹어 완전히 황폐해질 때까지 절대 자리를 뜨지 않는 것이다.

그녀를 여전히 지탱해주는 것은 어떤 종류의 육체적인 체력도 아니었다. 그것은 그녀가 하는 작업과 결부된 평범한 인간적 품위의 막연하지만 본능적 특성들과 매일 만나는 사람들, 새로운 것이 발명될 신나는 가능성과 함께 진행되는 프로젝트였다. 하지만 내면의 악마와 싸우다보면 종국에는 그 악마의 판박이가 된다. 어떤 종류든 악마는 평범한 인간적 품위보다 더 강력한 것이다. 악마에게는 그런 건 존재하지도 않으니까.

어느 누군가 아름다운 꿈을 창조하기 위해 태어났다면 그는 정신적으로 모든 면에서 그 사태에 대한 준비가 되어 있을 듯하다. 그 남자 유진은 지역산업 프로젝트 가게가 문을 여는 날 거기 모인 동네 사람들과 모타벵 중등학교 선생님들 앞에 섰다. 조심스럽게 손을 흔들고 눈을 깜박인 후 허물없는 말투로 조용조용 말했다.

"우리 가게에 있는 물품을 모두 우리 손으로 직접 만들었다는 건 누구나 압니다. 얼마 안되는 회원들이 지역산업의 확립이라는 방안에 대단한 믿음을 보여주었습니다. 보상도 없이 이 물품을 만들어내기 위해 꾸준히 일해왔습니다. 우리 가게는 회원들 소유입니다. 모든 자원을 공동출자하고 공유합니다. 일을 하는 데 있어서 서로 의지하고 그러한 협력을 통해 새로운 기술을 익힐 것입니다. 각 그룹마다 회원들이 한명씩 나와 가게에 내놓은 물품을 생산하기 위해 어떤 작업을 해왔는지 짧게 설명하고 시연을 해보일 것입니다."

그가 옆으로 물러섰다. 투박한 수제품의 생산자들이 방문객에게서 좀 떨어져 한편에 앉아 있었다. 그중 젊은 여성 한명이 일어나 중앙에 마련된 자리로 들어섰다. 아주 예쁘고 자신감에 차 있었다. 바느질 그룹이 지금까지 생산한 모든 품목을 몸에 걸치고 있었다. 그녀는 흰색과 파란색 물방울무늬의 헐렁한 민소매 원피스를 모델처럼 멋진 포즈로 보여준 뒤, 거칠고 굵은 실을 화려한 문양으로 엮은 장바구니를 팔에 걸어 보여주었다. 목에는 모라케나무 씨앗으로 만든 목걸이를 걸고 있었다.

"저희는 원피스와 장바구니와 목걸이를 만들어요." 그녀가 예쁘게 웃으면서 말한 뒤 자리에 앉았다. 사람들이 마음에 드는지 웅성거렸는데, 틀림없이 소녀가 정말 예쁘다는 얘기였을 것이다.

도자기 만드는 돌림판이 한가운데 빈자리로 나왔고, 역시 젊은 여성이 앞으로 나와 돌림판에 연결되어 튀어나와 있는 좌석에 자리를 잡았다. 곁에 물이 담긴 작은 양동이를 놓고, 왼손으로 젖은 진흙 덩어리를 돌림판에 던져놓았다. 진흙에 약간의 물을 뿌린 후 돌림판 아래의 페달을 발로 눌렀다. 겸연쩍어하면서도 정신을 집중해 순식간에 진흙을 화병으로 빚은 후 일어서서, 도예 작업그룹의 물품이 진열되어 있는 선반을 손으로 가리켰다. 가정에서 쓰는 두툼하고 땅딸막하고 묵직한 그릇들로 야생화와 야생동물의 향토적 문양을 그려넣고 반짝이는 유약을 발라 마무리한 것들이었다.

"저희는 차 세트와 접시, 머그잔, 주전자, 재떨이, 사발, 화병을 만들어요." 그녀가 말했다.

한 노인네가 발을 끌며 느릿느릿 앞으로 나왔다. 눈앞이 부연 듯 눈을 껌벅이더니 머뭇머뭇 말했다. "난 흙과 모래로 벽돌을 만들어요. 가마에서 벽돌을 굽는 거죠."

그가 불로 그을린 적갈색 벽돌을 들어보였다. 그의 가마는 채소밭 담장 바로 바깥쪽에 있었다. 노인은 주변에서 이루어지는 다른 일에는 전혀 개의치 않고 하루 종일 가마 주변만 천천히 돌아다녔다. 엘리자베스는 잠시 가만히 서서, 자신의 삶이 전부 벽돌로 이루어진 양 벽돌을 들고 이리저리 다니는 그를 바라보는 게 좋았다.

노인이 사실은 그 마을에서 담장을 만드는 사람이었다고 케노시가 말해주었다. 그러니까 사람들이 집을 지으면 그가 담장을 세워줬던 것인데, 다 늘그막에 벽돌 굽는 일로 바꿨다고 한다. 아마도 뭔가 새로운 일을 해보고 싶어서였을 것이다.

다음으로 케노시가 앞으로 나와 밭일에 대해 설명했다. 관객들에게서 시선을 약간 돌린 채 조곤조곤 말했다. "전 엘리자베스와 함께 밭에서 일해요. 온갖 종류의 채소를 기르지요."

그녀가 말을 멈추고 눈이 부시도록 파란 양배추 포기와 토마토, 깍지콩, 당근 등이 산처럼 쌓여 있는 선반을 손으로 가리켰다. 그들이 처음 수확한 것이었다. 사람들이 얼마나 야채를 좋아하는지! 칭찬하는 웅성거림이 터져나왔다. 다음으로 그녀는 흙이 가득한 상자를 중앙으로 가지고 나와, 흙이 차 있는 비닐봉지에서 자라는 거대한 양배추 모종을 마법사처럼 꺼내보였다. 그녀가 말했다.

"우리는 비닐봉지에 토마토와 양배추 모종을 길러요. 가장 쉬운 이식移植 방법이지요. 우리 모종은 워낙 튼튼하기 때문에 시들지도 않고 죽지도 않아요."

그녀가 흙 봉지에 든 모종을 손으로 들어올렸다. 그다음 모종삽으로 흙을 파내어 상자에 움푹한 구멍을 만들었다. 그리고 면도날로 봉지 옆을 가르자 그녀의 손에는 단단한 흙덩이가 남았다. 연두색 이파리가 파르르 떨리는 모종이 들어 있는 흙덩이를 상자의 구멍에 넣은 뒤 주변으로 흙을 덮어 눌러주고 위를 평평하게 다졌다. 흠, 그러니 엘리자베스는 거대한 양배추 모종으로 순식간에 만드는 채소밭을 얼마나 자주 광고할 수 있었겠는가? 이걸로는 충분치 않아서 또 하나의 기적인 케이프 구스베리도 있었다. 케노시가 말했다.

"우리 밭에서는 케이크 구스베리도 키워서 그 열매로 잼을 만들어요."

그녀가 선반 쪽으로 걸어가 밭에서 키운 열매를 통째로 담근 구스베리 잼이 가득 담긴 병을 집어들었다. 사람들이 다시 감탄하며 웅성거렸다. 동네 여성 몇이 웃었다. 케노시와 엘리자베스는 케이프 구스베리라는 과실수가 얼마나 열매를 많이 맺고 유용한지를 광고하기 위해 이미 전단지를 만들어서 동네 전체에 수도 없이 돌렸던 것이다. 처음 기적은 엘리자베스의 집 마당에서 일어났다. 쉰개의 모종을 심었는데, 3개월 만에 2피트 높이의 무성한 관목으로 자라났다. 어느날 마당을 가로질러 걸어가다 구스베리 관목 아래쪽 땅에 갈색 껍질들이 두껍게 쌓여 있는 것이 눈에 띄었다. 케노시와 함께 엄청나게 큰 바구니 가득 구스베리를 땄다. 구스베리만 딴 것이 아니라 열매들이 가을날의 빛을 받아 갈색이며 황금색, 녹색 등으로 반짝거리는 낙원의 풍경도 한껏 맛볼 수 있었다. 바구니의 구스베리는 10파운드나 되었다. 모타벵의 자연환경은 사막이었기 때문에 그렇게 엄청나게 달린 열매들을 믿기지 않는 표정으로 바라보지 않을 수 없었다. 그다음주에 10파운드를 더 수확했다. 게다가 이렇게 매주 10파운드씩 수확하는 일이 끝도 없이 계속될 것처럼 보였다. 처음에 엘리자베스는 그렇게 많은 과일을 집에 두어야 한다는 사실에 너무 기겁을 했기 때문에 그것을 모타벵 중등학교 선생님들의 부인들에게 몽땅 팔았다. 넷째주가 되어서야 그녀는 정신을 좀 차렸고, 케이프 구스베리에 대한 정보들도 찾아볼 수가 있었다. 그래이엄이 전에 얘기했던 잼, 그 잼을 지역산업 가게를 위해 만들 수 있는 것이다! 등사기로 찍은 종이가 순식간에 마을에 돌았다. 모두에게 알려야 했다. 엘리자베스가 쓴 글은 이랬다.

"우리는 지역산업 프로젝트의 일환으로 계곡에 커다란 야채밭을 일구었습니다. 그 밭에 많은 케이프 구스베리를 심을 예정입니다. 구스베리로 아주 맛있는 잼을 만들 수 있는데, 무척 간단하고 쉽게 만들 수 있기 때문에 그것을 판매할 계획입니다. 또한 케이프 구스베리는 가족 모두에게 아주 좋은 건강식품으로 다량의 비타민 C를 함유하고 있어서 괴혈병 같은 피부병을 예방하는 데 도움이 됩니다. 따라서 아이들이 우리의 단골이 되어, 다른 종류의 많은 야생딸기들보다 케이프 구스베리를 더 좋아하게 되기를 바랍니다. 아이들이 지금 먹고 있는 야생딸기는 별로 영양분도 없으니까요……"

그렇게 소개를 한 다음에 케이프 구스베리 잼 만드는 방법을 적었다.

동네 여자들은 잡목 숲으로 땔감을 하러 갈 때 항상 엘리자베스의 집 앞을 지나갔다. 그녀가 마당에 있는 게 보이면 걸음을 멈추고 웃으며 '케이프 구스베리'라고 말을 던져, 그녀의 광고가 얼마나 잘 먹혔는지 보여주었다. 그런 일이 자주 있었기 때문에 종국에는 엘리자베스가 '케이프 구스베리'로 알려지게 되었다.

그 일에는 그런 가락이 있었던 것이다. 케이프 구스베리 같은 전혀 생소한 존재가 정착해서 모타벵 마을의 삶의 일부분이 되었다. 그것은 자기 고향 케이프의 지중해식 여름과 닮은 뜨겁고 건조한 보츠와나의 여름을 무척이나 좋아했던 것이다.

그다음으로 나선 나이 든 여성도 자신이 입고 나온 판초나 숄을 만들기 위해 사용한 양털에 대해서 비슷한 얘기를 들려주었다. 양모 작업그룹에게는 수입한 메리노 양이 있어서 학교 농장에서 기르고 있었다. 그들은 직접 양털을 자르고 세척한 후, 거기서 털실을 뽑았다. 그것을 염색한 다음 간단한 수제 방직기로 숄도 만들고, 바닥 깔개나 셔츠도 만들었다.

냉소적인 마을 사람들은 이 모든 설명을 신중하게 들었다. 그들은 어떻게 자신의 손으로 일해서 물건을 만들어내는지에 대한 얘기를 전혀 들을 필요가 없는 사람들이었다. 그건 그들이 늘 하는 일이었으니까. 그들은 흙을 모아 다져서 그것으로 튼튼한 진흙 벽을 세웠다. 숲에서 나무를 해다가 기둥과 지붕의 서까래를 세웠고, 억세고 긴 들풀을 잘라다 지붕을 얹었다. 아무것도 없이 빈손으로 살아가는 일에는 도가 튼 사람들이었다. 지역산업 사람들이 하는 일은 그들의 힘들고 고된 생존의 연장선일 뿐이었다. 지역산업 사람들은 이 모든 노동을 하면서 단 한 사람도 돈을 들고 집에 가는 사람이 없었고, 사람들은 바로 그것에 대해 알고 싶어 했다. 그들은 여타의 사람들과 마찬가지로 그저 가난한 사람들이었고, 가게에 놓인 조잡한 상품들의 초라한 몰골을 보아하니 그렇게 해서 백만장자가 될 성싶지는 않았던 것이다.

그러나 동시에 팔 물건이 있다고 하면 언제나 그것을 살 사람이 나타나는 법이다. 이제 가게 문을 연다고 발표하자 동네 사람들은 다들 벌떡 일어나 돈지갑을 뒤져 꿍쳐둔 얼마 안되는 동전을 꺼냈고 눈 깜작할 사이에 양배추와 깍지콩과 당근과 구스베리 잼이 동이 났다. 모타뱅 학교 선생님들이 도자기와 바닥 깔개와 양모담요를 모두 다 사갔다. 투박한 양초와 목욕비누와 라놀린 기름 역시 사라졌고, 물건을 사면서 다들 목이 말랐으므로 둘러서서 '환타'라는 이름의 오렌지 가루로 만든 연하고 묽은 음료수를 마셨다. 날이 저물 무렵 생산자들의 눈앞에는 물건이 거의 다 바닥난 가게만이 남았다. 한 모타뱅 선생님이 이 상황을 빗대어 농담을 했다.

"여기엔 상품은 너무 적고 달려드는 사람들은 너무 많은데요." 그가 말했다.

그렇게 해서 지역산업 프로젝트가 탄생했고, 계곡 구역은 조용하지만 바삐 움직이는 소리가 가득했다.

"소에 낙인을 찍어드립니다." 공터에 세워진 거대한 알림판에 그렇게 적혀 있었다.

"가금류 삽니다.

염소 삽니다.

벽돌 팝니다.

우리 마랑을 마셔보세요 —— 보츠와나에서 빚은 '새벽' 라거 맥주물과 장작을 바로 집 앞까지 배달해드립니다.

빨랫거리는 다 이리로 갖다주세요.

'누이'가 가게에서 진한 케이크와 진저비어와 '환타'를 팝니다.

우리 도예공방을 찾아주세요.

여러분 집을 지어드립니다."

등등. 새로운 활동이 떠오르면서 매일 활동과 작업그룹이 구성됐다. 회원들에게 그것은 생산성의 기본적인 작용을 단순한 형태로 배우는 학교와도 같았다. 가게가 문을 연 후 첫번째 토요일 아침에 배당과 가격에 관한 회의가 열렸다. 회원들이 모두 가게 안으로 몰려들어와 바닥에 앉았다. 등사기로 인쇄한 종이 한장씩을 받았는데, 거기엔 그 주의 생산과 수익이 기록되어 있었다.

회원 수	작업그룹	총 수익
4	채소밭	10.00란드
3	벽돌 제조	10.50란드

3	물 배달	6.00란드
2	장작 배달	6.00란드
1	빨래	5.00란드
1	비누 제조	2.00란드
5	방직	15.50란드
5	바느질	3.50란드
3	요리	4.00란드
3	라거 맥주	4.00란드
4	도예	12.00란드
2	청량음료	1.50란드
36		80.00란드

유진이 칠판 앞에 섰다.

"우리가 80란드를 벌었고 이것을 마흔명이 나눠가져야 합니다." 그가 말했다. "그러니까 각자 2란드씩 가질 수 있단 얘기지요. 우리가 한 일이 이건가요?"

나이 든 여성이 곧바로 조소 어린 말투로 말했다.

"이런 걸 죽으려고 일한다고 하는 겁니다. 보통 집에 돈이 들어오면 반은 쓰고 반은 저금을 해요. 번 돈을 다 쓸 수밖에 없다, 그럼 지역산업 회원들은 그저 죽으려고 일하는 거예요."

즉각 동조하는 목소리가 이어졌고, 이로 인해 회원들 사이에서 일반적인 주제를 두고 철학적인 논의가 벌어졌다. 얼마간의 돈을 저금하는 것은 마을사람들의 삶에서 중요한 부분이었다. 세마리의 염소와 한마리의 암소를 판 것이 그해의 주된 수입이었다면 거기서 약간은 집안에 필요한 것을 위해 쓰고 약간은 저금을 했다. 왜냐하면 다른 가축을 팔 때가 되기도 전에 예상치 못하게 터질 수 있는 재난과 예상치 못하게 발생할 빚이 수없이 많기 때문이다. 가 뭄과 가뭄으로 인한 손실로 지역산업 프로젝트 회원들은 대체로 너무나 가난해서 팔 염소조차 없었는데도 여전히 그런 전형적인 마을의 재정방식을 적용했다. 논의를 요약하면서 중년의 여성이 지혜로움이 물씬 풍기는 말투로 말했다.

"돈을 더 많이 가지면 좋겠지만 여기서 말했듯이 바느질 그룹은 재료를 사야 하고 채소밭 그룹은 씨를 사야 하고, 부엌과 식당에는 화로와 의자와 식탁도 있어야 해요. 그걸 다 우리 저금에서 사야 할 테니까 1란드씩만 가져가고 1란드는 나중의 필요를 위해 저금 하기로 합의했어요."

그렇게 합의한 1란드를 모든 회원에게 나눠준 뒤 가격 회의가 시작되었다.

"물품을 만드는 데 시간이 오래 걸린다는 걸 알았어요." 유진이 말했다. "그래서 물건 가격이 더 올라갈 수밖에 없어요."

그가 말을 멈추고 밝은 빛깔의 꽃무늬 베개를 들어올렸다.

"이 베개의 가격을 조목조목 따져서 이걸 만드는 데 얼마나 드 는지 알아봅시다." 그러곤 칠판 쪽으로 돌아서서 적기 시작했다.

씨가 있는 생 면화 가격(1파운드)	5쎈트
면화 씻고 다듬는 노동 비용	1.50란드
베갯잇 가격	67쎈트
총 비용	2.22란드
경비와 이윤 등을 포함 25% 추가	55쎈트
판매 가격	2.77란드

순간 정적이 흘렀다. 마을 사람들이 뚫어지게 칠판을 바라보았고, 노인네 한 사람이 입을 열었다. "그래요, 우리 가격이 너무 높다는 사실은 다들 이해했다고 봅니다. 그런데 왜 그렇게 높은 거죠?"

"면화를 씻고 다듬는 데 다섯명의 여자 아이들이 엿새 동안 일을 해야 하기 때문이에요." 유진이 대답했다. "1파운드의 면화를 씻고 다듬는 데 그렇게 오래 걸리면 다른 사람들이 손해를 볼 수밖에 없어요. 어쨌든 우리는 물건을 시장에 내다 팔 생산자들이니까요."

"면화를 씻는 데 그렇게 오래 걸리는 사람이 어디 있답디까?" 예의 노인네가 역정을 내며 말했다. "누군지 이름을 대요."

"바느질 그룹이에요." 한 여자가 큰 소리로 말했다.

불쌍한 당사자들은 어디로 숨어야 할지 몰랐다. 그 때문에 사람들이 마구 흥분하면서 동시에 떠들기 시작했는데, 그 와중에 한 나이 든 여성의 목소리가 모든 목소리를 뚫고 카랑카랑하게 울렸다.

"여기 놀고먹는 사람들이 너무 많아." 그녀가 말했다. "가서 일하라고 하면 어떻게 계속 힘들게 일을 하냐고, 좀 쉬고 있는 거라고 하는 거야."

엘리자베스 옆에 앉은 여성이 반박했다.

"진짜 문제는 그게 아니에요. 여기 사람들은 25쎈트 배당 때문에 고집 세고 자존심은 대단해요. 25쎈트를 낸 뒤에 자기들이 이 일의 주인이라고 들었어요. 그래서 일하라는 얘기를 들으면 이러는 거예요. '뭐야? 그런 말도 안되는 소리를 들을 거면 당장 배당금 25쎈트를 다시 받아서 집에 가겠어.' 자신들이 여기 모든 것의 주인이라는 말을 들었기 때문에 아무도 그들을 어떻게 해볼 수가 없다고요."

사람들이 계속 와자지껄 떠드는 중에 노인네 한 사람이 무게감 있게 천천히 일어섰다. 사람들은 그가 생산에 대해 중요한 얘기를 하려나보다 하며 기대에 차서 쳐다보았다. 노인이 이렇게 말을 시작했다. "지난주에 내가 대형트럭에서 떨어졌어……"

그러곤 더이상 말이 없었다. 사람들에게서 엄청난 폭소가 터져나오면서 그다음에 이어진 말을 삼켜버렸다. 그는 사람 좋은 표정으로 그렇게 웃으며 서 있었다. 그가 학교 교실의 심각하고 팽팽한 분위기를 단번에 풀어버렸던 것이다. 사람들은 밖으로 나가다 칠판을 쳐다보고는 고개를 설레설레 저었다. 나이 든 여자가 말했다.

"내 나이쯤 되면 다시 학교로 돌아가기엔 너무 늙은 거야. 요!"

그녀의 외적 환경에서는 그렇게 아름다움과 조화로움이 더해갔지만 그것은 고통스러운 지옥이라는 내면세계와는 완전히 반목하는 것이었다. 게다가 내면세계는 아주 중요한 것으로 여겨졌다. 그녀는 사실은 신이지만 예언을 받지 못한 영혼의 어마어마한 힘과 위상을 관찰하게 되어 있었다. 채소밭 가꾸는 사람이 해야 할 일과에 정신이 반은 쏠려 있었는데, 거기엔 사람들이 그득했기 때문이었다. 동네 여자들이 팔에 바구니를 걸고 밭으로 내려왔다. 매번 시금치와 양배추를 원했다. 그들은 매년 우기가 되면 관목 숲에서 여러 야생품종을 따다가 말리고 저장해서, 푸른 잎이라고는 눈을 씻고 봐도 찾을 수 없는 긴 건기 동안 사용했다. 그런데 여기 밭에는 스위스 근대와 미국산 콜라드와 시금치의 파릇파릇하고 싱싱한 잎이 자랐다. 놀랍게도 영국 자원봉사자들도 동네 여자들과 마찬가지로 채소라면 사족을 못 썼다. 그들은 놀랍다는 표정으로 뒷짐을 지고 밭을 이리저리 돌아다니기를 좋아했다.

"엘리자베스, 영국에선 완두콩을 저렇게 키울 수가 없어요." 그들이 말했다. "잡초가 얼마나 무성해지는지 콩이 어디 있는지 찾기도 힘들다니까요." 또 이런 말도 했다. "여기 케이프 구스베리는 영국 구스베리하고는 아주 다르네요. 맛도 다르고, 영국 구스베리는 털북숭이거든요." 또 이런 말도 했다. "있잖아요, 엘리자베스. 이거야 말로 영국에 가서 들려줘야 하는 얘기예요. 파프리카가 1파운드에 5쎈트라니! 그게 영국에선 얼마나 귀한지 거의 스테이크 가격인데!"

모타벵 사람들의 삶에는 그렇게 수천가지 할 얘기가 있었다. 완전히 다른 배경을 가진 사람들이 함께 일하고 서로의 공통적 인간성을 이해하기 위해 이런저런 방식으로 기울여온 노력에 대한 이야기. 눈에 띠지도 알아주지도 않는데, 인류애를 확립하고자 하는 그 노력들은 분석해보고 싶은 생각이 들 정도였다. 최근에 런던 출신의 젊은이가 와서 지역산업 프로젝트의 맥주양조장에서 일하기 시작했다. 그 역시 밭을 돌아다니며 구경하기를 좋아했기 때문에 그녀는 곧 그와 친해졌다. 그는 엘리자베스 집의 위쪽에 있는 동네 사람 소유의 진흙오두막에서 지내고 있었는데, 어느날 자기 집에서 저녁을 먹자고 초대했다. 그는 작은 진흙오두막 안에서 손으로 깎아 만든 낮은 의자에 긴 다리를 단정하게 모으고 앉아 있었다. 자신의 집을 무척 흐뭇한 표정으로 둘러보더니 말했다.

"저만의 집을 가진 게 평생 처음이에요."

그는 바깥 아궁이 위에 작은 솥을 얹어 밥을 하고 있었고, 엘리자베스는 밥이 어떻게 되어가나 보려고 중간중간 깜깜한 바깥으로 뛰어나갔다. 아궁이는 집주인 것이었는데, 그녀는 외국인과 토착민은 항상 바깥 아궁이를 함께 써왔다는 듯 전혀 개의치 않고 오두막 바깥의 깔개 위에 가족과 앉아 차를 마시고 있었다. 엘리자베스가 오두막으로 다시 들어가자 젊은이가 말했다.

"여기 일처리가 완전히 마음에 들지는 않아요. 이 오두막 사용료로 한달에 2란드를 주겠다고 했는데 주인집 가족이 절대 받으려 하질 않는 거예요. 내가 그들을 돕고 그들도 나를 돕는 게 마땅하다면서요. 음식을 하면 나눠 먹기는 하지만 그래도 이건 좀 아닌 것 같아요. 돈을 내면 더 편할 텐데. 당신이 어떻게 해봐줄래요?"

"한번 알아볼게요." 엘리자베스가 말했다. "이 집 여자를 알아요. 전에 모종을 함께 만들었거든요."

나중에 그 여자에게 물어봤더니 외국에서 온 사람을 돕는 건 당연한 친절함이라는 답이 돌아왔다. 하지만 그렇게 단순한 것만은 아니었다. 사람들은 다정함의 가치를 믿었고, 특히 측은지심이라는 애정 어린 천국의 존재를 믿었다. 그것은 마술처럼 가난한 사람을 위해 무엇이든 애써주는 하늘 위의 신이 주재하는 곳이었다. 그런데 런던에서 온 살아 있는 다른 존재가 실질적인 방식으로 자신들을 사랑하고 아끼는 것은 그것과는 다른 문제였다. 가난한 사람들은 이런 상황에 대해 알아봐야 했다. 그래서 자신들과 함께 살겠다고 오는 자원봉사자들을 기꺼이 집 안으로 받아들여서 갑자기 자신들을 귀하고 소중한 존재로 만드는 새로운 세계를 이해하려 했던 것이다.

요동치는 악의 포효에 맞서기에는 여러 유형의 선함이 너무나 유순하고 불확실한 게 아닌가라는 문제에서 엘리자베스가 확신이나 안정감을 되찾는 일은 앞으로 없을 것이었다. 그게 아니라면 주변에서 수많은 삶이 아름답고 조화롭게 펼쳐지는 중에 어째서 그녀의 삶에서는 그 한해가 통째로 날아가버렸겠는가? '나는 한번 시작했다하면 한시간을 계속하는 사람이야', 이런 식의 지옥의 아우성이 귀를 울릴 때마다 계속 밭에서 휘청거리며 나자빠지는 이유가 무엇이겠는가?

그녀의 눈앞에서 댄의 머리가 폭발하더니 붉은 불덩어리가 되었다. 그가 펼쳐보이는 드라마가 밤이고 낮이고 절구질하듯 요란하게 귀를 때려댔다. 우악스러운 커다란 손이 그녀의 삶을 가닥가닥 모두 그러쥐어 제멋대로 가지고 놀면서 정신과 영혼을 잠식해버린 것 같았다. 그는 그녀가 지금까지 전혀 알아채지 못한 인생의 사실들에 대해 최고의 교육을 시키는 듯 굴었다. 한결같은 주제는 그녀가 진정한 아프리카인이 아니라는 것이었다. 따라서 그녀에게 진정한 아프리카적 통찰력을 주어야 한다는 것이다. 낮의 삶에서 나타난 사람들이 밤에 이미지를 통해 생생하게 다시 등장했다. 생각할 수 있는 거의 모든 방식으로 누군가가 시야에 나타났다. 생각할 수 있는 거의 모든 방식으로 그녀는 아프리카인들을 그만이 이해할 수 있는 특별하고 신성한 실체이자 심오한 신비로 인식해야 했다. 그 역시 마찬가지로 그녀로서는 절대 헤아릴 수 없는 깊은 신비였다. 그는 예전에 쎌로가 가난한 사람들에 대해, 그리고 그들이 얼마나 중요한지에 대해 그녀에게 알려주었던 주제들을 교묘하게 이용하되 무자비할 정도로 잔인하게 비틀고 왜곡했다. 소박하면서도 끝 모를 가난에 빠져 있는 어떤 가난한 여성을 보여준다. 그러고는 그녀가 밤새도록 뭘 하는지에 대해 떠들어대는 것이다. 아이들과 함께 자는 바로 그 오두막에서 남자들과 관계를 갖는다는 것이었다.

"아이들에게 무척 안 좋지." 그가 경건하게 설교조로 말했다.

그는 그녀가 일상적으로 만나는 사람들을 집어내, 내내 그들의 성생활에 대해 지워지지 않을 정도로 생생한 사실들을, 그것도 다

짜고짜 난데없이 그녀에게 보여주었기 때문에 낮 동안의 관계에서도 그 하나의 사실만이 남게 되었다. 그녀가 일상적으로 만나는 사람들을 너무나 집요하게 골라서 괴롭혔기 때문에 그녀의 삶은 완전히 망가지게 되었다. 그가 이런 말을 하는 듯도 했다.

"자 봐, 네 눈이 곧 내 눈이야. 하지만 내가 너보다 많은 걸 보고 많은 걸 알고 있지." 그는 감추어진 것들을 기가 막히게 끄집어내어 알려주었다. 사람들과의 관계의 소소한 사항들 중에서 정상적이고 순수하게 남아 있는 건 하나도 없게 되었다. 모든 것이 극도의 성적 히스테리였다. 그 남자의 후끈하고 열에 들뜬 영혼이 그녀를 완전히 굴복시키고 부숴버렸다. 약의 도움으로 악을 쓰는 극도의 히스테리를 억누르지 못한 경우 그녀는 갑자기 몸을 돌려 사람들에게 쏘아붙이거나 인사를 받지도 않고 멍하니 지나쳐가는 때가 많았다. 오직 하나의 관계만이 그렇게 갑자기 폭발하여 말로 들이받는 경우를 면했는데, 그것은 케노시와의 관계였다. 물론 그는 여기서도 장난질을 쳤다. 하지만 그녀는 혼자만의 세계에 틀어박혀 분명히 규정하기 어려운 자신만의 삶을 살았고, 그들 사이에는 함께 일하는 동료가 서로에게 가지는 탄탄한 존경심에 기초한 관계가 확립되어 있었다. 이번엔 시끄러운 난리통 같은 정신적 혼란과 함께 다시 한해가 저물어갈 때, 그녀는 케노시에게도 휙 돌아서서 쏘아붙이는 일을 하지 않기 위해 무진장 애를 썼는데, 결국 어쩔 수 없이 완전한 침묵으로 빠져들었다. 그러면 케노시는 종잡을 수 없는 엄한 표정으로 그녀를 마주 쳐다볼 뿐이었다.

그녀가 댄을 관찰하는 일을 가로막을 수 있는 건 아무것도 없었다. 매가 맹렬한 기세로 아래로 달려드는데 토끼는 그에 홀린 듯 꼼짝도 못하고 무력하게 있는 것이나 매한가지였다. 죽음이 다가와 자신에게 곧 닥칠 것임을 알지만, 어쩔 도리가 없는 것이다. 그는 톰 역시 건드렸지만, 잘 믿는 엘리자베스의 특성을 혹사시키고 싶지 않았다. 그가 조심스럽게 말했다. "톰은 동성애자가 될 잠재성이 있었지. 아직은 그렇게 되지 않았지만." 그러더니 고맙게도 톰이 그녀의 악몽에 등장해서 더듬더듬 말했다. "기숙사요…… 기숙사에서요……" 농업청년육성 작업그룹을 확장해볼 여지가 있나 알아보러 다른 마을에 가 있을 때가 아니면 톰은 모타벵 프로젝트의 농업학교 학생들과 지냈다. 엘리자베스와의 친분 역시 유지해나갔다. 그에게 친분이란 무엇이든 함께 논의하고 무슨 얘기를 해도 서로 난처해지거나 하지 않는 것이었기 때문에, 음란한 소리들로 하도 괴롭힘을 당해서 거의 실성해버리다시피 한 엘리자베스는 다음번 그가 찾아왔을 때 그를 쳐다보며 이렇게 물어보고 말았다.

"톰, 동성애자에 대해 어떤 생각을 가지고 있어요?"

"왜 뜬금없이 그런 걸 묻고 싶어진 거예요, 엘리자베스?" 그가 깜짝 놀라며 물었다. "여기엔 동성애자라고는 없잖아요. 마지막으로 게이를 본 게 미국에서였는데요. 여기는 전혀 음란하지 않은 나라 축에 들어요. 남자들은 그저 여자들이랑 잠자리를 하고, 그게 다잖아요."

그녀가 짧게 웃었다. 세상이 안정을 찾았다.

"그런데 뭐라고 불렀죠, 톰?" '게이'라는 용어에 관심이 쏠리며 그녀가 물었다. 그 표현이 문득 너무나 적절하게 다가왔다. 여자들을 흉내 내며 눈썹을 깜박거리는 우스꽝스러운 남자들. '게이'가 도대체 뭐기에?

"그런 사람들을 게이라고 불러요." 톰이 웃으며 말했다. "예쁘게 생겼잖아요. 여자같이."

"게이가 당신한테 접근하면 어쩌겠어요?"

그가 그녀 쪽으로 몸을 돌려 진지하게 그녀를 바라보았다. "불쾌할 거예요." 그가 말했다.

"톰." 그녀가 끈질기게 계속 물었다. "당신이 동시에 신이자 악마라면 어쩔 것 같아요?"

그는 이 질문 역시 마찬가지로 진지하게 받아들여, 고개를 숙이고 잠시 깊은 생각에 잠겼다. 그러곤 말했다. "그걸 스스로 인정할 용기가 있다면 좋겠네요."

"다른 사람들이 몰랐으면 해요?" 그녀가 걱정스럽게 물었다. "비밀로 간직하고 싶을 것 같아요?"

"그래요." 그가 말했다. "너무 끔찍한 일이잖아요."

"하지만 그런 일이 가능해요, 그렇지 않나요?" 그녀의 질문은 줄기차게 이어졌다. "선과 악을 가르는 선이 아주 분명하지는 않잖아요."

"맞아요." 그가 조용히 대답했다. 그러더니 깊은 애정이 배어나오는 표정으로 그녀를 바라보았다. 톰은 상당히 밖으로 쏟아내는 유형의 사람이었다. 그는 정신없이 돌아가는 그녀의 내면적 혼란을 감지했다. 지저분하고 두툼한 손을 뻗어 그녀의 뒷목으로 가져갔다. 그녀는 가만히 있었지만 만신창이가 된 정신은 고통에 몸부림치며 큰 소리로 비명을 지르고 있었다. '내 악몽에서 얼굴 전체에 부풀어오른 푸른 반점이 가득한 첼로가 활개를 치며 다녀요. 죽음 속에서 고개를 위로 쳐든 어린 여자아이가 있어요. 그리고 간밤에는 방바닥에서 뒹굴어 여사가 다리를 공중으로 높이 들어올리는 거예요. 벗어날 길이 전혀 없어요. 못하게 막을 방도가 없다고요. 난 미쳐버릴 거예요.' 이때의 대화가 그녀가 톰과 제대로 나눈 마지막 대화였다. 그가 11월에 다시 돌아왔을 때 그녀는 완전히 미쳐서 정신이 나가버렸으니까. 그가 식탁에 앉아 있었다. 자신의 일에 대해서 무슨 얘기를 했는데, 그녀는 갑자기 큐 클럭스 클랜을 비난하는 장광설을 늘어놓으며 그를 공격했다. 그는 가만히 앉아서 그 장광설을 듣다가, 자리에서 일어나 냉랭한 적개심을 담아 이렇게 말했다.

"나한테 굳이 미국 얘기를 할 필요는 없어요. 다 아는 거니까. 여기까지 와서도 여전히 몸집만 거대한 멍청한 미국인일 뿐인 사람들에 대해서도 알고요. 그들을 변화시킬 수 있는 건 아무것도 없으니까……" 금방이라도 울음이 터질 것처럼 목소리가 갈라져나왔다. 그러곤 나가버렸다.

밭에서의 일을 그나마 제대로 기억한 것도 9월쯤이 마지막이었다. 중등학교의 미술 선생님이 수업시간에 정물화의 대상으로 사용할 거대한 컬리플라워를 구하러 거의 3주 동안을 밭에 나왔다. 역시 그것에 눈독을 들이던 다른 사람한테 그것을 팔지 못하게 하려고 실랑이가 있었다. 그것이 점점 크게 자라나면서 거대한 흰 구름 모양의 채소가 되는 과정을 보고 있으면 완전히 거기에 빠져들었다. 얼마나 크게 자랐는지 드디어 그것을 땄을 때 미술 선생님은 두 손으로 안아야 했다. 득의만면한 파란 눈동자로 엘리자베스를 바라보며, 컬리플라워를 확보한 일이 자기 인생의 가장 커다란 성취라도 되는 양 웃었다. 커다란 컬리플라워를 가슴에 끌어안은 젊은 여성, 그것이 엘리자베스의 기억에 생생하게 남았다.

모든 면에서 망가지고 있음을 인식할 때조차 사람들은 존재하지도 않는 건강함과 통제력을 어떻게든 다시 찾아보려는 열렬한 노력으로 간극과 구멍을 메워가며 여전히 일상적인 일을 반복적으로 하기 마련이다. 케노시와 밭에서 하는 일은 정오면 끝났다. 오후에는 내내 자신의 텃밭에서 일했다. 그곳은 모든 것을 시험 삼아 해보는 대단한 실험 중심지로서 케이프 구스베리 이후에도 언제나 새로운 것을 시도했고, 기적적인 식품생산이 가능할 거라면서 씨를 들고 오는 사람도 늘 있었다. 엘리자베스에게 이런 식의 얘기들을 했다. "친구한테 당신 텃밭 얘기를 써 보냈더니 이 토마토 씨를 보내왔어요. '인도의 강'이라고 부른대요. 가뭄이 심해서 오렌지 농사를 다 망쳤대요. 그래서 빨리 자라는 환금작물을 찾아보려 애쓰는 중에 '인도의 강'을 가지고 엄청난 풍작을 이루었다는 거예요. 5피트까지 자라는데 덩굴 아래까지 전부 열매가 열린다고 하더라고요. 그래서 이게 딱 엘리자베스가 원하는 거라는 생각이 들었죠. 이 씨를 한번 심어봐요."

그렇게 해서 그녀의 텃밭에는 담배와 토마토와 브로콜리와 땅콩이 나란히 행복하게 자라게 되었다. 담뱃잎으로는 코담배를 만들고 땅콩으로는 식용유와 땅콩버터를, 토마토는 '특산품'이었고 브로콜리는 그냥 모타벵에서 잘 자라는 모양이었다. 질병과 성장과정, 생산량 등을 모두 기록해서, 모든 면에서 괜찮으면 '특산품'을 지역산업용 밭으로 옮겼다. 그 밭에서 창조적인 아이디어를 내는 데 많은 사람이 함께했다. 여러 사람들이 씨를 들고 나타났고, 심지어 한번은 그녀가 없는 새에 케노시를 보채서 바구미가 들끓는 보리를 심게 만든 적도 있었다. 그녀는 케노시의 하소연을 듣고, 고통으로 머리가 부연 상태에서 자루에 남아 있는 보리를 살펴보았다.

"로드니가 내게 무슨 짓을 했는지 봐요." 케노시가 말했다. "이 썩은 보리를 심게 만들었다고요. 사람들이 어쨌든 돕겠다고 나서는 건데 안된다고 할 수가 없었어요. 게다가 그러면 일이 엉망이 된다고 얘기하면 유진한테 찾아가 나에 대한 불평을 늘어놓는다고요."

"신경 쓰지 말아요." 엘리자베스가 대답했다. "그 이랑을 다 파내고 대신 당근을 심죠. 로드니가 다시 오면 당근이 보리라고 얘기해요. 그는 역사 선생이라 채소에 대해서는 아무것도 모르니까요."

그런 온갖 재미와 괴상한 일들과 더불어 오전의 밭일에 어떻게든 집중하려고 기를 썼지만, 모종 일과 '특산품' 일을 주로 하게 되어 있는 오후가 되면 그녀는 나가떨어질 준비를 했다.

'조금만 쉬고 나면 다리가 이렇게 휘청거리지도 않을 거고 두통도 사라질 거야. 그럼 5시에 나와서 씨를 새로 심고 텃밭에 물을 줘야지.' 이렇게 생각하곤 했다.

그녀가 생각해낸 모든 것이 댄의 계획에 잘 들어맞았다. 결국 그는 그녀를 죽일 셈으로 거기 있는 거니까. 그런데 시간이 너무 걸리고 거기까지의 길은 꾸불꾸불 종잡을 수가 없었으며 그가 하는 일은 너무나 엄청났다. 그녀가 약해질수록 그는 점점 더 신이 났는데, 동물이 피비린내나 시체 냄새를 맡을 때와 비슷했다.

이러저러한 단계마다 재미를 보기 위한 일흔한명의 여자들이 등장해서 댄의 발 앞에 납작 엎드려 절대 일어나지를 않았다. 엘리자베스의 눈앞에서 그들이 마구 뒤섞이고 통째로 움직였는데, 그들을 묶어주는 단 하나의 끈은 댄을 맹목적으로 숭배한다는 것이었다. 서로에 대해서는 딱히 질투나 적대감을 보이지 않았지만, 엘리자베스에게는 하나같이 메두사의 얼굴에서 처음 보았던 그 비웃는 표정을 보였다. 그녀에게 없는 것을 자신들은 가지고 있다는 그 표정 말이다. 이따금 댄이 포로가 되어 나타났다. 헤픈엉덩이여사는 정력이 댄보다 열배는 더 강했다. 그는 지칠 줄 모르는 성욕이라는 바닥 없는 구덩이 속으로 내려가곤 했다. 그녀의 상징은 한무더기의 야생풀이었고 그녀의 성은 황야에서 된통 굴러떨어지는 것과 같았다. 잠시 그녀가 엘리자베스 앞에서 도도하고 거만하게 움직여보였다. 그녀는 그의 여자들 중 쎌로의 메두사에 가장 가까웠다. 그를 식겁하게 만드는 여자들이 몇명 있었는데, 그녀가 그랬다. 아름다운몸매양도 그랬다. 분명 그들의 성은 약간은 그가 감당할 수 있는 것 이상이었을 것이다. 게다가 성적 정력이 그보다 강한 여성들은 말할 수 없이 '더러웠다'. 그가 헤픈엉덩이에 대한 이야기를 장황하게 늘어놓았다. 그녀가 타락한 여신이라 했다. 얼마나 지독하게 타락했는지 자기 아들들하고도 잠자리를 했던 그런 종류의 여성이라는 것이다. 그가 말했다. "얼마나 흉측한지 경찰이 기록하지도 못할 정도였지."

그는 며칠밤을 헤픈엉덩이여사와 재미를 보더니 그녀를 끝장내야겠다고 결심했다. 갑작스레 그녀를 붙들어 엘리자베스의 얼굴 앞에 그녀의 얼굴을 갖다 댔다. 이는 아마 선과 악의 영혼의 맞대면을 위한 것이었을 것이다. 엘리자베스가 그녀를 바라보는 동안 그녀는 서서히 해체되어 사라졌으니까 말이다.

다음으로 그가 참아줄 수 없는 것은 아름다운몸매양의 오르가즘이었다. 너무 열광적이고 발작적이기까지 해서 보아하니 그에게 상처가 되는 모양이었다. 모든 것을 다 드러내게 생겼으니 말이다. 그녀의 성기는 까진 것처럼 빨간 것이, 마치 수많은 손이 문질러대서 살갗이 다 벗겨진 듯했다. 어린 아이가 바지에 오줌을 지리듯 그녀가 엘리자베스 바로 위에서 오르가즘에 이르렀다. 다음날 아침 엘리자베스는 침대에서 일어나보려 했지만 고열에 정신이 희미해져 다시 쓰러졌다.

"괜찮아." 댄이 말하는 소리가 들렸다. "네가 혼이 나가서 그래."

사정이 그런 거였다면 그가 아름다운몸매양과 처음 관계를 갖던 날 혼비백산했던 이유가 설명되는 셈이었다. 얼마나 큰 충격에 빠뜨렸는지 그가 성수채로 주변에 성수를 뿌려대지 않았던가. 그로서는 좀 감당하기 힘든 또다른 경우가 질벅질벅여사였다. 그녀의 골반 주변으로 온통 용암이 녹아내렸다. 그녀의 상징은 암흑이었다. 그는 그녀를 몹시 경멸했기 때문에 일을 빨리 끝냈다. 그녀에 대해 이렇게 말했다. "얼마나 통제 불능인지 허구한 날 이 짓만 하려고 한다니까."

그는 가벼운 운동으로 몸을 풀어주더니 질벅질벅과 일을 치르기 시작했다. 그로서도 너무 끔찍해서 —어쨌든 그는 신이었으니까— 일을 끝낸 후 토악질을 해댔다. 중요한 것은 그가 그것을 하는 동안 그녀를 정결하게 만들었고, 그래서 그녀를 무능하게 만들었다는 것이다. 그녀가 흠잡을 데 없이 깨끗한 자신의 질을 엘리자베스의 코앞에 디밀었다.

사탕요정은 위대한 여신이었다. 난장판 같은 그의 첩들 가운데 그녀는 섬세하고 아름다운, 천상의 영혼이었다. 그녀에게는 원칙과 고결함이 있었다. 워낙 고귀한 신분이었기 때문에 댄과 어울린다는 건 그녀로서는 거의 빈민굴을 돌아다니는 수준이라고 할 수 있었다. 어차피 그런 일이야 채털리부인도 하지 않았던가? 그것이 그들의 관계를 요약한다고 볼 수 있었다. 여기서 그는 스스로 심각한 위험을 자초했다. 엘리자베스를 위해 이 섬세한 선함을 포기해야 했으니 말이다. 사탕요정이 동의할까? 그들이 그에 대해 논의했는데, 엘리자베스에게 다 들렸다. 사탕요정이 이렇게 말했다.

"당신이 나를 원할 때면 내가 몰래 갈게요."

사탕요정은 고통스러운 애정관계에서 맘껏 재미를 보는 모양이었다. 전생의 그들의 관계가 그런 식이었던 듯했다. 댄은 언제나 귀족부인이 던져주는 콩고물이나 받아먹는 가망없는 외부인이었고, 귀족부인의 경우 대개 결혼 상대자로 정해진 지체 높은 군주와, 사랑했다 말았다 다시 사랑하게 되는 댄 사이에서 갈등하며 양 갈래로 찢어지면서 달콤한 고뇌를 맛보았다. 짐작컨대 이런 종류의 고뇌가 그들의 사랑을 극대화하고, 지독할 정도로 신성하고 거룩하며 아름답게 만드나보았다. 여성잡지에 실리는 진짜 로맨스 이야기처럼 보였다. 귀족부인의 영혼은 섬세하게 짜여 있음에도 댄은 엘리자베스에게 놀라운 사실을 털어놓았다. 그녀는 늘 '한바탕할' 준비가 되어 있다는 것이었다. 그런데 귀족부인답게 차분한 태도로 그에게 은혜를 베푸는 척한다고 했다.

그가 가장 좋아하는 여자 중 하나인 자궁양을 약간 세련되게 만들 필요가 있었다. 엘리자베스의 옷을 자기 것인 양 꺼내 입는 식으로 그 세련됨을 이루었다. 옷이 상징적 의미를 얻게 되었다. 밝은 색에 다채로운 꽃무늬가 있는 원피스가 있었는데, 그것은 호소력과 창조와 활력을 상징한다고 그가 말했다. 자궁양이 엘리자베스보다 더 대단한 지위를 얻게 되었기 때문에 그 원피스를 그녀에게 주어야 했다. 그녀의 자궁이 수축할 때는 정말 짜릿했고, 아, 그는 그것에 얼마나 매료되었는지! 무슨 이유에서인지 자궁양은 몹시 겁에 질려 그냥 가서 그 원피스를 가져오는 일을 하지 못했다. 머뭇거리면서 공포의 빛이 어리는 시선으로 엘리자베스를 바라보았다. 그러고는 바닥에 납작 붙은 채 살살 기어서 옷장으로 가는 것이었다. 댄이 조명을 맞췄다. 이른 아침에 보니 그는 부드럽게 늘어진 자궁양의 가슴을 어루만지고 있었다. 그녀는 엘리자베스의 원피스를 입고 있었다.

그러더니 댄이 놀랄 만한 발표를 했다. 자신이 분홍당의양과 약혼한 지가 좀 되었다는 것이다. 돈 많은 친구의 딸이라고 했다. 엘리자베스만 빼고 모타벵 마을 전체가 그 약혼에 대해 알고 있었다. 분명 정략결혼이었다. 그가 말하길 자신은 수많은 가난한 친척들을 먹여 살리고 있고, 그녀가 돈 많은 부모로부터 받는 돈이 자신의 부담을 덜어줄 것이라고 했다. 그녀와 관계를 갖는 것이 분홍당의를 입힌 스펀지케이크를 먹는 기분이라는 점 외에 분홍당의양에게 신체적으로 특별한 점은 없었다. 분홍당의가 그녀의 상징이었으니까. 매니큐어를 바른 뾰족한 손톱에 길고 가는 섬세한 손가락을 지녔다. 평생 손에 물 한방울 묻히지 않고 살았으므로 손이 얼마나 부드러운지 그 손으로는 꽃을 꺾는 일 말고는 아무것도 한 일이 없어 보였다. 하지만 댄에게 부인다운 관심을 보였다. 엘리자베스에게 다가와서는 다정한 미소를 띠고 이렇게 묻는 것이었다. "댄 알아요?"

그 말에 어떻게 대답해야 할지 몰라서 엘리자베스는 대신 분홍당의양의 손에 들린 레코드를 가리켰다.

"거기 뭐가 들었어요?" 그녀가 물었다.

"댄의 삶을 기록한 거예요." 그녀가 말했다. "엄청나게 많은 애정행각을 벌였거든요."

그녀가 LP 레코드를 엘리자베스에게 건네주었다. 「빠리에서 보낸 4월」이나 「뉴욕의 가을」 같은, 엘리자베스도 알고 있는 재즈곡의 제목이 적혀 있었다.

"아주 은은하고 아름다운 곡들이겠네요." 엘리자베스가 미소를 지으며 말했다.

"오, 일단 들어봐야 해요." 분홍당의양이 웃었다. "전혀 마음에 들지 않을걸요."

엘리자베스가 곁에 있는 전축으로 몸을 돌렸다. 처음으로 튼 곡은 「빠리에서 보낸 4월」이었다. 수많은 재즈연주자들이 좋아하는 곡이었는데 더블 베이스, 드럼, 피아노가 함께 만들어내는 은은하고 나직한 익숙한 곡조 대신 여자들이 꽥꽥거리는 합창소리가 울려나왔다. "빠리에서 보낸 4월에 당신이 내 마음을 어떻게 했는지, 키득키득키득……"

그녀가 당장 전축을 껐다.

"봐요." 분홍당의양이 말했다. "내내 그런 식이라니까요. 알다시피 우리는 12월에 결혼하기로 되어 있는데도 말이죠."

그가 분홍당의양과 며칠밤을 같이 보냈다. 그녀의 자산으로 가난한 친척들에게 경제적 안정을 약속할 수 있을지는 모르지만 그녀는 너무나 따분했다. 그가 느닷없이 그녀를 버리고는 펠리컨부리양을 들어오게 했다. 펠리컨부리양은 어느 모로 보나 매력이 철철 넘쳤다. 명랑하고 느긋하면서도 강인하고 힘이 넘쳤다. 몸이 얼마나 탄탄한지 공중곡예사처럼 보일 정도였다. 그녀의 상징인 펠리컨의 부리가 그녀와 함께 따라 들어왔다. 그것은 새 부리처럼 길고도 힘이 좋은 그녀의 은밀한 통로를 가리키는 것이었다. 이렇게 특별한 생리적 조건을 타고났으므로 그녀는 어떤 체위로 관계를 맺든 체내에 상처가 생길 염려가 없었다. 말하자면 이리 비틀고 저리 비틀어도 상관없었고, 재봉틀양처럼 밤새도록 온갖 것들을 다 하고 난 다음에도 아침에 전혀 부작용 없이 거뜬히 일어날 수 있었다. 팔다리가 앙상한 막대기 같았는데, 앞에서 걸리적거리면 누가 되었건 다 밀쳐버리겠다고 과시하듯 팔꿈치를 바깥쪽으로 휘둘러댔다. 그녀의 욕망을 가로막는 건 아무것도 없었다.

매력적인 미소를 보이며 그녀가 엘리자베스 앞에 검은색, 분홍색, 파란색, 노란색 등 색색가지 팬티를 수없이 늘어놓았다. 검은색 팬티가 활달하게 어둠 속으로 사라졌다. 그녀에게 그건 필요가 없었다. 남자가 조명을 낮춰 어둡게 했지만 재봉틀양과 그랬을 때처럼 줄곧 요란하게 쿵쿵거렸기 때문에 잠은 잘 수가 없었다. 펠리컨부리양은 '안돼요!' 같은 소리를 내는 걸 좋아했다. 마치 전력을 다해 관계를 갖다가 문득 창피하다는 느낌이 들기라도 하듯이. 그런데 또 그러다가는 연신 코맹맹이 소리로 '자기야~~'를 길게 늘이는 것이었다.

그다음 두번째 밤이었다. 분홍 팬티가 어둠 속으로 사라졌다. 펠리컨양이 댄의 얼굴 위쪽으로 걸터앉는 장면이 잠깐 보인 후 그가 조명을 낮췄다. 팬티가 다 사라질 때까지 이런 식으로 지속되었다. 그녀는 팬티가 남아 있는 한 계속 남자와 만났는데, 그때 댄이 문득 신으로서 해야 할 일을 기억해냈다.

펠리컨부리양은 너무 몰아치는 유형이라 새로운 세상에는 맞지 않았다. 그래서 그가 그녀를 교정하기 시작했다. 그녀의 다리를 부러뜨리고, 막대기처럼 툭 튀어나온 팔꿈치를 부러뜨린 후, 다정한 사랑이라는 새로운 이미지에 맞게 작고 예쁜 분홍색 장미로 그녀를 장식했다. 작고 찰진 봉긋한 가슴에서 억지로 검은 점액질을 끄집어냈다. 그러고는 엘리자베스의 브래지어를 입혔다. 그녀의 가슴이 엘리자베스의 가슴 크기로 불어났는데, 그녀의 브래지어에 딱 맞게 됨으로써 엘리자베스의 무해한 특성들을 흡수한 셈이었다. 그러고 난 다음에도 여전히 펠리컨부리양이 너무 위험해 보였는지, 그녀의 힘을 완전히 잠재우는 게 낫겠다고 결론을 내렸다. 그녀의 골반 부위를, 보기 드물게 수동적이어서 세상에 어떤 문제도 일으키지 않을 엘리자베스의 골반 모양으로 개조했다. 그러자 정말로 엘리자베스의 옆에 수동적인 사지와 여성적 골반을 지닌, 거의 엘리자베스와 판박이인 존재가 나타났다. 불쌍한 펠리컨부리양 자신의 골반이 도려내어지고 새로운 골반에 맞추어진 것이다. 그 일을 다 끝내자 그는 펠리컨부리양을 버리고 싹둑싹둑양에게로 갔다.

싹둑싹둑양은 완전히 댄에게 미친 동네 여성이었다. 그녀는 칼을 어깨에 둘러메고 다니면서 그가 만나는 여자들은 모두 머리를 잘라버리겠다고 위협했다. 그는 혹시라도 엘리자베스가 이상한 생각을 품고 살아 있는 진짜 댄을 찾아갈 때를 대비해 자신이 사실 얼마나 위험하고 소유할 수 없는 존재인지를 보여주고 싶었는지도 몰랐다. 엘리자베스는 먼저 싹둑싹둑양을 상대해야 한다는 것이었다. 정말로 이번에 그는 내내 두개의 녹음을 틀어댔다. 하나는 이랬다.

"내 사랑, 이 모든 여자들을 가졌지만 그들을 사랑하지는 않아. 당신을 잃는다면 아무것도 남지 않을 거야."

다른 녹음은 기고만장해서 퍼붓는 조롱이었다.

"난 섹스의 왕이야. 해도 해도 끝이 없지. 저 여자들을 다 상대할 수 있어. 그들은 나의 욕망을 위해 특별히 창조된 존재니까. 내게 이르려면 그 여자들을 다 거쳐야 할 거야. 하지만 시도해볼 필요나 있을까? 넌 가진 게 쥐뿔도 없잖아. 그들이 가진 걸 네게 다 보여줬는데 넌 아무것도 없지."

엘리자베스에게 묘한 느낌이 밀려들었다. 그녀의 앞에 압도적인 힘을 투사했던 인물은 메두사와 댄, 둘밖에 없었다. 그들 주변에 광활함이 자리 잡았고 그 행위를 수행한 인물들은 그들 자아의 확장된 복사판이었다. 전부를 합쳐봐야 그건 아무도 상대방을 사랑하지 않는 세계였다. 그저 내내 사납게 서로에게 짖어댔을 뿐이니까. 전혀 인간이라고 할 수 없는, 영원히 으르렁대는 추악하고 흉포한 짐승일 뿐이었다. 그녀는 휘몰아치는 악의 폭풍을 멈출 방법이 없었다. 댄은 그저 메두사의 연장이었고, 엘리자베스에 대한 그의 증오는 폭우처럼 매일같이 그녀를 향해 끔찍한 힘으로 쏟아졌기 때문에 그녀는 겨우 숨만 붙어 있는 셈이었다. 그것은 함께 재미 보는 여자들을 과시한다는 허울 아래 이루어졌다. 오후에 침대에 누워 있던 그녀가 까무룩 정신이 나가려는 순간 물이 벌컥벌컥 쏟아지는 호스가 얼굴 앞에 불쑥 나타났다. 그가 쇳소리로 내질렀다.

"일어나! 밭에 물을 줘야 할 것 아냐. 빈둥거리며 누워 있는 꼴이라니. 가난한 사람들을 도와줘야지, 안 그래?"

날이 갈수록 등한시하는 밭일에 대한 걱정에 그녀가 눈을 번쩍 떴다. 침대에서 몸을 일으키려는데, 엄청나게 무거운 것이 얹힌 듯 그녀의 몸과 사지를 내리눌렀다. 말도 못하게 고통스러웠다. 그녀가 조금도 쉴 수 없게 하는 것이 그의 핵심목표인 모양이었다. 제대로 잠을 자지 못하고 산 것이 거의 1년이었다. 11월 말이 가까워올 무렵, 그녀는 더이상 견딜 수 없게 되었다. 정신이 제대로 작동하지 않았다. 그 상태에서 그가 그녀의 입을 빌어 말했다. 증오의 소리가 새어나왔다. 무엇이든 사람들에 대해 그가 하고 싶은 얘기, 그가 이루어졌으면 하고 바라는 얘기였다. 그녀 안에는 그렇게 쏟아져나오는 지옥을 저지할 아무것도 없었다. 그리고 내내 그 더러운 잡놈은 히죽거리며 모타벵 마을을 돌아다녔다. 웬걸, 쎌로와 그는 자신의 삶을 상연해보였던 것이다. 그들은 막후에서 몰래 세상사를 움직이고 있었는데, 그 인간, 댄이 우위를 차지하고 싶었던 것이다. 공주는 박살이 나야 했고 엘리자베스는 신경쇠약의 상태로 몰아넣었다. 그리고 얼마 안되어 그녀를 통해 쎌로의 예언자 이미지 역시 박살낼 수 있었다.

자신의 계획에 늙은 존스부인을 넣은 것은 추문과 선정성을 더욱 확산시키기 위함이었다. 그는 흑인들을 잘 알았다. 그들은 여기저기 쏘다니며 이렇게 말할 것이었다. "그 얘기 들었어요? 그 여자가 정말로 백인을 후려쳤대요." 그리고 "그녀가 쎌로에 대해서 한 얘기 들었어요?"

존스부인은 채소밭 일을 통해 엘리자베스가 알게 된 사람 중 하나였다. 모타벵 프로젝트 참가자 가운데 가장 나이가 많은 축에 속했고, 세명의 딸과 왔는데, 딸들은 모두 선생님이었다. 나이는 쉰다섯 정도로 거의 평생을 영국의 작은 시골마을에서 살았다고 했다. 그녀의 마을에는 영국에 대한 신문기사에서 보통 찾아볼 수 있는 것들은 다 있었다. 좌파나 맑시스트 혁명가들이라거나 파업, 시위, 심령술사, 신경쇠약, 강아지와 수의사, 죽으면서 자신의 신체를 병원에 기증한 노인 등등. 그녀는 마을에서 벌어진 모든 일에 참여했고, 자신의 긴 인생사를 엘리자베스에게 알려주고 싶어 안달이었다. 톰처럼 그녀도 엘리자베스의 집에 정기적으로 찾아오는 사람이 되었다. 하지만 엘리자베스가 우주의 깊이와 넓이와 높이를 함께 논의했던 톰과 달리 그녀는 논의라는 것을 할 줄 몰랐다. 엘리자베스는 그녀가 계속 주절대는 얘기를 아무 대꾸도 없이 내내 듣고 있을 수밖에 없었다. 존스부인이 찾아오면 시작은 항상 이랬다.

"엘리자베스, 혹시 여기 토마토가 있을까 해서 왔는데……"

그녀는 대개 3시경에 흙먼지 날리는 황톳길을 휘적휘적 내려왔다가 5시경에 다시 휘적휘적 집으로 돌아갔다. 그사이에 그들은 차를 마시고 (두 사람 다 차를 무척 좋아했다) 존스부인은 자기 인생사를 읊어대다가 몇번이고 깜박깜박 졸았다. 무의식적이지만 그것이 엘리자베스에게만큼이나 자신에게도 지루했던 것이 틀림없었다. 그녀 인성의 핵심이란, 정신적·정서적 반응이 애들 수준이고, 삶을 아주 단순하게 해석한다는 것이었다. 하지만 아이들의 수다와 행동은 흥미로울 때가 많다. 존스부인은 아이 같았지만 재미가 없었다. 예수 그리스도를 따라한답시고 상투적인 얘기들만 늘어놓았다. 엘리자베스에게 잘하는 얘기가 이런 것이었다. "사람들이 외로울 때 난 그들을 찾아봐요. 사람들이 병이 났을 때 그들을 찾아가죠." 정말로 자신이 예수의 길을 따라 걷고 있다고 생각했고, 예수의 말씀을 행할 상상의 해결책을 실제 삶에서 만들어내려 했다. 그녀의 인생은 폭풍우가 휘몰아치는 엘리자베스의 정서적 삶의 중심과는 너무나 거리가 멀었기 때문에 엘리자베스는 그녀가 서서히 분출하는 화산 근처에서 집을 짓고 있는 순진한 쥐 같다는 생각이 들었다. 하지만 그녀에게 매력적인 점은 엘리자베스가 남아프리카공화국에서 어린 시절을 보냈던 슬럼의 여성들과 판박이라는 것이었다. 그 여성들 역시 삶을 향한 엄마들의 호들갑스러움과 그녀 방식의 친절함을 지녔다. 그들 역시 예수에 대해 듣고 예수의 말씀을 아주 단순하게 해석했다. 존스부인은 짧은 머리를 항상 부수수하게 하고 다녔다. 항상 후줄근해 보였다. 엘리자베스와 어느 정도 지내다보면, 그녀가 살다가 짜증나는 일이 생길 때 거칠고 투박한 욕으로 대응한다는 사실을 누구나 알게 된다. 제일 좋아하는 말은 잡놈, 망할, 빌어먹을이었다. 교회를 열심히 다니는 경건한 노인네는 이런 말을 들으면 아주 좋아 죽었다. 손으로 무릎을 찰싹 내리치고 고개를 뒤로 젖히고 입을 크게 벌리면서 폭소를 터뜨리는 것이었다.

"엘리자베스." 그녀는 비밀 얘기라도 털어놓듯 말하기를 좋아했다. "내가 예전에 좌파에 몸담았다는 걸 믿기 어렵겠지. 내 젊은 시절 이후로 상황이 변했어. 영국에서 사람들은 맑스주의가 너무 물질주의적이라는 사실을 깨닫게 된 거야. 방마다 TV를 놓고 세탁기와 커다란 냉동고까지 가진 다음엔 어떻게 될까? 그래도 만족하지 못하는 거지. 예전엔 계급투쟁을 지지했는데, 정치에 환멸을 느끼게 되는 거야. 사람들 사이에 증오만 키워놓으니까. 폭탄사용에 반대하며 거리 모퉁이에 서 있던 때가 아직도 기억이 나. 고개를 숙인 채 그냥 조용히 말이야……"

그녀가 여전히 그런 식으로 주절거리고 있을 때 댄이 슬며시 나섰다. 따분하지만 순진하고 상냥하던 노인네가 엘리자베스의 눈앞에서 극적인 죽음을 맞았다. 그가 기분 나쁜 녹음을 틀었다. "저 노인네는 겉으로 보이는 그런 인간이 아니야." 그는 신이었기 때문에 그녀의 영혼이 걸어온 길과 관련된 일급비밀의 정보까지 다 알고 있었다. 창녀라도 어미는 있기 마련이었다. 자신의 재미용 여자들의 근원이 바로 그녀였다. 그녀의 상징은 질 나쁜 알을 한무더기 품고 앉아 있는 암탉이었다. 첼로가 그랬듯 그녀도 낄낄거리는 흉측한 늙은 마녀의 모습이 되어 지평선 위로 솟아올랐다. 9월과 11월 사이에 엘리자베스는 비틀거리며 악몽을 들락거리면서도 버틸 수 있는 체력이 있었다. 그러나 선동적 녹음과 첼로의 악함에 대한 거듭되는 이미지, 나이 든 존스부인과 여자들과 아이들, 남자들, 동물, 그러니까 살아 있는 모든 것들의 악함을 나타내는 거듭되는 이미지들로 인해 그녀의 온전한 정신은 수천개로 산산조각나버렸다. 그녀가 정신을 놓아버리던 날 그녀는 그저 으르렁거렸고 화산이 터지듯이 용암이 되어 걷잡을 수 없이 분출했다.

그해 11월 말 지역산업 프로젝트는 마무리되었다. 모타벵 하늘 위로 무거운 검은 비구름이 포물선을 그리며 지나가면서 비가 쏟아질 기미가 공기 중에 가득했다. 회원들 중에는 일궈야 할 밭이 있는 사람이 있었기 때문에 합동 작업이 지속될 수 없었다. 그래서 밭가는 일이 끝날 때까지 잠정적으로 작업을 중단하기로 결정했다. 하지만 채소밭 그룹에는 밭을 가진 사람이 없었고 채소 기르는 일은 종일 매달려야 하는 일이었으므로 휴일이 있을 수가 없었다. 엘리자베스가 회의가 끝난 뒤 비틀거리며 나왔다. 케노시는 말없이 거리를 좀 두고 뒤에서 타박타박 따라왔다. 엘리자베스가 몸을 돌려 쉿소리를 뱉어냈다. "나 아프단 말이야." 그러고는 남은 한방울의 힘을 짜내어 휘청거리며 집으로 천천히 걸어갔다.

케노시는 늘 하던 대로 다음날 아침 엘리자베스의 집으로 걸어내려왔다. 아직 창고가 없었으므로 채소 씨앗을 엘리자베스가 보관하고 있었다. 그녀가 현관에 멈춰 서서 창문에 커튼이 쳐 있고 문이 닫혀 있는 집을 바라보았다. 한 5분 동안 어떻게 할지 몰라 망설이다가 돌아서서 황토색 흙길을 다시 걸어올라가 계곡의 밭으로 갔다. 케노시는 7개월 후 엘리자베스가 병원에서 나올 때까지 그녀를 보지 못할 것이었다. 안됐지만 존스부인은 자신의 진부한 기준에 맞춰 살았다. 꼭 닫힌 문 뒤에서 뭔가 범상치 않은 일이 벌어지고 있음을 감지한 케노시가 지녔던 그런 조심성이 존스부인에게는 없었다. 케노시가 유진에게 알렸고, 유진이 어쩌다가 한 선생에게 엘리자베스가 아프다는 얘기를 했다. 이틀 후 존스부인이 휘적거리며 길을 걸어내려왔다. "사람들이 외로울 때 나는 그들을 찾아보네. 사람들이 아플 때도 그들을 찾아가지……"

그녀가 요란스럽게 엘리자베스의 집 문을 두드렸다. 엘리자베스가 문을 열고는 무시무시한 증오의 적운積雲처럼 입구를 떡하니 막아섰다. 그녀에게 보이는 것은 나이 든 존스부인이 아니라 그녀의 악몽에 나타나 낄낄거리는 마녀, 재미용 여자들의 엄마일 뿐이었다.

"엘리자베스." 존스부인이 걱정스럽다는 듯이 얼굴을 찡그리며 말했다. "아프다는 소리를 들어서 어떤가 보러 왔지."

엘리자베스는 대답하지 않았다. 노부인이 가까스로 죽을 고비를 넘기며 두 사람은 그렇게 버티고 있었다. 그녀는 금방이라도 폭발할 것 같은 분위기를 감지하지 못하는 듯했다. 한 손을 뻗어 엘리자베스를 만지며 얼굴을 아주 가까이 들이대고 비밀 이야기라도 하듯 속삭였다.

"당신을 위해 기도해줄게요."

"어떤 신에게 기도하느냐에 따라 다르겠죠." 엘리자베스가 사납게 쏘아붙이고는 문을 쾅 닫았다.

그때가 아침 10시경이었다. 엘리자베스는 문에서 몸을 돌려 물을 마시기 위해 휘청거리며 싱크대로 갔는데 물을 마시자마자 바닥에 토하고 말았다. 이틀 동안 먹은 것이 하나도 없었다. 아이가 어쩌고 있는지도 알 수 없었다. 어차피 아이와 얘기를 나눌 수 있는 상태도 아니었다. 아이는 집을 살금살금 드나들었다. 친구들이 있었으므로 어딘가에서 밥은 먹고 다닐 것이었다. 생존과 관련해서는 워낙 영악한 아이라 그녀는 해가 질 무렵 들어와서 잠자리에 들 때만 아이를 볼 수 있었다. 그녀가 휘청휘청 침대로 가서 쓰러졌다. 방 전체에, 머릿속 전체에 모양을 쉭쉭 바꾸는 귀신 같은 형체와 이미지 들이 가득 떠다녔다. 일흔한명의 댄의 재미용 여자들이었다. 느릿느릿한 죽음의 춤을 추면서 그녀의 몸 위를 기어다녔다. 손을 여기저기 갖다 대며 박살난 그녀의 삶의 파편 속에서 마지막 남은 보물들을 뒤졌다.

쎌로가 남자친구와 거기 있었다. 한쪽으로 찌그러지고 부풀어 오른, 녹색빛이 도는 얼굴이 그녀를 향해 사악한 웃음을 지었다. 그의 어린 딸은 죽음 속에서 얼굴을 쳐든 채 가만히 누워 있었다. 낄낄거리는 존스부인이 아직 기회가 있을 때 있는 건 다 뺏어오라고 자식들을 부추겼다. 실제로 유일하게 거기 있는 존재는 댄이었을 것이다. 무지막지한 힘이 그녀의 숨통을 끊어놓을 듯 내리누르고 있었다. 신경질적으로 씩씩대는 광포하고 낮은 목소리가 귀를 울렸다.

"죽어, 죽어, 죽으라고, 이 개자식아! 네가 너무 싫어! 참을 수가 없어!"

그녀의 마음은 질문 하나를 붙들고 씨름했다. "왜, 왜, 도대체 왜? 내가 뭘 어쨌기에?"

그녀는 완전한 암흑의 심연으로 떨어졌다. 거기에서는 자비나 위안이나 도움에 대한 호소는 모두 조롱거리일 뿐이었다. 어떤 지점에서 그녀는 이런 끔찍한 결단을 내리게 되었을까? "그래 죽어줄게. 하지만 너희 중 하나는 데리고 같이 죽겠어!" 잠옷 채로 그녀가 벌떡 일어나서 집을 뛰쳐나갔을 때 밖은 이미 칠흑 같은 밤이었다. 쎌로와 댄은 모타벵 마을의 다른쪽 끝에 살고 있어서 20마일은 떨어져 있었지만, 존스부인은 그녀의 집에서 얼마 멀지 않았다. 그녀가 황톳길을 내달려 학교 교문으로 들어섰다. 존스부인은 친구를 만나러 나갔다 오는 길이었다. 손에 랜턴을 들고 있었기 때문에 그녀가 자신의 집 현관 가까이 다가오자 불빛에 엘리자베스의 몸이 드러났다.

"엘리자베스!" 그녀가 외쳤다.

성난 괴성이 그녀를 맞았다. 엘리자베스가 그녀에게 달려들었다. "몰랐어?" 그녀가 고함을 질렀다. "아니, 몰랐냐고? 네 자식들을 창녀로 만들었잖아!"

그녀가 손을 치켜들더니 노부인의 옆머리를 후려쳤다. 존스부인이 뒷걸음질 쳤고 랜턴이 땅으로 떨어졌다. 그 두 사람은 어둠 속에서 숨을 죽이고 말없이 잠시 그렇게 서 있었다. 그러더니 엘리자베스가 별을 향해 고개를 쳐들고는 비명을 질렀다. 사방에서 뛰어오는 둔탁한 발소리가 어둠속에서 들려왔다. 누군가 엘리자베스의 팔을 그러쥐고 그녀를 마구 흔들며 소리쳤다. "왜 그래요? 무슨 일이에요?"

그녀가 팔을 억지로 떼어내고 달리기 시작했다. 발소리가 그녀를 쫓아왔다. 그녀가 걸음을 멈추고 뒤로 돌아 포악하게 욕을 해댔다. 쫓아오던 사람들이 뒤로 물러섰다. 그녀는 계속 뛰면서 비명을 질렀다. 집까지 뛰어가서는 문을 잠갔다. 발자국소리가 문 앞에서 멈추더니 걱정스럽게 수군대는 소리가 들렸다. "어떻게 해야 하지? 어떻게 해야 해?" 그들이 말했다.

케노시가 그랬듯 그들은 어찌해야 할 지 모른 채 말없이 집을 쳐다보다 물러갔다. 엘리자베스가 아이 쪽으로 몸을 돌렸다. 머리에서 발끝까지 온몸이 정신없이 떨렸다. "쟤를 먼저 죽이고, 그리고 나도 죽어야지." 그녀가 생각했다.

아이는 이미 침대에 들어가 있었다. 일어나 앉아서 그녀를 바라보다가, 차분히 담요를 제치고 일어나 그녀에게 걸어왔다.

"왜 그래?" 그가 물었다. "왜 그렇게 비명을 지른 거야?"

"엄마가 존스부인을 때렸어." 그녀가 말했다.

아이가 살짝 웃었다. 너무 긴장을 했기 때문이었을 수도 있고 그 말이 터무니없어 우스웠을 수도 있고. 그러더니 고개를 숙이고 조용하지만 단호한 걸음걸이로 그녀의 침대로 가서 그 끝에 걸터앉고는 두 손을 모아 무릎 위에 놓았다. 집 안에서 벌어지는 말도 안 되는 일들을 다 해결할 작정이라는 듯 남자답게 그녀를 올려다보았다.

"밤에 왜 그렇게 혼잣말을 하는 거야?" 아이가 날선 말투로 물었다. "내내 혼자 떠들다가는 '좀 내버려둬, 내버려두라고!' 이렇게 소리를 지르잖아. 내가 얼마나 무서운지 알아. 이불을 뒤집어쓰고 있다고."

너무 놀라 말문이 막힌 채 그녀가 아이를 쳐다보았다. 결국 이렇게까지 되었단 말인가? 그해 수많은 밤을 잠 못 이루며 말없이 독백을 했던 것을 알고 있었다. 하지만 크게 소리 내어 떠들기 시작했던 것은 몰랐다.

"아무것도 아니야, 얘야." 그녀가 근심스럽게 말했다. "엄마를 괴롭히는 사람들이 좀 있는데, 곧 쫓아버릴게."

아이가 안심하는 표정으로 그녀를 바라보았다. 아무리 무계획적이고 어디로 튈지 모르는 성격이어도 그녀는 아이의 삶에 존재하는 유일한 권위자였다. 아이는 조용히 다시 자기 침대로 돌아가며 이제 안심했음을 보여주었고, 그로 인해 아이를 죽이고 자신도 죽어야겠다는 그녀의 결심은 순식간에 사라져버렸다. 하지만 죽음은 여전히 존재했다. 정신이 소용돌이치는 중에 그녀는 쎌로에게 들러붙었다. 밤새도록 한숨도 자지 않고 그를 죽일 궁리를 했다. 자신에게 죽음이 닥칠 것임을 알았지만 안에서 이글거리는 격렬한 분노는 다른 희생자를 고집했다. 그녀가 혼잣말을 하며 방 안을 서성이기 시작했다. "댄과 쎌로, 그들을 다 합친 게 바로 그거야. 밑바닥에서부터만 조작을 한다고. 왜 내 숨통을 조여 날 죽이려는 거지? 맨 정신이라고는 이제 남은 게 거의 없어." 그녀는 말을 멈추었다가, 예전에 승려 쎌로가 앉아 있던 방을 향해 소리 질렀다. "난 아프리카인들의 개가 아니라고, 알겠어? 망할 배츠와나 잡놈들의 개도 아니란 말이야, 알겠어? 그건 너와 댄이야. 너희들도 마찬가지로 약해 빠졌고, 거시기를 어디에 쳐 박든 전혀 개의치도 않지. 도대체 내가 왜 그런 잡소리를 듣고 있어야 하는 건데? 어? 난 암소랑 잠자리를 해. 남자와 잠자리를 같이해. 딸과도 해. 개하고도 하지. 돼지하고도 하고. 네가 원하는 건 그것밖에 없지? 암소랑 돼지랑 개랑, 별별 것하고 잠자리를 하는 거 말이야. 어디가 잘못된 거야, 쎌로? 도대체 왜 그런 식으로 성자의 삶을 살았다가 또 한동안은 난봉꾼처럼 살았다가 하는 거야? 그럴 거면 내게 왜 세상구경을 시킨 거야? 감옥에서 숨을 거둔 성자들과 막달라 마리아가 이끄는 창녀들과 인형 같은 여자들하며. 그게 시대를 막론하고 진짜 대단한 농담이라고 생각한 거야? 하하, 이봐, 난 예수이면서 동시에 악마라네. 나한테 뭐라고 했어? 우리가 영혼을 바로잡고 우주의 개똥지빠귀가 이제 세상을 주도하고, 그렇게 온갖 철학을 떠들어놓고 지금 벌어지고 있는 이 일들은 다 뭐야? 왜 이렇게 비밀스레 나를 파괴하는 거냐고?"

이 모든 질문을 던졌으나 아무런 대답도 듣지 못했다. 누가 대답을 해주겠는가? 쎌로는 1년 동안 입을 꾹 다물며 침묵을 지켰고 댄은 내내 그녀의 코앞에서 자신의 성기만 흔들어댔을 뿐이니. 댄에게서 벗어날 방법이 없었다. 쎌로의 정지된 이미지와 그의 남자친구와 죽음 속에서 고개를 쳐들고 있는 그의 어린 딸의 이미지에서 벗어날 방법도 없었다. 무대는 처음 놓인 그대로였다. 고통에 겨워 비명을 질러대는 그녀의 신경체계가 모두 끊어져 산산조각났다. 새벽이 가까운 4시 반경에 그녀는 자전거에 올라타고 미친 듯이 달려서 5마일 떨어진 모타벵 마을 중심가로 갔다. 주머니에는 뭔가 끄적거린 종이가 들어 있었다.

쎌로는 딸과 잠자리를 하는 더러운 변태다.

그녀는 그 아래에 자신의 성과 이름을 적은 뒤 그것을 모타벵 우체국 벽에 붙였다. 그러고는 자신이 그렇게나 사랑했던 이른 아침의 생기 넘치는 아름다움에 전혀 무감한 채로 다시 자전거를 타고 돌아왔다. 될 대로 되라는 식으로 자신의 죽음만을 청하며 모든 것에 무감한 채로. 아침 8시쯤 경찰차가 그녀의 집 바깥쪽에 멈춰 섰다. 두명의 배츠와나 경찰이 차에서 내려 대문을 열고 현관까지 길을 따라 올라왔다. 문을 두드리는 소리에 그녀가 문을 열자, 그중 한 사람이 그녀가 우체국 벽에 붙였던 종이조각을 내밀었다. "당신이 엘리자베스 맞죠?" 그가 물었다. "이거 쓴 게 당신 맞아요?"

"네." 그녀가 말했다.

"좀 들어가도 될까요?" 그가 말했다.

그녀가 한쪽으로 물러서 길을 터주었고, 그들은 그녀가 자신들 반대편에 앉을 때까지 기다렸다. 학교가 방학이었으므로 아이는 이제 막 일어난 참이었다. 아이가 벌떡 일어나 앉더니 눈을 동그랗게 뜨고 경찰을 뚫어져라 보았다. "이런 건 왜 썼죠?" 아까 그 경찰이 물었다.

자신의 삶에서 벌어지는 황당무계한 일이 아니라면 달리 그 질문에 어떻게 답을 해야 할지 몰랐다. 그녀가 말했다. "쎌로에 대한 예언은 다 아실 것 아니에요. 그걸 쓴 이유는 그가 신이자 동시에 악마이기 때문이에요."

그가 아무 말도 하지 않고 표정 없는 눈길로 그녀를 쳐다보았다. 그러더니 말했다. "당신이 상태가 좋지 않다는 생각이 들어서 병원에 입원하도록 조치를 했어요. 지금 그쪽으로 모시고 가겠습니다."

"아이는 어떻게 되죠?" 그녀가 물었다.

"세상에 혼자 사는 사람은 없어요." 그가 어려울 것 없다는 듯 대답했다. "당신 친구들이 있잖아요. 친구들 가운데 아이를 돌봐줄 사람을 찾아볼게요."

그가 일어나 아이의 손을 잡았다. 그녀가 뒤를 따랐다.

거의 1년 반 전에 그녀가 있던 바로 그 병원의 그 개인병실이었다. 의사가 침대 한쪽에 앉아 있었다.

"무슨 문제가 있나요?" 그가 상냥하게 물었다.

그녀가 그를 바라보았다. 할 수 있는 얘기라고는 경찰에게도 했던 황당무계한 얘기뿐이었다.

"도와주세요." 그녀가 말했다. "첼로 때문이에요. 그가 신이면서 동시에 악마라고요."

그가 손을 뻗어 그녀의 손 위에 얹었다.

"그건 걱정 말아요." 그가 말했다. "한 일주일간 안정제를 투여할 거예요. 그럼 좀 나아질 거라고 봐요." 그가 쟁반을 들고 그의 옆에 서 있던 간호사에게 말했다. "세시간마다 주사를 놔요." 간호사가 그녀를 향해 미소를 지었다. 수면제가 든 주사기를 들고 있었다. "돌아누워보세요." 그녀가 말했다.

간절한 마음으로 엘리자베스는 돌아누워 엉덩이를 깠다. 잠이란 걸 제대로 잘 수 없었던 게 벌써 몇달째인지 몰랐다. 그 무엇으로도, 독한 수면제를 아무리 먹어도 열에 들뜬 댄의 악몽을 잠재울수 없었다. 주삿바늘이 들어가는 것도 거의 느끼지 못한 채 그녀는 미끄러지고 소용돌이치고 빙빙 돌면서 망각으로 떨어졌다. 굽이치는 암흑 속에서 얼굴 하나가 잠깐 번쩍 떠올랐다. 십자가에 못 박힌 예수처럼 얼굴이 뒤로 젖혀져 있었다.

"아, 무슨 짓을 했단 말인가?" 그가 비통한 목소리로 말했다. "사람들한테 들었는데, 그건 사실일리가 없어." 그러고 나서 그녀는 완전히 의식을 잃었다. 한 세시간 정도를 그렇게 누워 있었을 것이다. 그녀가 눈을 뜨자 곧 간호사가 다시 먹을 것과 주사기를 들고 들어왔으니 말이다. 바깥으로 보이는 한조각 파란 하늘을 뚫어지게 바라보며 누워 있자니 걷잡을 수 없는 눈물이 천천히 오랫동안 뺨을 타고 흘러내렸다. 알 카포네가 버튼을 눌러 아래층의 소년들을 불렀다. 그들은 시멘트를 섞고 있었다. 그때 댄의 형체를 보지는 못했지만, 깨어나기 바로 전에 눈에 익은 커다란 두개의 검은 손이 그녀의 머리로 다가오는 것을 보았다. 그들이 그녀의 두개골을 열었다. 그가 열린 구멍 쪽으로 입을 갖다 대고는 그 드러난 부위에 바로 대고 떠들었다. 신경을 긁어대는 거친 목소리로 무슨 말을 하는지 알아들을 수가 없었다. 그저 '으아아아' 이런 식이었다. 칼로 도려내는 듯한 통증이 몸 전체를 휩쓸고 지나갔다. 그녀는 자신의 머리를 붙들고 있는 손에서 벗어나려고 기를 쓰며 머리를 잡아당기고 또 잡아당겼다. 숨이 막혀 꺽꺽거리며 잠에서 깨어났다. 간호사는 상냥했다. 그녀가 눈물 흘리는 것을 보고는 아이가 걱정되느냐고 물었다. "걱정 안하셔도 돼요. 누군가 아프면 도움을 주는 사람은 언제나 있어요. 모타벵 중등학교 선생님들이 당신을 무척 좋아해요. 아침 내내 당신의 안부를 묻는 전화가 걸려왔다니까요. 스탠리부인이 지금 당신 아들을 돌보고 있어요. 오늘 4시쯤 면회 올거예요. 아이를 데리고 온다고 했으니까 면회가 끝난 다음에 주사를 놓을게요. 이제 뭘 좀 먹어야죠."

엘리자베스가 상체를 일으키려고 몸을 움직였다. 머리가 깨질 듯이 아팠다. "아스피린 있어요?" 그녀가 물었다. "두통이 너무 심해요."

간호사가 고개를 끄덕이고는 씩씩하게 나갔다가 물 한컵과 아스피린 두알을 들고 돌아왔다. 그러고는 다시 미소를 지으며 고개를 끄덕인 후 문을 닫고 나갔다. 잠시 후 스탠리부인이 아이와 함께 들어왔다. 그녀는 둥글둥글하고 땅딸막한, 엄마 같은 분위기가 풍기는 중년여성으로 열성적인 새마냥 친절했다. "엘리자베스, 당신이 나을 때까지 땅꼬마와 함께 지내게 되어서 아주 기뻐요." 그녀가 말했다. "우리 자식들은 이미 다 커서 독립해나갔기 때문에 다시 집에 어린아이가 생기면 정말 재미있겠다고 피터에게 말했죠. 며칠 휴가를 갈 계획인데 땅꼬마도 데리고 가려고요."

그들은 채소밭에서 친해졌다. 스탠리부인의 친구이기도 한 존스부인이 엘리자베스가 차를 특히 좋아한다는 얘기를 전해줬기 때문에 엘리자베스가 양배추와 토마토를 들고 스탠리부인의 집에 들어서기만 하면 그녀는 바로 찻주전자를 불에 올리곤 했다. 그녀의 삶은 형편없이 난장판이 되어가던 시기에 어떻게 그런 애정 어린 관계를 만들 수 있었을까? 그리고 존스부인을 때린 일에 대해서 무슨 얘기를 어떻게 할 수 있을까? 그녀는 아주 엉뚱한 얘기를 하고 말았다.

"존스부인은 자기가 하나님에 대해 다 안다고 생각해요." 그녀가 자신을 변호하듯 말했다.

스탠리부인은 그녀를 가만히 바라봤을 뿐 아무 대꾸도 하지 않았다.

아이가 그녀의 손을 건드렸다.

"스탠리 아줌마가 돈을 좀 주셨어." 그가 말했다. "엄마 주려고 사탕하고 볼펜 샀는데. 엄마 글 쓰는 거 좋아하니까."

스탠리부인이 사랑스럽게 아이를 내려다보았다. 아이는 아직 주머니에 손을 넣은 채 꼼지락거리고 있었다. 그러다가 여남은개의 사탕을 꺼냈다.

"이 사탕을 어디다 감춰줄 수 있어?" 아이가 물었다. "네개는 가져가서 친구 줄 건데, 하루에 사탕을 다 먹어버리면 안된다고 엄마가 그랬잖아."

스탠리부인이 몸을 숙여 사탕을 아이의 손에서 받았다.

"괜찮아, 땅꼬마." 그녀가 말했다. "아줌마가 숨겨줄게."

아이가 조심스럽게 네개를 뺀 뒤 나머지를 그녀에게 건네주었다. 그녀는 그것을 가방에 넣었다.

"제가 죽거든……" 엘리자베스가 심약하게 말을 꺼냈다.

스탠리부인의 얼굴이 확 붉어지더니 금세 눈가에 눈물이 고였다.

"신경쇠약에 걸리는 사람은 많아요." 그녀가 말했다. "그래도 다 이겨내는 거예요."

"사실 신경쇠약이 아니라 절대 벗어날 수 없도록 계획된 죽음이면 어떻게 해요?"

스탠리부인이 다시금 말없이 엘리자베스만 바라보았다.

"몸이 죽는 건 두렵지 않아요." 엘리자베스가 고집스럽게 얘기를 이어갔다. "하지만 영혼의 죽음은 두려워요. 지금 내가 있는 곳엔 신이 존재하지 않아요."

스탠리부인이 고개를 숙이며 말했다. "안된 일이네요."

두 사람의 말을 듣고 있던 아이가 스탠리부인의 말을 똑같이 따라했다. "안된 일이네요."

이에 두 여성은 웃음을 터뜨렸는데, 아이는 죽음에 대해서 더 할 말이 있었다. 그 생각이 드디어 그에게도 닥친 것이다. "죽은 개를 봤어." 아이가 사뭇 진지하게 말했다. "옆으로 누워 있었는데 배에 커다랗게 구멍이 나 있었어. 난 죽고 싶지 않아."

스탠리부인이 아이의 손을 잡았다. "가자, 땅꼬마." 그녀가 말했다. "아무도 안 죽어요. 넌 나랑 오렌지 농장에 가서 오렌지를 잔뜩 먹게 될 거야. 거기 가면 강이 있으니까 물고기도 잡을 수 있어." 아이가 그 말에 넋을 잃고 그녀를 올려다보았다. 그렇게 놀라운 일이 생기면 어째야 하는지 잘 알았다. 마음씨 착한 부인이 엘리자베스를 돌아보며 작별인사로 손을 흔들고는 아이의 손을 잡고 병실을 나갔다. 엘리자베스로서는 지옥과의 싸움을 계속할 밖에 다른 도리가 없었다. 땅꼬마가 거기서 벗어난 것이 다행스러울 뿐이었다.

그 이후부터 그녀가 병원을 나오기까지 그녀에게 벌어진 일은 떠올리는 것만으로도 기가 막힐 정도였다. 미친 사람들에 대한 전형적인 기록과 크게 다를 바 없었는데, 유일한 차이점이라면 그녀의 정신 한부분이 명료한 상태에서 댄이 그녀에게 저지르는 짓을 모두 조용히 지켜보았다는 것이다. 다른 모든 부분은 공포에 질린 데다 혼돈 그 자체여서, 그녀가 어찌나 말도 안되는 단어와 뒤죽박죽의 문장들을 쏟아냈는지 일주일 후 정신병원으로 보내졌다. 그때는 해가 질 무렵이었고 그녀에게 막 주사를 다시 놓아준 참이었다. 그녀는 누워서 자신이 깜박 잠으로 떨어지는 순간을 지켜보고 있었다. 댄의 손이 다시 그녀의 머리로 다가왔다. 한 손에 위쪽이 깨져나간 병을 쥐고 있었다. 그것을 치켜들었다가 광분한 듯 그녀의 머리를 거듭 후려쳤다. 그녀는 생기 없는 눈을 뜬 채로 어둠을 응시했다. 육체 외에 그녀 안에 살아 있는 것은 아무것도 없었다. 그리고 그 육체는 모타벵에서 약 600마일 떨어져 있는 정신병원으로 옮겨질 것이었다. 모타벵 병원의 의사가 다음날 들러서 공책을 들고 그녀의 침대 곁에 앉았다. "무엇이 당신을 그렇게 괴롭히는지 나에게 설명을 좀 해줄 수 있겠어요?" 그가 물었다.

"쎌로요." 그녀가 속삭였다.

그 이상 더 얘기할 수가 없었다. 논리적으로 보자면 모든 이야기에는 시작이 있다. 댄이 서서히 그녀를 죽이고 있지만 처음 시작은 쎌로가 한 것이었다. 이야기는 쎌로와 메두사로 시작했던 것이다. 그는 잠시 앉은 채로 뭔가를 적었다. 그녀는 자신이 무슨 얘기를 하는지 확실히 알 수 없었다. 메두사가 어떤 존재인지, 메두사와 쎌로가 자신에게 무슨 짓을 했는지, 어떻게든 이미지를 떠올려보려 기를 썼지만 제대로 할 수 없었다. 얼마 후 그는 수첩을 덮고는 그녀를 보며 말했다.

"전 정신과 의사가 아니에요. 신경증은 치료할 수가 없어요. 당신을 정신병원으로 옮겨야겠어요. 그걸 처리하는 동안 일단 좀 쉬고 있어요."

"이 주사는 이제 그만 맞고 싶어요." 그녀가 힘없이 말했다.

"그건 왜죠?" 그가 물었다.

"그걸 맞으면 숨이 막혀요. 숨을 쉴 수가 없다고요." 사실은 잠이 드는 걸 원치 않았기 때문이었다. 그녀가 까무룩 잠으로 떨어지는 순간 댄이 그녀의 머리를 후려쳤다. 침대 바로 옆에 붙어, 무기력한 그녀의 모습에 점점 더 신이 나 광폭해졌다. 의식을 잃어버리는 사이사이마다 그녀를 죽어라 하고 팼다. 막을 수 있는 방도는 없었다. 그저 그렇게 누워 죽음으로 떨어져갈 뿐이었다. 야금야금 그녀를 죽음으로 내몬다는 사실은 그로서는 말할 수 없는 기쁨이자 희열이었다. 언제나 그녀의 작은 부분 하나는 살아 있도록 했다. 그것이 분명 그에게 성적으로 가장 흥분되는 일이었을 것이다. 1년 동안 그녀 앞에 전시해 보여줬던 재미용 여자들의 질을 공격했던 바로 그 방식으로 그녀의 머리를 공격했다. 그에게는 강간당하는 여자들의 끔찍스러운 이미지를 통해 소리없이 은밀하게 소름 끼치는 웃음을 전달할 방법이 있었다. 그녀의 마음속에서는 대항할 만한 어떤 생각도 형성될 수가 없었다. 그는 기분 내킬 때마다 선전용 녹음을 크게 틀었다.

"내 사랑, 당신을 잃는다면 내겐 아무것도 남는 게 없어요." 그것이 단조롭게 돌고 돌았다.

그녀가 정신병원에 도착한 것은 토요일 아침이었다. 간병인들이 정신병 환자들을 웃으며 맞았다. 그녀는 좀 놀라지 않을 수 없었다. 그곳은 엄밀히 말하면 개돼지 취급을 받는 가난한 문맹 배츠와나인을 위한 시설이었다. 보츠와나에서는 그런 사람들만 정신이 나가는가보았다. 환자들은 문맹인데다 가난하고, 그 시설은 국립병원이었기 때문에 목욕 비누도 몸을 닦을 수건도 제공되지 않았다. 악취가 말도 못했다.

간병인들이 그녀의 옷을 벗긴 뒤 면으로 된 갈색 환자복을 주었다. 내의도 없었다. 그녀는 잠시 악취가 진동하는 병동을 비참한 기분으로 둘러보고는 몸을 돌려 침대 위에 누웠다. 간호사 한 사람이 싱글거리며 다가왔다.

"아이가 있다면서요?" 그녀가 말했다.

엘리자베스가 불같이 화를 내며 고함을 질렀다. "당신이 무슨 상관인데? 나 좀 가만 놔두라고."

간호사가 빙긋 웃었다. 정신병자임이 확인된 셈이었다. 다들 그런 식이었으니까. 자신이 과연 거기서 어떻게 빠져나올 수 있을지 알 수 없었는데 돌이켜보면 오해연발 코미디식의 사건이 갈수록 첩첩이 쌓여갔다고 엘리자베스는 후에 톰에게 말했다. 자신에게 무슨 일이 벌어지고 있는지 알았다. 누가 자신을 죽이려 하는지도 알았다. 그자가 악독하게, 잔혹하게, 사납고 위험천만하게 사악한 인물임을 알았지만 주도권은 그에게 있었다. 그는 그녀의 삶과 죽음을 좌지우지하는 힘을 신나게 누리고 있었고 쥐를 천천히, 참을성 있게 계속 후려치는 고양이와 비슷했다. 그녀는 그런 차원에서는 굴복할 수밖에 없었다. 하지만 정신의 명료한 부분은 이렇게 말하고 있었다. "이 더럽고 냄새나는 망할 자식아. 아, 더럽고 추잡한 후레자식 같으니라고."

그녀가 몸을 돌려 이 말 그대로 배츠와나 간호사에게 쏘아붙였다. 그들이 말했다. "이봐요, 여기는 환자가 그냥 누워서 호강하는 병원이 아니거든요. 일어나서 병원 청소하는 걸 도우라고요. 여기서는 환자도 일을 해야 해요."

정말 그랬다. 환자들이 이른 아침부터 병동 전체를 물로 청소하고 마당을 쓸고 침대보를 빨았고, 간병인들은 주변에 서서 감독만 했다. 어차피 엘리자베스는 뼈만 남은 시체나 마찬가지여서 일어날 힘도 없었지만, 이 말을 듣고 큰 소리로 되받아쳤다. "난 아프리카인이 아니야, 보면 몰라? 아프리카인이 되고 싶다는 생각은 한번도 해본 적이 없다고. 망할 자식들아, 날 좀 내버려두라고!"

그들은 원하는 대로 해주었다. 그녀가 하는 말을 믿었으니까.

월요일 아침 처음으로 의사를 만났을 때도 같은 말을 해주었다. 할 말은 아무것도 없으니 그냥 내버려두라고 했다. 그가 벌컥 성을 냈다. 그는 이 나라의 유일한 정신과의사였으므로 무지하게 대단한 사람이었다. 내 환자 중에 얼마나 교양 있고 돈 많은 환자들이 많은데! 이 나라에서 나를 보내지 않으려고 얼마나 노심초사하는데! 내가 이 분야에서는 최고 전문가라고, 그런데 네가 뭔데 내 치료를 거부해? 그녀가 도도하게 그를 마주 쏘아보았다. 그녀에게 그는 그저 약간의 교양이 있는 또 하나의 유럽인 돌팔이의사일 뿐이었다.

"당장 나가!" 그가 말했다. "네가 여기에서 3년을 있건 말건 난 상관 안할 테니!"

하루에 세번 안정제를 주는 일 외에 모두가 그녀를 무시했다. 그녀에게는 곧 정해진 일과가 생겨서, 온종일 누워 나무들이 무성하게 자란 언덕을 창문 너머로 골똘히 바라보거나 아침에 태양이 떠서 저녁에 언덕 너머로 사라질 때까지 그 움직임만 줄곧 눈으로 좇기도 했다. 해가 질 무렵엔 늘 아이가 여전히 놀이생각에 빠져 황토색 흙길을 걸어내려왔다. 스탠리부인에게서 편지가 왔는데, 초콜릿 한 상자와 아이가 보내온 쪽지가 함께 들어 있었다. '사랑하는'의 철자가 틀렸다. "자랑하는 엄마, 집에 언제 와?" 그녀가 속으로 펑펑 눈물을 쏟았다. 이건 그저 죽음을 기다리는 문제였다. 끝모를 우울증이 찾아올 때면 자살을 생각했다. 그래서 하루에 육십알 정도를 한꺼번에 삼켜버릴 셈으로 안정제를 모으기 시작했다.

어느날 간호사가 다가와서 말했다. "일어나요. 손님이 찾아왔어요."

"누군데요?" 그녀가 물었다.

"백인 남자예요. 톰이라고, 당신 친구라는데요."

그녀가 벌떡 일어나 날카롭게 쏘아붙였다. "만나고 싶지 않다고 전해줘요."

간호사가 웃었다. "오우!" 그러곤 말했다. "당신 미쳤군요, 그죠? 흑인도 싫다, 백인도 싫다. 그냥 다 싫은 거군요."

그러면서도 그대로 말을 전해주었다. 곧 다시 돌아와서 말했다. "안 가겠대요. 당신을 꼭 만나야겠대요. 필요한 건 뭐든지 다 가져 다주겠다고, 자기가 당신 친구라고 하면서요."

불현듯 톰을 보내버리는 일이 그녀에게 생사가 걸린 문제가 되었다. 부들부들 떨리는 손으로 사물함을 뒤져 아들이 준 볼펜과 종이 한장을 찾아내서 그 위에 적기 시작했다. "톰, 다시는 당신을 만나고 싶지 않아요. 지금도 그렇고 앞으로도 영영."

간호사가 편지를 들고 나갔다가 꾸러미를 하나 들고 돌아와 엘리자베스의 사물함 위에 놓았다. 담배 한보루였다.

"당신 참 나쁜 사람이네요." 그녀가 못마땅하게 말했다. "그 사람이 당신 편지를 읽고는 울더라고요. 자, 그가 써준 편지예요."

"당신을 꼭 다시 만날 거예요, 엘리자베스." 도전적인 말투로 그렇게 적혀 있었다.

그녀가 베개에 얼굴을 박고 울부짖었다. 그러자 곧바로 간호사가 상냥하게 동정심을 보였다. 엘리자베스의 손을 쓰다듬으면서 말했다. "아픈 사람들이 하는 일은 다들 이해해요. 자, 울지 마요." 그러더니 몸을 숙여 엘리자베스의 귀에 대고 무슨 음모라도 꾸미는 말투로 속삭였다. "혹시 남자친구인가요?"

엘리자베스가 웃음을 터뜨렸다. "내 나이가 그의 엄마뻘은 되는

데! 내 아들이에요. 걔는 내가 이 얘기하는 걸 아주 싫어하지. 아주 남자다운 성격이니까. 그런 남자들한테는 엄마 같은 건 없으니까."

"오우!" 그녀가 역시 웃으며 말했다. "그러니까 당신도 사람이네? 늘 얼마나 화가 나 있는지 우리가 당신을 야생동물이라고 부르잖아요."

엘리자베스가 먼 곳을 응시했다. "내가 화나는 건 딱 한가지뿐이에요." 그녀가 말했다.

"그게 뭔데요?"

"쎌로." 그녀가 대답했다.

간호사를 바라보며 물었다. "쎌로 알아요?"

간호사가 고개를 저었다. "당신이 쎌로 얘기를 꺼내지 못하게 하라는 게 의사선생님 지시예요."

오해연발 코미디는 그녀의 내면에 가해지는 고난이 자꾸 바깥으로 튕겨나오며 촉발되었다. 그녀는 갑자기 격분해서 아프리카인이 아니라는 사실에 대해 고함을 질러대곤 했다. 그녀가 하고 싶은 얘기는 자신의 머리를 산산이 박살내는 그 검은 손이 너무 싫다는 것이었다. 그를 붙잡을 수만 있다면 그의 눈을 파내고 갈기갈기 찢어버리겠다는 것이었다. 이런 얘기들을 아무 죄도 없는 사람들에게 퍼부었다. 어느날엔 침대에서 자리를 박차고 나와 바닥에 발을 쾅쾅 구르면서 간호사에게 욕설을 한바탕 퍼부었다. 간호사가 의사에게 달려가 이 사실을 보고했다. 간호사가 다시 돌아와 쌀쌀맞게 그녀에게 말했다.

"의사선생님이 좀 보자고 하셔요."

엘리자베스로서는 뜻밖에도 의사는 상냥히 웃고 있었다. 한 손을 공중에서 크게 휘두르며 말했다. "앉아요. 차 한잔 할래요?"

엘리자베스가 고개를 끄덕였다. 그가 차를 따르고는 목소리를 낮춰 말했다. "여기 사람들은 나쁜 사람들이에요. 다 거짓말쟁이죠." 갑자기 요란한 경고 싸이렌이 그녀의 머릿속에서 울렸다. 그녀가 오랜 친구라도 되는 양 그는 찻잔을 그녀 쪽으로 밀었다. 그녀는 벌떡 일어나 방에서 뛰쳐나오고 싶은 충동을 억누르느라 무진 애를 써야 했다. 그 역시 완전히 정신이 나간 것이었다. 흑인들을 진짜로 너무 싫어하는 것이다. 그녀가 자신의 악몽을 그에게 털어놓는다는 건 가당치도 않은 일이었다. 그는 자기 나라 욕을 하고 있었으니까. 이 나라엔 남아프리카공화국 스파이가 잔뜩 있었다. 독립을 했으니 이제 우리가 뭐라도 해야겠다는 생각조차 할 필요가 없었다. 이 나라는 사실 남아프리카공화국 정부가 좌지우지하고 있었으니까. 의사가 그녀와 통하는 게 있다고 멋대로 가정한 것은 그 때문이었다. 전날까지만 해도 그녀가 자신의 직업을 모욕했다는 생각에 그녀의 얼굴을 마주하는 것도 참을 수 없었으면서 말이다. 그런데 그를 잘 이용하면 정신병원에서 나갈 수 있겠다는 생각이 들기 시작했다. 그는 그녀가 정말로 어디가 아픈 건 아니라고 분명히 말했다. 그냥 약간의 신경쇠약이 있을 뿐이라는 것이었다. 그녀는 모멸감과 죄책감으로 온몸이 타오르는 채로 입을 꾹 다물고 있었다. 그 일로 생긴 단 하나의 좋은 결과라면 그녀가 간호사에게 욕설을 퍼붓거나 하는 일이 없어졌다는 것이었다. 그 이후 그녀는 미안하다는 투로 조용히 걸어다녔다. 침대에만 있지 않고 나가서 마당을 비질하는 일도 도와주고 주변에 관심을 갖기 시작했다. 동료 인종주의자로 취급되었다는 충격에 돌연 제정신이 얼마간 돌아왔다. 하지만 그녀는 자신들이 같은 부류의 인간이 아니라는 사실을 굳이 그에게 설명하려 하지 않았다. "아, 벌써 많이 나아졌군요." 그가 말했다. "일을 도와주고 있네요. 점심상도 차리고. 곧 집으로 돌아갈 수 있을 거예요. 치료가 잘되었어요. 어린 아들이 있죠? 몇살이에요?"

그녀가 간절한 표정으로 그를 바라보았다. 몇주 있으면 땅꼬마의 생일이었다.

"아이 생일에 스탠리부인에게 돈을 좀 보낼 수 있을까요?" 그녀가 물었다. "곧 일곱살이 돼요."

"그럼요, 물론이죠." 그가 아량을 베풀듯이 말했다. "수표 쓰는 걸 도와줄게요."

그것은 정말이지 그의 훌륭한 점이었다. 아이들은 사랑했던 것이다. 비록 인종주의자였지만 그것은 아이들의 아버지인 흑인에게까지 미치지 않았다. 그가 그녀에게 고개를 돌리고 말했다. 당신이 쎌로라는 남자에 대해 얘기한 게 마음에 들지 않아요. 그건 나쁜 일이었어요. 그러고는 서글프게 다시 저 멀리로 시선을 돌렸다. 당시에 그녀는 아무런 감정 없이 그를 똑바로 바라봤을 뿐이었는데, 잔악하기 짝이 없는 살아 있는 완전한 허위인 댄이 온갖 고문을 가하며 쎌로에 대한 거짓 진술들 속으로 그녀를 몰아넣었다는 사실이 나중에야 분명해졌을 때 그녀는 거의 죽고 싶은 심정이었다.

아이가 여덟명이라고 의사가 그녀에게 말했다. 혹시라도 믿지 않을까 싶었는지 어느 토요일 아침 그 아이들을 모두 데리고 병원에 와서 그녀에게 인사를 시켰다. 첫째 딸은 길게 늘어뜨린 갈색 머리칼이 허리께까지 내려왔다. 의사는 아이들을 무척이나 자랑스러워해서, 얼굴 가득 환한 웃음을 띠고 말했다. "봐요, 엘리자베스. 당신도 곧 당신 아들을 보게 될 거예요."

안정제를 주고 그녀의 아들에 대해 얘기를 나누는 일 외에 그는 그녀의 신경쇠약의 원인을 굳이 파고들려 하지 않았다. 그는 돌팔이 의사에 인종주의자였을지는 모르지만 한편으론 따뜻한 마음을 가진 기품 있는 인간이었다. 땅꼬마의 생일이 지난 몇주 후 그녀는 집으로 돌아갈 수 있었다.

땅꼬마는 거의 알아볼 수 없을 정도였다. 스탠리부인이 내키는 대로 아무 데나 신나게 돌아다니게 내버려뒀기 때문에 아이는 허클베리 핀이 되어 있었던 것이다! 어느날 아이는 친구 올리버와 세상의 가장자리를 찾겠다고 용감하게 집을 나섰다고 했다. 염소가 몽땅 떨어져내리는 광경을 보고 싶었다는 것이다. 그러고는 그녀를 책망하듯 쳐다봤다. 덤불숲에서 길을 잃고 헤매는 것을 올리버의 아버지가 찾아냈다고 했다. 그러고는 세상의 가장자리 같은 건 없다고 아이들에게 말해줬던 것이다. 사실 땅꼬마는 스탠리부인의 집에서 무척 즐거운 시간을 보냈기 때문에 엘리자베스의 아들이라는 사실이 몹시 불만스럽던 중이었다.

"엄마는 스탠리 아줌마처럼 요리도 못하잖아." 아이가 투덜거렸다. "먹고 싶은 건 다 먹었는데. 내가 원하는 건 뭐든지 아줌마가 다 해주셨다고. 엄마는 맨날 안돼, 안돼, 안돼, 그러기만 하잖아."

그러고는 까만 눈동자를 들어 그녀를 바라보며 말했다.

"2학년 아이들이 다 엄마가 미쳤대."

그녀가 집에 막 도착한 참이었다. 여전히 병이 깊은 상태였다. 정신병원의 상태가 너무나 형편없었기 때문에 거기서 나오기 위해 필사적으로 노력했을 뿐이었다. 그녀가 침대에서 반쯤 몸을 일으켜 짜증스럽게 내뱉었다.

"그래, 엄마는 미쳤어. 이 집에 있기 싫으면 너 좋아하는 것들 다 싸들고 나가버려. 아이를 원하는 사람들은 쎄고 쎘으니까."

아이가 침대 옆의 바닥 깔개 위에 앉은 채로 약간 걱정스럽게 그녀를 바라봤다. 엄마는 말하는 대로 행동하는 무지막지한 경향이 있었고, 아이는 그렇게까지 할 생각은 아니었던 것이다. 아이는 말투를 누그러뜨리기로 했다.

"난 엄마들이 좋아." 그가 영악하게 말했다.

아이가 바스대기 시작했다. 오후가 되어 기울어지기 시작한 해가 나오라고 재촉하고 있었다. 오전엔 학교에서 내내 수업을 들어야 했다. 아이가 제일 좋아하는 건 노는 시간이었다.

"나 축구팀이 있어." 아이가 말했다. "이제 축구할 줄 알아. 축구공 사주면 안돼?"

"사줄게." 그녀가 대답했다.

"언제?" 아이가 물었다.

"내일." 그녀가 말했다.

아이는 기쁨에 겨워 벌떡 일어나더니 순식간에 집 밖으로 뛰쳐나가서는 해가 질 때까지 코빼기도 보이지 않았다. 그녀는 오후 내내 지독한 우울과 무의미한 생각에 시달리게 될 것이었다. 어떤 종류든 약에 의지하지 않고는 살아나갈 수 없을 듯했다. 온 신경은 비명을 지르며 팽팽히 당겨져 극심한 고통을 안겨주었다. 집에 돌아오는 길에 맥주를 몇병 사왔지만, 사실 전혀 도움이 되지 않았다. 맥주를 마시면 오히려 더 깊은 우울증의 구렁텅이로 굴러떨어졌고, 그러면 아무 생각없이 망연자실한 채 바닥에 앉아 있을 뿐이었다. 그녀가 맥주를 막 한모금 홀짝였을 때, 아주 분명하게 쎌로가 말하는 소리가 들렸다. "안녕."

그녀가 동작을 멈추고, 한 팔을 세워 몸을 일으키며 쎌로가 앉아 있던 방 쪽을 쳐다보았다.

"아직 여기 앉아 있는 거예요, 첼로?" 그녀가 큰 소리로 물었다. "이제 또 뭘 원하는데? 난 이미 죽은 몸이야. 이제 당신에게는 재미도 없을 거라고. 가버리지 그래요?"

"당신이 좋아서 여기 있는 거야." 그가 말했다.

"아." 그녀가 말했다. "정신병원에 갔는데, 정말 지옥 같았어. 그래서 돌아왔는데, 여기도 지옥이야. 끝은 어디인 거지?"

침실 한 구석에서 댄이 멀쩡히 살아서 확 튀어나왔다.

"네 스스로 끝내게 될 거야." 그가 말했다. "자살하게 될 거라고."

그녀는 잠자코 있었다. 자살하기에 충분한 약이 있었다. 지독히 우울했으므로 충분히 스스로 목숨을 끊을 수 있었다.

"끝났어." 그가 우악스럽게 말했다. "다 끝났다고."

하하하. 최고로 번들번들한 까사노바와의 대단한 로맨스는 끝장이 났다. 그가 그렇게 공표한 것이다. 하지만 조건이 있었다. 그 망할 자식이 하나의 녹음을 끄고 다른 녹음을 틀었다.

"나에 대한 짝사랑으로 고통받아라." 극심한 고통이 그녀의 가슴을 쥐어짰다.

무슨 일이 벌어지고 있는 건지 제대로 이해하는 데 며칠이 걸렸다. 드라마는 빠르게 결말로 치닫고 있었다. 두 남자는 각기 다른 방식으로 거의 죽어가는 그녀의 몸을 두고 격렬한 싸움을 벌이고 있었다. 첼로는 그녀를 다시 살려내려고 기를 썼다. 죽음은 관을 이미 마련해놓고 거기 못을 박고 있었다. 그날 오후 그는 그녀가 몇 날 몇시에 죽을 것인지를 극적으로 공표했다. 다음날 1시 15분 전이라고 했다. 이 선언을 하고 난 후 무시무시한 협박을 해댔다.

"넌 살아 있어봤자 아무 소용이 없어." 그가 말했다. "이제 자기통제가 전혀 안되잖아. 네게 남은 길이라고는 몸 파는 것밖에 없어.

넌 앞으로 불륜을 여덟번 저지르게 될 거야." 그러면서 그가 손을
활짝 펴고 느긋하게 좌우로 흔들었다.

맥주와 약물로 머리가 핑핑 도는 중에 그녀가 멍하니 졸기 시작
했다. 해가 질 무렵 대문가에서 낯익은 목소리가 들려왔다.

"엘리자베스! 나 왔어요!"

그녀는 벌떡 일어나서 문으로 뛰쳐나가며 소리쳤다. "톰!"

순식간에 그녀의 몸 안으로 활기가 차올랐다. 육중한 장화가 길
을 따라 올라오며 반짝거렸다. 그가 만면에 웃음을 띠고 문에 멈춰
섰다. "당신이 돌아왔다는 얘기를 지금 막 듣고 정신없이 달려왔어
요." 그가 말했다.

그녀가 웃음을 터뜨렸다.

"내가 그런 소리까지 했는데도?" 그녀가 말했다.

그가 몸을 획 돌려 집 안으로 들어갔다.

"후레자식이든 큐 클럭스 클랜이든 내키는 대로 아무렇게나 날
불러도 상관없어요." 그가 말했다.

그녀가 기겁을 했다. "내가 정말로 그런 말을 했어요, 톰?"

"그럼요, 그랬죠." 그가 말했다. 그가 몸을 돌리더니 날카롭고 새
된 신경질적인 그녀의 목소리를 흉내 냈다. "톰, 당신이 큐 클럭스
클랜의 오명에서 벗어날 수 있을 것 같아? 너도 그걸로 더럽혀졌
어. 너희들은 다 후레자식이야." 그러더니 그것이 그녀가 지금껏
자신에게 한 말 중에서 가장 유쾌한 말이라도 되는 듯 웃어젖혔다.

"미안해요." 그녀가 말했다.

그는 계속 웃었다. 들고 온 꾸러미를 싱크대 가장자리에 내려놓
더니, 예전에 그랬듯 더러워진 웃옷을 홀떡 벗어던지고는 씻기 시
작했다.

"맙소사." 그가 그녀를 놀리며 말했다. "당신은 난리를 쳤다 하면 정말 제대로 친다니까. 루끄레찌아 보르쟈[7], 그 요란한 우렛소리가 다 어디서 났대요?"

그가 고개를 젖히며 호탕하게 웃었다.

"당신 때문에 그 덜떨어진 늙은 새 존스가 완전히 혼이 나갈 정도로 겁을 먹었잖아요." 그가 말했다.

"존스부인이 뭐라고 떠들면서 돌아다녔는지 알아요? 엘리자베스가 날 미워해요. 있을 수 없는 일이에요. 사랑은 증오를 극복한다는 걸 당신들 모두에게 보여줄 거예요. 완전히 멍청하다니까요."

"미안해요." 그녀가 쓰라린 마음으로 말했다. 자신의 죽음이 바로 코앞에 보였다. "뭘 가져온 거예요, 톰?" 딴 데로 관심을 돌릴 겸 꾸러미에 손을 대며 물었다.

"먹을 거예요." 그가 말했다. "콩팥이랑 쌀이랑 상추랑 토마토요. 집에 먹을 게 없을 것 같아서 저녁거리로 좀 가져왔어요."

그녀가 냄비를 꺼내 저녁을 지으려고 싱크대로 움직였다.

"놔둬요!" 그가 명령조로 말했다. "내가 할 거예요. 당신은 가서 좀 앉아 있어요. 거의 죽은 사람처럼 보여요."

그녀가 아이의 침대겸용 의자로 가서 앉았다. 맞은편 의자에 앉아 있던 쎌로가 문득 선명하게 눈에 들어왔다. 그가 실체 없는 얼굴 윤곽선을 그녀 쪽으로 돌리며 말했다. "저 사람 참 마음에 들어."

"나도 그래요." 그녀가 말했다.

"뭐라고 했어요?" 부엌에서 콩팥과 밥으로 스튜를 끓이기 위해 냄비를 달그락거리며 톰이 물었다.

---

7 교황 알렉산드르 6세의 딸로 팜 파딸로 알려져 있다.

"당신이 좋다고 했어요." 그녀가 말했다.

그가 냄비를 내려놓고 다가와 그녀 곁에 앉더니 한 팔로 그녀의 목을 감았다.

"루끄레찌아 보르자." 그가 자상하게 말했다. "당신은 좋아하지 않는 사람이 없군요. 채소밭에서 처음 만났던 날 나한테 뭐라고 했는지 기억해요? 밭 중간을 따라 넓은 길이 뚫려 있고 양쪽으로 샛길이 많이 나 있으면 사람들이 와서 돌아보며 구경을 할 거라고 했죠. 채소들도 그걸 좋아할 거라고요. 그때 속으로 이런 생각을 했어요. 여기 이게 다 뭐라고? 물고기도 아니고 날짐승도 아닌데. 이 여자 정말 재밌는 사람이네. 하하하. 채소가 뭘 좋아하는지 자기가 어떻게 알아? 좋아하는 감정이 사람에게만 있는 게 아니라 채소한테도 있다는 거야?"

비록 그녀는 깨닫지 못했지만 그녀의 영혼의 죽음은 사실 그 순간 멈췄다. 어떻게 그렇게 됐는지 꼬집어 말할 수는 없지만, 그녀가 관 속에 들어앉아 있는 것을 보고 그가 손을 뻗어 꺼내준 것만 같았다. 나머지는 그녀 스스로 했다. 그 순간부터 그녀는 지옥에서 빠져나오기 위한 열네번의 도약을 하기 위한 자세를 갖췄던 것이다……

"알다시피 쎌로가……" 그녀가 말을 꺼냈다.

"그 걱정은 하지 말아요." 그가 말했다. "유진이 걱정을 많이 했어요. 그래서 그에게 전화를 했죠. 쎌로가 분명 당신이 심각한 심리적 압박에 시달려서 그랬을 거라고 말했대요. 심각하게 받아들이지 않았어요."

"그런 짓을 한 건 내가 그를 미워하는 데에는 분명한 근거가 있다고 생각했기 때문이에요." 그녀가 말했다.

"그건 당신이 아주 잘못 안 거예요." 그가 정색을 하며 말했다. "사람들은 그의 입장에서 충격을 받고 화를 냈어요. 그런데 그가 당신을 이해하는 쪽으로 방향을 돌려놓은 거예요. 합당한 말만 하고 전혀 동요하지 않았어요. 정말 대단한 사람이에요."

그녀가 말없이 앞에 앉은 쎌로를 바라봤다. 그가 초래한 일이었다. 그 자신이 이렇게 정신 나간 상황을 즐겼고, 영혼이 되어 허공을 돌아다니는 일을 좋아했던 것이다. 그녀의 삶에서 벌어지는 그런 식으로가 아니라 정상적인 방식으로 행동했다면 더 나았을 것이다.

"들려주고 싶은 얘기가 있어요, 톰. 쎌로와 지옥에 대해서요." 그녀가 말했다. "내 안의 고통이 너무나 극심해서 누군가에게는 얘기를 해야겠어요."

"좋아요." 그가 말하면서 벌떡 일어났다. "일단 저녁을 먼저 지을게요."

이리저리 움직이면서 그는 끊임없이 떠들었다.

"밭에 내려가볼 거예요?"

"그럼요." 그녀가 말했다.

"언제?"

"잘 모르겠어요, 톰. 몸이 아직 안 좋아요."

"금방 괜찮아질 거예요. 어느날엔가는 만사가 다 괜찮아질 거예요. 사람들이 생각하는 건 전혀 신경 쓸 것 없어요. 사람들은 금방 잊어버려요. 지금은 엄청 쑥덕거리고들 있지만 한두달만 지나면 기억에서 다 사라질 거예요."

"나한테 닥친 건 예삿일이 아니에요." 그녀가 절망적으로 말했다.

"알 것 같아요." 그가 말했다. "말도 안되는 싸움이 벌어졌던 거죠."

"톰." 그녀가 말했다. "내가 기운을 차릴 때까지 계속 와줄 수 있어요?"

"물론이죠." 그가 말했다. "매일 올게요."

콩팥 튀기는 냄새가 집 안에 가득했다. 그가 쌜러드 야채와 토마토를 썰어서 그릇에 담았다. 땅꼬마가 문을 열고 살그머니 들어왔다. 톰과 땅꼬마 둘 다 밖에서 일을 많이 해 배가 무척 고팠다. 톰이 음식을 식탁에 올려놓자마자 두 사람은 손도 안 댄 엘리자베스의 접시를 탐내듯 힐끗거리면서 게걸스레 먹기 시작했다. 그녀는 천천히 맥주만 홀짝거렸다. 그러다가 적절한 순간에 자신의 접시를 식탁 가운데로 밀어놓았다. 두 허기진 늑대가 바로 달려들어 각자의 접시에 나누어 담았다. 그녀는 멀찍이에서 바라보듯 두 사람을 보았다. 그들은 그녀의 삶에 생긴 푹 꺼진 분화구 같은 파괴의 흔적에는 전혀 상관없이 활기와 생기가 넘쳐흘렀다. 톰이 접시를 모아서 싱크대로 가져갔다.

"엘리자베스." 그가 흥겹게 말했다. "난 당신 집이 참 좋아요. 당신은 절대 설거지거리를 쌓아두는 법이 없는 것 같아요. 다른 집에서 밥을 먹으면 설거지하는 데 몇시간이 걸린다니까요. 안 씻은 그릇들이 싱크대에 잔뜩 쌓여 있거든요."

땅꼬마는 화장실에서 세수를 했다. 톰은 천천히 맥주를 마셨다. 그녀를 바라보는 그의 얼굴에는 그녀가 너무나 사랑하는 그 특별한 태곳적 현자의 표정이 어려 있었다.

"나한테 하고 싶다는 얘기가 뭐였죠?" 그가 물었다.

연결되지 않은 채 단편적으로 이어지는 그녀의 이야기로 몇시간이 흐른 것만 같았다.

"톰, 당신은 절대 그런 식으로는 생각하지 않을 거예요, 그렇죠?" 그녀가 말했다. "난 선함에 대한 인식을 완전히 잃어버렸어요. 사람들이 매일매일 사용하는 그런 평범한 인식 말이에요. 통상적인 인간의 감정이라고 보기에는 말도 안될 정도로 극대화된 탐욕과 소유욕과 오만함을 지켜봤어요. 나는 언제나 일단 격렬한 충동에 따라 행동해왔어요. 그런데 내 기질로는 지난 3년 동안 겪어야 했던 일들을 감당할 수가 없었어요. 지옥과 암흑세계로 낯선 여행을 떠났던 것만 같아요. 빛이 동시에 보였기 때문에 그 암흑을 파악할 수가 없었어요. 그 빛에 관심이 끌린 후 줄곧 붙들려 있었는데, 그것이 쳴로였어요. 내게는 그가 하는 일이 종교 자체로 보였어요. 처음에 그런 식으로 다가왔으니까요. 그런데 그다음에는 바로 눈앞에서 일종의 영혼의 스트립쇼를 천천히 벌이는 거예요. 힘과 에너지를 소유한 인성으로서의 신 자체가 인간 고통의 근원이라고 넌지시 알려주었어요. 보통 사람들은 절대 우주를 말아먹거나 할 수 없어요. 너무 비대해져 사납게 타오르는 그런 종류의 힘을 지니고 있지 않으니까요. 그들은 그저 내내 그 힘의 희생자가 되었죠……"

그가 금방이라도 의자에서 벌떡 일어날 것처럼 들썩였다.

"잠깐만요. 그건 중요한 문제네요. 잠깐 생각을 해봐야겠어요." 그가 말했다.

그는 그녀의 말을 자신의 사고유형에 맞춰보려 애쓰며 잠시 깊은 생각에 잠겨 앉아 있었다. 그는 생각하는 데 정말 뛰어났다. 그녀는 자신이 생각을 계속해나가는 데 그가 언제나 도움을 주리라 믿었다. 잠시 후 그가 고개를 끄덕여 얘기를 계속하라는 신호를 보냈다.

그녀가 이야기를 다시 이어나갔다. "아주 옛날, 그 인성들이 자신들의 힘을 간파하게 됐던 때를 쎌로가 잠깐 보여줬어요. 그때 인간의 생명은 그저 소모품이었죠. 자신들의 힘에 미혹되어 다른 인간 생명이야 어떻게 되든 잘난 힘을 과시하는 데만 정신이 팔렸죠. 쎌로는 올드 파더 타임[8]처럼 상황을 완전히 좌지우지하는 듯했어요. 그가 인류의 운명을 저 암흑 속으로 마구 굴러떨어지게 만들었던 거죠. 정확히 이렇게 말했어요. '내가 인간 고통의 근원이다.' 그때는 너나 할 것 없이 모두 진흙탕에 코를 박고 있었어요. 진흙 얼룩이 인간 운명을 관통하는 암흑의 흐름처럼 계속 이어졌어요. 다시 한번 그가 전체를 장악하면서 인간의 운명을 빛으로 바꿔놓았어요. 내가 이런 얘기를 하는 건 그의 목소리가 인간 도덕성의 지배적인 주제로 아직도 귓가에 맴돌기 때문이에요. 신성함, 혹은 선함의 이미지를 다시 만들어냈어요. 예전의 힘과 에너지가 여전히 그대로 존재했지만 이번에는 부처 같은 인성을 만들어낸 거죠. 부처가 천천히 내게 다가왔기 때문에 그의 얼굴을 자세히 들여다볼 수 있었어요. 눈꺼풀이 눈을 덮고 있더라고요. 삶 전체가 내면으로 향해 있는 거죠. 지상의 왕좌와 명망에 마음을 뺏긴 채 잘났다고 활보하고 다니는 권력광이 아니었던 거예요. 그가 지닌 영혼 자체가 얼마나 거룩한지 기도니 뭐니 그런 것에도 무심했어요. 아무것도 들리지 않았고 아무것도 신경 쓰지 않았죠. 오직 내면적 소박함이 되었을 뿐이죠. 그것을 바라보면서 동시에 아프리카의 운명과 상황을 직면하는 일은 나의 죽음 보증서에 미리 서명을 하는 것이나 매한가지였어요. 여기서 내가 겪은 일이 얼마나 지독하게 야만적이었는지, 얼마나 모멸적인 일들을 당했는지 ── 여태껏 살아 있

---

8 시간의 의인화.

다는 게 기적 같다니까요! 게다가 쎌로만이 아니에요······."

그녀가 속절없이 그를 쳐다봤다. 댄의 얘기를 어떻게 꺼내야 할지 몰랐다. 그는 어떻게 설명을 할 수가 없었다. 일관성의 끈을 붙들 셈으로 다시 쎌로 얘기로 돌아갔다.

"쎌로는 나로 하여금 인류가 이제 기본적으로는 부처의 얼굴에 나타난 영혼의 유형을 얻게 됐다고 믿게 만들었어요. 영혼의 차원에서 그렇게 생긴 사람이 아주 많았어요. 그것에 너무 고무된 나머지 정신적으로 터무니없는 비약을 하고 말았어요. 인류가 그 영혼의 경이로움에 눈뜨게 되리라 생각했던 거죠. 정말 훌륭한 사람이 많으니까 가난 문제도 하룻밤 사이에 해결될 것이다. 그런데 결과적으로 그렇게 되지 않았어요. 난 결국 정신병원에 들어갔고 죽은 목숨이나 진배없으니······."

"당신이 한가지 잘못 생각한 게 있어요." 그가 심각하게 말했다. "인류가 눈뜨게 될 거라는 바람 자체가 잘못됐어요. 난 인류가 눈뜨길 바라지 않아요. 신뢰할 수가 없거든요. 뭐라도 보고 알게 되면 그것을 이용해서 서로를 죽이려 들 거예요. 원자력처럼 유용하게 쓸 수 있는 것들을 서로 죽이는 데 사용하겠죠. 자신들이 내면의 힘도 지니고 있다는 생각을 갖게 되면 무슨 짓을 할 지 상상이나 돼요?"

그녀가 고개를 끄덕였다. 그녀도 바로 그 지점에 와 있었다. 댄은 엄청난 내면의 힘을 과시했지만 그래서 그걸로 한 짓이 무엇이었던가? '난 한번 했다 하면 한시간은 계속해야 해. 죽어버려, 이 개만도 못한 것, 네가 있을 자리는 없어.'

"해결한 게 하나도 없어요." 그녀가 비참한 심정으로 말했다. "내가 상상조차 해보지 않은 것들이 정신을 지배하고 신경증적 공포를 만들어냈어요. 예수가 하신 말씀에 대해 두번 생각해본 적도 없어요. 영혼은 사실 탁 트인 영역이라 악마가 쉽게 침범할 수 있다 하셨죠. 악마들은 그냥 들어와서 계속 헤집고 다니고, 집 안을 깨끗이 청소해놓았다 하면 오히려 수만마리가 더 들어오는 거예요. 만약 내가 다른 사람의 집에 거처를 마련한다면 당연히 예의를 갖추고 그들의 안녕에 관심을 기울이겠죠. 악마들은 그렇지 않아요. 그냥 걸어들어와서 모든 걸 때려 부수고는 히죽거리며 웃을 뿐이죠……"

"남편감을 찾아보는 건 어때요, 엘리자베스?" 그가 물었다. "방어막이 되어줄 수 있을 텐데. 당신은 너무 혼자라서 더 공격을 받는 거예요."

"그건 내 계획에 들어 있지 않아요, 톰." 그녀가 말했다. "난 이런 일을 겪으려고 태어난 것 같아요. 난 체력이 엄청나게 좋았어요. 그런데 누군가 영혼을 짓누르면서 파멸의 낙인을 찍어놓았어요. 내가 그 존재에 대항하는 건 다른 사람들이 다 그렇듯 나도 살아야 하기 때문이에요. 정해진 세상사에서 밀려나도 상관없어요. 누가 이래라저래라 하는 소리 같은 건 듣지 않고 생겨먹은 대로 살고 싶어요. 어쩌면 언젠가 내세에는 나도 요리하고 애들 키우는 그런 여성이 될 수 있겠죠. 하지만 지금은 샤일록[9]이 내 살을 내놓으라고 하고 있어요. 뒷일을 수습해야죠……"

그는 무척 분주했다. 시간에 쫓기며 기를 쓰고 있었다. 그녀는 이제 얼마 못 갈 것이고 그는 자신만의 걸작을 만들어야 했으니까.

---

9 『베니스의 상인』의 악독한 고리대금업자.

그가 있는 곳에서 첼로가 그녀에게 말했다.

"그러고서 우리가 말했어. '우리에게 완벽함을 보내주세요.' 그러자 너를 보내준 거야. 그래서 우리가 물었지. '완벽함은 무엇인가요?' 그들이 대답했어. '사랑이다.'"

댄은 모든 면에서 첼로를 능가해야 했다. 그래서 대응물을 만드는 중이었다. 다리가 너무 더러워서인지 그가 다리를 닦는 것이 보였다. 그는 신이니까 아마도 그다음에는 거기에 생명의 숨결을 불어넣었을 것이다. 그 모형이 일어나서 엘리자베스 쪽으로 몸을 돌렸다. 둘은 어딜 보나 똑같았다. 엘리자베스의 앞에 서 있는 존재는 관능의 귀재라는 점만 달랐을 뿐. 입술이 두텁고 볼록 튀어나온 것이 육감적이었다. 순진해 보이려고 일부러 눈알을 굴렸다. 다리는 얼마나 연약한지 서 있기도 힘들 정도였다. 참혹함과 점액질이 비어져나왔다. 댄은 쓸데없이 이미지에 힘을 낭비하지 않았다. 1년 동안 엘리자베스에게 원하지도 않는 성에 대한 내밀한 정보를 알려줬다. 그런 오랜 훈련의 결과가 그녀 앞에 있는 모형이었다. 그는 미래에 대한 계획이 이미 다 짜인 것처럼 행동했다. 흥청대며 먹고 마시고 나쁜 짓을 일삼는 난리 굿판을 벌이는 것 말이다. 그러한 미래에 맞도록 그녀의 영혼을 구부리고 꺾어놓은 것이었다. 사람들이 뭘 좋아하고 싫어하는지 물어보는 건 그의 취향이 아니었다. 결국 계획을 세우는 건 인간이지만 결정하는 건 신이라는 말도 있지 않은가? 그에게 계획이 있는데 그가 신이기까지 하다면 창녀가 되는 게 싫든 좋든 모든 사람이 그 계획에 따라야 하는 것이다.

이제 댄이 그녀를 향해 다가왔다. 더이상 그녀는 존재할 필요가 없었다. 머리로 손을 뻗었다. 그녀의 두개골을 열고 그 안으로 신경을 긁어대는 듣기 싫은 목소리로 계속 떠들어대는 이 일을 몇달째 계속하고 있었다. 몇시간 후 그녀가 눈을 떴을 때 정신은 완전히 백지상태였다. 자기가 누군지, 여기가 어딘지, 오늘이 무슨 날인지, 아무것도 기억할 수 없었다. 머릿속에 들은 것이 아무것도 없었다. 그녀의 종말이 멀지 않았음을 이런 식으로 보여주는 것일까?

땅꼬마가 일어나 맨발로 조용히 그녀의 침대로 왔다. 아이의 이름이 기억나지 않았다. 그 영악한 꼬마 녀석은 축구공을 원하는 것이었다. 아이가 사랑스럽게 미소를 지으며 그녀의 뺨을 만지작거렸다. 그녀는 '넌 누구니?'라고 물어보기가 겁났다.

"축구공 사준다는 거 까먹은 거 아니지, 엄마?" 아이가 물었다.

시커멓게 그녀를 짓누르던 것이 약간 들린 느낌이었다. 그러니까 내가 쟤 엄마라는 거지?

"안 까먹었어." 그녀가 말했다.

"빨리 일어나서 아침 해줘야지." 아이가 말했다. "학교에 지각하면 벌받는단 말야."

"오늘 무슨 요일이지?" 그녀가 물었다.

"금요일." 아이가 말했다. "어제 독서수업이 있었는데 독서는 목요일에 있으니까 오늘이 금요일이 맞아."

무겁게 짓누르던 장막이 조금 더 걷혔다. 축구팀에 대해 아이가 재잘대는 얘기에 매달렸다. 팀 이름이 '대단한 열여섯'이라고 했다. 양쪽에 여덟명씩. 아이가 황토색 흙길을 걸어 학교에 간 후 그녀는 움직이지 않는 몸을 겨우 자전거에 싣고 읍내로 가서 축구공과 고기 한덩이와 맥주 열두병을 사서 돌아왔다. 맥주를 마시고는 바닥이 보이지 않는 깊은 우울의 구덩이로 침잠했다. 그녀는 1시 15분 전에 자살하기로 되어 있었다. 우울함이 얼마나 깊어졌는지 12시 30분경에 그녀는 일어나 서랍을 열고 약이 가득한 깡통을 꺼냈다. 아주 딱딱했다. 녹여야 할 것 같았다. 바로 그때 대문 밖에서 남자아이들 몇몇이 떠드는 소리가 들렸다. 아이가 와당탕 뛰어들어왔다.

"점심 안 먹어도 돼." 아이가 말했다.

그러고는 축구공을 집어들고 다시 와당탕 뛰쳐나갔다. 아이들이 대문 바깥쪽에 축구경기장을 만들었다. 오후 내내 그녀는 창가에 서서 아이들을 지켜봤다. 땅꼬마가 공을 너무 높이 차올리는 바람에 발라당 나자빠지고 말았다. 일어나서 다시 공을 찼지만 또 나자빠졌다. 그녀의 가슴에 지독한 통증이 느껴졌다. 그녀가 할 수 있는 일이라고는 그저 창문에 서서 삶을 겨우 붙들고 있는 것뿐이었다. 저녁 무렵 톰이 찾아왔을 때도 역시 별 도움이 되지 않았다. 머리부터 발끝까지가 전부 들쑤시는 신경 덩어리였고 영혼의 고뇌가 너무나 극심해져 그녀에게서 모든 것을 가로막았다. 톰이 건조대 위에 더러워진 웃옷을 던져놓고는 싱크대에서 얼굴과 팔을 씻기 시작했다.

"좀 어때요?" 그가 물었다.

그녀는 싱크대 가까이에 서 있었다. 그녀가 얼굴을 돌렸다. 죽어가고 있다는 사실을 매일 인정해야만 하는 상황에 처한 적은 한번도 없었다. 그가 동작을 멈추더니 걱정스레 그녀를 곁눈질했다.

"갑자기 일이 생겨서 떠나야 해요. 한동안 못 올 거예요." 그가 말했다. "내가 가고 없는 동안 당신을 돌봐줄 사람이 아무도 없을 텐데."

병약해지면 삶도 얼마나 달라지는지! 고아로서 정서적인 독립심을 지녔다는 것이 그녀의 유일한 자부심이었다. 그런데 이제는 흔적도 없이 사라졌다. 싱크대 곁에서 그가 씻는 걸 바라보며 시끄럽게 웃고 떠들던 때가 있었다. 그때 그녀가 바라봤던 것은 얼굴을 씻고 있는 한 사람으로서의 그가 아니라 그들이 얘기하던 일과 함께 보낸 그 하루, 그리고 거칠 것 없이 넘쳐흐르는 자유로운 마음이었다. 그것이 다 사라져버렸다. 그녀의 눈에는 이제 얼굴을 씻는 사람만 들어왔다. 그것은 너무 많은 것을 요구하는 것이었다. 이제껏 가졌던 어떤 친분도 이렇게 확실하게 정의된 적이 없었다. 그들이 정확하게 반반씩 그 친분에 기여하고 있었다는 것을 지금까지는 알아차리지 못했다. 마치 그녀의 정신적 반응의 양식의 반을 그가 지녔던 것만 같았다. 그들은 서로 생각을 주고받으며 중간에서 만났던 것이다. 그녀는 이제 그 반을 해내지 못하고 있었다. 그는 다시금 요리를 하고 얘기를 했지만 혼자 서 있었다. 그녀와 소통을 하려는 노력이 그의 진을 뺐다. 그것은 오직 온전하고 건전한 심신을 위한 친분이어야 했다. 기꺼이 암흑의 소용돌이로 빨려 들어갈 정도로 그녀를 측은히 여기는 마음이 그에게 없다는 게 아니었다. 그녀는 누구도 그곳에 데려가고 싶지 않았다. 혼자 죽는 편이 나았다.

"잘 있어요." 그가 드디어 말했다. "돌아오는 대로 바로 찾아올게요, 엘리자베스."

아, 그가 그녀에게 던져준 그 생명줄. 얼마나 너그러운 마음에서 솟아났는지 십억 인구도 먹여 살릴 수 있을 듯한.

다음날 아침 깨어났을 때 살아 있긴 하지만 정신이 남아 있지 않게 될까봐 잠이 드는 게 두려웠다. 밤이 한참 저물도록 앉아서 버텼다. 밖에서는 곤충들이 지나가버린 여름, 그리고 겨울을 나려고 장만해둔 양식에 대해 낮게 읊어댔다. 쎌로는 뭔 얘기인지를 계속하고 있었는데, 워낙 가만가만 얘기를 했기 때문에 밖에서 들리는 낮은 곤충소리처럼 들렸다. 이런 말들이 토막토막 그녀의 귀에 들려왔다.

"날 너무 미워하지 마, 엘리자베스……" 그러더니 아주 조심스러운 투로 말했다. "난 너를 좋아해." 다음 말이 이어졌다. "암흑의 시대에 대해 너에게 얘기한 건 다 사실이야. 그것이 아이고 동물이고 할 것 없이 모든 것에 힘을 행사했지. 그래, 동물까지 악용했다고…… 하지만 내가 변태라는 건 사실이 아니야. 다 댄이 지어낸 이야기지……"

동이 틀 무렵 그녀는 꾸벅꾸벅 졸기 시작했다. 그러자 바로 댄이 그녀 앞에 나타나서 이렇게 말했다. "난 네 아들의 생명을 앗아갈 수도 있어. 네 아들은 이틀 있으면 죽을 거야."

그녀는 화들짝 놀라 잠에서 깨어나 완전한 절망감에 사로잡혀 또다시 시작된 하루를 뚫어지게 바라봤다. 어렴풋한 생각 하나가 그녀의 마음을 확 잡아챘다. 존스부인, 존스부인. 존스부인에게 하고 싶었던 얘기가 뭐였더라? 그녀는 아침을 먹는 땅꼬마를 바라보며 차를 홀짝거리고 있었다. 아이는 음식을 대충 입에 퍼넣다시피 하며 먹는 꼴이 말이 아니었다. 축구에 미쳐 있는 터라 집에서 빨리 나갈 생각밖에 없었다. 토요일이어서 학교 수업이 없었으니까.

"존스부인께 편지를 좀 갖다드릴래?" 그녀가 말했다.

"뭐라고 쓸 건데?" 그가 물었다.

"시끄러워." 그녀가 말했다. "그냥 갖다만 드려. 넌 밥 먹는 게 왜 그러니?"

"친애하는 존스부인." 그녀가 편지를 쓰기 시작했다. "당신을 때려서 미안합니다. 3년 동안 인정이라고는 하나도 없는 악몽 같은 세상에서 살고 있어요."

땅꼬마가 나갔는가 싶더니 바로 존스부인이 발을 끌며 좁은 황톳길을 따라 올라왔다. 비틀거리며 집 안으로 들어서더니, 상처를 받아 금방이라도 쏟아질 것 같은 눈물이 가득한 눈을 커다랗게 뜨고 엘리자베스를 바라보았다. 그녀에게는 할 말이 너무나 많았다. 자리에 앉더니 자신이 좋아하는 예의 그 뻔한 말로 시작했다.

"지금까지 내내 당신을 보러 오고 싶었어요, 엘리자베스." 그녀가 말했다. "그런데 당신이 또 화를 낼까봐 오지 않았죠."

그녀가 엘리자베스를 간절하게 바라보더니 버럭 소리를 질렀다.

"악을 두려워해서는 안돼요. 아주 오래전에 예수께서 악을 극복하셨죠."

"그랬지." 쎌로가 큰 소리로 대답하는 통에 엘리자베스가 화들짝 놀랐다.

존스부인은 아무 소리도 듣지 못한 듯했다. 쎌로는 그녀의 바로 맞은편에 앉아서 그녀를 골똘히 쳐다보고 있었다. 아마 엘리자베스가 그 말을 했다고 여겼을 것이다.

"난 그저 예수님을 믿고 따를 뿐이에요." 그녀가 말했다. "이렇게 기도하죠. '주 예수 하나님, 당신을 섬기는 일에 제 목숨을 가져가주세요. 당신께서 적합하다고 생각하시는 대로 저를 써주세요. 가진 게 별로 없다는 건 잘 압니다. 전 그렇게 훌륭한 사람이 아니니까요. 하지만 당신께 도움이 되고 싶습니다, 하나님. 말씀하시는 건 모두 따라하겠습니다. 사람들이 혼자라고 느낄 때 그들을 찾아가겠습니다. 아픈 사람들이 있으면 그들을 찾아가겠습니다.' 악에 대해 그렇게 걱정하지 말아요, 엘리자베스."

엘리자베스가 믿기지 않는 표정으로 그녀를 쳐다봤다. 그녀의 얼굴에는 오랫동안 보지 못했던 무언가가 나타나 있었다. 눈가에서 은은하게 퍼져나오는 평범하고 인간적이며 다정한 어떤 기운이.

"지금은 어떤 것도 내 안에 들어오지를 않아요." 엘리자베스가 말했다. "어디 딴 데로 가버렸는지 내 안의 마음과 정신이 죽어버렸어요."

"괜찮아요." 존스부인이 말했다. "당신을 위해 기도해줄게요……" 그러고는 그녀를 졸리게 했던 예의 긴 독백을 주저리주저리 늘어놓기 시작했다. 엘리자베스는 그 말을 거의 듣지 않았다. 그저 인간을 바라보고 있을 뿐이었다.

엘리자베스가 생각했다. '사람들이 오, 하나님 저를 도와주세요, 라고 기도할 때 그들은 마음에 담아둔 한결같이 다정한 무엇, 연민과 자비심에서 거의 여성적이라고 할 선함이라는 개념을 향해 기도를 올리는 거야. 그런데 그들은 대개 자신들이 기도를 올리는 이 신과 마찬가지의 모습으로 돌아다니지. 순함과 별 대책 없는 막연함, 무력감, 순진한 동정심과 호소 같은 지금 존스부인의 표정을 대부분 지니고 있어. 그러면 그들은 누구에게 기도하는 걸까? 분명 그들이 절대 직접 볼 수는 없는 신이지. 보통사람과 다름없는 그런 신은 존재하지 않으니까. 천국과 지옥에서 메두사와 댄 같은 인물은 만나겠지만 평범한 인간의 친절함과 예절은 찾아볼 수 없을 거야. 하늘에 계신 신은 예절을 지키기엔 너무 대단하신 존재니까……'

존스부인이 그녀에게 뭔가 묻고 있었다. 그녀가 하는 말에 정신을 집중하기 위해 기를 썼다. 존스부인이 일어서며 말했다. "차 끓이는 데 필요한 게 어디 있는지 알려주면 내가 차를 끓일게요. 걱정 말고 그냥 앉아 있어요. 너무 아파 보이네요."

엘리자베스가 다시 자리에 앉았다. 예전 그대로의 것은 아무것도 없었다. 전에도 힘들고 괴로웠지만 그래도 존스부인과 차를 즐길 수는 있었다. 영원한 암흑의 악몽이 그녀의 삶을 완전히 부옇게 덮어버렸다.

이런 식으로 벌써 몇번의 주말을 보냈다. 댄이 재미용 여자들과 정신없이 돌아치는 걸 지켜보면서. 거의 광란에 가까웠다. 여자들은 마지막 대단원을 보여주는 모양이었다. 완전히 벌거벗은 채로 마구 돌아다녔다. 그녀는 맥주와 약을 입에 털어넣으며 계속 가라앉아갔다. 월요일 아침, 공포에 질려 소리 없는 비명을 지르며 그녀가 화들짝 정신을 차렸다. 땅꼬마가 열이 심하게 났다. 아이가 이틀 있으면 죽을 거라고 댄이 말했었다. 아이를 들쳐 업고 병원으로 달려갔다. 무릎에 생긴 상처가 곪아 열이 나는 것일 뿐이라고 했다. 집으로 돌아와 아이를 침대에 눕히고 그녀도 누웠다. 아이는 아스피린을 먹고 곤히 잠이 들었다.

하루 종일 그녀는 생명이 자신에게서 모두 빠져나가는 것을 느끼며 누워 있었다. 열에 들뜬 상태로 죽음이 다가오는 중에 댄이 자기는 이제 B…… 자궁양이랑 재미를 보겠다고 선언하는 소리가 들렸다. 자궁양의 자궁은 정말이지 절대 잊을 수 없다고 말했다. 두 사람은 미친 듯이 하고 또 했다. 그녀는 침대에서 반쯤 몸을 일으켰다. 이제 겨우 날이 저물고 있었다. 차 한잔이 간절했다.

첼로가 말했다. "아, 저렇게 흉포한 잔인성은 지금껏 한번도 본 적이 없어!"

그녀가 아이의 방 쪽으로 고개를 돌리자 첼로가 말했다. "엘리자베스, 사랑은 저런 게 아니야. 사랑이란 두 사람이 서로에게 자양분을 주는 것이지, 시체 뜯어먹는 악귀처럼 한쪽이 다른쪽의 영혼을 빨아먹는 게 아니라고!"

망가질 대로 망가진 그녀의 마음 깊숙이 그 말이 자리를 잡았다. 그 말을 다시 따라해보았다. 그녀는 일어나서 차를 끓이고 땅꼬마에게 죽을 끓여줬다. 뭔가가 무너져내렸다. 가슴속 통증이 차차 가라앉았다. 머릿속 폭풍우도 잦아들었다. 무언가가 실제로 자신의 몸을 연옥으로부터 들어올려 빼내는 느낌이 들었다. 기쁨으로 신나게 소리를 지르며 쎌로 쪽으로 몸을 돌려 손을 뻗었다. "고마워요! 아, 신이시여, 지옥에서 이렇게 꺼내줘서 정말 고맙습니다."

그 후로 모든 게 순식간에 진행됐다. 하늘 높이 비상하는 새인 쎌로가 일어났는데, 이번에는 머리부터 발끝까지 빛이 가득한 채 그녀에게 다가왔다. 댄은 여전히 그녀의 침대에서 자궁양과 볼일을 보고 있었다. 큰 충격을 받았는지 검은 눈을 크게 뜨고 쎌로를 올려다보았다. 아주 짧은 순간 그는 자신이 신이라는 사실을 잊고 허둥지둥 일어났다. 부도덕법[10]을 위반하고 흑인여성과 관계를 맺다가 걸린 남아프리카공화국의 보어인[11]처럼 보였다. 쎌로는 저 높이에서 그저 그를 내려다보았을 뿐 아무 말도 하지 않았다.

댄이 정신을 차렸다. 쎌로에게 침을 뱉으며 소리쳤다.

"뭣 같은 네 세상으로 돌아가진 않을 거야!"

엘리자베스 쪽으로 몸을 돌려 지독한 증오를 뿜으며 그녀를 노려봤다.

"네가 정말 싫었어." 그가 말했다. "언제고 쫓아다니면서 널 완전히 끝장내고 말 테다."

---

10 백인과 흑인(후에 유색인) 사이의 성행위와 결혼을 금지하는 남아프리카공화국 법.
11 네덜란드계 남아프리카공화국인.

그러고는 문을 부서져라 닫고 나가버렸다. 일이 너무나 뜻밖으로 이상하게 진행되는 바람에 자궁양은 겁에 질려 온몸을 부들부들 떨면서 기다시피 집을 나갔다.

"저자는 누구인가요?" 엘리자베스가 물었다.

"사탄." 쎌로가 말했다.

쎌로가 창문가로 걸어가 캄캄한 모타벵의 밤풍경을 내다봤다. 끔찍한 폭풍우가 한바탕 휩쓸고 간 뒤 놀란 가슴을 진정시키듯 그가 조용조용 말했다.

"미안해." 그가 말했다. "지금까지 벌어진 모든 일에 대해서. 내 두뇌와 그의 두뇌 간의 기지의 대결이었는데 그는 뱀처럼 요망하고 약삭빨랐지. 그는 결국엔 실패로 끝날 어떤 계획이 되어야 했어. 너도 봤던 그 빨간불, 그게 항상 골칫거리였지. 그걸 손에 넣으면 사람이 아주 미쳐버린다니까. 그로 인해 문명이 계속해서 결딴났는데, 그는 아예 우주 전체를 박살낼 정도로 그 힘을 얻게 된 거야. 얼마 전에 그를 살펴봤어. 그를 깨워서 그것이 얼마만한 영향력이 있는지 실감하도록 했지. 신이 나서 아주 정신이 나가버리더군. 모든 삶을 자기 의지대로 구부리고 부숴버릴 수 있다는 사실을 알았지. 모든 걸 지켜보며 관망했어. 그의 유일한 계산착오가 바로 너였어. 너와 싸움을 시작했다 하면 그들은 스스로 깨닫기도 전에 죽어버리거든. 넌 여전히 돌팔매질로 거인을 쓰러뜨릴 수 있는 거야."

그가 몸을 돌려 엘리자베스를 향해 사랑스럽게 미소 지었다.

"의식에는 굉장히 많은 층이 있어." 그가 말을 이었다. "인류에 대한 봉사를 완성하는 너의 표면층을 그에게 보여주었지. 열등한 존재가 우월한 존재를 만나도록 한 것이었는데, 그가 곧장 네게 달려들어 널 땅바닥에 대고 짓밟았어. 그의 눈에는 단지 나약한 승려

밖에는 보이지 않았던 거지. 너무 연약하고 부드러워서 그의 잔인하고 광포한 격정이 다 솟구쳐 일어났어. 그런 자들은 무력하고 연약한 존재를 보면 아주 난폭해지니까. 자신과 크기가 비슷한 상대에게는 절대 덤비는 법이 없어. 난 나약한 승려가 뒤에 감추고 있는 어마어마한 힘은 절대 그에게 보여주지 않았어. 그를 없애버리기 위해서 뒤에 물러난 채 일을 해나갔지. 우리가 중대한 위험을 제거한 거야. 그의 악의 의지와 결합된 힘은 거의 모든 걸 삼켜버릴 암흑을 만들어낼 수 있었으니까. 암흑의 시대 이전, 혹은 소위 인간의 타락 이전이 바로 그런 상태였어. 그들은 자신들의 힘이 어떤지 알았으므로 무자비하게 죽였지. 그의 마음과 정신에 가득 찬 오물은 나로서도 어떻게 할 수가 없었지만, 너를 통해 그의 힘을 제거할 방법이 있다는 걸 깨달았어. 넌 그와는 비할 수도 없이 엄청난 힘과 함께 창조됐어. 절박한 시대에 그 창조가 이루어졌고, 권력광들에 대항한 우리의 무기는 즐겁게 웃는 광대의 얼굴 뒤에 감추어져 있었지. 넌 네 진정한 힘을 절대 알지 못할 거야. 그 힘이 어떤 일을 할 수 있는지 알기 때문에 네게 절대 알려주지 않을 거거든. 영혼의 사태가 정말 힘의 문제라면 영성의 힘을 소유한 사람들은 누구나 악마가 될 수 있겠지."

그는 말을 멈추고 잠시 생각에 잠겼다.

"내 파멸을 초래한 것은 힘이 아니었어. 여자였지. 특히 창조적인 면에서 나와 상호보완적인 어떤 특별한 여성. 너와 네가 한동안 가졌던 그런 관계처럼 말이야. 그녀는 아주 매혹적이고 눈이 부셨지. 난 노예를 좋아했어. 도저히 그것을 놓을 수가 없었지. 그리고 상대가 거절하는 것도 절대 받아들일 수 없었어. 나 자신이 너무 대단했거든. 그녀를 굴복시켜보려 했지. 그녀는 너와 같은 힘을 지넀어. 그녀가 나에게서 벗어나며 수세기에 걸친 암흑과 고통의 시간들도 가져오고 말았지. 그녀의 명망과 자부심을 가로막을 건 아무것도 없었어. 신이었으니까. 무지막지한 의지를 지닌 댄과 마찬가지로 마술을 부리는 의례와 온갖 종류의 술수를 지녔었지. 같은 이야기가 반복된다는 걸 알았어. 댄이 자신의 힘에 대해 깨닫자 자신의 마음이 오물투성이라는 사실은 아랑곳하지 않고 힘이 세다는 생각만 하며 신이 되려 했으니까. 그가 네게 보여준 것은 다 자신의 마음속에 있던 거야. 그것 말고는 달리 아무것도 없어. 너에게서 자신의 반대 존재를 보았지. 승려 말이야. 네가 어쩌면 자신의 계획과 잘 맞아떨어지지 않을 거라는 생각을 했어. 그래서 너를 데려다가 자신의 모습에 맞게 다시 바꾸려고 했던 거야. 그의 이미지를 완전히 알아보고 싶었기 때문에 그가 하고 싶은 대로 하게 내버려뒀어. 또한 네가 절대악을 꿰뚫어볼 필요가 있다는 생각도 있었고. 너무 고통스러웠다면 미안하게 생각해."

그가 말을 멈추고 비통한 표정으로 그녀를 바라봤다.

"난 처음부터 모든 것을 꿰뚫어보고 있었어. 내가 모든 상황을 좌우하고 있었기 때문에 온갖 잘못된 것에 대해서도 생각했지. 모든 걸 알게 됐는데 많은 부분을 감추어야만 한다면 넌 어떻게 하겠어?"

그것이 바로 핵심적 난점이었다. 진실을 알게 되고 그에 대해 확신한다면 그것이 인류가 지금까지 들었던 가장 무시무시한 것이라 하더라도 그녀는 그것을 공개했을 것이다. 하지만 3, 4년을 쉴 새 없이 악몽에 시달린 끝에 독일 강제수용소가 어떤 곳이었을지 깨닫게 되었을 뿐 그외 아무것도 실제로 알게 된 바가 없었다. '오, 신이시여, 어디에 계시나이까?'라고 수감자들이 울부짖었지만 그들을 도와주기 위해 나타난 신은 하나도 없었다. 그럴 신은 하나도 없을 것이다. 신이나 자비나 연민에 대한 환상은 그녀에게 이제 전혀 남아 있지 않았다. 희생자는 그저 악의 얼굴을 똑바로 바라보다 죽는 것이다. 쎌로는 그것을 알았고, 지금 이 세계의 영혼에 대해 밝힐 진실이 있다면 밝혀야 했다. 그녀는 대답하지 않았다.

그가 창문 밖을 바라보며 무덤덤하게 말했다.

"지금까지 그 모든 일을 해줘서 고마워. 우리의 친분은 결코 끝나지 않을 거야."

그 말에 그녀는 말할 수 없이 겁이 났다. 그는 기이한 드라마를 몰래 연출해왔고, 그것이 너무나 끔찍했으므로 그녀가 미쳐버리지 않았던가. 댄에 따르면 그는 또한 자신의 예언에 그녀를 집어넣었고, 그것이 질투를 불러일으켰기 때문에 인간적 삶을 위협했더랬다. 예언자란 나머지 인류와 구별되는 뭔가 특별한 인물, 물에서 술을 만들어내는 사람처럼 어떤 기인奇人이어야만 했는데, 그녀는 그런 일이라고는 전혀 할 수가 없었다. 그녀는 자신이 여느 사람들처럼 평범한 보통사람이라고 보았는데 지옥 같은 상황이 장황하고 복잡하게 늘어지는 중에 거의 목숨까지 잃을 뻔한 것이다. 그런데 우습게도 그녀는 두 사람이 영겁의 농담을 함께 겪은 친구라도 되는 양 정말로 쎌로를 흠모했다.

"쎌로." 그녀가 말했다. "우리의 친분이 절대 끝나지 않는다고 했는데, 그러면 우리가 내세에 다시 만날 수도 있다는 뜻인가요?"

"그렇지." 그가 대답했다.

"그럼 내 오빠가 되어주겠어요?"

"그럴게." 그가 말했다.

"우리한테 알맞은 부모가 있는지 좀 찾아볼게요." 그녀가 약삭

빠르게 말했다. "가족과 관련된 일을 처리하는 건 내가 당신보다 낫고, 부모를 찾기만 하면 당신은 언제나 내가 가장 좋아하는 오빠가 될 거예요."

그 말은 그저 자신은 예언을 믿지 않는 부모를 원한다는 얘기였다. 예언들은 이제 다 시시해져버렸고, 그들은 새와 곤충과 채소밭을 사랑하는, 그리고 댄의 희생자인 사람들을 사랑하는 행복한 보통 사람들이 되었다.

그가 웃고 있었다. 고문과 악이 이제 나와 아무 상관없어지면 웃게 되지 않는가? 하지만 그것 말고도 쎌로는 무모한 도박꾼의 마음을 지니고 있었다. 어딘가에서 항상 내기를 걸고 있었던 것이다. 그가 그녀에게 여행용 가방을 보여주었다. 가방을 열자 그 안이 눈부시게 밝은 빛으로 가득 찬 것이 눈에 들어왔다.

"인류의 우애라는 메시지야." 그가 말했다.

그녀는 그 이야기를 그냥 그렇게 미결인 채로 놔뒀다. 그저 자신이 관찰하고 생각한 것에 대한 한쪽의 견해만을 기록해두었다. 나머지는 쎌로의 책임이었다. 그는 올드 파더 타임이기도 했기 때문에 마음속에 인류의 유구한 역사를 담고 있었다. 그녀의 정신은 이제 개인적인 공간으로 물러났기에 다음에 무슨 일이 일어나든 그녀로서는 알 수 없었다. 천천히 기쁨과 행복이 차오르면서 앞으로의 삶은 댄의 기만행위보다는 단순하면서 더 아름다울 거라는 느낌이 들었다.

쎌로가 주머니에서 사진 한장을 꺼냈다. 그와 그의 여자가 손을 맞잡고 길을 걸어내려가는 사진이었다.

"네 안에 내 부인이 있어." 그가 말했다.

부처의 부인이 엘리자베스의 몸에서 나와 쎌로 쪽으로 걸어갔다. 그녀가 가만히 그의 발아래에 자리를 잡았다. 그녀는 하늘나라의 왕비이자 살림꾼이었다. 그녀가 함께 여행길에 올랐던 남자는 영혼의 사태를 좇아 늘 그녀를 버리고 떠나버렸다. 그는 열락을 이루었고 그녀는 그를 거기서 끌어내렸다. 그의 손을 피로 물들이며. 과거의 중압감이 끝나고 이제 여성은 여신인 동시에 살림꾼이니까, 그리고 이제 사랑할 시간이 있으니 어쩌면 세상이 조금은 멀쩡해질지도 모른다. 어쩌면 그녀와 쎌로가 함께 일궜던 일 덕에 인류의 역사에 다정함과 온유함이 생겨났을지도 모른다. 그들에 의해 꽃과 동물과 인간의 삶에 일상적으로 벌어지는 일의 품격이 올라갔다. 그들은 맨발의 탁발승으로 세상을 함께 돌아다녔고 사찰의 규율을 버티기 위해 이상한 음식도 먹었다. 홀로 영혼에 대해 명상할 때 그들을 어루만져준 연인은 없었지만 그들은 인류의 연인이었다. 그녀는 그날 밤 그것의 원천에, 그 근원에 가 닿았다. 모든 것을 공유한다는 이상을 함께 완성했고 그다음엔 인류와 모든 것을 완전히 공유했다.

그런 사랑을 다시 알게 된 것은 문득 삶의 초월적 상태로 옮겨진 것과 같았다. 그것은 개인적인 사랑이 그 안에서 다 잦아들어버리는 그런 지점이었다. 입맞춤을 받고 사랑을 받고 존경을 받고 싶다는 사적인 갈구는 사라져 없는 그런 지점이었다. 그럼에도 모든 것이 입맞춤을 해준다는 느낌을 받았다. 공기가, 삶의 부드러운 흐름이, 사람들의 미소와 우정이. 그리고 이 광활하고 보편적인 사랑을 얻어서 생겨난 추진력으로 그들은 거듭거듭 사람들 사이를 돌아다니며 사랑한다고 말해주었다. 그것이 바로 서로에 대한 사랑의 본질이었다. 그것은 모든 인류를 포괄했고, 그에 대해 할 수 있는 말이 너무나도 많았지만 가장 중요한 것은 그것이 모든 존재와 사람을 평등하게 했다는 것이다.

다시 한번 다윗의 노래가 그녀의 마음속에 떠올랐는데, 이번에는 한없이 더 강력하고 공고했다. "난 죽음의 그림자 계곡을 거쳐 왔지만 악이 두렵지 않다네. 영원히 하나님의 집에 거주하리니." 그녀는 댄과의 만남도 소중히 간직했다. 그녀가 감내했던 고통이 사랑을 위한 잔인한 살인자라는 그녀의 아킬레스건을 덮었었다. 또 그녀는 부처가 득도를 위해 걸었던 길을 되짚어가고 있다고 메두사에게 말하기도 했다. 하지만 댄은 부처를 훨씬 넘겨서 더 멀리까지 그녀를 날려버렸다. 그녀의 모든 자질을 심화하고 강화시켰다. 그는 그녀가 지금껏 만났던 가장 위대한 스승 중 하나였지만 그가 가르친 방식은 잘못되었다. 순전히 광포하고 제멋대로인 방탕함을 통해 강철 같은 자기조절을 가르쳤던 것이다. 극도의 증오를 통해 극단적인 사랑과 다정함을 가르쳤다. 쎌로를 파괴하기 위해 자신이 쓸 수 있는 모든 수단을 다 동원했기 때문에 내면의 거짓에 대해 항상 경각심을 가지라고 가르쳤다. 그리고 그녀가 살면서 겪은 수모와 파괴에서 그 무엇도 흔들 수 없는 고요하고 고귀한 영혼의 평온함이 솟아났다.

새벽이 다가올 무렵 그녀는 약이 든 꾸러미를 창문 밖으로 던졌다.

엘리자베스는 어떤 일도 정상적으로 할 수 없었다. 줄곧 어지럼증에 시달렸다. 그녀는 휘청거리며 죽음을 향해 나아갔다가, 이제 방향을 틀어 휘청거리며 삶을 향해 나아가고 있었다. 휘청거리면서도 더없는 기쁨에 겨워 황토색 흙길을 따라 올라간 뒤 큰길을 걸어내려가 골짜기의 지역산업 프로젝트 지역으로 갔다. 채소밭의 정문에서 잠깐 멈춰 섰다. 케노시가 도랑이 파인 밭두둑에 서서 갈퀴로 흙을 고르고 있었다. 어린 남자아이는 물을 주고 남자 하나가 새로 도랑과 밭두둑을 만들고 있었다.

"케노시!" 그녀가 환희에 차서 외쳤다.

케노시가 바로 갈퀴를 내려놓고는 고개를 끄덕이며, 고양이 머리를 끄덕끄덕하며 그녀를 향해 걸어왔다. 밭 중간쯤에서 만났다. 케노시가 걸음을 멈추고 엘리자베스를 뚫어져라 바라봤다.

"안녕하세요." 그녀가 조용히 말했다.

"한동안 아팠어요." 엘리자베스가 말했다.

"유진에게 들었어요." 그녀가 말했다. "걱정을 많이 하더라고요."

"다시 일을 하러 왔어요." 엘리자베스가 말했다. "밭을 둘러볼게요."

그들은 중앙로와 브로드웨이가 등을 따라 걸었다. 갑자기 케노시가 목소리를 높여 하소연하듯 말했다.

"그렇게 밭에 안 나와버리면 어떻게 해요. 뭘 어떻게 해야 할지 몰랐다고요. 전보다 가난해졌어요. 당신이 있을 때는 채소를 팔아서 매주 4란드를 벌고 구스베리 잼으로 또 4란드를 벌었잖아요. 이제 잼을 만들 줄 아는 사람도 없고 채소 수입은 2란드로 떨어졌어요."

그녀가 주머니에서 채소판매를 적어놓은 채소밭 회계장부를 꺼내서 엘리자베스에게 건네줬다. 불안정하지만 공들여 적은 글씨로 지금까지 판매한 모든 기록이 꼼꼼히 적혀 있었다. 철자는, 아, 그 철자는 영어와 쎄츠와나를 정말 멋지게 섞은 것이었다. 이런 식이었다.

"토마토 30쎈트, 후박 60쎈트, 디비트 45쎈트, 디어니언 25쎈트, 디빈즈 20쎈트, 디스피니치 15쎈트, 디캐럿 25쎈트, 토마토 45쎈트……"

엘리자베스가 속으로 웃었다. 그 밭은 케노시에게는 성스러운 땅이었다. 수개월 동안 그녀가 밤마다 오두막의 탁자에 앉아 1쎈트라도 빼먹지 않으려 애쓰며 촛불 아래에서 미간을 잔뜩 좁히고 항목을 적어넣는 모습이 눈에 선했다. 그 장부가 얼마나 감동적이었는지 케노시와 밭을 이리저리 걸어 다니는 동안 엘리자베스는 머릿속에서 말없이 장부를 한장 한장 — 토마토, 디어니언, 디스피니치, 디빈즈, 디캐럿 — 넘겨보았다. 토마토 묘목이 더이상 남은 게 없고 양배추도 더 필요하며 고구마를 살 수가 없었다고 케노시가 말했다. 밭에 필요한 품목들을 엘리자베스가 적는 동안 케노시가 자랑스럽게 그녀를 보았다. 무엇이든 필요한 게 생기면 엘리자베스는 어떻게 해서든 언제나 그것을 구해왔다. 그들은 다시금 함께 생각하기 시작했다. 내일이면 당근과 비트를 더 심을 것이었다. 오늘은 묘목 작업을 할 시간 정도는 있을 것이다. 그렇게 해서 순식간에 아침이 지나갔다. 세상이 다시 정상으로 돌아왔다. 잔뜩 긴장했던 케노시의 표정이 풀렸다. 엘리자베스는 언젠가 잭슨이라는 이름의 고양이에 대한 이야기를 읽은 적이 있었다. 고양이의 전체 이름은 '곧 올 테니 요새를 지켜줘 잭슨'이었다. 고양이는 대개 냉정한 동물이다. 케노시는 거듭 한숨을 내쉬었다. 사령관이 악마를 무찌르러 전장에 나가 있는 동안 요새에서는 너무 많은 일이 제대로 돌아가지 않았다. 그들은 봉지에 묘목을 채웠고 구스베리 잼에 대해 얘기했다. 엘리자베스네 마당의 나무 아래에 수천개의 구스베리가 떨어져 잔뜩 쌓여 있었지만 아무도 거두는 사람이 없었다. 케노시가 땅이 꺼져라 한숨을 쉬었다. 구스베리 잼만으로도 한두주 안에 10란드의 수입을 바라볼 수 있었다. 정오 무렵 그들은 일어나 엘리자베스의 집으로 걸어갔다. 점심을 먹고 구스베리를 거뒤서 오후에 잼을 만들 것이었다. 가는 길에 유진을 마주쳤다. 그가 걸음을 멈추고 엘리자베스를 빤히 바라보았다. 그녀가 무슨 말을 할 수 있겠는가? 그는 항상 그녀를 도와주었는데 상황은 줄곧 어그러졌다. 심지어 존스부인을 때리기까지 했다. 일을 엉망으로 만들고 사람들에게 상처를 주었다는 식의 말을 꺼내기 시작했을 때, 그가 위엄 있게 손을 들어 그녀의 말을 막더니 말했다. "다 벌충하게 될 거예요." 그는 그런 사람이었다. 사람들은 늘 올라가고 또 올라가지 절대 계속해서 내려가는 법은 없다.

해질 무렵, 일도 다 끝나고 사위가 평온해졌을 때 그녀는 천천히 차를 마시며 단편적인 기록들을 끄적거리기 시작했다. 난파된 배에서 살아남은 선원이 자신의 생명을 앗아갈 뻔했던 거친 바다를 바라보며 따스한 모래사장에서 적을 만한 그런 기록을. 처음에는 어떤 것도 자기 말로 쓸 수 없었다. 「살아남은 자의 노래」라는 D. H. 로렌스의 시만 마음속에 가득 차올랐다. "내가 아니라 나를 뚫고 지나가는 바람이! 시간의 새로운 방향으로 멋진 바람이 분다. 그 바람이 나를 데려가도록 할 수만 있다면…… 무엇보다도 내가 나 자신을 내놓아 세상의 혼돈을 가르며 나아가는 멋진 바람이 나를 취할 수 있도록 할 수만 있다면…… 아, 파도치며 내 영혼으로 차 들어오는 경이로움을 위해……"

그때 땅꼬마가 집 안으로 살그머니 들어왔다.

"어서와, 아가." 그녀가 무심코 말했다.

"안녕, 엄마." 아이가 말했다. "뭐 해?"

"시를 쓰고 있어." 그녀가 말했다.

"아, 나 그거 알아." 아이가 말했다. "학교에서 배웠어. 나도 시 쓸 수 있어."

그녀는 얼굴이 벌게질 정도로 골똘해진 아이의 표정을 어렴풋이 알아챘다. 재미나게도 아이는 자신을 따라하는 것이었다. 잠깐 동작을 멈추고 차를 홀짝이더니 다시 뭔가를 쓰기 시작했다. 아이가 나비와 꿀의 철자를 알려달라고 했다. 곧 어둠이 사위에 내려앉았지만 그들은 여전히 탁자에 놓인 두개의 촛불을 받으며 꿈에 몰두했다. 아이가 자기가 지은 시를 그녀에게 건네줬다. 도저히 믿을 수가 없어서 몇번이고 다시 읽어봐야 했다. 아이가 정말로 자신과 함께 그 여정을 거쳐왔다는 건 말이 안되는 얘기였다. 그런데 아이는 자신이 보았던 것을 요약해낸 듯했다. 아이의 시는 이러했다.

남자는, 남자는
하늘을 날아다닐 수 있네,
하늘 나비는 날아다닐 수 있고,
꿀벌은 꿀을 만들 수 있고,
또 날 수 있는 게 뭐가 있을까?
하늘 새, 하늘 비행기, 하늘 헬리콥터,
하늘 제트기, 하늘 보잉기는 날 수 있고,
요정 남자와 요정 아이는
하늘을 날아다닐 수 있네.

그녀가 사람들의 영혼과 그들의 힘에 대해 절감하게 된 것이 바로 그것이었다. 그들이 하늘 새와 비행기와 제트기와 보잉기와 요정과 나비들과 같다는 것. 이 힘들이 말하자면 해방이 될 것이고 그러면 새로운 새벽이 밝아 새로운 세상이 열리리라는 것. 그녀가 이런 생각을 갖게 된 것은 모든 신성한 존재를 저 하늘 위 어떤 보이지 않는 존재로 밀쳐놓았던 데에 근본적인 잘못이 있다고 보았기 때문이었다. 한 사람이 다른 이에게 신성한 존재가 아니었기 때문에 피부색깔이 다르다고 고문하고, 마구 대하고 모욕하고 심지어 죽일 수도 있었던 것이다. 고통스러운 경험을 통해 그녀에게 어떤 계시처럼 나타난 게 있다면 그것은 모하메드의 극적인 선언과는 정반대일 것이었다. 그는 이렇게 말했다. "단 하나의 신만이 존재하니 그 이름은 알라이시라. 그리고 모하메드는 알라의 예언자이니."

그녀의 말은 이러했다. "단 하나의 신만이 존재하니 그 이름은 인간이라. 그리고 엘리자베스가 그의 예언자이니."

이런 식의 생각이 그녀에게 단단히 들어앉았다. 사색에 잠긴 평온한 사적공간이 마음에 자리 잡았다. 마구 끊어져 엉망이던 신경줄들이 다시 이어져 붙었다. 그녀는 땅꼬마를 재운 뒤, 3년 만에 처음으로 혼자만의 밤 시간을 기쁘게 맞았다.

끔찍한 것들의 아우성으로 어지럽지 않은, 빛이 어른거리는 내면의 사고라는 단아한 길이 그녀 앞으로 길게 뻗어 있었다. 그녀는 몸을 돌려 침대 옆 탁자에서 책을 집어들었다. 1년 동안 읽지 못한 채 놓여 있던 책이었다. 프렘찬드의 『암소의 선물』. 가난한 사람들의 정신을 북돋우는 고전인 힌두어 소설로 유네스코에서 출간한 책이다. 마법이나 유령, 지체 높은 남녀 주인공들의 모험을 담은 문학처럼 그저 재미만 주고 신기한 것에 대한 욕구만 채워주고자 하는 인도문학의 주된 경향에 맞서서 이 소설을 썼다고 서문에 적혀 있다.

아프리카에서는 상황이 정반대이다. 여기에서는 계급이나 카스트제도 같은 잘못된 견고한 사회체계에 직접 부딪힐 일이 없었다.

맨 처음부터 그녀는 인간의 우애라는 따스한 품으로 들어갔다. 왜냐하면 어떤 민족이 모두 다 평범하기를 바란다고 할 때, 그것은 그저 사람이 사람을 사랑한다는 말의 다른 표현일 뿐이니까. 잠이 들면서 그녀는 따뜻한 손 하나를 그녀의 손 위에 포갰다. 그것은 소속감의 표현이었다.

영혼의 싸움, 생존의 싸움

1. 아웃사이더의 일생

아프리카 출신 작가들의 작품은 이제 세계문학에서 주요한 자리를 차지하고 있다. 노벨 문학상을 받았거나 후보로 언급되는 고디머, 쿠체, 응구기 등 세계적으로 인정받은 작가들도 많지만 아프리카 대륙 자체가 경제, 사회적으로나 정신적으로 전지구적인 중요성을 지니기 때문일 것이다. 그중에 베시 헤드라는 이름은 널리 알려진 편이 아니고 아프리카 문학에서 익숙한 어떤 특정한 범주에도 편안히 들어가 있지 않다. 그 이유는 우선 그녀가 인종차별이 극심한 남아프리카공화국에서 태어났지만 보츠와나에서 오랜 망명생활을 한 탓에 주요 작품들이 그 두 공간, 혹은 그 경계나 접점 등을 배경으로 한 독특한 성격을 지니기 때문이다. 이것은 그녀의 모든 작품에 해당하나 『권력의 문제』(*A Question of Power*, 1973)에 이르면 낯설고 어려운 그 특성이 한결 강화되는데, 이 소설은 자전적 성격이 강하기 때문에 우선 베시 헤드의 일생을 간단히 살펴보는 게 좋을 듯하다.

베시 헤드는 1937년 남아프리카공화국에서 부유한 백인 어머니와 흑인 하인 사이에서 태어났다. 당시는 백인과 흑인의 결혼 및 성행위를 금지하는 '부도덕법'(Immorality Act)이 시행되고 있을 때였으므로 베시 헤드는 존재 자체가 부정당할 수밖에 없었다. 남아프리카공화국은 1909년 영국에서 독립하지만 베시 헤드가 태어났을 때에도 극심한 인종차별은 여전했다. 그곳엔 흑인과 백인만이 아니라, 보통 네덜란드계인 아프리카너(Afrikaner)와 영국계 백인, 흑인, 베시 헤드 같은 혼혈(Coloured)까지 여러 층의 분열과 갈등이 존재했다. 게다가 1948년 아프리카너가 주도하는 국민당(National Party)이 정권을 잡아 인종격리정책인 아파르트헤이트를 공식 정책으로 삼은 뒤 여러 차원에서 차별과 억압이 심화된다.

베시 헤드는 주인공 엘리자베스와 마찬가지로 위탁가정에서 자랐는데, 혼혈이라는 이유로 백인과 흑인 위탁가정 양쪽에서 쫓겨났을 때부터 어디에도 속할 수 없는 아웃사이더의 인생이 시작되었다고도 하겠다. 교사 자격증을 받고 잠깐 교사생활을 한 뒤 신문사와 잡지사에서 기자로 일하기도 했다. 이후 범아프리카운동에 연루되었다는 이유로, 다시 돌아오지 않는다는 조건하에 남아공을 떠나 보츠와나에 정치적 망명을 요청한다. 보츠와나에서 시민권을 받지 못한 채 망명생활을 하면서 여러 나라에 망명을 요청하지만 실패하고, 결국 보츠와나에 산 지 15년 만에 시민권을 얻게 된다. 작가로서 명성을 얻으며 지독한 가난에서 벗어나기 시작하지만, 얼마 지나지 않아 1986년 간염으로 세상을 떠났다. 이 작품은 실제 그녀의 경험을 많은 부분 반영하고 있다. 엘리자베스가 정신적 망상에 시달리다 마을에서 존경받는 인물 쎌로를 비방하는 쪽지를 우체국 벽에 붙인 것도, 베시 헤드가 정신질환에 시달리다 당시 쎄레체 카마 대통령에 대해 기괴한 비방글을 써 붙였던 경험에서 나온 것이라 한다.

첫머리에 언급했듯 베시 헤드 작품의 독특함은 남아프리카공화국과 보츠와나 두 나라에서 살았던 경험과 관련이 많다. 특히 보츠와나로의 망명은 흑백 갈등만이 아닌 다양한 차원의 차별과 억압을 목격하는 계기가 되는데, 앞선 두 작품인 『비구름이 모일 때』(*When Rain Clouds Gather*, 1969)와 『마루』(*Maru*, 1971)에서 그 점이 잘 나타난다. 일단 보츠와나는 영국의 보호령이긴 했지만 백인의 악랄한 식민통치를 겪지 않았고 전통적인 사회형태를 상당 부분 보존하고 있기 때문에 여기서는 어떤 면에서 '계몽되지 않은' 편견이나 위계가 더 심각한 문제로 나타난다. 『비구름이 모일 때』의 주인공 역시 남아공에서 망명한 인물로, 흑백 갈등은 거의 찾아볼 수 없는 보츠와나의 '전통적 마을'(village)에서 '혼혈'에 대한 편견뿐 아니라 부족 간의 위계와 배타적 태도를 목격한다. 여기서 백인 길버트는 마을사람과 거의 하나가 되어 마을의 경제적 발전을 위해 노력하는 인물이고, 어리석고 악의에 찬 족장 마텐지가 오히려 그들과 대립하는 억압적 인물이다. 그리고 가물고 척박한 땅에서 잘 자라는 기장(millet)이 기근을 해결할 좋은 곡식인데도 열등한 부족이 주로 먹는 곡식이라는 이유로 그것을 심지 않는 것이나 농사와 장거리 유목을 병행하는 비효율적인 경제 등은 '전근대적인' 위계와 차별, 편견 등을 잘 보여준다.

부족 간 위계와 차별은 『마루』에서 전면에 등장한다. 흔히 '부시맨'이라 불리는 산(San) 족 태생으로 백인 선교사에 의해 백인처럼 길러진 마거릿은 '혼혈'이 흑백의 이분법을 교란하는 것과 마찬가지로 부족 간의 위계를 흑백의 위계로 교차하며 교란한다. 여기서 그녀를 둘러싼 편견과 부족 간 위계의 극복은 차기 족장인 마루와 그녀의 결혼으로 이뤄진다. 그런 해결책이 보통은 개인적 차원의 것일 수 있지만 마루가 위계질서의 가장 꼭대기에 위치하고 그에 대한 서술이 다분히 신화적으로 이루어지기 때문에 그 결정과 계획의 실행은 사회 전체에 영향을 미칠 뿐 아니라 인간의 정신적 측면까지 포괄한다. 여기서 주목할 만한 점은 『비구름이 모일 때』에서 마텐지의 죽음이 그러했듯, 두 작품 모두에서 갈등의 해결은 우화적이거나 신화적·우주적인 방식으로 이루어진다는 것이다.

그렇게 보면 현실적인 갈등을 다뤘던 앞의 두 작품에서도 베시 헤드의 관심이 좀더 깊은 차원으로 뻗어 있었음을 확인할 수 있다. 지금까지 인종차별과의 싸움은 한편으로는 인종적 차이를 선악의 존재론적 차이로 환원하는 이데올로기에 맞서 그 사회경제적·제도적 근원을 밝혀내는 데 주력했다. 하지만 인간의 역사시대 대부분 존재했고 인간이 인간에게 가하는 가장 지독한 악의 하나인 인종차별 문제는 사회경제적·제도적인 차원을 넘어 인간 본성에 대해 질문하도록 만드는 면이 있다. 베시 헤드는 세번째 소설 『권력의 문제』에서 그 지점에 도달한 것이다.

2. 쎌로와 댄

『권력의 문제』는 어떻게 보면 주인공 엘리자베스가 점점 미쳐 가면서 정신병원에 수용되었다가 간신히 제정신으로 돌아오는 과정이 그 뼈대를 이룬다고도 할 수 있다. 크게 '쎌로'와 '댄' 두부분으로 구성되어 있지만 미쳐가는 엘리자베스의 머릿속에서 벌어지는 일과 '정상적인' 일상적 삶이 또 하나의 구분을 이룬다. 어린 아들과 지역 프로젝트를 함께하는 사람들을 중심으로 돌아가는 '정상적인' 삶이 정신적 차원에서 벌어지는 '우주적' 차원의 삶과 극단적으로 대립하며 이야기가 진행되는 셈인데, 엘리자베스의 정신 속에서 벌어지는 일이 작품의 중요한 한축이지만 상당히 난해하기 때문에 소설의 이해를 어렵게 하는 주된 요인이 된다. 작가의 철학이라고 할 그 부분에 대해 베시 헤드는 이렇게 표현한 바 있다.

　　그것(『권력의 문제』)은 개인적인 차원에서 악의 근원을 찾아가는 철학적 여정입니다. 내가 거기서 주장한 바는 개인이나 민족이나 자신이 어느 시점에서 악해지는지 알지 못한다는 것입니다. 하지만 일단 그 그물에 걸렸다 하면 악은 엄청난 추진력으로 그들을 끔찍한 파괴의 심연으로 처박습니다.

그리고 작품 속에서는 이렇게 표현되고 있다.

　　그녀의 커다란 울부짖음은 내적인 고통의 논리에 따른 것이었지만 그래도 매한가지였다. 그녀를 내리누르는 악의 존재는 그녀가 도망쳐 온 남아프리카공화국과 유사해지기 시작했던 것이다. 그 논리에 있어서나 극악함에 있어서나 마찬가지였다. 단지 이번에는 검은 얼굴도 동네 사람도 아니고, 거대하게 앞을 막아서는 영혼의 인물들이라는 게 달랐을 뿐.

완전히 제정신을 잃는 지경에 이르도록 엘리자베스가 씨름하는 문제가 쎌로와 댄을 중심으로 한 영혼과 선악의 문제로 추상화되어 있지만, 결국 남아프리카공화국에서 태어난 순간부터 그녀가 평생 대면해야 했던 인종적 차별과 억압의 문제에 대한 근원적 탐색임을 분명히 하는 것이다. 단순화하자면 쎌로와 댄은 선과 악을 대표한다. 그런데 작품 초반에 흰색 법의의 쎌로가 엘리자베스에게 들려주는 이야기는 너무 상징적이고 애매하며 포괄적이어서 각각의 의미를 따지기도 힘들고 사실 그럴 필요도 없어 보인다. 종교적 선 이전의 쎌로는 신적인 혹은 초월적인 차원으로 고양된 인간 영혼이자 그 영혼의 엄청난 힘을 나타내는데, 스스로의 엄청난 힘을 감당하지 못해 그 힘에 휘둘리고 파멸하게 된 상황을 엘리자베스에게 설명해준다.

이후 내면의 악을 극복하는 방법으로 등장하는 것이 종교를 통한 정신적 극복이다. 기독교의 하나님과 부처님 등은 현실의 악을 이기는 중요한 정신적 노력으로서의 종교이고 쎌로는 그 모두를 집약한다. 하지만 베시 헤드가 보기에 이런 선은 악의 실체를 알지 못한다는 치명적인 문제가 있다. 흰색 법의를 입은 쎌로의 세속적 형태라 할 갈색 양복의 쎌로가 후에 엘리자베스에 대한 댄의 악랄한 고문에 속수무책일 수밖에 없는 이유는 그에게는 스스로 악을 멀리하는 방법 외에 다른 방법이 없기 때문이다. (물론 나중에 쎌로는 그것이 전부 계획적이었다고 설명한다)

쎌로와 파괴적인 관계에 있는 메두사는 선과 악이 얽혀 있는 현실적 상황 ─ 영혼의 차원에서의 현실적 상황 ─ 을 잘 보여준다. 메두사가 엘리자베스에게 가하는 고문은 어떤 면에서 절대적인 선에 대한 그녀의 믿음에 가해지는 것이기도 하다. 어느 시점에서 쎌로는 자신에게 너무 기대지 말고 분석적인 정신으로 독립적인 사고를 해야 한다고 엘리자베스에게 경고하는데, 사실 절대적 선에 대한 믿음은 악에 맞설 힘을 주기도 하지만 동시에 그만큼 우리를 취약하게 만들기도 한다. 말하자면 쎌로를 통해 나타나는 엘리자베스의 문제는, 혹은 베시 헤드가 보는 우리의 문제는 선과 악이 두부 자르듯 구분된다는 이분법적 사고이고, 그런 이분법을 역사 속의 주요 종교에서 전형적으로 찾아볼 수 있는 것이다. 흥미롭게도 쎌로는 엘리자베스의 환상 속 인물만이 아니라 실제 인물이기도 한데, 이는 현실세계에서 작동하는 선과 악의 이분법을 의미한다. 쎌로를 위대한 인물로 칭송하는 사람들의 견해와 자신이 환상 속에서 마주치는 그의 악한 면을 화해시키지 못하는 엘리자베스는 여전히 선하기만 한 혁명적 지도자나 영웅과 악하기만 한 폭압적인 독재자의 이분법에 묶여, 실제의 쎌로를 비방하는 일종의 정신분열적 행위에까지 이르게 된다.

쎌로가 선을 집약하면서도 현실적으로 악과 분리될 수 없다는 것, 우리를 절망으로 내모는 것은 악이라기보다 선과 악의 이분법일 수도 있다는 사실을 나타낸다면 댄은 말 그대로 순전한 악이다. 첫부분의 쎌로가 추상화되어 하늘 높이 올라앉은 선이라면 댄은 그와 동시에 악으로 뭉뚱그려진 생물학적 본질성의 문제, 피부색이나 성적 욕망 같은 육체적이고 따라서 저속하다고 여겨져온 면의 극도로 과장된 형태라고 할 수 있다. 순전한 선은 존재하지 않지만 순전한 악은 존재한다는 것이 얼핏 역설적으로 보일 수 있으나 쎌로와 댄은 다른 차원의 존재이며 다른 차원의 문제를 나타낸다. 나중에 쎌로가 설명하듯 댄은 악의 본질을 탐구하기 위해 일부러 풀어놓은 예언의 일부이기 때문이다.

댄은 한편으로 쎌로를 비방해 그를 절대자의 차원에서 끌어내린 뒤 그 자리를 차지하려 하고 다른 한편으로 폭력적으로 비대화된 남성성으로 엘리자베스를 무너뜨리려 한다. 많은 부분이 베시 헤드가 실제로 겪은 환영에서 나왔다고 본다면 성적 욕망으로 점철된 댄과 여자들의 관계는 남녀관계나 결혼에서의 실패라는 그녀의 자의식, 그런 면에서 소위 '여성적'이지 못하다는 잠재의식과도 관련이 있어 보인다. 댄이 줄기찬 고문으로 엘리자베스의 신경증을 악화시키는 과정에서 그녀에게 가장 치명적이었던 것은 한편으로는 쎌로의 변태적 성욕에 대한 계속되는 모함을 결국 사실로 받아들였고, 다른 한편으로는 마을사람들의 추하고 내밀한 욕망을 적나라하게 마주함으로써 실제 삶에서 그들과의 관계를 유지할 수 없게 되었다는 점이다. 결국 다시 문제는 정신적이어야만 하는 선의 존재와 악이라고 규정된 육체적 부분의 이분법, 특히 종교에 의해 고착되어온 그런 이분법이라 할 수 있다.

『마루』도 그렇지만 『권력의 문제』도 결말로 작품을 시작한 후 처음으로 돌아가는 구조를 갖고 있다. 따라서 첫부분은 작품을 끝까지 읽고 난 다음에야 의미를 알 수 있는데, 두부분 모두에서 등장하는 대목이 엘리자베스가 문득 댄의 손아귀에서 벗어나는 순간이다. "사랑은 그런 게 아니야. 사랑은 서로에게 자양분을 주는 것이지, 시체 뜯어먹는 악귀처럼 한쪽이 다른쪽의 영혼을 빨아먹는 게 아니라고." 쎌로가 던진 이 말에 엘리자베스는 파괴적인 남녀의 관계, 사랑이라는 이름으로 포장되는 그 관계의 본질을 깨닫고 무력하게 댄에게 휘둘리던 상태에서 벗어난다.

3. 톰, 케노시, 지역산업 프로젝트

정신착란의 상태가 심해질수록 독자로서는 그 부분을 읽는 일도 힘겨워지지만, 그런 중에도 변함없이 계속되는 엘리자베스의 일상적 삶이 줄곧 균형을 잡아준다. 그 일상적 삶의 중심축은 아들과 지역산업 프로젝트이다. 첫번째 발작 이후 유진을 만나 지역산업 프로젝트에 발을 들여놓게 되면서 그녀는 마을의 삶에 함께하게 된다. 프로젝트가 항상 제대로 굴러가는 건 아니었지만 그녀가 톰과 케노시와 계속해나간 채소밭 일은 정신적 혼란이 극심해지는 중에도 그녀의 일상을 붙드는 지지대 역할을 한다.

흑백의 극단적 대립과 억압이 지배적인 남아프리카공화국과 달리 보츠와나는 백인의 억압적 식민지 지배보다는 오히려 서구의 인도적인 개발 지원과 자발적 봉사가 활발하게 이루어졌기 때문에 베시 헤드의 작품 내에서는 백인과 원주민의 우호적 관계가 두드러진다. 물론 존스부인이나 카밀라처럼 여전히 서구우월주의와 편견을 지닌 채 호의를 베푼다는 식의 사고방식을 가진 사람들이 존재하고, 어쩌면 그런 경우가 대부분이라고 할 수도 있다. 하지만 독특하다면 독특하다 할 엘리자베스와 톰의 관계는 백인이 유색인과 함께 살아가는 하나의 방식으로 시사하는 점이 많다.

남아프리카공화국에서 '혼혈'로서 흑인과 백인 양쪽에서 배척을 받던 엘리자베스로서는 흑백의 대립에 대해 달리 인식할 수밖에 없었기에 백인인 톰에 대해서도 좀더 열린 태도를 보일 수 있었을 것이다. 하지만 그것은 단지 일차적인 경험에 그치지 않고 엘리자베스에게서 일종의 사상을 이루게 되는데, 그 점은 흑인운동을 놓고 톰과 논쟁을 하는 장면에서 잘 나타난다. 흑인적 정체성을 주장하는 톰에 맞서 엘리자베스는 그런 식으로 특정한 정체성을 주장하게 되면 오히려 권력자들에게 이래저래 이용만 당할 뿐 근원적인 해결에 이를 수 없다고 주장한다. 역사적으로 어떤 마이너리티 집단이든 그들만의 정체성과 보편성의 관계라는 복잡한 문제와 씨름해야 했으므로 여기서도 톰과 엘리자베스에 대해 간단하게 옳고 그름을 따질 수는 없다. 그러나 작품 전체를 통해 베시 헤드가 탐구하는 문제이기도 한 엘리자베스의 주장의 핵심은, 주로 생물학적 특성과 관련된 흑인의 정체성이 억압과 멸시를 정당화하는 명분이 되었으므로 흑인의 특정한 정체성을 적극적으로 이용하는 일은 권력자들에게 이용당할 위험에 항상 노출되어 있다는 것이다. 억압받는 프롤레타리아가 미래의 사회를 열어갈 진보적 시각을 가질 수 있다는 사회주의 시각과 유사하게, 베시 헤드는 흑인들이 지금까지 겪어온 고난으로 인해 그들의 영혼이 '부처나 예수를 앞서 있고' 특정한 집단으로서의 흑인만이 아니라 전 인류의 미래를 향해 있다고 본다.

정치적·사상적 측면에서 엘리자베스는 이렇게 톰과 생각이 다르지만 이는 그들의 관계에 별 영향을 주지 않는다. 톰이 아무렇지도 않게 엘리자베스의 집에 밥을 먹으러 와서 세수를 하는 장면은 두세번 나오는 만큼 의미가 있어 보인다. 엘리자베스는 집 안을 언제나 깔끔하게 정리하는 인물이지만, 그가 씻으면서 바닥에 물을 뚝뚝 떨어뜨리고 신발의 흙과 섞여 진창을 만들어도 개의치 않는

다. 다른 마을 여성들과도 스스럼없는 그의 모습을 보며 이성으로서가 아닌, 서로에게 도움을 주고 의지하는 친구로서의 가능성을 열어가게 되고 이 관계는 엘리자베스의 상태가 심각해져 의식적으로 그를 멀리하려 했음에도 결국 끝까지 유지된다. 톰은 여자인 엘리자베스와 철학적 대화를 하는 것에 스스로도 신기해하는데, 이야말로 댄이 엘리자베스에게 그렇게 강요하려 했던 관습적이고 일면적인 남녀관계와 전혀 다른 두 인간의 만남, '삶의 신비를 깊이 들여다보는 다른 종류의 친분'을 나타낸다고 할 수 있다.

케노시는 처음에 채소밭 일을 같이하자는 엘리자베스의 제안을 한마디로 잘라 거절할 만큼 냉정하고 독립적인 여성인데, 그런 만큼 그 두 사람이 천천히 신뢰를 쌓아가는 과정은 더욱 의미심장하다. 별다른 말없이 매일 만나 밭에서 일하고 함께 밥을 먹으며 쌓인 그 관계는 엘리자베스가 정신병원에서 나온 후 성큼 자라났음을 확인할 수 있다. 데면데면하고 별로 적극적이지도 않지만 엘리자베스가 없는 동안 내내 채소밭을 관리했던 것이나, 엘리자베스가 돌아왔을 때 투정처럼 불평하는 모습에는 그녀만의 독특한 방식으로 표현된 둘 간의 깊어진 애정이 묻어나는 것이다.

톰과 케노시를 비롯하여 유진과 스몰 보이 등 지역산업 프로젝트 구성원들 모두 엘리자베스의 생활에서 중요한 역할을 하지만, 그 무엇보다 그녀를 지탱하는 힘은 아들이다. 아들은 작품 안에서 이름도 주어져 있지 않고 어느 면을 보나 엘리자베스가 아들에게 살뜰한 엄마라는 느낌은 받기 힘들다. 하지만 며칠밤을 한잠도 못자며 시달리고 머리가 깨질 것 같은 고통 속에서도 그녀는 일어나 아이에게 밥을 차려주고 보살펴준다.

19세기와 20세기 서구의 많은 여성이 신경증에 시달렸고, 그중에는 작가도 많았다. 주지하다시피 개인적·사회적 욕망이 깨어나고 그것을 사회적으로 실현하기를 원했던 여성들에게 여전히 가해진 억압적인 사회적 규범에서 비롯된 것이었다. 그런데 그런 여성, 혹은 알려진 그런 여성은 주로 중산층 이상이었고 작품 속 인물도 그러했으므로 그들에게 아이가 있었다거나 아이를 돌봐야 했다는 암시는 찾아보기 힘들었다. 하지만 결혼의 실패로 아이를 데리고 남편을 떠나 혼자 어렵게 살림을 꾸려가는 엘리자베스의 경우, 자신이 어떤 상태이든 아이에게는 최소한의 보살핌이 필요했고, 그것은 육체적으로는 더욱 고통스러웠겠지만 그녀가 그나마 제정신을 유지할 수 있는 버팀목이 되어준다. 또한 우리는 혼자 사는 게 아니라는 유진의 말처럼 엘리자베스가 병원 신세를 지게 되었을 때 마을의 누군가가 당연히 아이를 맡아주는 공동체적 생활방식도 그녀가 고통스러운 여정을 끝내는 데 큰 힘이 되었다.

그녀가 고통에 몸부림치든 자잘한 즐거움에 행복해하든 아이는 처음부터 그녀와 함께했으므로 마지막을 함께 장식하는 것도 어쩌면 당연하다. 아이가 쓴 시를 읽고 그녀는 아이가 자신의 고통스러운 여정에 함께했다는 것과 그 시가 자신의 깨달음을 집약하고 있음을 확인한다. 신이든 선이든 인간과 동떨어져 홀로 하늘 위에 존재하는 것이 아니라 하루하루를 사는 우리 인간들 안에 내재해 있음을, 그래서 다른 존재를 신이자 선으로 여기고 대우하는 일이 인종이나 계급, 그 어떤 이념에 앞서야 한다는 것을 말해주는 것이다. 이렇게 하나의 명제처럼 정리하게 되면 그것은 너무 뻔하거나 추상적이거나 두루뭉술하게 들릴 수 있다. 하지만 베시 헤드는 그것을 명제로 제시하는 것이 아니라 자신이 실제로 겪었듯 엘리자베스가 죽음의 문턱까지 이르며 겪어야 했던 고통을 통해서, 그리고 톰과 케노시, 유진 등과의 관계, 또한 아들과의 친밀함을 통해서 보여준다. 바로 그렇기 때문에, 함께 지옥을 경험하면서 다른 한편으로 쌓여가는 신뢰와 애정을 경험했기 때문에, 마지막의 포개진 손이 추상적 명제가 아닌 한토막 삶으로 우리 안에 자리하게 되는 것이다.

작가연보

1937년	6월 6일 남아프리카공화국 나탈에서 백인 여성과 흑인 하인 사이에서 태어남. 생모인 베시 어밀리아 에머리는 같은 지역의 포트 내피어 정신병원의 환자였는데, 딸에게 자신과 같은 이름을 붙이길 원함. 혼혈유색인이자 독실한 가톨릭 신자인 히스코트가에 입양됨.
1950년	1월 23일, 더반 근처의 혼혈인 여학교 쎄인트모니카스홈에 입학.
1951년	학교에서 크리스마스 날 양모인 넬리 히스코트를 찾아가는 것을 막고 대신 법정으로 데려감. 거기서 '엄마는 백인이고 아빠는 흑인 원주민임'을 처음으로 알게 돼 큰 충격을 받음.
1953년	초등교사 시험 통과. 2년 동안의 교사연수를 시작함.

1956년	8월, 더반의 클레어우드컬러드스쿨에서 교사생활을 시작해 2년 반 동안 지속함. 남아프리카공화국의 정치적 소요에 대해 알게 되고 힌두교에 관심이 생기며 힌두교인이 됨.
1958년	교사생활이 맞지 않음을 깨닫고 케이프타운에서 기자가 되기로 결심함. 유색인을 독자층으로 하는 『골든 씨티 포스트』에 유일한 여성기자로 근무하게 되면서 가난한 혼혈유색인 구역인 디스트릭트 씩스에 거주하게 됨.
1959년	4월 로버트 쏘부케가 범아프리카회의(PAC, Pan Africanist Congress)를 창당함. 같은 달 요하네스버그로 이주해 『홈 포스트』 기자로 일하게 됨.
1960년	3월 PAC의 당원이 되고 쏘부케를 만남. 4월 PAC 가입 및 활동 건으로 체포됨. 유명한 예술가에게 성폭행을 당하고 자살 시도를 해 병원에서 생활하다 케이프다운으로 돌아감. 자체 제작한 신문 『더 씨티즌』을 만들어 강력한 아프리카주의를 표명함.
1961년	『더 씨티즌』을 판매하던 중 자유당 당원인 해럴드 헤드를 만나 사랑에 빠짐. 9월에 결혼해 디스트릭트 씩스에 거주함.
1962년	아들 하워드 출생. 아파르트헤이트가 갈수록 기승을 부리고 조국과 결혼생활, 모두에 회의를 느끼기 시작함.
1963년	해럴드가 『컨택트』의 기자가 돼 10월에 가족이 모두 케이프타운으로 돌아가지만 그해 말 결혼이 파탄났음을 깨닫고 아들을 데리고 해럴드를 떠남.
1964년	남아공을 완전히 떠날 생각으로 당시 영국 보호령인 베추아날란드(1966년 독립해서 보츠와나가 됨)의 쎄로웨라는 마을의 교사직에 지원함. 채용이 됐으나 남아공 정부가 여권 발급을 거부함. 동료작가 패트릭 컬리넌의 도움을 받아 다시 돌아오지 않는다는

조건으로 출국허가서를 받아 남아공을 떠남. 4월에 체케디 카마 초등학교에서 근무하게 됨. 첫해에는 즐겁게 교사생활을 하며 단편소설도 썼으나 교장과의 마찰로 교사직을 그만두고 진지하게 글을 쓰기 시작함.

1965년 패트릭 반 렌스버그를 처음 만나게 됨. 그는 이후 보츠나와에 머무는 동안 도움을 줌.

1966년 팔라피예 남쪽의 레디젤르로 감. 바망와토 농장지구에서 5개월간 지내다가 팔라피예에서 타이피스트로 잠시 근무함. 자신이 쓴 단편 「미국에서 온 여자」를 영국 잡지에서 싣기로 했음을 알게 됨. 12월, 뉴욕의 싸이먼&슈스터 출판사에서 소설 청탁을 하면서 계약금으로 80파운드를 보내줌. 베시 헤드는 곧 소설을 쓰기 시작해서 1년이 안되어 『비구름이 모일 때』를 완성함.

1969년 쎄로웨에 다시 돌아오나 혼혈이라는 이유로 갈등이 벌어지고 신경증 증상으로 잠시 병원에 입원함. 이로 인해 마을사람들과의 갈등이 잦아들고 다시 창작에 몰두할 수 있게 됨. 『비구름이 모일 때』가 뉴욕과 런던에서 출간되고 좋은 평을 받음. 새로운 소설을 시작해 9월 『마루』를 완성하고 새 집을 지어 '비구름'이라는 이름을 붙임.

1970년 패트릭 반 렌스버그가 시작한 자립운동인 보이테코 프로젝트에 관여하고 보슬 싸이애나나와 조금은 특이한 오랜 우정을 시작하게 됨. 그러나 사람들과 분란이 생겨 프로젝트를 떠나게 되고 우울증에 시달리는 패턴이 반복됨. 환영과 환청 등에 시달리는 일이 잦아지고 심해짐.

1971년 2월 신경증이 심해져 입원했다가 6월에 호전되어 퇴원함. 바로 『권력의 문제』를 집필하기 시작해 이듬해 4월 탈고하지만 출판업자를 찾는 데 어려움을 겪음. 로버트 쏘부케와 다시 편지를 주고 받기 시작함.

1973년 10월 『권력의 문제』가 출간되어 이전 작품보다 더 많은 관심과 호평을 받고, 여러 나라에 이름을 알리게 됨.

1974년 『쎄로웨: 비바람의 마을』을 집필하지만 1981년이 되어서야 출간됨. 단편소설을 모아 『보물 수집가와 다른 보츠와나 마을 이야기』를 책으로 내기 위해 묶지만 역시 1977년까지 출간되지 못함.

1977년 보츠와나에 시민권을 신청하지만 거부당함.

1979년 보츠와나 시민권이 주어지고 베를린에서 열린 '국제 문학의 날' 행사에 참여함.

1984년 몇년간에 걸친 자료 조사와 복잡한 집필 과정 끝에 마지막 장편역사소설 『마법에 걸린 십자로: 아프리카 대하소설』을 탈고함.

1985년 4월, 프랑스 신문 『리베라시옹』과 보츠와나 신문 『음메기』에 「나는 왜 글을 쓰는가」를 기고.

1986년 2월, 오랜 별거 끝에 해럴드 헤드와 이혼하고 4월 17일, 쎄로웨의 쎄코마 병원에서 사망. 작가 사후인 1990년에 자전적 글을 묶은 『고독한 여성』과 『부드러움과 힘의 이야기』 등이 출간됨.

고전의 새로운 기준, 창비세계문학

오늘날 우리는 인간의 존엄과 개성이 매몰되어가는 시대를 살고 있다. 물질만능과 승자독식을 강요하는 자본주의가 전지구적으로 확산되면서 현대사회는 더 황폐해지고 삶의 질은 크게 훼손되었다. 경제성장만이 최고의 선으로 인정되고 상업주의에 물든 문화소비가 삶을 지배할수록 문학은 점점 더 변방으로 밀려나고 있다. 삶의 본질을 성찰하는 문학의 자리가 위축되는 세계에서는 가진 자와 못 가진 자 할 것 없이 모두가 불행할 수밖에 없다.

이 시대야말로 인간답게 산다는 것의 의미가 무엇인지 근본적인 화두를 다시 던지고 사유의 모험을 떠나야 할 때다. 우리는 그 여정에 반드시 필요한 벗과 스승이 다름 아닌 세계문학의 고전이라는 점을 강조한다. 고전에는 다양한 전통과 문화를 쌓아올린 공동체의 경험이 녹아들어 있고, 세계와 존재에 대한 탁월한 개인들의 치열한 탐색이 기록되어 있으며, 새로운 세상을 꿈꾸는 아름다운 도전과 눈물이 아로새겨 있기 때문이다. 이 무궁무진한 상상력의 보고이자 살아 있는 문화유산을 되새길 때만 개인의 일상에서 참다운 인간적 가치를 실현하고 근대적 삶의 의미와 한계를 성찰하는 지혜를 얻을 수 있을 것이다.

'창비세계문학'은 이러한 문제의식에서 출발한다. 세계문학의 참의미를 되새겨 '지금 여기'의 관점으로 우리의 정전을 재구성해야 할 필요성이 그 어느 때보다 절실하다. '정전'이란 본디 고정된 목록으로 존재하는 것이 아니라 그때그때 주어진 처소에서 새롭게 재구성됨으로써 생명을 이어가는 것이다. 우리는 먼저 전세계 문학들의 다양성과 차이를 존중하면서 국가와 민족, 언어의 경계를 넘어 보편적 가치에 기여할 수 있는 가능성에 주목하고자 한다. 근대를 깊이 성찰한 서양문학뿐 아니라 아시아와 라틴아메리카, 중동과 아프리카 등 비서구권 문학의 성취를 발굴하고 재평가하는 것 역시 세계문학의 지형도를 다시 그리려는 창비의 필수적인 작업이 될 것이다.

여러 전집들이 나와 있는 세계문학 시장에서 '창비세계문학'은 세계문학 독서의 새로운 기준이 되고자 한다. 참신하고 폭넓으면서도 엄정한 기획, 원작의 의도와 문체를 살려내는 적확하고 충실한 번역, 그리고 완성도 높은 책의 품질이 그 기초이다. 독서시장을 왜곡하는 값싼 유행과 상업주의에 맞서 문학정신을 굳건히 세우며, 안팎의 조언과 비판에 귀 기울이고 독자들과 꾸준히 소통하면

서 진정 이 시대가 요구하는 세계문학이 무엇인지 되묻고 갱신해
나갈 것이다.

1966년 계간 『창작과비평』을 창간한 이래 한국문학을 풍성하게
하고 민족문학과 세계문학 담론을 주도해온 창비가 오직 좋은 책
으로 독자와 함께해왔듯, '창비세계문학' 역시 그러한 항심을 지켜
나갈 것이다. '창비세계문학'이 다른 시공간에서 우리와 닮은 삶
을 만나게 해주고, 가보지 못한 길을 걷게 하며, 그 길 끝에서 새로
운 길을 열어주기를 소망한다. 또한 무한경쟁에 내몰린 젊은이와
청소년들에게 삶의 소중함과 기쁨을 일깨워주기를 바란다. 목록을
쌓아갈수록 '창비세계문학'이 독자들의 사랑으로 무르익고 그 감
동이 세대를 넘나들며 이어진다면 더없는 보람이겠다.

2012년 가을
창비세계문학 기획위원회
김현균 서은혜 석영중 이욱연 임홍배 정혜용 한기욱

창비세계문학 65
권력의 문제

초판 1쇄 발행 / 2018년 12월 7일

지은이 / 베시 헤드
옮긴이 / 정소영
펴낸이 / 강일우
책임편집 / 오규원
조판 / 한향림
펴낸곳 / (주)창비
등록 / 1986년 8월 5일 제85호
주소 / 10881 경기도 파주시 회동길 184
전화 / 031-955-3333
팩시밀리 / 영업 031-955-3399 편집 031-955-3400
홈페이지 / www.changbi.com
전자우편 / lit@changbi.com

한국어판 ⓒ (주)창비 2018
ISBN 978-89-364-6466-0 03890